# Fin d'été

Johan Theorin

# Fin d'été

ROMAN

*Traduit du suédois*
*par Rémi Cassaigne*

Albin Michel

*Le vaisseau fantôme surgit de la nuit, glissant sur les eaux noires du détroit, sans dévier devant rien ni personne.*

*Dans son canot pneumatique, le garçon n'eut pas le temps de l'éviter. Sa frêle embarcation gonflable allait chavirer dans la collision mais, à la dernière seconde, il parvint à se retenir à la coque métallique.*

*Le navire s'élevait au-dessus de lui. Il était poisseux et rouillé, comme s'il avait vogué des dizaines d'années. Il n'y avait personne sur le pont mais au tréfonds de ses entrailles palpitait un moteur, comme un cœur qui bat.*

*Le canot pneumatique se déchira et prit l'eau. Le garçon n'avait pas le choix : il se hissa à bord.*

*Précautionneusement, il enjamba le bastingage et prit pied sur le pont obscur, où flottait une forte odeur de poisson pourri.*

*Doucement, il avança vers l'avant, dépassant une écoutille fermée.*

*Après cinq ou six mètres à peine, il vit le premier mort. Un marin en bleu de chauffe taché de cambouis, raide, étendu sur le dos, fixant le ciel nocturne.*

*Puis d'autres marins sortirent de l'ombre et se dirigèrent vers lui en titubant : mourants ou déjà morts. Et pourtant vivants. Ils tendaient leurs bras vers lui, lui parlaient d'une voix faible dans une langue étrangère.*

*Le garçon cria et tenta de fuir.*

*Ainsi commença le dernier été du vingtième siècle à Stenvik.*

*Ainsi commença l'histoire du revenant qui hantait le village.*

*Ou peut-être tout avait-il commencé plus de soixante-dix ans auparavant, dans un petit cimetière à l'intérieur des terres. Avec un autre jeune homme, Gerlof Davidsson, qui entendit frapper à l'intérieur d'un cercueil.*

# ÉTÉ 1930

GERLOF DAVIDSSON acheva ses six ans d'école communale à quatorze ans puis, deux ans plus tard, prit la mer comme mousse. Entre-temps, il travailla sur l'île d'Öland, quand il n'aidait pas dans la petite ferme familiale. Certains emplois étaient agréables, d'autres moins. Le seul qui finit mal fut celui de fossoyeur au cimetière de Marnäs.

Toute sa vie, Gerlof devait se rappeler son dernier jour de travail, quand le gros propriétaire Edvard Kloss avait dû être enterré deux fois. Sur ses vieux jours, Gerlof ne s'expliquait toujours pas ce qui s'était passé.

Il aimait les histoires de fantômes, mais n'y avait jamais cru. Il ne croyait pas non plus aux morts qui revenaient d'outre-tombe se venger. Et Gerlof avait toujours associé les mots *fantôme* ou *esprit* aux ténèbres et au malheur.

Pas à l'été et au soleil.

C'était un dimanche à la mi-juin, Gerlof avait emprunté le grand vélo de son père pour monter à l'église. Il arrivait désormais à le manier : il avait beaucoup grandi l'année écoulée, jusqu'à rattraper son père en taille.

Gerlof baissa la tête et s'éloigna du village côtier, les manches de sa chemise blanche retroussées. Il pédalait vers l'est, vers l'intérieur de l'île. Le long du chemin rectiligne fleurissaient des vipérines et des alliacées mauves et, derrière, des buissons d'ifs et de noisetiers.

Plus loin, à l'horizon, on apercevait les ailes de quelques moulins à vent. Des vaches paissaient, des moutons bêlaient. À deux reprises, il dut mettre pied à terre pour franchir des barrières à bestiaux.

Le paysage était vaste et ouvert, presque sans arbres et, lorsque des hirondelles frôlaient son vélo avant de s'élancer vers le ciel, Gerlof aurait voulu quitter le chemin et s'envoler avec elles dans le vent et la liberté.

Puis il pensa au travail qui l'attendait, et une partie de sa joie disparut.

Edvard Kloss était mort à soixante-deux ans, la semaine précédente : un gros paysan, considéré comme aisé au nord d'Öland. Sans grande fortune, mais propriétaire de nombreuses terres le long de la côte, au sud de Stenvik, le village de Gerlof.

*Trop tôt disparu, pleuré et regretté de tous*, avait lu Gerlof sur le faire-part de décès d'Edvard Kloss. Il était mort lors de la construction d'une grande grange en bois. Un soir, un mur qui venait d'être dressé s'était effondré sur lui.

Mais était-il pleuré et regretté de tous ? On racontait pas mal de choses sur Kloss, et sa mort accidentelle n'était pas encore complètement éclaircie. Ses plus jeunes frères, Sigfrid et Gilbert, étaient les seuls présents sur le chantier ce soir-là, et ils s'accusaient mutuellement. Sigfrid se trouvait hors de vue quand le mur était tombé, près des tas de planches, mais prétendait que Gilbert était près de la grange lorsque son frère était mort. Gilbert affirmait que c'était le contraire. De plus, un voisin racontait avoir entendu des éclats de voix autres que celles des frères Kloss ce soir-là, sur le chantier.

Gerlof n'aperçut aucun des deux frères en appuyant son vélo contre le mur du cimetière, et tant mieux. Il y aurait sans doute des grincements de dents.

Il n'était que huit heures et demie, mais le soleil brûlait déjà l'herbe et les tombes. L'église en pierre blanchie à la chaux, bâtie comme un château fort aux épaisses murailles, s'élevait contre le ciel bleu. Du clocher ouest s'échappaient des tintements sourds au-dessus du paysage plat. C'était le carillonneur qui sonnait le glas.

Gerlof poussa la porte en bois et s'avança parmi les tombes. À sa gauche, le cabanon d'attente des morts.

C'est derrière qu'il le vit.

Gerlof crut d'abord voir un *myling*, un fantôme d'enfant. Il cligna des yeux, mais l'enfant était toujours là.

C'était un garçon, de quelques années plus jeune que lui. Il était étrangement pâle, comme s'il avait passé tout le printemps enfermé dans une cave. Il était accroupi, pieds nus, adossé au cabanon, en chemise blanche et culotte courte claire. Seule tache sombre chez lui, une longue écorchure au front.

« Davidsson ! Par ici ! »

Gerlof tourna la tête. Il vit le fossoyeur, Roland Bengtsson, l'interpeller depuis le mur d'enceinte.

Gerlof répondit d'un signe et se dirigea vers lui, non sans un dernier coup d'œil au garçon. Oui, il était toujours là. Gerlof ne le reconnaissait pas et s'interrogeait sur sa pâleur mais, au moins, ce n'était pas un fantôme.

Bengtsson attendait Gerlof avec deux pelles. Il était grand et torve, avec des bras hâlés et noueux et une forte poignée de main.

« Bienvenue, Davidsson, dit-il gaiement. Bon, ben on va se mettre à creuser, hein ? »

Gerlof vit qu'un large rectangle avait été découpé dans le gazon près du muret. La tombe d'Edvard Kloss.

Bengtsson se dirigea vers elle. Une fois arrivé, il proposa à voix basse :

« Une petite bière fraîche avant de commencer ? »

Il désigna de la tête le large mur d'enceinte du cimetière, derrière lui, au pied duquel attendaient dans l'herbe deux bouteilles brunes. Gerlof savait la femme de Bengtsson membre de la ligue de tempérance : au régime sec chez lui, le fossoyeur devait boire sur son lieu de travail.

Les bouteilles étaient fraîches et embuées au soleil, mais Gerlof avait beau avoir soif après sa course à vélo depuis la côte, il secoua la tête :

« Non merci, ça ira. »

Il n'aimait pas trop la bière, et voulait avoir la tête claire pour creuser.

Bengtsson prit une bouteille et se tourna vers le cabanon. Gerlof vit que le garçon pâle s'était avancé au milieu des tombes, comme s'il attendait quelque chose.

Bengtsson leva la main.

« Aron ! » appela-t-il.

Le garçon leva les yeux.

« Viens nous aider, Aron ! Une pièce de vingt-cinq öre si tu creuses avec nous. »

Le garçon hocha la tête.

« Marché conclu, dit Bengtsson. Va te chercher une pelle dans la cabane à outils. »

Le gamin fila.

« Qui est-ce ? demanda Gerlof dès qu'il ne fut plus à portée de voix. Il n'est pas d'ici, n'est-ce pas ?

– Aron Fredh ? dit Bengtsson. Non, il vient du sud, de Rödtorp… Mais il est un peu de la famille. » Bengtsson cacha sa bouteille vide derrière une pierre tombale et regarda Gerlof d'un air las. « *Incognito*, si tu vois ce que je veux dire, Davidsson. »

Gerlof ne voyait pas. Il n'avait jamais entendu parler de Rödtorp et ne comprenait pas les mots étrangers, mais pourtant il opina du chef. Bengtsson n'avait qu'une petite fille, ce garçon devait donc être un neveu ?

Le gamin pâle revint de la cabane à outils une pelle à la main. Sans dire un mot, il se plaça à côté de Bengtsson et Gerlof et se mit à creuser. La terre était sèche et sans cailloux mais la pelle de Gerlof tomba sur un premier os après quelques minutes seulement. Brun foncé, peut-être un fémur humain. Après avoir été fossoyeur pendant un mois, il était habitué à ce genre de trouvailles, aussi se contenta-t-il de poser délicatement l'os dans l'herbe avant de le recouvrir d'une pelletée de terre. Et il continua à creuser.

Ils s'enfoncèrent dans le sol plus d'une heure durant.

À l'ombre, il faisait de plus en plus frais. Tout en pelletant, Gerlof ruminait une vieille histoire :

*Il était une fois un commis voyageur qui sonna chez des fermiers d'Öland. Un petit garçon vint lui ouvrir.*

*– Ton père est là, mon garçon ?*

– *Non, monsieur.*
– *Il est loin ?*
– *Non, monsieur. Il est au cimetière.*
– *Mais que diable y fait-il ?*
– *Rien, je crois. Papa est mort…*

Quand il fut presque onze heures, un hennissement retentit du côté de l'église. Gerlof leva les yeux et vit deux chevaux blancs franchir au trot l'entrée du cimetière, entourés de mouches bourdonnantes. Ils traînaient une carriole peinte en noir surmontée d'une croix en bois – un corbillard. À côté du cocher, le pasteur Erling Samuelsson. Il avait célébré la cérémonie dans la ferme du défunt.

Le trou était assez profond, et Bengtsson aida les deux garçons à en sortir. Puis il s'épousseta et se dirigea vers le cabanon.

Le corbillard s'y était arrêté, à l'opposé de l'église. Le cercueil cossu d'Edvard Kloss, brun et brillant, avait été déposé dans l'herbe, devant le cabanon. La plupart des parents qui avaient suivi le cortège funèbre firent demi-tour à l'entrée du cimetière : il ne restait plus que la mise en terre.

Gerlof vit les deux frères du défunt de part et d'autre du cercueil. Sigfrid et Gilbert ne se parlaient pas, muets dans leurs costumes sombres, avec comme un nuage gris suspendu entre eux.

Il fallait pourtant à présent qu'ils travaillent ensemble : les deux frères devaient porter le cercueil jusqu'à la tombe avec Bengtsson et Gerlof.

« Ho ! hisse ! » dit Bengtsson, et ils le soulevèrent.

Edvard Kloss était un bon vivant et pesait son poids : le coin de son cercueil cisaillait l'épaule de Gerlof. Comme il commençait à avancer à petits pas, il lui sembla sentir le corps lourd bouger à l'intérieur, rouler sur le fond – ou n'était-ce qu'une illusion ?

Lentement, ils s'éloignèrent du cabanon et gagnèrent la tombe. Gerlof vit qu'Aron, le garçon qui avait creusé avec eux, s'était abrité derrière quelques pierres tombales près du mur d'enceinte, comme s'il se cachait.

Mais il n'était pas seul. De l'autre côté du muret se tenait un homme d'une trentaine d'années, qui lui parlait à voix basse. L'homme était habillé simplement, un peu comme un valet de ferme, et semblait ne pas tenir en place. Quand il fit un pas de côté, Gerlof remarqua qu'il boitait un peu.

« Davidsson ! dit Bengtsson. Viens m'aider ! »

Il avait disposé deux cordes sur l'herbe, sur lesquelles on posa le cercueil, avant de le soulever avec et de le porter au-dessus de la tombe noire.

Lentement, très lentement, on descendit le cercueil dans le trou.

Quand il reposa sur le fond, le prêtre prit une poignée de terre et la jeta sur le couvercle tout en récitant devant la dépouille d'Edvard Kloss : « Tu es né poussière et poussière tu redeviendras. Jésus-Christ, notre Sauveur, te réveillera le jour du Jugement dernier… »

Le prêtre jeta encore trois poignées de terre et bénit le défunt dans sa dernière demeure. Puis Bengtsson et Gerlof reprirent leurs pelles.

Tout en commençant à reboucher la tombe, Gerlof regarda les frères Kloss à la dérobée. L'aîné, Gilbert, se tenait raide derrière lui, les mains dans le dos. Le cadet, Sigfrid, plus inquiet, battait la semelle le long du muret.

Pelletée après pelletée, la fosse se remplissait. Quand ils auraient fini, Gerlof et Bengtsson croiseraient leurs pelles sur la tombe, selon la coutume.

Après une trentaine de pelletées, ils firent une courte pause. Ils se redressèrent et s'éloignèrent de quelques pas avec leurs outils pour souffler. Gerlof leva la tête vers le soleil en fermant les yeux.

On entendit alors quelque chose dans le silence. Un bruit sourd.

Il tendit l'oreille.

Des coups. Puis le silence, et encore trois coups sourds.

Le bruit semblait venir de sous terre.

Gerlof cligna des yeux et scruta le trou.

Il se tourna vers Bengtsson et vit au regard troublé du fossoyeur qu'il avait entendu la même chose. Et, un peu plus loin, le visage des frères Kloss était blême. Encore plus loin, il vit qu'Aron lui aussi avait tourné la tête.

Gerlof n'était pas fou – tout le monde avait entendu.

Tout s'était arrêté dans le cimetière. On n'entendait pas d'autres coups, mais tous semblaient retenir leur souffle.

Gilbert Kloss s'avança lentement jusqu'au bord de la tombe, bouche bée. Il fixa le cercueil, au fond, et dit à voix basse :

« Il faut le remonter. »

Le pasteur s'avança, en s'essuyant nerveusement le front.

« Impossible.

– Si, dit Gilbert.

– Mais enfin, j'ai lu la prière des morts ! »

Kloss se tut, sans détourner le regard. Une voix finit par s'élever derrière lui, plus décidée :

« Remontez-le. »

C'était l'autre frère du mort, Sigfrid.

Le pasteur soupira en se tournant vers Bengtsson.

« Bon, il va falloir le ressortir… Je vais téléphoner au docteur Blom. »

Daniel Blom était l'un des deux médecins de la commune.

Bengtsson posa sa pelle, soupira et regarda Gerlof :

« Tu descends, Davidsson ? Avec Aron ? »

Gerlof observa sans rien dire le fond obscur de la tombe. Avait-il envie d'y descendre ? Non. Et pourtant, si Kloss s'était vraiment réveillé là-dessous et était en train d'étouffer dans son cercueil ? Dans ce cas, il fallait vraiment se dépêcher.

Il se courba, descendit prudemment dans le trou sur le couvercle terreux. Il songea à ce qu'il avait lu lors de sa confirmation au sujet de la rencontre de Jésus avec Lazare.

*Et le mort sortit, les pieds et les mains liés par des bandelettes, le visage enveloppé d'un suaire. Jésus leur dit : « Déliez-le, et laissez-le aller. »*

Gerlof tendit l'oreille, mais aucun autre son ne sortit du cercueil. C'était pourtant angoissant d'être ici, car l'air était glacé sous terre. Un jour, lui aussi finirait là-dessous. Pour toujours. À moins que Jésus ne vienne le réveiller.

Il sursauta en entendant un raclement derrière lui, mais c'était le garçon qui était descendu à son tour sur le couvercle du cercueil, pelle à la main. Aron Fredh, de Rödtorp. Gerlof lui fit un signe de tête dans la pénombre.

« Allez, on creuse », dit-il à voix basse.

Aron baissa les yeux vers le cercueil et dit quelque chose, encore plus bas. Un seul mot.

« Quoi ? Qu'est-ce que tu dis ?

– L'Amérique, répéta le garçon. Je vais y aller.

– Ah oui ? » Gerlof le regarda, sceptique. « Quel âge as-tu, Aron ?

– Douze ans.

– Alors tu es trop petit.

– Sven va m'emmener avec lui. Je serai shérif.

– Ah oui ?

– Je tire bien », dit Aron.

Gerlof ne posa pas d'autres questions. Il ne connaissait pas ce Sven, mais l'Amérique, il savait ce que c'était. La Terre promise. Apparemment, les temps étaient plus durs désormais là-bas, avec le krach boursier et le chômage, mais le pays continuait à attirer.

À cet instant, les pieds posés sur le cercueil d'Edvard Kloss, Gerlof décida de quitter cet emploi de fossoyeur. Il quitterait Stenvik et son père sévère. Pas pour l'Amérique, mais pour prendre la mer. Il descendrait à Borgholm et s'engagerait sur un cotre reliant l'île à la terre ferme.

Un métier libre. Marin, en plein soleil.

« Comment ça va ? » cria quelqu'un au-dessus de sa tête.

C'était Bengtsson. Gerlof leva les yeux.

« Bien. »

Il se mit à creuser avec Aron, le futur shérif, et le couvercle fut bientôt dégagé.

« C'est bon ! »

Bengtsson descendit les cordes. Gerlof les fit passer sous chaque extrémité du cercueil puis sortit de la tombe aussi vite qu'il put.

On hissa Edvard Kloss, qu'on porta au frais dans la sacristie.

« Posez-le là », dit le pasteur à voix basse.

Le cercueil racla contre le sol de pierre.

Le silence se fit. Edvard Kloss était mort.

Et pourtant il avait frappé.

Vingt minutes plus tard, Blom, le médecin du village, entra dans l'église, avec sa sacoche noire. Sa chemise était trempée de sueur, son visage rouge de chaleur, et il avait clairement besoin d'une explication :

« Que se passe-t-il, ici ? »

Les hommes qui l'attendaient dans l'allée du cimetière se regardèrent.

« On a entendu du bruit, finit par dire le pasteur.

– Du bruit ?

– Oui, du bruit. » Le pasteur désigna le cercueil de la tête. « Des coups, de là-dedans... Quand on a commencé à reboucher la tombe. »

Le docteur regarda le couvercle du cercueil, terreux et rayé par les pelles.

« Bon. Alors il va falloir regarder ça. »

Les frères Kloss restèrent silencieux derrière les bancs d'église tandis que Bengtsson ôtait les clous et soulevait le couvercle.

Lazare était resté quatre jours dans sa tombe, se souvenait Gerlof. *Seigneur, il sent déjà*, avait dit à Jésus sa sœur Marthe, devant sa tombe.

Le couvercle du cercueil était enlevé. Gerlof ne s'approcha pas, mais il vit cependant le corps de Kloss, lavé et arrangé pour son dernier repos. Bras croisés sur son gros ventre, les yeux clos, gros hématome sombre au visage, sans doute causé par le mur qui l'avait tué. Mais il était bien habillé : un costume noir en drap épais.

*Si on habille le mort aussi bien qu'on parle de lui, alors il sourit dans son cercueil.* Gerlof se rappelait avoir entendu cet adage dans la bouche de sa grand-mère.

Mais la bouche d'Edvard Kloss n'était qu'un trait fin. Les lèvres étaient sèches et dures.

Le docteur Blom ouvrit sa sacoche en cuir et se pencha sur le corps, et Gerlof cessa de regarder. Il tourna le dos au cercueil, mais entendit le docteur marmonner tout seul. Un stéthoscope heurta le sol de pierre.

« Pas de pouls », dit le docteur.

Silence dans l'église. Puis Gilbert Kloss dit d'une voix tendue :

« Ouvrez-lui une veine. Qu'on soit sûrs. »

Gerlof en avait assez entendu. Sans rien dire, il sortit au soleil et se mit à l'ombre du clocher.

« Une bière, Davidsson ? »

C'était Bengtsson. Il arrivait avec deux autres bouteilles.

Cette fois, Gerlof accepta de bon cœur. La bouteille était glacée, il la porta à sa bouche et but à grandes gorgées. L'alcool lui monta directement à la tête et ralentit ses idées. Il regarda Bengtsson.

« C'est déjà arrivé ? dit-il tout bas.

– Quoi ?

– Qu'on entende du bruit ? »

Le fossoyeur secoua la tête.

« En tout cas jamais en ma présence. » Avec un sourire crispé, il but sa bière et regarda vers l'église. « Mais les Kloss sont spéciaux... J'ai du mal avec les deux frères. Les Kloss accaparent. Tout le temps, partout.

– Mais Edvard Kloss..., dit Gerlof en cherchant ses mots. Il ne peut quand même pas avoir été...

– Holà ! l'interrompit Bengtsson, ça ne te regarde pas, Davidsson. » Il but une autre gorgée de bière et ajouta : « Autrefois, on leur attachait les mains. Aux morts, je veux dire, pour qu'ils restent tranquilles dans leur cercueil. Tu savais ça, Davidsson ? »

Gerlof secoua la tête, et ne dit plus rien.

Au bout de quelques minutes, on ouvrit la porte de l'église, et Gerlof et Davidsson s'empressèrent de cacher leurs bières. Le docteur Blom mit la tête dehors et leur fit signe d'approcher.

« C'est fini.

– Et il est...

– Mort, évidemment, lâcha Blom. Aucun signe de vie... Vous pouvez le remettre en terre. »

On répéta l'opération. On sortit le cercueil de l'église, on fit passer les cordes dessous, on le descendit dans la tombe et on commença à le recouvrir de terre. Gerlof et Bengtsson maniaient les pelles, mâchoires serrées, un peu chancelants après les bières. Gerlof chercha du regard Aron Fredh, mais il avait disparu, ainsi que le boiteux.

Tous se rassemblèrent autour de la tombe. Même le docteur Blom était là, agrippé à sa sacoche en cuir.

La terre rebondissait sur le cercueil.

Alors, on entendit à nouveau le bruit : trois coups brefs sortis de terre. Faibles, mais distincts.

Gerlof se figea, le cœur battant. Soudain dessaoulé, effrayé. Il regarda Bengtsson de l'autre côté du tas de terre. Il avait lui aussi immobilisé sa pelle.

Sigfrid Kloss était un peu à l'écart, tendu – mais près de lui, son frère Gilbert paraissait terrorisé. Il fixait le cercueil, hypnotisé.

Le docteur Blom s'était lui aussi figé. Gerlof vit qu'il était retourné. Mais il se contenta de secouer la tête.

« Rebouchez cette tombe », dit-il à voix basse.

Le pasteur se tut, puis hocha la tête.

« Nous ne pouvons rien faire d'autre. »

Les fossoyeurs ne pouvaient qu'obtempérer. Gerlof frissonna, malgré le soleil, mais se remit au travail. Sa pelle lui semblait lourde comme une barre de fer.

La terre tambourinait sur le cercueil.

On n'entendait plus que ce bruit rythmique.

Après une vingtaine de pelletées, le couvercle du cercueil commençait à disparaître.

Tout était toujours silencieux.

Mais soudain, quelqu'un soupira près de Gerlof. C'était Gilbert Kloss, qui s'approchait de la tombe. Un soupir prolongé, tandis qu'il avançait lentement sur l'herbe. Il s'arrêta au bord de la fosse et tenta de reprendre son souffle, mais on n'entendit qu'un faible sifflement.

« Gilbert ? » dit Sigfrid.

Son frère ne répondit pas, immobile, bouche ouverte.

Puis il cessa de respirer, son regard se ternit.

Gerlof vit Gilbert Kloss tomber sur le côté au bord de la tombe. Il vit Bengtsson le regarder fixement, tout comme le docteur et le prêtre.

Son frère Sigfrid poussa un cri derrière eux. Gerlof fut le seul à se précipiter, mais il était encore à plusieurs pas quand le cœur de Gilbert cessa de battre.

Son corps s'affala de tout son long dans l'herbe, roula lentement par-dessus le bord du trou et tomba sur le couvercle du cercueil comme un gros sac de farine.

# DÉBUT D'ÉTÉ

*Quand le soleil offre à l'été ses flots*
*Le rossignol éveille alors*
*Nos rêves amassés autour de la mort*
*Comme les mythes de la Saint-Jean dans la vallée.*

Harry Martinsson

# GERLOF

Un bateau pouvait-il mourir ? Et dans ce cas, quand était-il mort ? Gerlof regardait sa vieille barque en bois, pensif. Elle aurait dû être à flot un si beau jour de juin, mais elle restait à terre. Fendue, couchée sur le côté dans l'herbe. Elle était baptisée *Hirondelle*, c'était inscrit sur une petite plaque en bois à l'arrière, mais elle ne volait plus à la surface de l'eau. Une grosse mouche verte se promenait mollement sur la coque sèche.

« Qu'est-ce que tu en dis ? fit John Hagman, de l'autre côté du bateau.

– C'est une épave, dit Gerlof. Vieille et ravagée.

– Elle est plus jeune que nous, dit John.

– Oui, dit Gerlof. Mais nous sommes des épaves nous aussi. »

Gerlof avait quatre-vingt-quatre ans, John en aurait quatre-vingts dans un an. Ils avaient sillonné la Baltique sur des cotres pendant presque trois décennies, capitaine et second. Transporté du calcaire, du pétrole et des marchandises entre Öland et Stockholm, par tous les temps. Mais ça faisait longtemps, et cette barque était désormais leur seul bateau.

L'*Hirondelle* avait été construite en 1925, quand Gerlof n'avait que dix ans. Son père l'avait utilisée presque trente ans pour pêcher le flétan puis, dans les années cinquante, Gerlof en avait hérité et avait navigué avec chaque été, à la voile ou à la rame, encore quarante ans. Mais un printemps, au début des années quatre-vingt-dix, comme la glace avait disparu du détroit et qu'il était temps de mettre l'*Hirondelle* à l'eau, Gerlof n'en avait tout simplement pas eu la force.

Il était trop vieux. L'*Hirondelle* aussi.

Depuis, elle était restée près du cabanon de pêche de Gerlof, les planches de sa coque séchant et se fendant au soleil.

La lumière était intense sur Öland et, ce jour-là, sans nuages, le soleil brûlait la côte. Le vent qui remontait du rivage en rafales vivifiantes rafraîchissait les deux hommes. Il n'y avait pas encore de canicule sur l'île, la vraie vague de chaleur n'arrivait jamais avant juillet – et, certains étés, pas du tout.

Gerlof tâta le chêne sec de la barque du bout de sa canne, qui s'y enfonça d'un centimètre environ, et secoua à nouveau la tête.

« Une épave, répéta-t-il. Elle coulerait à pic si on la mettait à l'eau.

– On peut la réparer, dit John.

– Tu crois ?

– Oui. On peut calfater les fentes. Anders nous donnera sûrement un coup de main.

– Peut-être… mais vous ne serez que deux à travailler. Je ne pourrai que vous regarder faire. »

Gerlof souffrait du syndrome de Sjögren, un rhumatisme intermittent. C'était imprévisible – en été, ses jambes allaient souvent mieux grâce à la chaleur, mais il lui arrivait de devoir se déplacer en chaise roulante.

« On peut trouver de l'argent, dit John.

– Vraiment ?

– Oh oui. D'habitude, l'Association des bateaux en bois d'Öland soutient ce genre de projets. »

Un vrombissement sur la route côtière, dans leur dos, leur fit tourner la tête. C'était une Volvo 4 × 4 noire rutilante, avec une plaque étrangère et des vitres teintées.

C'était un lundi, la semaine avant la Saint-Jean. Et Stenvik, village de pêcheurs devenu lieu de villégiature, commençait à s'animer.

Bien sûr, la nature s'était réveillée depuis mai, teintant les prés et la lande de jaune, blanc et mauve. Les papillons avaient éclos, l'herbe reverdi, les aromates embaumaient. Pourtant, malgré le soleil précoce et la chaleur, les estivants avaient décidé que la saison ne commençait que maintenant : c'était à la Saint-Jean qu'ils débarquaient en hordes pour ouvrir leurs maisons, sortir leurs hamacs et vivre à la campagne, proches de la nature. Et ce jusqu'à début août, où ils rentraient tous chez eux.

La Volvo les dépassa en trombe, en route vers le nord. Gerlof aperçut plusieurs personnes dans la voiture, sans en reconnaître aucune.

« Ce n'était pas ces Norvégiens de Tönsberg ? dit-il. Ceux qui ont racheté la Villa Brune il y a quelques années ?

– La Villa Brune ? dit John.

– Oui, elle est peinte en rouge à présent, dit Gerlof, mais elle était brune du temps des Skogsman.

– Les Skogsman ?

– Cette famille d'Ystad. »

John hocha la tête et regarda s'éloigner la Volvo.

« Non, elle ne tourne pas chez les Skogsman... C'est pas des Hollandais qui avaient racheté la maison ?

– Quand ça ? dit Gerlof.

– Il y a deux ans, je crois... au printemps 97. Mais ils n'ont presque jamais été là. »

Gerlof se contenta de secouer la tête.

« Je ne me souviens pas. Il y a tellement d'allées et venues. »

L'hiver, le village était presque désert, mais à présent, à l'approche de la Saint-Jean, impossible de s'y retrouver avec toutes ces nouvelles têtes au milieu des anciennes. Gerlof avait vu défiler des générations d'estivants dans le village, et il peinait à distinguer les pères des fils, les mères des filles.

Les vacanciers ne connaissaient sûrement pas non plus Gerlof. Il vivait depuis longtemps à la maison de retraite de Marnäs, et ce n'était que ces dernières années qu'il avait commencé à revenir au village de son enfance aux beaux jours, dans une lutte acharnée contre ses douleurs musculaires.

Ses jambes semblaient bien lasses de le porter, et lui était las d'être porté. Depuis peu, il essayait le curcuma et le raifort pour soigner ses douleurs : cela le soulageait un peu, mais il ne pouvait encore marcher que sur de courtes distances.

*Si seulement je pouvais revenir au temps où j'avais encore le temps*, songea-t-il.

Plusieurs autres voitures de luxe arrivèrent sur la route côtière, mais Gerlof leur tourna le dos et regarda à nouveau la barque.

« Bon, dit-il. Alors on va la réparer, avec ton fils.

– Bien, dit John. C'est quand même un joli bateau. Comme fait pour la pêche.

– Pour sûr, dit Gerlof, qui n'avait plus pêché depuis bien des années. Mais tu trouveras le temps ?

– Mais oui. Le camping fonctionne à peu près tout seul. »

John avait pris le camping de Stenvik en gérance tous les étés depuis qu'il avait quitté la mer au début des années soixante. Quand son fils Anders avait été en âge, ils s'étaient partagé le travail, mais c'était toujours John qui faisait, matin et soir, la tournée des tentes et caravanes, se faisait payer et vidait les poubelles. Il n'avait pas eu un été de libre depuis trente-cinq ans, mais il semblait s'y plaire.

« Alors d'accord, dit Gerlof. En août, on pourra peut-être manger des plies que nous aurons nous-mêmes pêchées.

– Oui, dit John. Mais on va commencer par la laisser là un certain temps. »

*Un certain temps*. Pour John, cela voulait tout dire, de trois jours à trois ans. L'*Hirondelle* attendrait sans doute quelques semaines près du cabanon, avant qu'Anders et John ne s'y attaquent.

Gerlof soupira à nouveau en regardant autour de lui. Son village, le plus beau du monde. La vaste baie avec ses eaux profondes et bleues. L'alignement des cabanons. Les maisons anciennes, les villas modernes. Derrière, le paysage estival verdoyant d'Öland, si différent de la côte pelée, sans arbres, que Gerlof avait connue quand il était petit. Il avait passé son enfance ici, puis pris la mer à l'adolescence, avant de revenir, adulte, y construire une maison de vacances pour sa famille.

À la pointe sud, au-delà du camping, la route goudronnée s'achevait, ainsi que le village. La côte y était plus accidentée, s'élevant à pic au-dessus des grands rochers plats du rivage, avec un cairn – *rör* dans le dialecte d'Öland – surplombant l'eau, sur la lèvre de la falaise.

Là-bas, au sud, on trouvait aussi les plus belles résidences du village, le long de la route côtière. Tout au bout, la famille Kloss avait les deux villas, à l'écart.

La famille Kloss. Les frères Edvard, Sigfrid et Gilbert. Edvard et Gilbert étaient morts presque en même temps – seul Sigfrid avait atteint un âge respectable. Il avait hérité des terres de son père, qu'il avait transformées en domaine touristique. Ses petits-enfants s'en occupaient désormais.

« Les Kloss sont arrivés ? demanda Gerlof.

– Oh oui. Et il y a déjà plein de voitures chez eux, dit John. Les gens ont sorti leurs clubs de golf. »

L'établissement, situé à quelques kilomètres au sud du village, était baptisé Ölandic Resort, mais John disait toujours « chez les Kloss ». Il y voyait un concurrent, même si son affaire à Stenvik était une boîte à chaussures en comparaison. À Ölandic Resort, on trouvait tout – terrain de golf, camping, boutiques, night-club, piscine et tout un village de bungalows.

Pour Gerlof, la famille Kloss possédait trop. Mais qu'y pouvait-il ?

Tous ces riches habitants du village le dérangeaient. Il s'efforçait de les éviter autant que possible. Eux, leurs bateaux, leurs piscines et leurs tronçonneuses – tous ces nouveaux gadgets qui ronronnaient et vrombissaient dans le paysage. Et effrayaient les oiseaux.

Il balaya la baie du regard.

« Des fois, je me demande, John… Est-ce que quelque chose s'est amélioré sur Öland, ces cent dernières années ? Vraiment amélioré ? »

John réfléchit.

« Personne ne meurt plus de faim… Et les routes sont meilleures.

– D'accord, admit Gerlof. Mais est-ce qu'on s'amuse davantage aujourd'hui ?

– Qui sait, dit John. Mais nous sommes en vie. Il faut s'en réjouir.

– Oui. »

Était-ce vrai ? Gerlof se réjouissait-il vraiment d'avoir atteint cet âge respectable ? Désormais, il vivait au jour le jour. Après bientôt soixante-dix ans, il se rappelait encore le jour où Gilbert Kloss était tombé dans la tombe de son frère, terrassé par une crise cardiaque.

Tout pouvait finir à chaque instant, mais pour le moment, le soleil brillait. *Sol lucet omnibus* – le soleil brille pour tous.

Gerlof décida de profiter de cet été. De se tourner vers l'avenir, le nouveau millénaire. Il allait avoir un appareil auditif, bientôt il pourrait s'asseoir dans son jardin pour écouter les oiseaux.

Et il serait plus aimable envers les estivants. Il essaierait, en tout cas. Il ne se contenterait pas de marmonner quand il rencontrerait un touriste, et il répondrait aux Stockholmois qui lui adresseraient la parole.

Il hocha tout seul la tête et dit :

« Espérons que les vacanciers seront tranquilles, cette année. »

# LE REVENANT

LA BARAQUE avait des murs épais et de petites pièces sombres qui sentaient l'alcool et le sang. Le vieil homme debout près de l'entrée n'était pas dérangé par ces odeurs, il était habitué aux deux.

L'odeur d'alcool venait du propriétaire des lieux, Einar Wall. La soixantaine, voûté et ridé, Wall avait visiblement commencé très tôt à fêter la Saint-Jean : une bouteille à moitié vide était posée sur l'établi d'armurerie où il travaillait.

Celle du sang venait de ses dernières prises : à des crochets, trois oiseaux pendaient du plafond bas. Une perdix et deux bécasses. Criblées de plomb, mais plumées et vidées.

« Les ai tirées hier sur la plage, dit Wall. Les bécasses sont en principe protégées quand elles couvent, mais je m'en fous… Les oiseaux et les poissons, on les attrape quand on veut. »

Le vieil homme, lui aussi chasseur, ne dit rien. Il se tourna vers les deux autres personnes présentes dans la baraque. Une fille et un jeune, tous deux entre vingt et vingt-cinq ans, qui venaient d'arriver en voiture chez Einar Wall et s'étaient affalés dans son canapé usé.

« Vous vous appelez comment ?

– Moi, c'est Rita, dit la maigre jeune fille, blottie comme un chat, la main posée sur le genou en jean du garçon.

– On m'appelle Pecka », dit le jeune. Il était grand, sa tête rasée s'appuyait contre le mur, mais ses jambes s'agitaient nerveusement.

Le vieil homme n'ajouta rien. C'était Wall qui avait trouvé ces deux-là, pas lui.

*Un chiot et un chaton*, pensa-t-il.

Mais lui aussi avait été jeune en son temps, et valable.

Pecka n'avait pas l'air d'aimer le silence. Ses yeux rétrécis fixèrent le vieil homme.

« Et toi, comment on doit t'appeler, alors ?

– Rien du tout.

– Mais putain, t'es qui ? T'as un accent un peu étranger.

– Je m'appelle Aron, dit l'homme. Je suis un revenant.

– Un revenant ?

– Je suis revenu chez moi en Suède.

– D'où ? dit Pecka.

– Du Pays neuf. »

Pecka se contenta de le dévisager, mais Rita hocha la tête :

« Il veut dire les States… hein ? »

Comme le vieil homme ne disait rien, Rita répéta :

« Hein ? Tu veux dire l'Amérique ? »

L'homme ne répondit pas.

« On t'appellera Aron, alors, dit Pecka dans son dos. Ou le Revenant… On s'en fout, pourvu que tu sois dans le coup. »

Le Revenant ne dit rien. Il s'approcha de l'établi et souleva un des pistolets par le canon.

« Un Walther », dit-il.

Wall hocha la tête, ravi, comme s'il tenait un stand sur un marché.

« Bon acier, dit-il. La police les a eus pendant longtemps comme armes de service. Simples et solides… faits main en Suède.

– Walther, c'est allemand, dit le vieil homme.

– Les miens sont fabriqués sous licence. » Wall montra les autres armes. « Et voici un Sig Sauer, et ici une carabine automatique suédoise. Voilà ce que j'ai à vous proposer. »

Pecka s'extirpa du canapé et s'approcha en silence de l'établi. Le Revenant reconnaissait ce regard, la même curiosité que dans les yeux de tout jeune soldat découvrant une arme nouvelle. En tout cas chez ceux qui n'avaient encore jamais tué.

« Alors comme ça tu aimes les pistolets ? » dit Pecka.

Le Revenant hocha la tête.

« Je m'en suis servi.

– T'es un vieux baroudeur ? »

Le Revenant le regarda.

« Un baroudeur ?

– Un soldat, quoi, dit Pecka. Tu sais te battre, tu as fait la guerre ? »

*La guerre*, pensa le Revenant. Aux jeunes, ça peut faire envie. Comme un Pays neuf.

« Oui, j'étais valable, dit-il. Et toi ? »

Pecka secoua sombrement la tête.

« La guerre, non, dit-il, avant de poursuivre, tête haute et fière : Mais je ne recule jamais... Je suis allé en taule pour violences l'été dernier. »

Wall n'avait pas l'air aussi fier.

« Tout ça, c'était que des conneries, dit-il. Un touriste qui cherchait la bagarre. »

Le Revenant comprit qu'ils étaient parents, proches parents – que Wall s'inquiétait pour Pecka. Il enclencha tranquillement le chargeur du pistolet, qu'il reposa sur la table.

Il regarda par la fenêtre. Le soleil illuminait la mer et la plage, sans traverser les carreaux poussiéreux. La baraque de Wall était isolée, sur un terrain en bord de mer où l'herbe descendait jusqu'à l'eau. Il y avait au bord du rivage un petit enclos avec quelques oies et, à côté, un cabanon de pêche en calcaire gris, qui semblait aussi abandonnée que la maison d'habitation.

Wall se leva lourdement.

« Tiens », dit-il.

Et il répartit les armes. Rita reçut un petit Sig Sauer, Pecka un Walther et le Revenant un autre Walther et la carabine automatique.

« Il vous faut aussi de l'explosif ? »

Le Revenant leva les yeux de sa carabine.

« Il y en a ?

– J'en ai rapporté cet hiver, dit fièrement Pecka. D'un chantier routier du côté de Kalmar… Des bâtons, de la mèche et des détonateurs. Tout le bordel. »

Wall sembla satisfait lui aussi.

« Tout ça est bien planqué, dit-il, et personne ne le trouvera. Les flics sont venus ici en mai, mais ils sont repartis bredouilles.

– On peut prendre quelques bâtons, dit le Revenant. Et pour le paiement ?

– Après, dit Wall. Faites votre boulot, raflez la caisse, on partagera plus tard.

– Il nous faut aussi des cagoules, Einar, dit Pecka. Tu as ça ? »

Wall ne posa pas de questions. Il se contenta d'ouvrir un carton sous l'établi, d'où il sortit un paquet de gants en latex et, en dessous, quelques capuches grises avec des trous découpés pour les yeux.

« Brûlez-les, après », dit-il.

Le Revenant les regarda et dit :

« Je n'ai pas besoin de protection.

– Alors tu seras reconnu », dit Pecka.

Le Revenant secoua la tête.

« Peu importe, dit-il en regardant par la fenêtre fendue. Je ne suis pas là. »

# LE PAYS NEUF, MAI 1931

LE VOYAGE commence un jour d'été ensoleillé, onze mois après la mort d'Edvard Kloss. Aron a presque cessé de penser à cette nuit. Au mur effondré, à Sven qui le poussait : *Vas-y ! Ils vont bientôt arriver. Glisse-toi là-dessous !*

Sven n'était le nouveau père d'Aron que depuis quelques années, mais il avait obéi.

Ils ne parlent pas de cette nuit, seulement de leur voyage. On dirait qu'ils ont passé tout le printemps à s'y préparer, mais ils n'emportent qu'une valise chacun.

Sven a sa vieille tabatière en pommier. Aron veut lui aussi emporter quelque chose. Quelque chose de valeur.

« Je peux emporter mon fusil en Amérique ? »

Aron possède sa propre arme, un simple fusil à plomb avec lequel il tire les perdrix et les oiseaux de mer.

« Ça va pas ? dit Sven. On ne te laissera pas monter dans le bateau. »

Aron doit donc laisser son fusil. Il l'a reçu de son grand-père maternel, lui-même chasseur, qui a dit à sa fille Astrid que le garçon était un tireur vraiment valable. *Valable*, le mot avait de l'allure.

Et il l'est en effet : à dix ans seulement, il a abattu son premier phoque. Il était étendu sur une plaque de glace dérivant vers l'île, un jour de printemps froid et ensoleillé. Le phoque a levé la tête, Aron a braqué son fusil et, quand il a tiré, le phoque a sursauté puis n'a plus bougé. Il l'avait touché à la nuque, le coup lui avait brisé la colonne vertébrale. Il faisait presque quatre pieds de long et a donné plus de vingt kilos de lard.

« Mais il me faut un fusil, dit Aron. Sinon je ne pourrai jamais devenir shérif. »

Sven rit, comme une toux sèche.

« Tu en auras un tout neuf quand on sera arrivés.

– Ils ont des fusils, dans le Pays neuf ?

– Plein. Ils ont tout ce qu'on veut, là-bas. »

Sauf une chose, Aron le sait : une famille qui les attende. Sa mère Astrid et sa sœur Greta devront rester en Suède, et les adieux sont difficiles. Greta n'a que neuf ans, elle regarde son frère en silence. Sa mère serre les lèvres.

« Évite les bagarres, dit-elle. Tiens-toi bien. »

Aron hoche la tête. Puis il prend sa valise et suit Sven, à grandes enjambées, pour ne pas pouvoir changer d'avis.

Le jour du voyage est sec et ensoleillé.

Ils marchent côte à côte sur le gravier du chemin. Sven a de grandes jambes, mais boite de la droite, Aron parvient donc à marcher au même rythme.

*Tu vas aller dans le Pays neuf, à l'ouest*, lui a dit sa mère, *celui qu'on appelle l'Amérique. Tu vas y travailler dur quelques années, puis revenir avec de l'argent.*

Et Sven dit la même chose, mais en plus bref :

« Le Pays neuf. C'est là qu'on va. Loin de tout ça. »

Ils quittent la ferme vers le nord, traversent les vastes terres des Kloss, presque jusqu'au cairn. Il se dresse au bord de la falaise à l'ouest, tas de pierres inoffensif, mais Sven crache pourtant par terre.

« Qu'il dégringole à la mer ! »

Ensuite ils obliquent vers l'est, vers l'intérieur des terres, passant devant plusieurs grands moulins debout sur leurs épais pieds en bois, ailes déployées, prêts à saisir le vent tous azimuts. Sven leur lance aussi un regard noir.

« Ces saloperies aussi, bon débarras ! »

Il s'avance à grands pas et s'adresse à l'horizon comme à un public :

« Désormais, on sera libérés de ce travail d'esclave… Fini de ressortir du moulin blanc comme un fantôme. » Il regarde Aron. « Là où on va, des machines s'occupent de tout. Ils ont d'énormes usines à la campagne, où le seigle entre d'un côté et des sacs de farine sortent de l'autre. Il suffit d'appuyer sur un bouton, et c'est fait. »

Aron écoute, mais ne pose qu'une seule question pendant le trajet :

« Quand va-t-on rentrer ? »

À cette question, Sven ralentit le pas – puis il se retourne et donne à Aron une rude claque à l'arrière de la tête.

« Ne demande pas ça. Il ne faut pas penser comme ça. On va vers un monde nouveau, on ne parle pas de rentrer. »

Ce n'est pas le coup le plus violent qu'Aron ait reçu, juste un avertissement, aussi se risque-t-il à insister un peu :

« Oui, mais *quand* ?

– Ça, personne ne peut le dire, dit Sven.

– Mais pourquoi ?

– Parce que tout le monde ne rentre pas. »

L'air estival se rafraîchit à ces mots. Aron n'ajoute rien, il ne veut pas recevoir d'autres coups – mais avant même qu'ils soient arrivés au train, il décide de faire comme lui a dit sa mère, de revenir un jour.

Il reviendra sur l'île.

À la ferme.

# JONAS

« QUE SE PASSE-T-IL, brigadier ? dit Oncle Kent. Un accident ?

– Non, dit le motard. C'est vous.

– Moi ? Qu'est-ce que j'ai fait ?

– Vous rouliez trop vite.

– Moi ? »

Oncle Kent avait baissé sa vitre d'une simple pression sur un bouton pour parler avec le policier, et un doux parfum de fleurs arriva par la fenêtre aux narines de Jonas, sur la banquette arrière. Le fossé qui longeait la grand-route était couvert de fleurs jaunes et violettes qui tremblaient dans le vent. Leur parfum se mêlait à l'after-shave de son oncle et à la légère odeur de sueur de son père, arrivé en courant au train, en retard. Maman lui avait fait une scène sur le quai, Jonas et son frère Mats avaient échangé un regard.

Papa ne disait rien à côté de Kent, semblait tendu en présence de la police. Mais Jonas voyait son oncle bien de profil, un petit sourire au coin des lèvres.

« Trop *vite* ?

– Beaucoup trop vite », dit le policier.

Le soleil d'Öland était vif, il éblouissait Jonas quand il regardait par sa portière. Le policier était une silhouette noire à côté de la voiture, en combinaison de motard.

« Vous savez de combien ? demanda Oncle Kent.

– Vingt-deux kilomètres-heure. »

Kent soupira et se cala au fond de son siège.

« C'est à cause de cette fichue voiture. Une Corvette ne tourne rond qu'à plus de cent. »

En fait, Jonas n'avait rencontré de policiers qu'une seule fois, quand ils étaient venus à deux dans sa classe à Huskvarna pour leur parler de sécurité routière à vélo. Ils étaient gentils, mais il s'était malgré tout senti nerveux.

La voiture d'Oncle Kent était rouge, avec des bandes noires, et ressemblait un peu à un vaisseau spatial. À l'intérieur aussi, on avait l'impression d'être dans une fusée, c'était bas de plafond et étroit, surtout à l'arrière. Jonas n'avait pas fini de grandir, mais devait pourtant mettre ses jambes de côté pour s'y loger. Son grand frère Mats avait un peu plus de place, car il était derrière leur père, Niklas, qui avait des jambes plus courtes.

« Je vais avoir une amende, alors ? demanda Oncle Kent.

– Eh oui.

– Typique, le plus beau jour de l'été. » Il sourit au policier. « Mais je reconnais tout ce dont on m'accuse… Je ne suis pas un délinquant. »

Jonas regarda son père, qui ne disait mot. Il n'avait pas une seule fois regardé le policier.

Oncle Kent était venu chercher Jonas, Mats et leur père à la gare de Kalmar avec sa Corvette rouge. Il avait aussi une grosse Volvo mais, l'été, il préférait conduire sa voiture de sport. Et vite.

Ils avaient franchi le pont d'Öland une demi-heure plus tôt, puis filé vers le nord sur la grand-route. Oncle Kent et Papa bavardaient à l'avant mais, quand le motard était venu à leur hauteur et leur avait fait signe de stopper, Papa s'était tu d'un coup et tassé au fond de son siège.

Seul Oncle Kent parlait. Les mains sur le volant, il semblait parfaitement détendu, comme si ce n'était qu'un léger contretemps sur la route de la Villa Kloss.

« Dois-je vous régler directement l'amende ? » demanda-t-il.

Le policier secoua la tête.

« Je rédige la contravention.

– Combien ?

– Huit cents couronnes. »

Oncle Kent baissa les yeux en soupirant. Il regarda les champs de blé ensoleillés à droite de la grand-route, puis à nouveau le policier.

« Comment vous appelez-vous ? »

Le policier ne répondit pas.

« C'est secret ? dit Oncle Kent. Votre prénom ? »

Le policier secoua la tête. Il sortit un carnet et un stylo de sa poche intérieure.

« Sören, dit-il à voix basse.

– Bien, Sören. Moi, c'est Kent Kloss. » Il fit un signe de tête de côté. « Voici mon petit frère Niklas et ses deux garçons. On va passer l'été ensemble.

Le policier hocha la tête d'un air neutre, mais Oncle Kent continua.

« Sören, juste une chose… Nous sommes sur une route droite et sèche, deux jours avant la Saint-Jean. Le soleil brille, c'est une journée magnifique. Un jour d'été fantastique, où on se sent vivant comme jamais… Qu'est-ce que vous auriez fait, à ma place ? Vous seriez resté coincé derrière un camping-car depuis Borgholm ? »

Le policier ne répondit pas, il finit de remplir la contravention qu'il glissa par la portière. Kent la prit, mais insista :

« Vous pourriez au moins l'admettre, Sören ?

– Admettre quoi ?

– Que vous auriez fait pareil ? Si vous aviez été derrière le camping-car, dans le soleil estival, en route vers la mer ? Vous n'auriez pas appuyé sur le champignon… peut-être pas pied au plancher, mais un peu au-dessus de la limite ? Vous pourriez l'admettre ? »

Kent ne souriait plus, il était sérieux. Le motard soupira.

« Bien sûr, Kent. Si vous vous sentez mieux comme ça.

– Un peu mieux, dit Kent, en souriant à nouveau.

– Bon… Conduisez prudemment maintenant. »

Le policier regagna sa moto et la démarra. Il fit demi-tour et repartit vers le sud.

« Vous voyez ça ? Il accélère, ce salaud ! » Oncle Kent fit un signe de tête à Jonas et Mats. « On ne doit jamais leur laisser le dessus. Souvenez-vous de ça, les garçons ! »

Il démarra alors le moteur, qui émit un bruit sourd, passa la première et s'engagea sur la route juste sous le nez d'un nouveau camping-car. Il prit rapidement de la vitesse.

Le soleil était rayonnant, la route plate et droite. Un vent chaud caressait le visage de Jonas et il sentait le parfum des fleurs du bas-côté. La vitre devant lui était ouverte. Le coude d'Oncle Kent en dépassait, il conduisait d'une main. Quelques doigts légèrement posés sur le volant, pas davantage.

Le portable de Kent sonna. Il répondit de sa main libre, écouta douze ou quatorze secondes et coupa en haussant la voix :

« *Non*. Un mur de soutènement, j'ai dit. Pour quoi faire ?… Mais pour soutenir, bien sûr ! Il faut que ça ait l'air ancien, moyenâgeux, mais *moderne* en même temps… Des pierres, ou en poutres. Et la canalisation doit passer *sous* le mur. Pas à côté. Bien… Le conducteur de la pelleteuse est-il arrivé ? » Il écouta encore un instant. « Super ! Alors on peut… Allô ? » Il baissa son téléphone. « Et là, forcément, ça coupe. Je te jure… »

Oncle Kent avait ses expressions favorites, comme *Je te jure* et *Super*. Il les remplissait d'une énergie et d'une assurance que Jonas ne pourrait jamais égaler, quoi qu'il dise.

Kent fourra le portable dans sa poche et demanda :

« On sort le bateau, quand on arrive ?

– D'accord, se dépêcha de répondre Papa. S'il n'y a pas trop de vagues. »

Oncle Kent éclata de rire.

« Les bateaux à moteur aiment les vagues, ils rebondissent dessus ! On va faire un tour. Après, on boira un cosmo sur la terrasse. »

Papa hocha la tête, sans paraître se réjouir.

« OK. »

Jonas ne savait pas ce qu'était un cosmo, mais il ne posa pas la question. Le truc pour avoir l'air adulte était d'écouter et de faire *comme si* on suivait tout. De rire quand les autres riaient.

Kent jeta un œil dans le rétroviseur.

« Cet été, on va te faire tenir debout sur tes skis, J-K. OK ? Il y a deux ans, ce n'était pas tout à fait ça, hein ? »

Il appelait toujours Jonas J-K, d'après ses initiales.

« J'essaierai », dit Jonas.

En fait, il préférait ne pas penser au ski nautique. Il ne voulait pas non plus penser à cet été-là, quand Papa venait de commencer à purger sa peine et que Jonas et Mats avaient dû aller seuls sur Öland.

Il regardait à présent le vaste détroit, ils étaient arrivés au village. Ils passèrent devant le kiosque et le restaurant, puis s'engagèrent à gauche sur la route côtière, avec la falaise d'un côté et les villas de l'autre.

Jonas n'était pas sorti de l'eau une seule fois cet été-là. Oncle Kent avait tenté de le redresser au moins quinze fois avec un filin depuis le hors-bord, Jonas toussait de l'eau et s'agrippait à la poignée à s'en faire blanchir les doigts, puis plongeait la tête la première au bout de quelques mètres seulement. Le soir, il avait les jambes comme du chewing-gum.

« Tu ne vas pas essayer, J-K – tu vas le *faire* ! Tu es un dur, maintenant, je te jure. Quel âge ça te fait ?

– Douze », dit Jonas, alors qu'il ne les aurait pas avant août. Il regarda son frère à la dérobée, prêt à essuyer une moquerie, mais Mats contemplait la mer, l'air de ne pas écouter.

Ils approchaient de la maison de vacances. Ils l'appelaient Villa Kloss, alors qu'il y avait en fait deux villas côte à côte, avec de larges baies vitrées donnant sur la mer. Dans celle du nord habitaient Tante Veronica et les cousins, dans celle du sud Oncle Kent.

Papa n'avait plus de villa. Ils habiteraient dans les bungalows des invités.

« Douze ans, le plus bel âge de la vie, dit Kent tandis que la Corvette s'engageait dans l'allée de sa villa. L'âge où on est libre. Tu vas passer un super été ici, J-K ! »

Mais il ne se sentait pas libre. Juste petit.

# GERLOF

GERLOF RENCONTRA le Suédo-Américain sur le chemin du bal. Il était en retard : appuyé sur sa canne en châtaignier, il avançait sur le chemin côtier aussi vite qu'il pouvait. Bien sûr, il n'allait pas lui-même danser autour du mât de la Saint-Jean, mais écouter la musique lui disait bien. Le bal de la Saint-Jean, ce n'était qu'une fois par an.

Le problème, c'était qu'il avait oublié une chose – ou plutôt deux : voilà pourquoi il était en retard. Ses filles et ses petits-enfants l'attendaient, mais, une fois descendu dans le jardin, il avait constaté qu'il n'entendait pas un seul chant d'oiseau.

*L'appareil.* Il n'avait pas encore pris l'habitude.

« Je vais le chercher », avait dit sa fille Julia.

Elle posa le petit tabouret pliable qu'elle portait pour Gerlof et rebroussa chemin. Une minute plus tard elle était ressortie avec les deux oreillettes en plastique.

« On peut y aller les premiers ? Les garçons aimeraient bien ne pas rater le début de la fête. »

Gerlof avait placé les appareils dans ses oreilles et lui avait fait signe d'y aller.

« Je vous suis. »

Avec sa canne et les chants d'oiseaux pour toute compagnie, il se dirigeait vers le mât dressé au fond de la baie.

Il était heureux d'entendre les oiseaux, même si ses oreilles avaient besoin d'aide.

Le printemps et l'été, Gerlof quittait sa chambre de la maison de retraite de Marnäs pour habiter autant qu'il le pouvait dans sa maison sur la côte. Il y retrouvait la mer, le vent, et tous les oiseaux – les oiseaux migrateurs qui revenaient d'Afrique au printemps. Dans le jardin de Gerlof.

Moineaux et pinsons se rassemblaient en rang au bord de la petite piscine à oiseaux en calcaire installée dans un coin de la pelouse. Gerlof les regardait se pencher pour boire – puis ouvrir leurs becs pour gazouiller et chanter.

Mais il n'entendait plus leur chant.

Ses problèmes d'audition n'étaient pas nouveaux, ils s'aggravaient insidieusement depuis longtemps. Gerlof avait cessé d'entendre striduler les sauterelles à soixante-cinq ans, l'été de sa retraite. Sur sa véranda, le soir, il n'entendait rien dans le noir. Il avait d'abord cru que la pollution avait eu raison d'elles – puis un médecin lui avait expliqué que le bruit des sauterelles était d'une fréquence si élevée que ses vieilles oreilles ne pouvaient pas l'entendre.

*Vieilles oreilles ?* Pas plus vieilles que lui. Mais ne pas entendre les sauterelles passait encore, leur stridulation n'était que lassante, elle ne lui manquait pas.

Mais les chants d'oiseaux, Gerlof voulait les entendre. Le printemps précédent, leurs chants semblaient plus étouffés, comme si les oiseaux étaient derrière une couverture invisible. Ce printemps-ci, le jardin était absolument silencieux. Gerlof avait alors compris que quelque chose n'allait pas et avait contacté le docteur Wahlberg, qui l'avait envoyé à Kalmar faire un audiotest.

Gerlof s'attendait à un technicien en blouse blanche, un crayon derrière l'oreille, mais le testeur portait un jean et une queue-de-cheval.

« Bonjour, je m'appelle Ulrik, avait dit l'homme. Je suis audiologue.

– Cardiologue ?

– Audiologue. Je vais vous soumettre à des tests séquentiels multifréquences pour réaliser un audiogramme. »

Tous ces mots nouveaux faisaient tourner la tête de Gerlof. On l'avait installé dans une cabine avec des écouteurs et un bouton qu'il devait presser quand il entendait des sons graves ou aigus. Il avait passé de longs moments inquiétants sans rien entendre.

« Comment ça s'est passé ? avait-il demandé à Ulrik, une fois délivré de la cabine.

– Pas très bien. Il serait grand temps de songer à une assistance technique. »

*Assistance technique ?* Gerlof allait-il avoir des câbles branchés sur le crâne ? Il se souvenait de son vieux grand-père – notoirement pingre – qui, devenu dur d'oreille vers quatre-vingt-dix ans, s'était lui-même martelé un cornet auditif dans la tôle d'une vieille boîte de tabac à chiquer. Simple et gratuit.

Aujourd'hui, tout était en plastique. On avait alors pris les empreintes des conduits auditifs de Gerlof, pour y mouler un appareil adapté.

Mi-mai, Gerlof avait essayé son appareil dans son propre jardin : Ulrik était venu le voir sur Öland, avec un petit ordinateur portable.

« D'habitude, nous ne faisons pas de visites à domicile, mais j'adore cette île… Le soleil et la nature. »

Flatté, Gerlof l'avait emmené sur sa véranda admirer les oiseaux. Dans le petit bassin en pierre, un oiseau vert olive se lavait les ailes.

« Un verdier, il chante comme un canari… si on arrive à l'entendre.

– Quand nous en aurons fini, vous l'entendrez », avait dit Ulrik en posant son ordinateur sur la table.

Quelques minutes plus tard, Gerlof était assis sans bouger sur une chaise de la véranda, ses oreillettes parfaitement adaptées reliées par des câbles à l'ordinateur.

Ulrik était penché au-dessus de l'écran.

« Comment c'est ? Est-ce que ça siffle ? »

Gerlof avait secoué la tête – doucement, pour que les câbles ne se détachent pas. Puis il avait fermé les yeux, concentré sur son ouïe.

Il écoutait. Non, ça ne sifflait pas, mais il y avait un faible chuintement comme il n'en avait plus entendu depuis des années. Ce n'était pas un parasite dans son nerf auditif, ça venait de dehors, et il avait soudain compris que c'était le vent autour de la maison.

Et derrière le vent, soudain, un chant d'oiseau pur et clair. C'était le verdier dans le bassin. Et quelque part dans les buissons, une fauvette lui avait répondu.

Gerlof avait ouvert les paupières et cligné des yeux, étonné.

« Je les entends à nouveau. Les oiseaux.

– Bien, alors nous sommes sur la bonne voie. »

Gerlof entendait les oiseaux tout autour de lui, sans pourtant les voir. De quoi songer à ce mystère acoustique de son enfance et, puisqu'il avait un expert sous la main, il avait demandé :

« Peut-on entendre un bruit qui n'existe pas ? »

Ulrik l'avait regardé, interloqué.

« Comment ça ?

– Je veux dire, si quelqu'un entendait des bruits mystérieux, par exemple des bruits sous terre... est-ce que cela pourrait être une forme d'hallucination ? Non pas visuelle, mais auditive ?

– Question difficile, avait dit Ulrik. Il est clair qu'on entend parfois des sons qui n'existent que dans la tête, comme les acouphènes, les sifflements.

– Il ne s'agissait pas d'un sifflement. C'était des coups. Forts, sortis d'un cercueil qui venait d'être mis en terre. Je les ai entendus quand j'étais jeune, ainsi que plusieurs autres personnes... Tous ceux qui étaient là les ont entendus. »

Il avait regardé l'audiologue, mais Ulrik s'était contenté de secouer la tête.

« Je ne suis pas expert en histoires de fantômes, désolé. »

À présent qu'il approchait du lieu de la fête, il entendait la rumeur d'une foule importante, comme un torrent dans le lointain. L'attente était palpable, le bal n'avait pas encore commencé.

Gerlof savait que beaucoup de monde était arrivé au village, car la pression de l'eau dans ses robinets avait chuté ces derniers jours. L'eau était une denrée rare sur l'île dès qu'il faisait chaud et, l'été, beaucoup se la partageaient.

Ses muscles le faisaient souffrir, mais il pressa le pas sur la route côtière, dépassant le sentier qui descendait à la baignade. Sur le ponton, quelques jeunes, avec des maillots et des bikinis minimalistes. Gerlof songea aux maillots de bain d'autrefois, tricotés, qui sentaient la laine.

Arrivé à la rangée des boîtes aux lettres, au moment d'obliquer vers l'intérieur des terres, Gerlof avisa un homme de son âge. Il était de grande taille, avec des cheveux blancs bouillonnants et une veste brun sombre. Et un vieil appareil photo Kodak autour du cou.

Il le regarda, avec la vague impression de l'avoir déjà vu quelque part.

L'homme le regarda à son tour. Puis leva à nouveau son appareil, comme un bouclier, et fit d'autres clichés des boîtes aux lettres.

Gerlof se souvint de sa résolution de ne pas porter de jugements hâtifs sur les étrangers, et s'approcha de lui.

« Bonjour, dit-il. Nous nous connaissons, n'est-ce pas ? »

L'homme hésita, s'écarta d'un pas des boîtes aux lettres et regarda à nouveau Gerlof.

« Oui, nous nous sommes rencontrés, mais c'était il y a longtemps. »

Il parlait le dialecte d'Öland, mais avec un léger accent. Gerlof tendit la main.

« Davidsson, Gerlof Davidsson. »

L'homme lui serra la main.

« *All right*, je me souviens, dit-il. *Djurloff*... Nous sommes sortis pêcher, un soir, dans votre joli bateau.

– Il n'est plus bien joli. » Gerlof retrouva soudain le souvenir qu'il cherchait : « Et vous êtes suédo-américain, c'est ça ? »

L'homme opina du chef.

« Mais plus américain que suédois. Je m'appelle Bill Carlson, de Lansing, Michigan. Cousin d'Arne Carlson de Långvik... Ce sont ses *kids* que je viens voir cet été. »

Il se tut et regarda à nouveau les boîtes aux lettres. Gerlof constata qu'il y avait des Américains moins bavards que les autres.

« J'ai bien connu Arne, de Långvik, dit-il. Bienvenue au pays, alors, Bill.

– Je n'ai jamais vécu ici, dit l'Américain, presque honteux. Mon père a émigré d'Öland quand j'étais *young*. Mais nous parlions suédois à la maison, et je viens voir la famille tous les cinq ans. Hélas, il ne reste plus grand monde. J'étais en train de regarder les noms sur les boîtes aux lettres, mais je n'en reconnais presque aucun…

– Qui le pourrait ? dit Gerlof. Il y a tant de nouveaux venus chaque été… Des gens qui ne se montrent pas tout le reste de l'année. » Il se tourna vers le lieu de la fête. « Vous venez pour la musique ?

– Absolument, dit l'Américain. *The Frogs*, la chanson des grenouilles rigolotes, c'est ma préférée. »

Ils rejoignirent ensemble le mât de la Saint-Jean, mais Bill marchait à grandes enjambées et eut tôt fait de distancer Gerlof, qui luttait avec sa canne pour le rattraper et continuer la conversation.

« Quel âge avez-vous, Bill ? Si vous permettez la question…

– Quatre-vingt-six, bientôt. Mais je me sens comme si j'en avais soixante-dix. »

Gerlof était jaloux de la facilité avec laquelle Bill semblait se déplacer sur l'herbe. Il supportait mal de voir des gens plus âgés que lui en meilleure forme. Certains vieillards semblaient ne jamais devoir *vieillir*.

# LISA

LISA AVAIT MAL DORMI la nuit avant son départ, car Silas était sorti le soir pour ne revenir qu'à l'aube. L'été, il restait dehors plus longtemps et menait une vie plus dure. Quand Lisa sortit du lit, vers sept heures, on aurait dit un tas de vêtements déchirés sur le canapé.

Elle partit en douce, sans dire au revoir. À quoi bon ? Elle fit ses bagages en silence, referma la porte sans bruit. Pas d'adieux. De toute façon, Silas appellerait bientôt. Silas appelait toujours.

La vieille Passat était garée au pied de l'immeuble. La serrure était en aussi mauvais état que le reste de la voiture, aussi avait-elle gardé la guitare et les disques dans l'appartement.

Elle les chargea et partit vers le sud.

Partie jouer presque chaque week-end cette année, Lisa s'était habituée à conduire : aussitôt sur l'autoroute, elle accéléra. Elle roulait à présent pied au plancher – mais une heure environ après avoir quitté Stockholm, elle sentit une odeur âcre émaner de la voiture, caoutchouc brûlé ou mauvais pressentiments.

*Angoisse*. Elle était en retard pour le concert de la Saint-Jean : il fallait que la voiture tienne. Elle continua à conduire, clignant des yeux, bâillant.

Lisa n'arrivait jamais à dormir quand elle attendait Silas. Et les nuits étaient trop claires. La chaleur estivale était agréable, mais elle n'aimait pas que la limite entre le jour et la nuit soit si floue.

La circulation était dense et lente, tous les retardataires partis fêter la Saint-Jean étaient sur la route. Nombreux, impatients.

Sur la voie côtière descendant vers Kalmar, Lisa aperçut plusieurs fois l'île dans la Baltique, long trait noir à l'horizon : quelle frustration que le pont d'Öland desserve la partie sud de l'île, alors qu'elle se rendait au nord. Il fallait qu'elle descende avant de remonter.

Elle finit par atteindre le pont au-dessus du détroit, long et haut perché. Elle était venue là en voyage scolaire à dix ans, quinze ans plus tôt, c'était sympa de revenir.

La file des voitures formait un ruban éblouissant sur le pont. Quand Lisa s'immobilisa, l'odeur du moteur ne tarda pas à empirer.

Le pont était un des plus longs d'Europe – c'était bien l'impression qu'on avait aujourd'hui, avec cette circulation qui se traînait. Les vagues miroitaient de l'autre côté de la rambarde, le soleil cuisait l'asphalte. Ses vinyles allaient peut-être fondre. Au point où elle en était.

Et voilà – en montant vers le sommet du pont, le moteur se mit à fumer.

Elle serra le volant et lâcha l'accélérateur. La voiture s'arrêta au milieu de la file. Pas moyen de se ranger sur le côté. Les voitures bloquées derrière elle se mirent à klaxonner. C'était la Saint-Jean, des dizaines de milliers de personnes avaient décidé en même temps de se rendre sur l'île. Tout le monde voulait passer.

Le soleil brûlait à travers la vitre, la chaleur était de plus en plus étouffante et Lisa n'avait rien à boire dans la voiture. Que des chewing-gums.

Que faire ? Demi-tour, en renonçant à Öland ?

Un policier à moto arriva entre les voitures et se glissa dans le vide formé devant Lisa.

Double angoisse. Elle baissa la tête, en espérant qu'il la dépasserait.

Mais non, bien sûr. Il stoppa sa moto et frappa à sa vitre. Elle la descendit.

« Vous ne pouvez pas rester là, dit-il.

– Ce n'est pas ma faute ! » Lisa montra de la tête le capot de la voiture. « Il y a un problème là-dedans.

– Le moteur ? » Le policier renifla. « Ça sent le brûlé.

– Oui.

– C'est sûrement les disques de l'embrayage. Vous avez trop accéléré dans la montée. » Il lui indiqua l'autre côté du pont. « Vous pouvez continuer comme ça, mais arrêtez-vous au premier parking après le pont pour laisser le moteur refroidir un peu. Là-bas, mes collègues pourront vous aider. »

Lisa hocha la tête. Elle avait son permis depuis cinq ans, mais elle se sentit comme une débutante lorsqu'elle passa la première et appuya sur l'accélérateur pour reprendre sa place dans l'embouteillage.

Une fois passé le sommet du pont, la descente fut plus facile. L'odeur de brûlé était toujours forte dans l'habitacle, mais quand elle baissa sa vitre, elle fut remplacée par celle des gaz d'échappement. La file des voitures et des camping-cars s'allongeait sur tout le pont, se déplaçant à la vitesse d'un canot à rames. Il allait être midi et demi. Le concert à Stenvik commençait à quatorze heures – un jour ordinaire, elle aurait eu tout son temps.

Il lui fallut vingt-cinq minutes pour parcourir les sept kilomètres du pont, mais, sur l'île, l'embouteillage continuait. Lisa vit un grand parking à droite à la sortie du pont, et s'y engagea.

Les places étaient rares – la police était là, comme l'avait dit le motard, et avait arrêté plusieurs voitures pour les contrôler. La plupart étaient en mauvais état, les chauffeurs et les passagers très jeunes invités à descendre pour ouvrir leur coffre.

Lisa, elle, descendit ouvrir son capot. Mon Dieu, que ça puait. Le moteur était brûlant et cliquetait furieusement, mais il n'en sortait plus de fumée. Elle attendrait un peu avant de repartir, il lui resterait alors une heure avant de jouer.

Au bout d'un moment, un nouveau policier s'approcha. Il était plus jeune que le motard, la trentaine, bronzé et en chemisette.

« Un problème de moteur ? »

Lisa hocha la tête.

« Mais je crois que ça va passer... Il faut juste que les disques d'embrayage refroidissent.

– Très bien, parce qu'on a besoin de toutes les places, ici. Nous arrêtons beaucoup de voitures.

– Vous contrôlez la vitesse ?

– Non, dit le policier. L'alcool.

– L'alcool ? »

Le policier montra de la tête un vieux combi Volkswagen rouge. Trois garçons, à peine plus vieux que Lisa, déchargeaient des cartons et des cartons de bouteilles de vin, surveillés par deux agents de la circulation. Ni les uns ni les autres n'avaient l'air ravis.

« Les gens emportent beaucoup trop d'alcool avec eux pour la Saint-Jean, dit le policier. S'ils sont mineurs, ou semblent être des revendeurs, nous saisissons.

– Est-ce qu'ils le récupèrent, après ?

– Non, nous gardons tout, malheureusement. » Le policier regarda la voiture de Lisa. « Comment ça se présente ? »

Lisa leva le nez, plus d'odeur de brûlé. Rien que les gaz d'échappement.

« Je pense que je peux y aller... Vous savez si ça circule mieux, vers le nord ?

– Pas vraiment, dit le policier. C'est la Saint-Jean.

– Je sais », dit Lisa.

Et elle se remit dans la file des voitures. Un camping-car aimable lui fit une place. Ça circulait un peu mieux, mais pas à plus de cinquante. Doubler ne lui ferait pas gagner beaucoup de temps, il n'y avait plus qu'à se détendre et essayer de profiter de l'été.

Essayer d'oublier un peu Silas.

Il lui fallut presque quarante minutes pour atteindre Borgholm. Beaucoup de voitures s'arrêtaient là. Lisa put ensuite rouler plus vite, mais il ne restait plus qu'un quart d'heure avant sa prestation.

Elle se consolait en se disant qu'elle n'était que guitariste d'accompagnement. Elle aurait préféré ne pas avoir à jouer au bal, elle avait arrêté les goûters d'anniversaire et les comités d'entreprise depuis plusieurs années – mais elle avait besoin de cet argent.

À treize heures cinquante-six, elle quitta la grand-route et descendit vers le village. Le lieu de la fête était à côté du chemin, presque au bord de l'eau, facile à trouver : le mât de la Saint-Jean se dressait au milieu de la pelouse où le public s'était rassemblé.

Lisa sauta de sa voiture, inspira l'air marin, prit sa guitare – sûrement désaccordée avec cette chaleur, mais il faudrait faire avec – et se précipita vers le mât. Il devait avoir été installé le matin même, car les feuilles de bouleau qui l'ornaient étaient encore bien vertes dans le soleil. Les deux couronnes de fleurs au sommet se balançaient dans le vent au-dessus des enfants et des adultes endimanchés.

Tous gais à faire peur. Une foule de riches à la campagne. Elle se fraya vite un passage.

« Pardon… Excusez-moi… »

Lisa tenait le manche de la guitare devant elle presque comme un bélier, et les gens s'écartaient sur son passage.

Deux hommes d'un certain âge attendaient de l'autre côté du mât, l'un avec un micro, l'autre un énorme accordéon sur le ventre. Ils hochèrent la tête à son arrivée.

« Ah, enfin, l'accompagnement… C'est toi, Lisa Turesson ? »

Elle hocha la tête, passa la sangle de sa guitare, sortit un médiator de sa poche. Elle pinça les cordes et fit un rapide accord. Ça irait.

« On commence maintenant, à quatorze heures, dit l'accordéoniste. Tu étais au courant, quand même ? »

Lisa le dévisagea à travers sa frange.

« Il y avait un embouteillage sur le pont.

– Il faut partir à temps », dit le chanteur. Il regarda sa guitare. « Prête ?

– Bien sûr. »

Le chanteur leva son micro, et toute son irritation disparut :

« Bonjour tout le monde ! Vous m'entendez bien ? Bon, alors bienvenue à Stenvik pour ce concert de la Saint-Jean, les petits et les grands. Je m'appelle Sune, et avec moi à l'accompagnement, voici Gunnar et Lisa. Nous allons jouer et vous allez danser, avant de rentrer chez vous manger du hareng et des pommes de terre. Ça vous va ? »

Des voix éparses répondirent des « Ouiii… » à sa question.

« Allez, prenez-vous par la main. Ne soyez pas timides ! »

Les gens lui obéirent, ils formèrent une chaîne humaine.

« On va commencer par *La Petite Corneille du pasteur…*, dit-il en regardant Lisa, la chanson du pauvre petit oiseau qui part en voyage mais qui tombe dans le fossé. Prêts ? »

Le chanteur battit la mesure, l'accordéon et la guitare se lancèrent. Les gens se mirent à tourner autour du mât. D'abord lentement, puis de plus en plus vite.

C'était enfin l'été, pour Lisa, la saison des concerts commençait.

## GERLOF

LA RONDE tournait autour du mât de la Saint-Jean. Le culte du soleil avait commencé. Assis sur son pliant, Gerlof songeait que tout arrivait trop tard. Le solstice d'été avait eu lieu quatre jours plus tôt, donc techniquement l'automne était désormais plus proche que le printemps, les ténèbres plus proches que la lumière.

Mais on fêtait pourtant le soleil et l'été, et il y avait beaucoup de sourires sous les couronnes de fleurs. Plusieurs centaines de personnes de tous les âges tournaient autour du mât en larges cercles concentriques.

Gerlof ne dansait pas : assis sur son pliant, les jambes raides, il attendait impatiemment le déjeuner qui suivrait, le hareng, les pommes de terre et les verres de schnaps. Mais l'ambiance était agréable. Il écoutait la musique et regardait les gens danser la ronde.

Il était tout particulièrement content de voir Julia danser. Elle avait longtemps évité Öland, depuis que son petit garçon y avait disparu sans laisser de traces. Gerlof avait ressassé cette tragédie des années durant, et il avait fini par l'élucider, envoyant un homme en prison et permettant à Julia de tourner la page, avec un nouvel homme et ses enfants.

Beaucoup des autres danseurs étaient des inconnus, mais Gerlof reconnaissait la famille Kloss. Les propriétaires d'Ölandic. Ils se tenaient un peu à l'écart, sans danser. Kent Kloss faisait souvent dans les journaux des déclarations sur l'importance du tourisme pour l'île. Son petit frère Niklas était à côté de lui, en jean et T-shirt.

Leur sœur Veronica aussi, robe blanche et vague de cheveux auburn. La dernière fois que Gerlof l'avait vue, c'était l'année précédente, lors d'une conférence sur l'histoire de la famille Kloss, dans la salle commune de la maison de retraite de Marnäs. Elle avait réussi à dérider la partie masculine de son public, dont quelques nonagénaires. Gerlof en était. Veronica Kloss était grande et en imposait. Elle aurait pu saluer les foules au balcon d'un château.

La famille Kloss était entourée de ses enfants, que des garçons, aussi bronzés que leurs parents.

Gerlof aperçut aussi Bill Carlson : il tournait dans l'herbe en mitraillant de tous les côtés avec son Kodak. Il finit par rejoindre Gerlof avec un sourire satisfait.

« Est-ce qu'on peut faire plus suédois que ça ?

– Suédois ? dit Gerlof avec un sourire. Ne le dites pas à Zorn ni à Carl Larsson, mais c'est une fête allemande.

– Vraiment ?

– À l'origine, oui. Le mât de mai servait de cible aux archers allemands, avant d'être décoré avec des fleurs printanières. Puis des marchands allemands ont importé l'idée en Suède... Mais comme ici la plupart des fleurs n'éclosent pas avant juin, on a dû décaler la fête d'un mois.

– Ça alors, dit Bill. De la guerre au *flower power.*

– Eh oui, des fois ça se passe comme ça.

– Donc, vous vous intéressez beaucoup à l'histoire, Gerlof ?

– Oui. Mon histoire et celle des autres. »

Gerlof regarda à nouveau la famille Kloss. Ils semblaient détendus, mais pour le secteur touristique, ce week-end était le début de la saison, à partir de la Saint-Jean, pour six semaines. Le tourisme sur Öland était un feu de Bengale qui ne brûlait que l'été, bref mais intense.

Le bal continua une demi-heure, et s'acheva par une *fusée* : tout le monde se pressa autour du mât en frappant des mains et en tapant du pied, avant de lâcher un cri vers le ciel. On tira trois *fusées*, et la fête s'acheva.

Les vélos détachés, les gens commencèrent à rentrer chez eux. Gerlof n'avait pas d'obligations, ses filles s'occupaient de tout, mais il fallait tenir sa promesse d'être poli avec les étrangers, et il se tourna vers sa nouvelle connaissance, Bill l'Américain.

« Et maintenant vous allez rentrer en vélo à Långvik, Bill ?

– Oui. Rentrer manger le hareng.

– Vous voulez quelque chose avant de partir ? Un schnaps à l'absinthe ?

– Une autre fois, dit Bill. Les alcools forts me mettent les jambes en coton, et il y a des nids-de-poule sur le chemin… »

Gerlof hocha la tête.

« Une autre fois cet été, alors. »

Ils firent un bout de chemin ensemble le long de la côte, avec beaucoup d'autres habitants du village qui rentraient chez eux. Gerlof vit des filles cueillir des marguerites et des véroniques sur le talus, alors que, d'après la tradition, il fallait le faire après le coucher du soleil pour que cela porte chance.

La Saint-Jean était le plus long jour de l'année, où tout pouvait arriver, mais il n'arrivait pas grand-chose. Il y avait de l'amour dans l'air, l'amour des jeunes les uns pour les autres, l'amour des plus vieux pour la nature, mais la nuit suffisait souvent à le balayer.

Bill et Gerlof se séparèrent au nord du village, au croisement.

« Donnez-moi votre numéro, dit Gerlof. Nous sommes en train de réparer mon bateau, alors nous pourrons peut-être sortir pêcher vers la fin de l'été.

– Volontiers, dit Bill. Et il y a d'autres vieux Américains sur l'île qui aimeraient peut-être venir, s'il y a une place pour eux.

– On verra, dit Gerlof. S'agissant des groupes, Bill… je crois que je préfère quand même les oiseaux. »

# LISA

APRÈS UNE DEMI-HEURE, la fête était finie. Ils terminèrent par la chanson des *Trois petites vieilles de Nora*, où les enfants devaient crier aussi fort qu'ils pouvaient, en faisant comme s'ils étaient des fusées qui s'élançaient vers le ciel.

Puis tout le monde se calma et commença à rentrer chez soi. Les seules traces du bal étaient de grands cercles d'herbe foulée tout autour du mât. Lisa décrocha sa guitare et put souffler.

« Bien accompagné, dit le chanteur.

– Merci », dit Lisa.

Il montra de la tête le restaurant du village.

« Tu vas jouer là-bas cet été, non ?

– Oui, de temps en temps. Mais surtout à Ölandic. »

Ce qui lui rappela quelque chose d'important :

« Et pour l'argent ?

– L'argent ?

– À qui je m'adresse, pour le cachet ?

– Pas à nous, se dépêcha de répondre le chanteur. Vois avec les Kloss. »

Lisa reconnut le nom, c'était eux qui l'avaient engagée.

« Oui, Veronica ou son frère Kent… Ils sont là-bas. »

Lisa vit un groupe de quatre adultes accompagnés d'ados de l'autre côté du mât. Ils avaient l'air de s'amuser autant que les autres familles venues à la fête.

Elle alla poser sa guitare dans la Passat. La tension était retombée, après la course contre la montre. Elle était libre, plus de musique aujourd'hui.

*Rien que pour le fric*, chuchota en elle la voix de Silas.

La famille Kloss attendait. Avec son plus grand sourire, elle alla se présenter à la femme la plus proche.

« Veronica Kloss ? Je suis Lisa Turesson, vous m'avez appelée la semaine dernière… »

La femme l'interrompit de la main, l'air inquiet.

« Pas moi, dit-elle. Pas madame Kloss. Je suis Paulina. »

Son suédois était hésitant, avec un fort accent de l'Est. *Femme de ménage importée*, se dit Lisa, honteuse de penser ça.

L'autre femme du groupe s'avança. La quarantaine et pas une ride, juste quelques aimables fossettes.

« Bonjour Lisa. C'est moi Veronica. Merci pour le concert.

– De rien, dit Lisa, en inspirant avant de continuer : Je me demandais, pour le règlement…

– On s'en occupe. Vous allez encore jouer, n'est-ce pas ? Dans notre restaurant et au night-club. »

Lisa se dépêcha de hocher la tête.

« Je serai ici tout juillet, mais j'aurais besoin d'une avance…

– Bien sûr », dit Veronica. Elle sortit son portefeuille et lui remit deux billets, sans reçu.

Pendant ce temps, un des deux hommes s'était approché de Lisa.

« Kent Kloss, bienvenue au village, dit-il. Vous venez prendre un cosmo avec nous à la villa ?

– Quoi ?

– Boire un cosmopolitan sur ma terrasse ? »

Kent Kloss était en T-shirt et short, comme les jeunes, et Lisa avait du mal à déterminer son âge. Il avait le visage d'un homme mûr, mais souriait comme un gamin.

« Non merci, dit Lisa, ça va. Je conduis.

– Et alors ? dit Kloss. C'est le week-end. »

Elle sourit, professionnelle.

« Merci quand même.

– Une autre fois, dit Kent. L'été sera long. »

Veronica Kloss sortit une clé de sa poche. Puis fit un geste vers la plage.

« Vous logerez là-bas, au camping. Nous avons quelques caravanes pour nos employés, juste au bord de l'eau. C'est un peu spartiate, mais vous logez gratuitement… et la vue est fantastique. Ça ira ?

– Très bien », dit Lisa.

En regagnant sa voiture, la lassitude l'envahit pourtant.

*Une caravane.* Elle avait espéré une petite maison rouge au bord de la mer, jolie et cosy.

Mais le camping de Stenvik était à quelques mètres seulement du rivage, et le site était en effet magnifique.

En le traversant en voiture, elle vit des tentes et des caravanes, mais aussi une forme de nature sauvage. Les campings étaient d'habitude bien organisés en grands rectangles de pelouse tirés au cordeau, mais celui-ci était pierreux, inégal, plein de buissons et de fourrés. Il n'y avait pas d'allées. Les tentes et les caravanes étaient pêle-mêle, isolées ou en groupe. Beaucoup étaient anciennes, décolorées par le soleil, d'autres neuves, entourées d'une clôture en bois.

En suivant les indications de Veronica, elle finit pourtant par trouver une caravane à l'ancienne, blanche et un peu arrondie, sans clôture. Pas neuve, mais pas non plus sale ni rouillée.

Elle l'ouvrit et regarda à l'intérieur. Ce n'était pas bien grand – une pièce avec coin cuisine et une petite alcôve – mais c'était propre. Elle renifla et sentit une odeur de détergent. Pas de moisissure.

Bien. Elle s'assit sur le lit étroit et sortit son portable. C'était le moment d'appeler Silas, de prendre de ses nouvelles et de lui dire qu'elle était arrivée.

# LE REVENANT

UNE CLÔTURE IMPRESSIONNANTE. Pas la plus haute qu'ait vue le Revenant, mais très solide.

Des poteaux d'acier élevaient vers le ciel un grillage vert. Le métal brillait au soleil et, entre chaque poteau, une pancarte jaune avertissait : DÉFENSE D'ENTRER.

Le Revenant sortit sa petite boîte en bois et y puisa lentement un peu de tabac à chiquer. L'avertissement était ridicule, mais la clôture valait la peine d'être examinée. Elle faisait presque trois mètres de haut. Elle n'était pas électrifiée, mais couronnée par quatre lignes de fil barbelé. À gauche, elle courait jusqu'à la mer, à droite vers un épais bois de feuillus.

« Ils n'ont pas clôturé toute la zone », dit-il.

À côté de lui se tenaient Pecka et sa petite amie Rita.

« Non, dit-il. Les Kloss ont juste bouclé les trucs qu'ils voulaient protéger… La centrale électrique et le port. »

Le Revenant hocha la tête.

« Et autour de Rödtorp ?

– Qu'est-ce que c'est ? dit Pecka.

– Une petite ferme, au sud du port.

– Jamais entendu ce nom. » Pecka n'avait pas l'air intéressé. « Mais la clôture s'arrête au sud du port, du côté de la baignade.

– On peut entrer ? »

Pecka hocha la tête.

« Il y a une grille pour les voitures près de l'eau, mais sous vidéosurveillance. »

Le Revenant leva les yeux vers la clôture.

« Trop haut pour moi.

– On ne va pas grimper, dit Pecka. Il y a d'autres ouvertures.. Suis-moi. »

Il se glissa parmi les arbres le long de la clôture, vers l'est. Le passage était difficile, entre les broussailles et les troncs, mais le Revenant et Rita suivirent.

Le Revenant portait son pistolet fourré à la ceinture.

Après peut-être soixante pas, ils parvinrent à une petite clairière, avec une porte métallique dans la clôture. Bien fermée, mais Pecka sortit une clé de la poche de son jean. Il sourit.

« J'ai "oublié" de la rendre l'an dernier, quand ils m'ont viré. »

Il l'ouvrit : il n'y avait plus qu'à entrer.

Une fois de l'autre côté, Pecka leva la main : ne pas faire de bruit. On voyait qu'il connaissait les lieux. Il les conduisit sans hésiter à travers les arbres jusqu'à un sentier. Il bifurqua à droite.

Plus ils s'enfonçaient dans la forêt, plus Pecka était prudent. Il ralentit, aux aguets. Mais il continua d'avancer et, au bout de quelques minutes, le Revenant entendit un faible chuintement. Entre les feuillages, on apercevait l'eau.

La mer, et une surface goudronnée.

« Le port », chuchota Pecka.

Il resta là avec Rita, mais le Revenant dépassa le goudron et se fraya un passage sur le sentier, parmi les arbres et les épaisses broussailles, étonné : il reconnaissait les lieux de son enfance, et pourtant non.

Les arbres étaient nouveaux, mais la terre, la mer et les odeurs étaient les mêmes.

Soudain, il entendit un bruit de verre cassé sous sa semelle.

Un morceau de vieille vitre.

Il leva les yeux et vit les gravats éparpillés, à vingt mètres seulement devant lui.

C'était là. La ferme. Mais c'était comme si un pied gigantesque l'avait piétinée avant d'en disperser les débris.

Le Revenant contempla un instant les ruines, puis rebroussa chemin. Ça suffisait.

Il regagna la forêt, hâta le pas, et faillit entrer en collision avec les deux autres. Pecka et Rita étaient accroupis dans les broussailles, Pecka des jumelles à la main. Il observait le port.

Le Revenant vit qu'un bateau était à quai. Un petit cargo, rouillé et peut-être abandonné. Soudain, pourtant, il vit du mouvement sur le pont. Il y avait des gens près des écoutilles et sur le pont de commandement.

« Nous connaissons leur programme, dit Rita. Ils déchargent des marchandises depuis deux jours, et repartiront après la Saint-Jean. »

Le Revenant se tut, mais Pecka hocha la tête.

« C'est à ce moment qu'on agira. »

Ils continuèrent d'observer le bateau au milieu du bourdonnement des mouches, mais le Revenant ne pouvait pas oublier les débris de son enfance dispersés dans les bois.

## LE PAYS NEUF, JUIN 1931

LES MOUCHES BOURDONNENT dans le compartiment, le vent souffle, le train siffle. Aron a vu le train sur la lande toute sa vie de treize ans, sans jamais y être encore monté. C'est une vraie aventure de parcourir l'île quelques wagons derrière la locomotive, filant tout droit dans le plat paysage. Un voyage dans le vide, mais pourtant passionnant, à travers le désert d'herbe de la lande. Aron passe la tête par la fenêtre, sent la vitesse dans ses cheveux. Le train à vapeur avance en toussant, plus rapide que les rares voitures et bus qui circulent sur la grand-route.

Parfois, ils dépassent des granges. Alors reviennent les souvenirs de cette nuit d'été l'an passé, le mur effondré, le silence dans le noir.

Le mur n'était pas tombé à plat – restait une fente noire en dessous, comme l'entrée d'une crypte. Aron était resté là à fixer cette ouverture. Puis Sven lui avait posé la main sur l'épaule et l'avait poussé.

*Vas-y !* avait-il dit entre ses dents, en sueur, stressé. *Va chercher son argent.*

Aron lui avait obéi. Il s'était mis à plat ventre et s'était glissé là-dessous.

Dans le noir. Il avait rampé sur la terre froide, sous le dur mur de bois. Un clou lui avait écorché le front, mais il avait baissé la tête et continué.

Jusqu'au corps.

Edvard Kloss, étendu sous le mur.

Écrasé. Immobile.

Aron frissonne dans le vent. Il ne veut pas se souvenir de cette nuit.

Mais la vue des fermes le long de la voie ne semble pas troubler Sven. En voyant des ouvriers agricoles au travail près des granges, il les salue de la main.

« Tu les connais ? demande Aron.

– Non, répond Sven, mais tous les travailleurs sont mes frères. Eux aussi seront un jour libérés de toutes ces corvées. »

Après Kalleguta, la voie ferrée oblique soudain vers l'ouest, vers la gare de Borgholm. Au-delà de la ville réapparaît la mer, bande bleue à l'horizon. Aron n'a jamais non plus pris le ferry pour la terre ferme, il n'a jamais traversé le détroit.

Une fois arrivés, ils descendent devant le grand bâtiment en pierres et arpentent les rues droites de la ville. Là, ils croisent des citadins en costume sombre qui regardent à la dérobée les vêtements simples d'Aron et Sven. Aron les entend parler à voix basse dans son dos.

« Ils médisent. Ils savent qui je suis.

– Vraiment ? »

Sven hoche la tête, les lèvres serrées.

« Ils n'ont pas oublié mes disputes avec les exploiteurs. »

Ils poussent jusqu'au port, où sont amarrés une dizaine de cotres en bois et quelques ferries, tandis qu'un peu plus loin mouille un gros yacht, dans toute sa majesté.

Au restaurant de la plage, ils mangent chacun une omelette pour deux couronnes cinquante. Sven prend une bière avec, Aron une limonade.

Après le repas, Sven sort une chique de la petite boîte en bois qu'Aron lui a donnée et regarde l'addition d'un air sombre. Il secoue la tête, mais paie pourtant.

« Dans le Pays neuf, on mange gratis, dit-il une fois dans la rue.

– Vraiment ?

– Oui, on ne paie que si on a de l'argent. »

Dans l'après-midi, ils quittent l'île avec le ferry. Sven ne regarde que vers l'avant, vers le continent, mais Aron se retourne et voit l'île rétrécir lentement pour n'être plus qu'une bande gris-brun à l'horizon. Il lui semble qu'elle coule, comme si tout son monde disparaissait derrière lui.

# JONAS

EN DEUX ANS, Jonas avait eu le temps d'oublier quelle sensation c'était de se réveiller au bord de la mer. Un peu comme être astronaute et se retrouver sur une planète inconnue où l'air et les sons étaient différents.

Le lendemain de la Saint-Jean, il ouvrit les yeux au son du vent et des cris de mouettes, des bourdons affairés au coin de sa porte et des vélos qui passaient en grinçant sur le chemin côtier – le tout sur fond du faible chuintement des vagues dans le détroit.

*Villa Kloss*, songea-t-il.

Ces sons étaient étrangers, mais pourtant bien connus. Jonas retrouvait le monde estival où son père l'avait plongé chaque année depuis qu'il était petit. Mais maintenant il était grand, ou presque. Il avait douze ans et ne dormait plus avec Papa dans la grande villa d'Oncle Kent, mais tout seul dans sa propre petite maison, à une vingtaine de mètres de là. Un pavillon pour les invités, juste une pièce étroite aux murs et au parquet blancs. Son grand frère Mats et son cousin Casper logeaient dans les deux autres petites maisons, mais celle-ci était à lui tout seul pour les quatre prochaines semaines.

Tante Veronica, la sœur de Papa, l'avait aidé à faire son lit, apportant un léger parfum quand elle était venue avec les draps.

Veronica avait une robe blanche et les mêmes yeux bleu clair que son père. Jonas aimait bien sa tante, mais ne l'avait pas vue depuis deux ans. Il n'était pas venu sur Öland l'été dernier, et

Veronica n'avait pas eu le temps de venir les voir à Huskvarna. Jonas avait l'impression que sa mère et elle ne s'aimaient pas beaucoup.

« Ici, tu es autonome, lui avait dit Veronica, une fois le lit fait. Personne ne viendra te déranger, c'est bien, non ? »

C'était bien. Jonas avait dormi et personne ne l'avait dérangé.

Il s'assit dans le lit. Il y avait une fenêtre près du lit, par laquelle on voyait l'eau de très près – la piscine bleu clair de la Villa Kloss n'était qu'à dix mètres de là.

De l'autre côté du chemin côtier, le détroit bleu sombre miroitait en bas de la falaise.

Et sur cette falaise, presque au bout du plateau, se dressait le vieux cairn. Le grand tumulus arrondi, qui était hanté. Mais pas maintenant, pas quand le soleil brillait.

Jonas sortit du lit et enfila son short.

Il n'entendait que les faibles bruits de l'été. Pas de voix. Hier, quand il s'était endormi, les autres membres de la famille Kloss étaient encore debout, en train de fêter, chacun à sa façon, la nuit la plus courte de l'année : Mats et les cousins étaient allés au ponton voir s'il y avait des filles, Papa était à son poste à la tête du restaurant du village, également propriété de la famille Kloss, Tante Veronica et Oncle Kent étaient sur la grande terrasse en bois avec le mari de Veronica, venu de Stockholm pour une brève visite, et la nouvelle petite amie de Kent, dont Jonas ne savait pas le nom. D'aussi loin qu'il se le rappelle, Oncle Kent avait toujours eu de nouvelles petites amies chaque été à la Villa Kloss. Elles ne disaient pas grand-chose à table et ne restaient d'habitude pas très longtemps.

Jonas était trop fatigué pour tenir compagnie aux autres. Il s'était couché vers vingt-deux heures et s'était endormi bercé par la musique au loin, les voix basses et les rires aigus.

Il passa un T-shirt léger, ouvrit la porte vitrée et sortit au soleil. Il n'était que huit heures, mais il brûlait déjà.

Les deux terrains de la Villa Kloss s'étendaient autour de lui, couverts de pierres, de buissons d'ifs épars et de vipérines. Papa possédait le troisième terrain plus au sud, mais c'était plusieurs années auparavant, avant ces affaires qui n'avaient pas très bien tourné. Sa maison de vacances était désormais vendue. Les nouveaux propriétaires avaient élevé une palissade qui masquait la Villa Kloss.

Il avait faim, et espérait trouver à manger dans la cuisine d'Oncle Kent.

Une large allée pavée y menait, en passant devant la piscine. L'eau y semblait chaude et claire, mais presque jamais personne ne s'y baignait. Les adultes avaient l'air de ne jamais avoir le temps, et Jonas préférait descendre à la plage. C'était plus sauvage, avec les rochers plats, le varech et les petites crevettes qui nageaient autour de ses jambes.

Il monta l'escalier jusqu'à la terrasse en bois, devant la maison. Les deux terrasses devant chez Kent et Veronica seraient son lieu de travail ces prochaines semaines, il devait poncer et huiler toutes les planches. Il serait payé trente-cinq couronnes de l'heure. Plein d'argent – Jonas avait tout de suite accepté.

La villa d'Oncle Kent était longue et large, avec de grandes baies vitrées sur la façade. Jonas poussa la porte vitrée coulissante.

En entrant dans cette pièce fraîche, Jonas avait toujours eu l'impression de pénétrer dans la salle des commandes d'un gros vaisseau spatial. C'était comme ça qu'il l'imaginait, une pièce en longueur avec de grandes baies et plein d'électronique partout : des rangées de petites lampes au plafond, une grosse chaîne hi-fi à côté d'une télévision plus grosse encore, reliées toutes deux à des haut-parleurs noirs encastrés dans le mur.

À gauche, le sac de golf rouge de Kent était posé à côté d'un tapis roulant de course. Derrière, l'accès à la cuisine, aussi clinquante d'éclats métalliques que le séjour. Dedans, ça ronronnait et clignotait.

Oncle Kent avait engagé cet été-là une gouvernante russe, ou polonaise. Elle avait préparé le petit déjeuner : pain, beurre, jus de fruits, œufs, fruits et quatre sortes de céréales.

Jonas ouvrit de grands yeux. Il était content d'être seul : à la maison, à Huskvarna, il fallait toujours qu'il attende que Mats ait fini de faire toutes ses tartines. Ici, il n'y avait qu'à se servir. Il prit un bol bleu, y versa des cornflakes et du lait et s'installa dans le plus grand des fauteuils en cuir noir d'Oncle Kent. De là, il avait une vue sur une grande partie de la côte. Le terrain pierreux, la route côtière, la mer et le cairn sur la lèvre de la falaise.

Un quart d'heure plus tard, la porte vitrée coulissa et Tante Veronica glissa la tête dans l'ouverture.

« Bonjour Jonas, bien dormi ? »

Elle était déjà bien habillée, tailleur noir et souliers rouges.

Jonas finit sa bouchée, avala et hocha la tête.

« Oui.

– Kent et Niklas sont là ?

– Je n'ai encore vu personne, dit Jonas.

– Ils sont sûrement partis faire leur jogging », dit Veronica en souriant.

L'hiver, Veronica habitait Stockholm, avec Urban, dix-huit ans, Casper, quinze, et leur père, mais l'été, elle vivait ici, dans la Villa Kloss, en tant que P-DG d'Ölandic Resort. Pendant toute la saison, de fin mai à début septembre, sa tante ne prenait jamais de congé.

« Qu'est-ce que tu vas faire aujourd'hui, Jonas ? dit-elle. Tu as des projets pour l'été ? »

Il regarda la terrasse en bois d'Oncle Kent et hocha la tête.

« Poncer.

– Mais pas aujourd'hui, dit Veronica. Personne ne travaille à la Saint-Jean, ou presque. Toi non plus. Tu es en congé. »

Ça lui plaisait.

En *congé*, se dit Jonas. Pas en vacances. Il n'avait pas encore commencé à travailler qu'il avait déjà des *congés*, comme un adulte.

# LISA

ÖLANDIC RESORT, propriété de la famille Kloss, était à quelques kilomètres au sud de Stenvik. C'était l'autre lieu de travail de Lisa cet été. À l'heure du déjeuner, elle y descendit pour repérer les lieux.

À l'entrée, il y avait une réception avec une barrière pour les voitures – et une caméra de surveillance. Elle sentit la lentille froide fixée sur elle tandis qu'elle baissait sa vitre pour s'annoncer au vigile, mais tout se passa bien. La barrière se souleva. Elle roula alors sur une route goudronnée toute neuve, le long des tentes et des caravanes du camping Ölandic et descendit au bord de l'eau jusqu'à l'hôtel Ölandic.

C'était le lendemain de la grande fête de la Saint-Jean. Mais c'était la fête tous les soirs à Ölandic, du moins au night-club, au sous-sol de l'hôtel. Deux DJ et deux groupes s'y relaieraient tout juillet, du début de soirée à tard dans la nuit.

Ce soir, c'était la première de Lady Summertime, et Lisa voulait que ce soit réussi.

Ölandic Resort était un village de vacances artificiel, avec des rues droites et de vastes pelouses. La différence avec le petit camping de Stenvik était énorme. Ölandic était conçu pour rassembler des milliers de vacanciers au soleil, à la plage, au golf, à l'hôtel et au night-club. Pourtant, en descendant vers la plage, Lisa ne croisa pas grand monde, et ceux qu'elle voyait se déplaçaient comme des somnambules. Les gens devaient encore dormir, ou étaient descendus bronzer à la plage, derrière l'épaisse forêt de feuillus.

Elle se gara devant l'hôtel Ölandic. C'était un bâtiment de quatre étages surplombant la plage. Il avait la plus belle vue du complexe, ensuite venait le village de bungalows, puis le camping, le plus éloigné du rivage.

Lisa prit ses classeurs de CD et son casier de vinyles et entra dans la réception climatisée où des poissons rouges nageaient dans un grand aquarium posé sur les dalles de calcaire. Deux réceptionnistes blondes attendaient derrière le comptoir, toutes les deux âgées d'une vingtaine d'années et vêtues de chemisiers bleu clair.

La plus proche sourit un peu, et Lisa se présenta.

« Ah, dit la réceptionniste, c'est donc vous Lady Summertime ? Le club est au sous-sol. »

Elle lui montra le chemin, mais sans l'aider à porter son matériel.

« MAY LAI BAR », annonçaient des néons rouges au-dessus de l'entrée. Au-delà du vestiaire, le club occupait un vaste espace avec, à droite, des rangées de tables et, sur toute la longueur côté gauche, un bar en bois sombre. Il n'y avait personne, mais les bouteilles d'alcool s'y alignaient sur des étagères. Et dans des réfrigérateurs à portes vitrées, des bouteilles de champagne vertes étaient prêtes.

« Le calme avant la tempête, dit la réceptionniste.

– Ça chauffe, ici, le soir ? dit Lisa.

– Oui, les gens se lâchent… En juillet, c'est plein à craquer tous les soirs. Il y a pas mal de gosses de riches qui viennent ici avec leur voiture de sport personnelle et la carte de crédit de papa. »

Lisa hocha la tête, elle connaissait le genre.

La cabine du DJ était près de l'entrée, à côté d'une large porte vitrée qui donnait sur le front de mer de l'hôtel. Devant la cabine, la piste de danse semblait fraîchement lessivée, noire et luisante, mais une légère odeur de sueur et d'alcool flottait toujours dans la salle.

« Vous avez *L'été est court* ? » demanda la réceptionniste.

Lisa tourna la tête, interloquée.

« La chanson de Tomas Ledin, précisa la réceptionniste. Vous la passez ?

– Des fois. »

Lisa préférait *Around the World* de Daft Punk, mais elle savait que les gens aimaient les vieux tubes.

La cabine du DJ était fermée, mais la réceptionniste avait les clés. Elle les remit à Lisa.

« Dites-moi si vous avez besoin de quelque chose.

– Merci. »

Lisa ouvrit, entra et inspecta le matériel. Les deux platines Technics SL1200 avaient des heures de vol, mais la table de mixage Pioneer semblait neuve. Il y avait les commandes de quelques projecteurs pour jouer avec les boules disco à facettes pendues au-dessus de la piste, et même un micro sans fil pour pousser des cris de joie.

« Nous avons aussi une machine à fumée, dit la réceptionniste en montrant un bouton près du sol. Ça se déclenche ici.

– Parfait », dit Lisa, qui aimait les effets spéciaux.

La cabine surplombait légèrement la piste de danse, un peu comme une chaire, mais était aussi étroite que toutes celles où elle avait travaillé. Une vitre en Plexiglas la protégeait du public et des verres renversés.

« Combien de vigiles, à Ölandic ? demanda Lisa. Ils sont nombreux ?

– Ici, c'est surveillé vingt-quatre heures sur vingt-quatre en été, dit la réceptionniste. Le soir, ils font la navette entre l'hôtel et le club. Il y a un bouton d'alarme au niveau du bar, si ça dégénérait.

– Bien.

– Faites comme chez vous », dit la réceptionniste en remontant l'escalier.

Lisa posa ses classeurs de CD par terre, derrière la fenêtre de Plexiglas, puis alla jeter un coup d'œil par la grande porte vitrée qui donnait dehors.

La porte était une sortie de secours – parfait. La vitre coulissait, et elle ressortit dans la chaleur estivale. L'air qui remontait du détroit scintillant charriait une légère odeur de varech.

Dehors, une vaste terrasse en bois avec d'autres tables et des chaises métalliques autour d'un grand gril en pierre et en tôle, un bar décoré de bambous. Il n'y avait pas de clients, mais beaucoup de tables avaient déjà l'étiquette RÉSERVÉ.

Juste en contrebas de l'hôtel commençait une plage de sable, abritée par une crique qui s'étendait vers le sud. Au nord poussait une épaisse forêt de feuillus. Une forêt verdoyante en cette saison, derrière un muret de pierres. Tendu au-dessus, du fil barbelé.

Un escalier de pierre menait à la pelouse devant l'hôtel, où des arceaux de croquet étaient disposés. Lisa le descendit et se dirigea vers la forêt et le muret.

Les murs et les clôtures la rendaient toujours curieuse. Derrière le muret, elle ne distingua qu'une barrière d'arbres bas et de broussailles : à quoi bon ces barbelés ?

Elle souleva avec précaution un des barbelés pour se glisser entre lui et le muret. D'abord une jambe, puis le reste du corps. Le barbelé, très tendu, semblait prêt à lui déchirer l'arrière du crâne, mais elle parvint à passer sans encombre de l'autre côté.

Elle était à présent dans la forêt, la forêt interdite. Elle semblait ancienne, avec ses hêtres couverts de lichen et ses chênes tordus, parmi des bouleaux plus jeunes et des sureaux en buissons. Une forêt de conte de fées qui attendait sa princesse, qui attendait Lady Summertime.

Elle allait juste faire un tour. Un petit sentier s'éloignait du muret, peut-être tracé par des lièvres ou des chevreuils. Lisa s'y engagea. Et s'arrêta, respira à fond.

Quel calme ! Le sous-bois était paisible et sombre, avec le bourdonnement sourd et les gazouillis des insectes et des oiseaux. Elle continua sur le sentier et, quand elle tourna la tête, l'hôtel Ölandic avait disparu. Le mur qu'elle avait escaladé ne se voyait plus non plus derrière les feuillages. Sur Öland, les forêts n'étaient pas grandes et hautes, mais denses et broussailleuses, et pouvaient cacher n'importe quoi.

Elle entendit une branche craquer un peu devant elle. Un bruit clair, elle n'avait pas rêvé – mais aucun mouvement. Autour d'elle, que du brun et du vert. Des feuilles et des branches qui tremblaient dans le vent léger, et le petit sentier.

Il s'élargissait lentement et, au bout d'une cinquantaine de mètres, il débouchait sur une clairière d'herbes hautes. Lisa s'avança dans la lumière, plissa les yeux dans le soleil. Il était à présent presque à son zénith. Elle entendait la rumeur de la plage, plus au sud, les cris joyeux et les éclaboussures.

L'été suédois. Tomas Ledin avait raison de dire dans sa chanson qu'il était court, mais il n'en était que plus intense. Lisa était une enfant de la ville, elle avait grandi à Farsta dans une famille sans maison de vacances, mais c'était la vague nostalgie d'une vie à la campagne, remontant plusieurs générations en arrière, qui l'avait attirée vers ce job d'été sur Öland.

Ça, et l'argent.

En regardant dans l'herbe, elle y découvrit de larges plaies – de profondes traces de pneus. Une grosse et lourde machine avait pénétré dans la vieille forêt et roulé à travers la clairière jusqu'aux arbres de l'autre côté.

Il y avait eu là une petite maison, mais la machine l'avait rasée, et il n'en restait plus que les fondations et quelques planches.

Derrière les ruines, la forêt de feuillus continuait. Et, au-delà, la mer scintillait, avec une petite plage et quelques blocs de pierre qui avançaient dans l'eau comme une étroite jetée.

Ça avait été un lieu idyllique. La famille qui habitait là jadis pouvait descendre se baigner tous les jours…

« Qu'est-ce que vous faites ici ? » fit une voix derrière elle.

Lisa se retourna. Quelqu'un la fixait, planté au milieu de la clairière.

Un type en pantalon et chemise, du même bleu que les réceptionnistes. Grand et mince, casquette noire et front en sueur, il s'avançait à présent vers elle à grands pas. Lisa remarqua une radio noire à sa ceinture, et comprit que c'était un des vigiles. Jeune et résolu.

Lisa n'avait rien contre les vigiles, mais la rebelle en elle, Lady Summertime, ne les aimait pas. Les *uniformes* – ennui mortel.

« Qu'est-ce que je fais ? fit-elle en le regardant droit dans les yeux. Je travaille ici.

– Où ça ?

– À Ölandic Resort.

– À quel poste ?

– DJ au May Lai Bar. »

Le vigile s'arrêta à un mètre d'elle.

« Ah oui ? Je ne vous ai encore jamais vue ici.

– C'est que je viens d'arriver. Je commence ce soir, c'est moi Lady Summertime… Vous voulez voir mes papiers ? »

Il la dévisagea à son tour, avant de se détendre et de secouer la tête.

« Je voulais juste… »

Puis il regarda par-dessus l'épaule de Lisa et ses yeux se figèrent.

« Putain, quelqu'un d'autre… »

Il se tut, et Lisa tourna la tête. D'abord, elle ne vit rien, que des feuillages et l'eau scintillante. Puis elle distingua une ombre dans les reflets éblouissants de la mer. Quelqu'un, immobile sur les rochers, dos tourné à la plage. Un vieil homme en pull de pêcheur, le dos droit et le corps compact.

Lisa regarda le vigile.

« Je peux y aller ? »

Il lui jeta un rapide coup d'œil. Puis hocha la tête, à contrecœur.

« D'accord, dit-il. Faites demi-tour. Vous n'avez rien à faire ici.

– Mais c'est bien le terrain d'Ölandic ?

– C'est un terrain privé appartenant aux Kloss, dit le vigile.

– Je comprends », dit Lisa.

Elle n'avait pas envie de discuter avec lui, et quitta la clairière sans demander son reste. En tournant une dernière fois la tête, elle vit que le vigile descendait vers la mer et le vieil homme du même pas décidé.

*Fasciste*, pensa Lisa.

Elle reprit le sentier, franchit le muret et les barbelés et rentra à l'hôtel.

La porte vitrée était toujours entrebâillée. Elle allait juste fermer sa cabine de DJ, avant de regagner la caravane pour appeler Silas, puis se reposer quelques heures avant ses débuts au club.

Au moment même où elle était de retour dans la salle en sous-sol, elle perçut quelque chose derrière elle, un bruit sec provenant de la forêt. La chute d'un vieux chêne ? Un pétard ? Lisa s'arrêta un instant dans l'embrasure de la porte, mais le bruit ne se fit plus entendre.

Elle cessa de prêter l'oreille et referma la porte vitrée derrière elle.

# LE REVENANT

LE REVENANT était juché sur les rochers quand surgit le vigile. Les promontoires rocheux de son enfance, alignés devant la plage – mais c'était bien sûr une erreur de grimper dessus. Il s'était rendu trop visible et vulnérable.

Presque chaque jour, à l'étranger, il avait regretté cette étroite plage de sable, rêvé d'y revenir et de marcher jusqu'au bout de la jetée formée par ces rochers. Sa ferme dans la forêt avait disparu, mais Kloss ne pouvait pas effacer cet alignement rocheux.

Avant de venir sur la plage, il était resté dans la forêt à surveiller le port d'Ölandic avec son jeune soldat Pecka, mais les mouches étaient devenues pénibles et sa jambe s'était engourdie. Il avait fini par quitter les arbres protecteurs pour descendre au bord de l'eau, son Walther à la ceinture, dans le dos, sécurité enclenchée.

Il avait grimpé sur les rochers, prudemment, et, un bref instant, s'était laissé transporter en enfance. Il ne sautait pas de pierre en pierre comme un gamin, c'était les pas lents d'un vieil homme.

Douze pas, et le Revenant arriva sur le dernier rocher. Il redressa le dos face au détroit désert et scruta l'horizon.

Le soleil brillait, mais l'eau alentour était sombre et pleine d'ombres, la lumière vive ne parvenait pas jusqu'au fond sablonneux. Au-dessus de l'eau, la vue était meilleure et, quand le Revenant se tourna vers le nord, il distingua nettement le bateau noir que surveillait Pecka. Il était toujours amarré, et les marins s'activaient. On transportait des caisses de poisson entre le bateau et une camionnette garée sur le quai.

De l'autre côté, au sud, on entendait les baigneurs de la plage d'Ölandic, cachée derrière un cap. Le Revenant ne la voyait pas, et personne là-bas ne le voyait.

Un grand calme régnait sur l'île. Les vacanciers qui ne se baignaient pas dormaient sans doute profondément sous leurs tentes ou dans leurs maisons, et beaucoup de ceux qui avaient fêté la nuit la plus courte de l'année se réveilleraient avec des trous de mémoire et les mains tremblantes, et se sentiraient dix ans plus vieux en cette belle journée.

Mais le Revenant, lui, était réveillé et en pleine forme.

Au bout d'un moment, la camionnette quitta le quai. Les marins remontèrent à bord, et le Revenant s'apprêta à rebrousser chemin.

« Eh ! Là-bas ! »

Le Revenant entendit l'interpellation. Il tourna lentement la tête.

« Oui, vous ! C'est privé, ici ! »

Un jeune homme était sur la plage, mais ce n'était pas Pecka. Ce type portait un pantalon bleu et une casquette noire, comme un gardien de parking.

« Privé ? » dit le Revenant, sans bouger.

Le vigile hocha la tête.

« Vous cherchez quelqu'un ? »

C'était sûrement une question que le vigile avait l'habitude d'utiliser face aux personnes non autorisées mais ici, sur la plage, elle semblait un peu bizarre.

Le Revenant secoua la tête. Il se contenta de rester sur son rocher, en se demandant si Pecka avait vu le vigile approcher.

« J'habitais là quand j'étais petit, dit-il. Je montais sur ces rochers pour prendre des brochets avec un épieu en bois… Nous avions une ferme, là-haut, dans la forêt.

– Ah ? dit le vigile. Mais maintenant il n'y en a plus.

– Non, elle a été rasée. »

Le vigile n'écoutait pas, il avait l'air de réfléchir à quelque chose.

« Comment êtes-vous entré ?

– À pied.

– Vous n'avez pas vu les panneaux ?
– Non.
– Et la clôture, alors ? Vous l'avez *forcément* vue. »

Le Revenant secoua la tête – tout en tâtonnant de la main droite dans son dos.

Ses doigts touchèrent la crosse du pistolet. Le Walther qu'il avait acheté à Einar Wall.

« Ici, ça s'appelait Rödtorp, autrefois », dit le Revenant en soutenant le regard du vigile. Le pistolet caché dans son dos, il continua de parler : « Notre maison était petite mais solide, construite par mon grand-père... Je vivais là avec ma mère Astrid et ma sœur Greta, et mon beau-père Sven. Mais Sven voulait partir pour le Pays neuf, alors c'est ce qu'on a fait. On a pris le bateau à Borgholm et...

– OK, l'interrompit le vigile d'une voix plus dure, mais maintenant il faut partir ! »

Le Revenant acquiesça. Il rebroussa chemin sur les rochers, mais d'un pas à présent moins assuré.

Il s'arrêta. Secoua la tête.

« Mes jambes sont engourdies.

– Attendez, dit le vigile avec lassitude, je viens vous aider. »

Il grimpa sur le premier rocher.

Le Revenant l'attendit. Il entendait au loin le bruit des baigneurs : des cris joyeux.

Le vigile le rejoignit en cinq enjambées.

« Tenez mon épaule, dit-il, on retourne à terre. »

Il tendit la main, peut-être content d'aider un vieil homme.

« Merci, c'est gentil », dit le Revenant, le regard fixé sur la nuque du vigile.

Il leva alors son pistolet, ôta la sécurité et visa.

Le vigile commençait déjà à s'enfuir sur les rochers, la main sur sa radio, mais c'était trop tard.

Son cou était d'une finesse inhabituelle. Le Revenant vit nettement le point où le crâne finissait et où commençait la colonne vertébrale.

Il appuya sur la détente.

La détonation éclata, le vigile sursauta et tomba de côté. Dans la mer, loin de la lumière, dans une cascade d'écume.

Le Revenant vit l'eau se refermer autour de l'homme et son corps disparaître dans l'obscurité.

Il regarda autour de lui, tendit l'oreille. Le coup de pistolet avait été un claquement sec, bref et sans écho. Les arbres étouffaient le bruit des coups de feu, il le savait, et, tout autour de la plage, il y avait beaucoup d'arbres.

Pecka avait entendu la détonation. Il s'était levé parmi les arbres, regardant la plage, bouche bée. Lentement, il se mit en mouvement.

Dix secondes plus tard, le corps du vigile remonta doucement à la surface, le torse vers le haut. Un flot de bulles sortait de sa bouche ouverte. Ses bras bougeaient faiblement.

Pecka était arrivé sur la plage. Il regardait fixement le vigile.

« Il vit », dit-il à voix basse.

Le Revenant se pencha, bras tendu, plongea le Walther sous l'eau, l'appuya contre la tête du vigile et tira, presque sans bruit.

Les bulles cessèrent.

Tout était calme.

« Il faut remonter le corps », dit le Revenant.

Pecka leva les yeux. Le regard complètement vide.

« Quoi ? »

Le Revenant ne répondit pas, observa autour de lui. Personne en vue, personne ne semblait avoir entendu le coup de feu. Et s'il y avait quelque chose qu'il savait faire, c'était de s'occuper d'un cadavre.

Il se pencha, attrapa le vigile par la ceinture et commença à traîner le corps vers la plage.

« Aide-moi, là ! » ordonna-t-il à Pecka.

Pecka avait des mouvements de somnambule, mais il descendit dans l'eau et attrapa les bras du vigile. Ils remontèrent le corps sur la plage et le traînèrent rapidement sous les arbres.

« Putain, dit Pecka. Putain… »

Le Revenant n'avait pas de temps à perdre avec lui. Vite, il tira le pantalon et la chemise du vigile et lui ôta ses vêtements trempés.

Il y avait un vieux fossé sous un buisson d'aubépine, à quelques mètres seulement. Il envoya Pecka y dégager toutes les grosses pierres pour que ce soit plus profond, puis ils roulèrent le cadavre nu dans le creux. Il alla ensuite ramasser sur la plage une épaisse couche de varech pourri qu'il disposa sur le corps pour emprisonner l'odeur de décomposition, puis recouvrit le tout de plusieurs couches de pierres.

Le Revenant recula de deux pas pour contempler leur œuvre. Ils avaient bâti un petit tumulus dans la forêt. Un cairn. Pas vieux comme celui de Stenvik, tout neuf.

« Tu as… Tu as déjà fait ça ? demanda Pecka.

– Pas ici », dit le Revenant.

Mais il savait ce qui allait à présent se passer dans cette tombe, ce n'était rien de nouveau pour lui.

Les oiseaux ne sentiraient pas l'odeur du cadavre et ne le feraient pas repérer par leurs cris, et tant mieux – mais les insectes ne tarderaient pas à le trouver. Les mouches se glisseraient entre les pierres en quelques heures seulement et, comme le vigile n'avait pas de vêtements, elles pondraient immédiatement. Les larves écloses auraient faim. Elles rongeraient le corps jusqu'à l'os, jusqu'à ce qu'il cesse de sentir. En quelques semaines, tous les tissus auraient séché ou disparu et, en deux mois, il ne resterait plus que le squelette.

Alors, le Revenant serait loin.

Il quitta la tombe des yeux et se tourna vers le nord. Le bateau était toujours à quai.

« Tu surveilles le bateau ? » dit-il.

Pecka regardait fixement les pierres. Il sursauta et répondit, mécaniquement :

« Oui. Ils sont descendus à terre. Au restaurant.

– Bien, dit le Revenant. Il faut partir maintenant. »

Il jeta un dernier coup d'œil au tas de pierres, avant de rebrousser chemin, en tête, à travers la forêt, vers la clôture. Il marchait d'un pas léger, malgré son âge et ce qu'il venait de faire. Il était encore *valable*.

# JONAS

C'ÉTAIT LA MATINÉE, un dimanche paresseux où rien ne semblait bouger sur la côte. Sur la terrasse de bois de la villa d'Oncle Kent, Jonas regardait les environs. Le soleil estival chauffait tout autour. Les bateaux dans le détroit, les baigneurs sur la plage, les voitures sur la route côtière. Le paysage se teintait du bleu et du rouge des vipérines et des coquelicots qui poussaient partout sur le sol rocheux.

Mais il s'était passé quelque chose. La porte de la maison était grande ouverte derrière lui, et la voix d'Oncle Kent lui parvenait, en pleine conversation téléphonique. La voix de son oncle, d'ordinaire joviale, était dure et irritée :

« Disparu ? dit Kent. Comment ça, "disparu" ? Il est venu ce matin, ou pas du tout ? » Pause. « Il est venu ? Puis il s'est tiré, comme ça, au milieu de la journée ? Cette année encore… » Pause. « Je sais, dit Kent, on a eu quelques embrouilles avec lui la saison dernière, mais on lui a donné une deuxième chance cette année. C'est Veronica qui croyait en lui. Il était censé faire un effort, travailler mieux. Et voilà, ça nous servira de leçon… »

Jonas ne voulait pas écouter en cachette, il partit sur la route côtière. De là, il voyait le camping à quelques centaines de mètres au nord, et le ponton de baignade. C'était là que presque tous les baigneurs du village se rassemblaient quand le soleil brillait.

Les estivants bronzaient sur la plage près du ponton. Plus le soleil brûlait, plus ils étaient nombreux. La plage se couvrait d'une mosaïque de serviettes rouges, bleues et blanches parsemées de thermos, bouteilles et paniers de vélo. Les estivants apportaient plein de bricoles, dont ils se souciaient rarement. Ils se baignaient, jouaient au frisbee mais, principalement, se doraient au soleil, sans bouger.

Jonas chassa une mouche et regarda de l'autre côté. Le village s'arrêtait avec la Villa Kloss : il n'y avait pas d'autres maisons plus au sud, et la route côtière se rétrécissait en chemin de gravier. Quelques kilomètres plus loin se trouvait Ölandic, avec son grand camping et son hôtel de luxe, mais le complexe était masqué par une série de caps.

Jonas traversa le chemin et grimpa sur les rochers du plateau littoral. Il était couvert de gravier et se terminait en petite falaise, à pic au-dessus de la plage.

Tout au bout du plateau, en face de la maison d'Oncle Kent, on voyait le tumulus.

Le *rör*, le cairn, dressé là depuis au moins mille ans.

Jonas ralentit le pas devant le tumulus. Il n'aurait jamais osé s'approcher autant quand il était petit, pas tout seul en tout cas. De loin, le cairn ressemblait à un monticule arrondi mais, de plus près, on voyait qu'il était fait de milliers de grosses pierres empilées les unes sur les autres. Cela datait de l'âge du bronze.

Caché là-dessous, Jonas savait qu'il y avait un cercueil – mais pas en bois, en pierre. C'était un sarcophage fait de blocs imposants, son père le lui avait expliqué un jour qu'ils observaient le cairn. Les rochers avaient été posés dessus pour le protéger contre les pilleurs de tombes.

Soudain, une pétarade retentit sur la côte. Une mobylette Yamaha bleu foncé arrivait du sud. En se retournant, à quelques mètres du cairn, Jonas vit que c'était son cousin Casper.

Casper avait quinze ans – et bien sûr, il s'était acheté une mobylette. Ou plutôt, Tante Veronica lui en avait offert une.

L'été passé, à vélo, ils faisaient la course sur les chemins de gravier de l'ancienne carrière mais désormais, Jonas savait qu'il pouvait faire une croix dessus.

Casper s'arrêta au niveau du cairn et lui fit un signe de tête. Mais il resta en selle en tournant impatiemment l'accélérateur. À Jonas de s'approcher.

« Joli ! » lança-t-il.

Casper hocha la tête.

« Je l'ai eue ce printemps… Qu'est-ce que tu fais ? »

Jonas ne faisait rien, il était juste là, près du cairn. Mais il se sentit obligé de dire quelque chose :

« Je compte les pierres. »

Casper donna un coup d'accélérateur. Jonas aurait voulu lui demander s'il voulait jouer avec lui, mais il se doutait que son cousin n'utilisait plus ce mot.

« Les pierres ? dit Casper.

– Tous les ans, des pierres tombent du cairn, dit Jonas. Je surveille. »

En effet : depuis la dernière fois qu'il avait vu le cairn, trois grosses pierres au moins avaient roulé dans l'herbe avec quelques autres tombées depuis plusieurs années. Jonas les compta et regarda son cousin.

« Neuf pierres, dit-il avant de continuer, d'une voix assurée : Quand treize pierres sont tombées du cairn, l'esprit est libéré.

– Quel esprit ?

– Le fantôme qui y habite. »

C'était une idée qu'il venait d'inventer, mais ça sonnait bien.

« Et alors ? » dit Casper.

Il n'avait pas l'air tellement intéressé, mais Jonas continua :

« Alors il entre dans chacune des maisons de l'autre côté de la route et… » Jonas chercha quelque chose d'horrible. Le pire. « Il entre dans chaque chambre, brandit son épée et coupe les bras à tout le monde, en plein sommeil. La douleur et le sang qui coule réveillent les gens, et ils voient leurs bras par terre. La plupart survivent, mais ne nageront plus jamais. »

Casper écoutait, sans avoir l'air impressionné.

« Non, c'est pas ça. Tu sais ce qu'il fait ? »

Jonas secoua la tête.

« Il s'empare de leur corps pendant leur sommeil. Ils se réveillent, et ils sont *possédés*.

– Possédés ?

– Possédés par l'esprit.

– Bien sûr.

– J'ai vu un film d'horreur cet hiver, dit Casper. *Le Témoin du Mal* : c'était sur un démon sorti de l'enfer qui possédait les âmes. Il pouvait passer d'une personne à l'autre et, quand quelqu'un était possédé, il devait lui obéir. Il transformait tous ceux qu'il possédait en tueurs en série mais, quand la police arrêtait l'assassin, le démon n'avait qu'à sauter dans un autre corps. Et personne ne pouvait l'attraper. »

Jonas hocha la tête. Il n'avait pas vu le film, mais être possédé par un démon semblait pire que d'avoir les bras coupés. Il essaya de trouver plus horrible encore, mais n'avait plus d'idées.

Il regarda le cairn.

« Tu vois que plusieurs pierres sont en train de se détacher ?

– L'esprit s'apprête peut-être à sortir, dit Casper. Tu n'as qu'à les remonter.

– D'accord. »

Mais c'était juste une parole en l'air, car Jonas n'avait nullement l'intention ne serait-ce que de toucher les pierres tombées. Tout pouvait alors arriver.

Casper fit une dernière fois gémir son accélérateur, les yeux vers la mer. Il ne regardait pas Jonas, comme s'il parlait tout seul :

« Je file à Marnäs, voir des potes sur le port... Traîner un peu là-bas. »

Il ne proposa pas à Jonas de l'accompagner, et Jonas ne le lui demanda pas, mais à présent Casper le regardait.

« Tu peux emprunter mon bateau pneumatique si tu veux. Si tu vas te baigner. Il est dans le cabanon de pêche.

– D'accord », dit Jonas tout bas.

Casper n'ajouta rien. Il effectua un demi-tour sur sa mobylette, regagna la route côtière et accéléra en faisant pétarader son moteur de plus belle, avant de tourner après le mât de la Saint-Jean et le minigolf pour remonter vers la grand-route.

Jonas s'éloigna lentement du cairn.

Il se souvint qu'Oncle Kent lui avait prédit un bel été. Que ce serait super.

Mais à présent, il était seul sur la côte, tout seul. En voyant son cousin s'éloigner, Jonas sut que le prochain mois serait *horrible.*

# LISA

LE SOLEIL s'était couché, la fête battait son plein.

Lady Summertime embrassa son public du regard, la masse dansante, la marmite en ébullition au pied de son trône. Des mains se levaient, des cheveux s'agitaient, des bustes se balançaient au rythme de la musique, formant des vagues sombres sur la piste.

« *Summer of love !* » clama-t-elle dans le micro. « L'été sera long ! »

Il était une heure et demie, le club était bondé, Summertime dirigeait la fête à coups de lumières éblouissantes et de basses tonitruantes. Elle la dirigeait *totalement*, avec sa perruque violette, son grand T-shirt jaune, son vernis à ongles noir et sa veste de cuir tout aussi noire. Lisa ne s'habillerait jamais ainsi, mais c'était l'uniforme de Lady Summertime.

Elle était arrivée à dix-neuf heures trente, les cuisiniers lui avaient servi à dîner à l'office, puis elle était allée se maquiller et coiffer sa perruque. Vers vingt heures trente, Lisa (Lady Summertime !) était descendue au club mettre, pour commencer, un CD de morceaux calmes en musique de fond.

Les gens étaient un peu mous, ce dimanche après la Saint-Jean, mais vers vingt-deux heures, ils avaient commencé à arriver de l'hôtel et du camping, visage rouge à cause du soleil et des libations de première partie de soirée. Installés au bar à l'intérieur ou l'extérieur, ils commandaient des bières en jetant des coups d'œil vers la cabine du DJ.

Une demi-heure plus tard, elle poussa si brusquement la basse et les aigus que tout le monde sursauta.

« Et c'est parti ! On danse ! Hop ! Hop ! » cria Lady Summertime, et les gens lui obéirent.

Quand ils avaient assez bu, ils commençaient à s'avancer sur la piste de danse, poings en l'air – c'était la fête, ils en étaient.

À vingt-trois heures, le bar était bondé. Les seaux à glace parsemaient les tables. Lisa ne buvait que de l'eau, mais elle était bien la seule.

À vingt-trois heures quinze, le premier verre se brisa. Les éclats fusèrent par terre entre les chaises et les talons hauts, mais tout le monde continua de danser.

À vingt-trois heures trente, la première bouteille de champagne fut vidée au-dessus de la piste de danse, en une seule longue secousse, par le type qui l'avait achetée pour mille quatre cents balles. Il était riche, ça se voyait à son bronzage précoce. Les gens hurlèrent de rire sous cette pluie mousseuse et, au bar, on tendit d'autres cartes de crédit. *Encore du champagne !*

Un peu avant minuit, une odeur âcre d'alcool et de sueur flottait dans le club. Les gens dansaient frénétiquement, en chemises trempées et débardeurs. Quelques types juste en maillot de bain. Les cheveux des filles collaient en mèches humides, leur maquillage depuis longtemps évaporé. Lady Summertime avait à présent ses fans, massés au pied de la cabine. Une forêt de poings se levait en cadence.

*Summertime ! Summertime !*

Et elle leur répondait :

« *Love ya ! Love ya !* »

Après minuit, elle mit *I Feel Love* remixé par Cowley avec Donna Summer, lança la lumière stroboscopique et déclencha la machine à fumée – et Summertime en personne descendit de sa cabine pour faire un tour parmi les danseurs, au cœur du chaos.

Sueur, fumée, obscurité et éclairs aveuglants.

Summertime devint un corps qui sautait avec tous les autres, bougeait en cadence, levait les poings, se faisait embrasser ici ou là, reçut, criée à l'oreille, une proposition d'un type qu'elle déclina en secouant la tête avec un sourire – Summertime gardait toujours le contrôle – et, quelques minutes plus tard, elle avait regagné sa cabine, où elle coupa la fumée et changea la musique, en passant à *Situation* de Yazoo.

*Summertime ! Summertime !*

Les acclamations de ses fans gonflaient autour d'elle. Des cris aboyés, des mains en l'air. Des pieds trébuchant, des verres qui débordent.

Summertime feuilletait ses vinyles en souriant face au chaos – quand soudain elle aperçut trois types au fond du local. Ils avaient l'air grecs ou italiens, groupés près du bar. Ils chuchotaient ensemble en jetant de rapides coups d'œil alentour.

Elle mixa *Firestarter*, de Prodigy, et, quand elle releva les yeux, les types avaient disparu.

Les bouteilles défilaient, on commandait davantage de champagne. Lisa vit un type ivre compter sept billets de mille pour payer son addition, les tendre au barman avec un geste de la main : *Gardez la monnaie !*

C'était fou, c'était l'été.

Un vigile se pointa à côté de la cabine. Il fit un geste à Lisa, qui ôta ses écouteurs et se pencha vers lui.

« On a eu des plaintes ! lui cria-t-il. Tu peux dire un mot au micro ? Que les gens fassent plus attention.

– Quel genre de plaintes ?

– Des vols ! cria le vigile. Des gens se sont fait piquer leur portefeuille ! »

Lisa prit son micro, mais réfléchit et cria au vigile :

« J'ai aperçu trois types à l'instant... Ils avaient l'air louche ! »

Le vigile allait partir, mais se ravisa :

« Ils avaient l'air de quoi ?

– Eh bien, comment dire... le genre gominé. Mafiosi. Cheveux en arrière et chemises blanches. »

Le vigile hocha la tête d'un air sombre.

« OK, on va les chercher. »

Il sortit du local. Lisa baissa la musique et prit le micro pour demander aux gens de faire attention à leur argent et à leurs affaires. Le message passa à peine, la fête continua.

À deux heures et demie, le club fermait. Lisa finit avec une chanson lente, pour faire retomber le tempo.

« Merci à tous ! Je vous aime, à demain ! »

Les vigiles prirent la relève pour mettre les gens dehors. Mais l'ambiance ne retomba pas pour autant, les gens continuaient à se dandiner une fois dehors, en regagnant le camping, les bungalows ou l'hôtel. Quelques-uns allaient prendre le bus de nuit, d'autres dormir à la belle étoile ou piquer une tête.

Une fois le local presque vide, un type beaucoup trop jeune pour elle s'attarda près de la cabine pour l'aider à ramasser ses CD. Il portait une veste noire et était aussi bronzé que les gosses de riches.

« Tu ne me reconnais pas ? fit-il.

– Vaguement, dit-elle. De Stockholm ? »

Il secoua la tête.

« On s'est vus quand tu as eu tes clés. Je m'appelle Urban Kloss. C'est à moi, tout ça… Ölandic Resort.

– Ah ? fit Lisa, en voyant qu'il n'avait pas plus de vingt ans. Et quand l'as-tu acheté ? »

Il cessa de sourire, ne sachant quoi répondre, avant de dire :

« Ça appartient à la famille.

– Alors, c'est à ta famille, pas à toi, Urban. Toi, tu travailles juste ici.

– Je suis chef.

– Ah oui ?

– Oui, chef adjoint du bar.

– *Whatever* », dit Lisa.

Urban lui sourit. Il avait l'air d'aimer la résistance.

« Tu veux venir faire un golf, un de ces jours ? C'est l'Ölandic Open la semaine prochaine. »

Summertime lui répondit d'un sourire toxique. Elle se faisait souvent draguer, mais savait bien mieux se défendre que Lisa. Elle secoua la tête.

« Attention à tes balles, c'est fragile, ça craint les coups, dit-elle en bâillant. Maintenant, je vais rapporter mes disques à Stenvik et aller me coucher.

– Je t'aide.
– Ça ira, Urban, je...
– Mais non, merde, je t'aide. »

Et il emporta le sac des vinyles. Lisa referma la cabine et le suivit avec ses classeurs à CD jusqu'à la voiture.

Le parking était plein de gens qui s'attardaient. Ici et là, parmi les voitures suédoises, une Porsche, une BMW et même une Lamborghini. Et sa vieille Passat.

« Là », dit Urban en se tournant vers elle.

Elle l'embrassa rapidement, pour rire, et monta dans sa voiture.

« Dors bien, Urban. »

Avec une perruque violette, ce n'était pas difficile de moucher un type.

Depuis deux ans, elle se divisait en deux personnes : l'une était Lisa Turesson, qui jouait tranquillement de la guitare et avait peur de tout (en été, des mouettes, des guêpes et des serpents), et l'autre était Lady Summertime, qui passait des disques en perruque violette et hurlait dans son micro – elle, elle avait le *mojo*. Lisa aimait bien Lady Summertime.

Un quart d'heure plus tard, elle était de retour au camping de Stenvik. Là, tout le monde dormait, le silence était complet, mais les oreilles de Lisa sifflaient encore à cause de la musique.

Il était trois heures moins dix. Le soleil se levait vers cinq heures, mais la nuit était encore gris foncé. Le long de la côte, on ne voyait que quelques faibles lumières, maisons ou baraques de pêche : personne ne vit Lisa entrer dans la caravane avec son sac de disques et refermer derrière elle. Elle tira les rideaux.

Elle ouvrit alors le sac et chercha parmi les disques.

Les portefeuilles volés étaient cachés au fond. En tout, il y en avait cinq, sous les disques, et elle avait beau tomber de sommeil, elle ne put s'empêcher de les ouvrir pour compter son butin.

Surtout des cartes de crédit, mais aussi pas mal de liquide. Elle empila les billets sur le frigo et compta trois billets de mille et un certain nombre de billets de cinq cents.

Demain matin, Lisa fouillerait les portefeuilles pour voir si les codes des cartes étaient notés quelque part. Si elle en trouvait, elle irait en voiture à Marnäs tirer de l'argent au distributeur.

Mais maintenant, il fallait aller se coucher.

À trois heures vingt, elle dormait. Profondément. Pas de rêves, pas de mauvaise conscience.

Ce n'était pas Lisa qui avait pris les portefeuilles, c'était Lady Summertime. Et ce n'était pas Lisa qui avait besoin de cet argent, c'était Silas.

# GERLOF

LA SAINT-JEAN était passée et beaucoup, sur Öland, pouvaient souffler : gérants de campings, barmen, vigiles.

Gerlof lui aussi était soulagé : Stenvik était toujours là.

Sa jeune parente Tilda Davidsson était peut-être parmi les plus contentes : inspectrice à la police criminelle de Kalmar, elle vivait avec son mari et ses enfants près d'un phare sur Öland et semblait considérer l'île comme sa zone spéciale de surveillance.

« Donc, du point de vue de la police, cette Saint-Jean s'est bien passée ? lui demanda Gerlof quand il l'eut au téléphone le lundi.

– Pas pire qu'un week-end ordinaire, dit Tilda.

– Comment avez-vous fait ?

– C'est la surveillance au niveau du pont. Nous avons arrêté autant de voitures que nous pouvions, pour saisir l'alcool.

– Les gens qui en veulent finissent toujours par s'en procurer, non ?

– Oui, mais nous avons pu arrêter ceux qui en avaient déjà trop bu... Ça nous a évité les grosses bagarres.

– Alors tout était calme ? dit Gerlof.

– Non, il se passe toujours des choses, dit Tilda. Nous avons eu quelques coups et blessures, plein de petits vols, quelques disparitions de petits bateaux, des cas de vandalisme et cinq ou six conduites en état d'ivresse... mais ça n'avait pas été aussi calme depuis longtemps.

– Tant mieux, dit Gerlof.

– Nous avons aussi une disparition, dit Tilda. Un vigile d'Ölandic. Mais ils pensent qu'il est juste rentré sur le continent.

– Il a disparu ?

– Nous le recherchons », dit Tilda.

Gerlof savait qu'elle n'en dirait pas davantage. Il arrivait à la faire parler de son travail, mais jusqu'à un certain point seulement.

« Il en a peut-être eu assez de Kent Kloss, dit Gerlof, avant de demander : Mais toi aussi, tu vas bientôt arrêter de travailler ?

– Encore deux semaines, dit Tilda. Mes vacances commencent le 16.

– Espérons que le calme continuera.

– Oui, pour toi aussi. »

Mais Gerlof savait qu'il n'y avait jamais vraiment de calme avec les ados. Et il allait se retrouver seul avec eux pendant cinq jours, jusqu'à ce que Julia revienne de Göteborg.

L'audiologue Ulrik revint à Stenvik le lendemain de la Saint-Jean, pour un dernier réglage des appareils de Gerlof.

Ulrik avait l'air content.

« N'oubliez pas de les ôter avant de dormir, dit-il. Et éteignez-les pendant la nuit, pour économiser les piles. »

Il alluma les appareils, regarda autour de lui les arbres et le ciel bleu et ajouta :

« On aimerait toujours venir travailler ici, à la campagne. »

Ulrik parlait tout seul, à voix basse, mais Gerlof avait l'impression qu'il lui criait dans les oreilles. C'était presque trop fort. Il entendait beaucoup d'autres bruits : une tronçonneuse dans un jardin des environs, une mobylette qui passait sur la route côtière et, quelque part dans le ciel, le faible ronron d'un avion de tourisme.

Le monde alentour s'approchait. Comme si dans ses oreilles le volume avait lentement baissé plusieurs années durant, et qu'on l'avait remonté d'un coup.

« J'entends *tout*, dit-il à l'audiologue en clignant des yeux de stupéfaction. C'est normal ?

– Et votre propre voix ? dit Ulrik. Elle résonne, dans votre tête ?

– Un peu », dit Gerlof.

L'audiologue pianota sur son ordinateur, et l'écho diminua.

« J'enregistre quatre programmes différents, expliqua-t-il. Comme ça, vous pouvez régler en fonction du contexte... Si vous écoutez les oiseaux, la radio, si vous parlez avec quelqu'un, ou si vous voulez juste entendre des sons plus lointains.

– Si je veux écouter quelqu'un en douce, vous voulez dire ? »

Ulrik sourit.

« Dans ce cas vous réglez en mode "ragots". »

Une fois l'audiologue parti, Gerlof resta au jardin, étonné par tous ces bruits. Il retrouvait un monde perdu.

Un cri déchirant, à l'est, le fit presque sursauter – mais ce n'était qu'un faisan en rut qui parcourait le pré fraîchement fauché en appelant les femelles.

Soudain, Gerlof distingua deux voix qui arrivaient du côté opposé, du sud. Il tourna la tête, mais ne vit que des pins et des feuillus. Les voix lui parvenaient à travers la forêt, peut-être depuis la route côtière. Ou de la plage ? Elles semblaient proches, mais Gerlof connaissait ce phénomène, sur Öland : l'île était si plate que les cris et les voix se percevaient parfois à plusieurs kilomètres, si le vent soufflait dans la bonne direction.

Il ajusta ses appareils.

En mode « j'écoute en douce », songea-t-il, honteux.

Alors seulement, il entendit beaucoup mieux les voix. C'était un homme et une femme. Il ne comprenait pas ce qu'ils disaient, mais la voix de l'homme était calme et celle de la femme en colère. Elle parlait plus vite, un peu plus fort que lui, dont les réponses étaient plus lentes. Ça ressemblait à une conversation intime entre amis proches. Des amis, ou des amants ?

Gerlof essaya de régler le son, mais les voix restaient vagues. Parlaient-elles suédois, ou une autre langue ?

Soudain la sonnette du portail retentit : ses petits-enfants étaient rentrés du ponton. Il se dépêcha de baisser le son pour étouffer leur chahut.

# JONAS

MATS REGARDA tout autour pour s'assurer qu'aucun adulte n'entendait, puis se pencha vers Jonas. Il baissa la voix :

« Tu ne peux pas venir avec nous à Kalmar. Pigé ? »

Jonas était à côté de lui sur le sofa en cuir d'Oncle Kent. Il aurait voulu protester, oser résister à son grand frère. Mais il ne dit rien.

« Ben non, finit-il par répondre. Pas pigé.

– Parce que tu es trop petit pour ce film, dit Mats. *Armageddon* est interdit aux moins de quinze ans. »

Jonas le regarda. Le combat était perdu d'avance, la soirée cinéma à l'eau, mais il continua pourtant : « J'ai déjà vu des films interdits aux enfants au cinéma de Marnäs. On l'a fait, toi et moi... Il suffisait d'entrer. »

Mats chassa une mouche posée sur son oreille et dit : « Oui, mais il y a plus de contrôles à Kalmar. Ils demandent la carte d'identité à l'entrée. On ne te laissera pas entrer, et tu devras attendre la fin du film sur un banc public. Passer la soirée seul dans les rues de Kalmar, c'est ça que tu veux ? »

Jonas secoua la tête. Mats avait dix-huit ans, Urban dix-neuf, et il savait qu'ils s'étaient mis d'accord dans son dos pour choisir ce film d'action interdit aux moins de quinze ans pour que Casper puisse venir et pas lui.

« Tu auras l'argent du cinéma, ne t'inquiète pas, dit Mats. Mais papa, Kent et Veronica te croiront avec nous à Kalmar, alors essaie de te planquer jusqu'à notre retour. » Son frère sourit. « Va jouer chez un copain. »

Jouer ? Jonas n'avait pas de vrai copain dans le village. Tous les autres garçons étaient soit trop grands, soit trop petits. Les grands ne voulaient pas de lui et jouer avec les petits, ce n'était pas amusant.

Mais il ne pouvait pas se cacher dans la Villa Kloss, car les adultes allaient y faire la fête. S'il avait pu se volatiliser sans laisser de traces ce soir-là, il n'aurait pas hésité.

« Salut ! »

Leur père entra dans la grande pièce et vit ses fils sur le sofa. Jonas trouva qu'il les regardait comme si Mats et lui étaient de toutes nouvelles connaissances, alors qu'ils étaient allés le voir plusieurs fois ces dernières années.

« Alors ce soir, c'est la sortie au cinéma ? »

Jonas ne dit rien.

« Vous allez à Kalmar en bus, Mats ?

– Urban conduit.

– OK. Mais pas de bière, alors. »

Mats leva les yeux au ciel, puis regarda son père.

« Mais toi, papa, tu vas bien boire, ce soir, à la fête ? Picoler ?

– Non, dit son père en détournant le regard. Tu m'as déjà vu une seule fois ivre, Mats ?

– Maman, oui. Elle dit que tu buvais quand vous étiez mariés. »

Jonas ne dit rien et se contenta de regarder par terre en se demandant où étaient passés tous les autres. Veronica n'aurait-elle pas pu arriver, là ?

Son père fixa Mats.

« C'était il y a longtemps, avant votre naissance. Dans notre premier appartement. Il y a eu quelques fêtes qui ont un peu dérapé. Et Anita… Anita n'était pas toujours à jeun, à l'époque. Elle m'en a fait voir des vertes et des pas mûres.

– Ne lui bave pas dessus.

– Je dis ce qui est, Mats. »

Jonas se leva en silence. S'il faisait assez doucement, peut-être que personne ne le verrait. Comme un fantôme, il se dirigea vers la porte vitrée de la terrasse. Presque arrivé, il s'entendit appeler :

« Jonas ? »

Il s'arrêta, se retourna – et vit son père arborant un sourire déniché on ne savait où.

« On va se baigner ? »

Le ciel était bleu, l'air sec et chaud, mais Jonas se sentait malgré tout frigorifié. Et seul, bien qu'il soit avec son père. Ce soir, pas de cinéma pour lui à Kalmar, rien que la solitude.

Ils traversèrent la route côtière écrasée de soleil et s'avancèrent sur la falaise. Son père se tut jusqu'à ce qu'ils passent devant le tumulus. Il lui montra alors les pierres :

« Les gens croient qu'il y a un trésor sous le cairn. C'est une ancienne tombe, tu le savais ? »

Jonas hocha la tête.

« On a étudié l'âge du bronze à l'école. C'était entre l'âge de la pierre et l'âge du fer.

– C'est ça. Un noble de l'âge du bronze est enterré ici, comme au tumulus du roi Mysing au sud d'Öland. Tu n'as pas peur, hein ?

– Mais non », dit Jonas.

En tout cas pas maintenant, en plein soleil, et avec Papa. Là, le cairn semblait tout à fait inoffensif. Le soir, il n'aimait pas s'aventurer par-là, quand le tas de pierres devenait une porte vers un autre monde, quand l'esprit en sortait et transformait les gens en zombies.

Son père avait dit quelque chose. Une question, alors qu'ils descendaient l'escalier de pierre vers la mer.

« Quoi ? dit Jonas.

– Maman va bien ?

– Euh… je crois, oui, dit Jonas. Elle travaille beaucoup dans son école.

– C'est bien, dit son père. Bien qu'elle ait du travail. »

Il avait l'air de vouloir poser d'autres questions sur sa mère, aussi Jonas hâta-t-il le pas vers la plage.

On entendait des cris joyeux du côté du ponton, plus au nord, mais la plage sous la Villa Kloss était vide et écrasée de chaleur. Les vagues se brisaient doucement sur les rochers gris et blanc. Son père lui indiqua de gros pieux alignés dans l'eau, juste au sud de la baignade, sur environ deux cents mètres.

« Regarde, cette année encore, les pêcheurs ont sorti leurs nasses. Il doit rester pas mal d'anguilles dans le détroit… »

À quelques mètres du bas de l'escalier se trouvait le cabanon de pêche en pierres calcaires où la famille Kloss rangeait ses chaises longues et ses affaires de plage. Il était fermé avec un cadenas, mais Casper lui avait donné la combinaison.

Le canot pneumatique jaune de son cousin attendait là, avec ses deux rames en plastique, mais il s'était dégonflé pendant l'hiver – il était affaissé, lamentable. Casper ne l'avait pas utilisé depuis plusieurs années. Jonas avait certainement grandi de sept ou huit centimètres depuis la dernière fois qu'il était monté dessus, et il pesait plus lourd. C'était sans doute le dernier été où il pourrait s'en servir.

Il le sortit pourtant au soleil.

« Tu vas ramer avec ça ? » dit son père.

Jonas hocha la tête.

« Pas trop loin, alors… Je vais t'aider à le gonfler. »

Pendant que son père regonflait le canot, Jonas grimpa sur un rocher et se dépêcha d'enfiler son maillot de bain. Il voulait juste suivre les nasses avec le canot pour voir si des anguilles gigotaient dans l'eau noire.

Il ne voulait pas parler davantage avec son père. Sinon, tôt ou tard, il finirait par lui demander ce qu'il avait fait pour se retrouver en prison, et Jonas savait juste que c'était quelque chose de mal. Une histoire d'argent et de douane. Dont il ne voulait pas entendre parler.

*Papa a planté toute la famille*, avait dit Mats, un jour qu'ils étaient seuls. Comme si la faute n'était pas ce que leur père avait fait, mais de s'être fait prendre.

# LE REVENANT

LE SOIR D'ÉTÉ semblait vieillir et se faire aussi gris que le Revenant, tandis que la lumière disparaissait sur la côte ouest de l'île. Le soleil plongea et les ombres courtes du jour s'allongèrent rapidement. L'horizon disparut, le ciel et la mer formèrent à l'ouest un rideau de plus en plus obscur. Les êtres qui passaient sous les arbres étaient presque invisibles.

L'heure était venue.

Pecka et le Revenant avaient pénétré dans la zone fermée d'Ölandic par la clôture nord, puis avaient traversé la forêt de feuillus vers le sud. Ils étaient restés à couvert de la plage jusqu'au port. Devant eux, le parking était vide, toutes les voitures étaient parties.

« Comment ça va ? demanda le Revenant.

– Bien », dit Pecka. Il avait le regard fuyant et n'avait pas dit grand-chose de la soirée. Pecka était devenu taciturne depuis le meurtre du vigile. Mais il obéissait toujours aux ordres.

Ils étaient restés cachés parmi les arbres jusqu'au coucher du soleil. À présent, ils descendaient sur le port et se dirigeaient vers l'eau. Vers le quai en forme de L et le bateau amarré tout au bout.

Le Revenant avait tant surveillé le bateau ces derniers jours qu'il se sentait presque comme un membre de l'équipage. Ils étaient quatre à bord, tous étrangers. Ce jour-là, ils n'avaient ni chargé ni déchargé de caisses, et tout indiquait que le bateau appareillerait le lendemain matin. Ce soir, l'équipage était probablement monté faire la fête à l'hôtel. Sans se douter de rien.

L'heure était venue de monter à bord.

Ils coururent vers le quai. Le Revenant en tête, Pecka quelques pas derrière.

Ils étaient tous deux armés : Pecka ne voulait plus porter de pistolet, mais tenait une hache affûtée. Le Revenant avait pris son Walther, caché dans son dos.

« C'est parti, dit-il.

– OK », dit Pecka en rabattant sa cagoule.

Le Revenant sentait son âge dans ses jambes, mais il hâta pourtant le pas.

Une fois sur la jetée, comme tout était calme, Pecka laissa son portable sonner deux fois. C'était le signal pour que Rita démarre son hors-bord, contourne la pointe et aborde le cargo par l'extérieur. Quand ils auraient fini, ils fuiraient tous les trois par la mer. C'était le plan.

Mais soudain, un grondement monta dans le calme du soir.

Le Revenant ralentit le pas sur la jetée. Il ne comprit d'abord pas ce que c'était – puis il réalisa qu'on venait de démarrer le moteur du bateau. Il entendit Pecka crier derrière lui :

« Putain ! Il faut annuler ! »

Le Revenant secoua la tête et continua d'avancer.

« Il y a trop de monde ! cria Pecka. Ils sont tous à bord… ils vont se barrer ce soir ! »

Mais le Revenant marchait toujours, le pistolet caché derrière le dos. Droit vers la passerelle. Pecka le suivit.

Oui, le poste de pilotage était éclairé – l'équipage était à bord. Le Revenant aperçut un homme à l'arrière, un marin qui venait sans doute de monter sur le pont. La cinquantaine, en bleu de chauffe, il était en train de réparer une bouche d'aération cassée avec un bout d'adhésif. Il semblait agacé.

Le Revenant était à présent assez près du cargo pour lire son nom à l'avant : *Élie*. La coque était sombre, un mélange de rouille et de peinture noire.

Un vrombissement rageur se fit entendre sous le grondement du moteur. C'était Rita. Elle avait surgi de derrière le cap avec son hors-bord.

Près du bastingage, le marin leva la tête et découvrit les deux visiteurs. Il les dévisagea. Son regard n'était pas soupçonneux – juste curieux.

Le Revenant s'avança jusqu'au bord du quai et le salua d'une voix calme.

Le marin ouvrit la bouche. Son regard las se fit interrogatif, puis inquiet – le Revenant avait sorti son pistolet.

Pecka avait lui aussi atteint le bateau, tandis que Rita effectuait un virage serré autour de la poupe.

Le cargo était retenu à la jetée par trois amarres. Pecka se plaça devant la première et leva sa hache. Cinq grands coups seulement et l'amarre céda. Il passa à la suivante.

Le Revenant était à bord : le pistolet braqué sur le marin, il parlait d'une voix basse mais ferme. Une série d'instructions.

Derrière lui, il vit que Pecka avait baissé sa hache, il avait fini. Toutes les amarres étaient tranchées, le bateau s'écarta doucement du quai et commença à dériver vers le sombre détroit. Il regarda autour de lui. Toujours personne sur le quai.

Près du bastingage, le marin semblait désemparé. Mais il avait levé les mains et reculait.

L'abordage avait commencé.

# LE PAYS NEUF, JUIN 1931

SOIXANTE-HUIT ANS PLUS TÔT, le navire qui va conduire Aron et Sven vers le Pays neuf est en tôle, et c'est le plus grand qu'Aron ait jamais vu.

Ils sont arrivés en train de Kalmar le jour même, un voyage vers le nord à travers la Suède. Le train a traversé de grandes forêts de sapins, longé des montagnes et des lacs puis, par un grand soleil, est entré au cœur d'une grande ville.

La gare est énorme, pleine de voyageurs avec leurs bagages. Dehors les attendent de longues rues pavées et droites, des trottoirs noirs de monde et plus de véhicules qu'Aron n'en a jamais vu. Beaucoup de charrettes à chevaux, mais aussi de grosses voitures noires qui passent en vrombissant avec leur chauffeur en uniforme au volant et leurs passagers en costume sur le siège arrière.

« Stockholm », dit Sven.

Aron reconnaît le nom, il l'a appris à l'école.

« La capitale de la Suède. »

Ils mangent une escalope brûlante dans une gargote, à deux rues de la gare centrale, avant de faire des provisions et leurs derniers achats pour le voyage. Dans une quincaillerie, Sven achète une solide pelle et un marteau.

« Il faut apporter ses propres outils, dit-il, c'est plus facile pour trouver du travail. »

Puis ils franchissent des ponts, marchent parmi de grandes maisons de pierre, passent devant le château royal, puis descendent par des ruelles étroites jusqu'à un long quai bordé de grues et grouillant de monde.

« Le voilà ! »

Des bateaux sont à quai, de toutes tailles, mais Sven indique un grand navire blanc avec une grande cheminée peinte de trois couronnes d'or sur fond bleu. Une fine fumée blanche s'en échappe. Le long du bastingage, des fanions s'agitent dans le vent et à l'arrière pend un grand drapeau suédois.

À l'avant, on lit le nom : *S/S Kastelholm.*

« C'est là qu'on va habiter, dit Sven. Un pont par-delà la mer ! »

Il prend vite une chique dans sa petite tabatière en bois. Il a l'air d'avoir laissé derrière lui sa colère et tous ses soucis.

Ils ne seront pas seuls à faire la traversée. Une vingtaine au moins de voyageurs sont sur le pont, avec des valises, des sacs à dos et des outils à la main. Tous se tiennent droits, la tête haute, comme si un destin grandiose les attendait.

« On embarque, dit Sven. En route pour le Pays neuf ! »

Aron sent un frisson dans le dos. C'est peut-être le vent froid près de l'eau, ou la crainte soudaine de l'inconnu.

Il ne sait pas ce qui l'attend dans le Pays neuf, mais il suit Sven et tourne le dos à la Suède.

## GERLOF

LUNDI SOIR, le soleil disparut dans un gros sac de nuages derrière la maison de Gerlof. Un mur gris foncé s'élevait à l'horizon, comme si un feu de forêt faisait rage sur le continent – en vieux marin, Gerlof savait que le mauvais temps arrivait. Il s'agissait de ne pas siffler, car siffler attirait la tempête et l'orage.

De toute façon, Gerlof ne sifflerait pas, il y avait assez de boucan comme ça à la maison. Il était le seul adulte à table pour dîner, car ses filles étaient retournées travailler sur le continent après la Saint-Jean. Mais leurs enfants étaient restés.

Julia et son mari reviendraient en vacances début juillet et, d'ici là, il serait seul avec les ados. Sa femme lui manquait souvent, en particulier dans de tels moments, car elle aurait mieux su s'occuper d'eux.

C'était trois garçons. L'aîné, Vincent, avait dix-neuf ans et était assez grand pour surveiller les plus jeunes, seize et onze ans, mais ils avaient tous les trois une énergie et un rythme que Gerlof n'avait plus depuis longtemps. Avec leurs copains, ils jouaient à la guerre autour de la maison avec d'énormes fusils à eau et à des jeux vidéo, Nintendo et Super Mario Bros, il s'embrouillait dans les noms.

Ou alors ils regardaient la télé, ce que Gerlof faisait rarement. Il se rappelait la remarque d'un vieil ami pentecôtiste quand il avait installé sa première antenne télé à la fin des années soixante : *Vous avez le diable sur votre toit !*

Il souffrait en silence, mais avait imaginé un plan de fuite.

« Cette nuit, je descends dormir au cabanon », dit-il au dîner.

Il quitterait la maison pour la nuit. Se réfugierait là-bas, comme les pêcheurs jadis.

« Mais pourquoi, grand-père ? » dit Vincent.

Gerlof lui servit un mensonge et une vérité :

« C'est plus… sombre là-bas. Et un peu plus calme. »

Vincent hocha la tête, il était assez grand pour comprendre.

Aussi, après le dîner, Gerlof prit son pyjama, une bouteille d'eau, et quitta la maison. Ce soir-là, ses jambes allaient assez bien pour le dispenser de fauteuil roulant, mais il s'appuyait sur sa canne et tint le bras de son petit-fils pour descendre la falaise. Ils marchaient lentement, Gerlof sentit dans l'air une odeur de viande et de graisse. Un barbecue quelque part.

Dans l'herbe, près de la route du village, il tomba sur une boîte de bière vide. Gerlof la retourna du bout de sa canne.

« Ces Stockholmois… Lamentable.

– C'est peut-être un Smålandais qui l'a jetée », dit Vincent.

Gerlof se pencha péniblement et la ramassa.

« Tu pourras jeter ça dans notre poubelle, Vincent ?

– Bien sûr. »

Gerlof se voyait comme un ramasseur d'ordures – il était encore bon à quelque chose.

En passant devant sa vieille barque, il vit qu'on avait raboté le bois pourri sur toute la coque. Sans doute John, ou son fils Anders. Gerlof n'était pas étonné, ils tenaient toujours leurs promesses.

Vincent ouvrit le cabanon de pêche au-dessus de la plage. Le plafonnier était cassé, il faisait sombre à l'intérieur, mais Gerlof vit que les deux lits de camp étaient faits. Les avait-il faits lui-même ? Il ne se rappelait plus.

« Là, tu seras au calme, grand-père, dit Vincent en allumant une lampe à pétrole près de la fenêtre.

– Espérons », dit Gerlof.

Vincent parti, il laissa la porte ouverte. Il regarda autour de lui dans le cabanon : les lits, les filets et la petite table. Ici, John et lui avaient passé bien des nuits, en attendant que leurs filets se remplissent dans le détroit. À l'époque, Gerlof se levait à l'aube. Cette fois, il comptait dormir tout son saoul, au moins jusqu'à sept heures.

Il sortit un moment sur le pas de la porte pour respirer l'air du soir. Il inspira, expira lentement. Et écouta le silence de l'été.

Seul au calme.

Ce silence, quel silence ! Rien qu'une brise légère ce soir.

Mais il entendit alors un bruit, au loin dans le détroit. Un grondement si sourd qu'il était presque imperceptible. Gerlof tendit l'oreille et comprit que c'était un gros moteur diesel au point mort, plus bas sur la côte.

Un gros bateau ? Caché par un des caps alors, car on ne voyait aucun navire sur le détroit.

Il rentra et referma la porte derrière lui. Il y avait une vieille radio dans le cabanon, et la dernière chose qu'il fit avant de se coucher fut de l'allumer pour écouter les prévisions météo. Temps nuageux et sans vent pendant la nuit sur Öland et Gotland, mais risque d'averses locales à l'aube. Mardi, temps à nouveau ensoleillé.

Gerlof enfila ensuite son pyjama et ôta ses appareils auditifs. Encore deux machins dont il fallait s'occuper – pourtant il commençait à les apprécier.

Avant de baisser le store, il regarda le détroit s'assombrir, tandis qu'une bande rouge sombre perçait sous le rideau de nuages à l'horizon.

*Sombre comme le sang*, pensa-t-il, sans aucun pressentiment. Il avait souvent vu cette bande, ce n'était que la dernière lueur du soleil. Répandue à l'horizon comme des charbons ardents.

Il laissa deux lumignons allumés près de la fenêtre. Ils étaient dans des coupes en verre et s'éteindraient pendant la nuit, pas de danger.

Gerlof se coucha lentement sur un des lits de camp et ferma les yeux. Content. C'était un peu comme se glisser dans sa couchette après avoir jeté l'ancre dans un port naturel, un soir d'été tranquille. Le même lit étroit, la même proximité avec la création, la même paix. Si le vent se levait, il se réveillerait sûrement, c'était une déformation professionnelle après toutes ces années en mer.

La nuit tomba sur la plage, et on n'entendit plus aucun bruit.

Il s'endormit bientôt, et rêva qu'il descendait sur la plage et, au milieu du silence, mettait à l'eau une barque neuve qui sentait l'huile.

En plein rêve, Gerlof s'éveilla en sursaut. Ce n'était pas le mauvais temps qui l'avait tiré de son sommeil, mais des coups violents à la porte du cabanon.

# JONAS

FLOTTANT au-dessus des profondeurs, planant au soleil couchant.

Jonas était couché sur le dos dans le canot pneumatique, comme dans un lit à eau. Non, *c'était* un lit à eau, sur lequel il flottait, près des filets de fond, les pieds dépassant du boudin ovale. Il regardait le ciel au-dessus du détroit. La voûte céleste s'assombrissait lentement, des étoiles s'étaient allumées à l'horizon.

Ici, il était absolument libre. Seul sur la mer, comme un naufragé.

Le plan secret de son frère pour la soirée avait marché. Juste après dix-huit heures, Jonas était monté dans la voiture avec Mats et les cousins. Pour les adultes, ils avaient l'air de partir tous les quatre pour Kalmar – mais, dès le camping de Stenvik, hors de vue de la Villa Kloss, Jonas avait dû descendre. Mats lui avait donné l'argent de son billet de cinéma.

« Amuse-toi bien ce soir, frangin ! Nous, on va s'éclater ! »

Les cousins avaient souri en le saluant de la tête. Puis la voiture était repartie vers la grand-route.

Jonas l'avait regardée disparaître, puis était descendu jusqu'au ponton. Il y avait affluence ce soir. Il s'était assis sur un rocher pour observer les baigneurs, en particulier une fille de son âge aux longs cheveux presque blanc de craie. Elle était sur une couverture avec deux copines, parlait, riait et ne l'avait pas regardé une seule fois. Comme s'il était invisible.

Il s'était alors dirigé vers le sud le long des plages de gravier, jusqu'à la pointe rocheuse en contrebas de la Villa Kloss. Là, il n'y avait personne à cette heure, c'était une bonne cachette. Il s'agissait juste de trouver comment passer le temps, toute la soirée.

Il s'était d'abord baigné, longtemps, avant de se laisser sécher au soleil. Puis il avait cherché des trésors le long du rivage, mais n'avait trouvé que des packs de lait allemands vides.

Puis il s'était à nouveau baigné. Le soleil était alors bas à l'horizon, et l'eau avait fraîchi.

Une fois sec, il avait remis son short, sorti du cabanon le canot pneumatique de Casper, enfilé un gilet de sauvetage et s'était avancé dans l'eau pour une balade du soir. La nuit tombée, il se glisserait dans sa petite maison pour se coucher. Le lendemain, il dirait aux adultes qu'il avait bien aimé le film.

Un bon plan.

Jonas avait grimpé sur un rocher, le canot devant lui, et avait regardé alentour. La surface de l'eau était lisse. Le détroit semblait inoffensif, mais il savait que le fond tombait à pic, juste devant lui, et qu'on pouvait couler et se noyer à seulement quelques dizaines de mètres du rivage.

L'eau était devenue noire comme du charbon dès le coucher du soleil, comme si le fond avait disparu. Ça faisait un peu peur, mais c'était excitant.

Il était prudemment descendu dans le canot pneumatique et avait commencé à ramer le long du rivage, jusqu'aux filets. Là, il s'était écarté du bord, lentement, pour suivre les poteaux et sentir sous lui l'aspiration des profondeurs. Les algues, les poissons, le varech et les rochers. Un autre monde…

Il avait fini par s'amarrer à un poteau du milieu.

Là-bas, l'eau était profonde et sombre comme une tombe, mais pas un souffle de vent ne troublait la surface.

Jonas s'était confortablement couché sur le fond du canot et avait regardé le ciel s'assombrir au-dessus de lui. Les nuages se déchiraient par endroits, laissant scintiller de petits points blancs.

*Là, ils sont au cinéma à Kalmar*, pensa-t-il.

Pendant que Mats et les cousins regardaient le film, Jonas ne pouvait que regarder les étoiles au-dessus de l'île. Mais la jalousie qui le tourmentait se calma peu à peu, laissant place à une sorte de paix, la sensation de flotter sans poids entre mer et ciel. Aussi loin sur le détroit, aucun insecte ne venait le déranger, pas même les moustiques.

Il ferma les yeux. Tout était calme, tout était sombre.

Mais un faible bruit lui fit lever la tête. Un grondement sourd transmis autant par l'eau que par l'air.

Le bruit d'un bateau. Un gros bateau qui avait démarré son moteur diesel, quelque part dans la nuit. Le grondement enfla, puis s'estompa.

Il cligna des yeux lentement, vaseux. S'était-il endormi dans le canot pneumatique ? Jonas n'avait pas de montre, mais le soleil s'était couché et les nuages couvraient le ciel nocturne. Les étoiles avaient disparu.

Il regarda vers le sud, mais on n'y voyait rien. Les deux langues de terre qui s'avançaient dans le détroit de part et d'autre de la baie se fondaient dans l'obscurité, seulement émaillées de quelques lumières aux fenêtres des maisons de vacances les plus proches de la plage.

Des rires et des éclats de voix lui parvenaient faiblement du rivage. Ce devait être la fête des adultes à la Villa Kloss. Papa, Tante Veronica, Oncle Kloss et les autres mangeaient et buvaient sur la terrasse.

Jonas songea à passer toute la nuit dans son canot pneumatique. Bientôt, la nuit d'été serait complètement obscure : les adultes finiraient par cesser de boire et de rire, là-haut sur la terrasse, et, quand la voiture reviendrait de Kalmar sans lui, ils commenceraient à se demander où il était. Ils s'inquiéteraient. *Où est Jonas ? Quelqu'un a vu Jonas ?* Alors, tout d'un coup, il serait important pour eux.

Il resterait ici et ramerait encore un peu. Jusqu'au bout de la ligne des filets – il n'était jamais allé aussi loin.

Il rama régulièrement et, à travers la mince paroi du canot pneumatique, il sentit que l'eau était de plus en plus froide. À présent, il ne voyait plus de rochers pointer sous lui, l'eau était opaque. Si le canot venait à se percer, il n'était pas certain d'avoir la force de nager jusqu'au rivage, même avec son gilet de sauvetage. La profondeur lui donnait le vertige.

Il finit par atteindre le tout dernier poteau qui dépassait de l'eau, long et mince. Il était maintenu en place par des chaînes et de longues cordes.

Jonas cessa de ramer. Le canot continua pourtant d'avancer : il tendit la main et attrapa le poteau, s'accrochant des deux mains au bois rugueux. Au moins, c'était la preuve qu'il n'était pas seul au monde. Il y avait aussi le pêcheur d'anguilles qui était venu au début de l'été poser ses nasses.

Il plongea les yeux dans l'eau, sans même deviner les filets. Y avait-il des anguilles en ce moment, prisonnières, dans les ténèbres ? La famille Kloss mangeait parfois de l'anguille fumée, mais Jonas n'aimait pas trop le goût. Trop gras.

Il entendit à nouveau le grondement. Un bateau à moteur ? Il aurait dû avoir ses feux de position pour sortir en mer de nuit, mais pas de lumière en vue.

Le bruit se tut.

Il lâcha le poteau, qui s'éloigna. Le canot était entraîné par les courants. *Au revoir, le poteau.*

Il attrapa les rames, sans pourtant s'en servir. Le canot pouvait bien dériver.

Vers le large, dans tout ce noir. Mais juste encore un peu. Il avait son gilet de sauvetage, et puis il ferait bientôt demi-tour. Il voulait juste entrevoir le bateau.

Il plissa les yeux et regarda alentour dans la nuit. Une légère fumée montait de la mer. Une brume nocturne qui rendait la vue plus difficile.

Soudain, Jonas sentit une grosse masse silencieuse arriver de la pointe sud – une ombre grise sur l'eau, longue et fine comme un monstre marin. Un serpent de mer, ou un calamar géant aux aguets dans le détroit…

L'ombre bougeait-elle ? Il cligna des yeux, mais elle avait disparu.

Il se remit à ramer. Il voulait rentrer, mais il faisait si sombre et il y avait tant de brouillard sur le détroit qu'il ne savait plus bien où il était, ni même la distance jusqu'au rivage. Il n'y avait aucun repère. Les points lumineux sur la côte étaient comme des étoiles s'estompant au loin.

Il cessa de ramer, souffla. Il tendit l'oreille.

Un bruit de ressac.

De petites rides clapotaient contre le canot pneumatique, mais le bruit était plus fort. Comme des vagues déferlantes.

Jonas leva les yeux – et le ciel soudain s'éclaira. La pleine lune s'était frayé un passage par une déchirure des nuages et sa lumière baignait à présent le détroit. Autour de lui, l'eau se transforma en un sol d'argent scintillant.

Avec au milieu une grande forme noire – un bateau.

Il glissait, droit sur lui. Sans ralentir. Au clair de lune, il finit par voir un nom en lettres blanches à la proue : « ÉLIE ».

Il saisit ses rames mais, avant qu'il n'ait le temps de ramer, l'*Élie* rattrapa sa frêle embarcation et s'éleva au-dessus de lui comme un gros container d'acier.

Jonas sentit l'odeur de diesel, entendit la pulsation du moteur dans la coque.

Il n'y eut pas de collision, son canot était trop petit. Le grand bateau l'emporta : les boudins pneumatiques furent plaqués contre la coque par la vague d'étrave.

Jonas aussi. Il se redressa sur les genoux, une sensation glacée au ventre : son petit canot était écrasé par les remous contre le bateau. Il était en perdition.

De l'eau froide déferlait à bord : une grosse vague qui se déversait sur les jambes de Jonas et commençait à remplir le canot. Il prenait l'eau, allait peut-être couler.

La peur s'empara de Jonas. Il essaya de se mettre debout dans le canot pneumatique. À tâtons, ses mains attrapèrent un bout de corde qui dansait en l'air. Il leva les yeux : c'était une amarre en nylon qui pendait du bastingage, comme une liane.

Il s'y accrocha de toutes ses forces et réussit à s'extraire de l'embarcation.

Le canot se détacha soudain du navire et se mit à tournoyer comme une bouée le long de la coque. Puis il glissa vers l'arrière, aspiré par les remous scintillants, fit plusieurs tours avant d'être englouti par la mer.

Le canot de Casper. Disparu.

Jonas regarda partir le canot, il aurait voulu le sauver – mais, s'il lâchait prise, il serait emporté sous la coque. Il resta pendu à l'amarre.

Mais il ne tiendrait pas bien longtemps.

Il serra les mâchoires, balança les jambes et atteignit du pied droit une petite saillie rouillée, un peu plus haut sur la coque. Il s'y appuya, et se hissa vers les tubes d'acier noirs du bastingage. Puis y grimpa comme sur un espalier.

Aucun bruit ne lui parvenait du bateau au-dessus de lui. Ni voix, ni pas. Le moteur aussi semblait assourdi. On n'entendait plus que le clapotis du navire qui continuait sur sa lancée dans la nuit.

Jonas tendit les bras, se hissa par-dessus le bastingage et se retrouva à bord.

Pieds nus sur un pont de métal froid. Transi, tremblant, mais sauvé des eaux.

Il reprit son souffle et regarda autour de lui. Où était-il ?

Sur un gros chalutier, apparemment. Il ne voyait pas de filets, mais le pont puait le poisson et le diesel.

À côté de lui, une grande écoutille, fermée. De part et d'autre s'élevaient deux bâtiments blancs – un plus petit à l'avant, un plus grand à l'arrière. Une lumière pâle luisait à une fenêtre de ce dernier, le reste du bateau restait plongé dans l'obscurité.

Jonas cligna des yeux. D'où venait ce bateau ? Il avait déjà vu des gros bateaux dans le détroit, l'été, mais jamais si près du rivage.

Il resta là, hésitant. Se diriger vers la proue ? Vers la poupe ? Ou juste rester là et laisser le bateau décider ?

Lentement, il longea l'écoutille, vers l'arrière. Il préférait aller vers la lumière, même faible.

Rien ne bougeait.

Il continua d'avancer, à petits pas. Au bout de l'écoutille il vit une masse sombre et arrondie. Il la prit d'abord pour un ballon.

Puis vit que c'était une tête. Et un cou, et des épaules.

Un homme était couché là.

Jonas s'arrêta net.

Un homme en bleu de chauffe foncé. Il était étendu, le visage tourné vers Jonas, les jambes enfoncées dans une écoutille, comme s'il avait tenté de remonter de la soute.

Mais il ne bougeait pas, ne semblait pas respirer. Il gisait juste là.

Jonas le regarda fixement. Il songeait à le toucher du pied, quand il entendit des gémissements sortir de la cale.

Il y avait d'autres personnes là-dedans, mais leurs cris n'étaient pas normaux. Étouffés, tourmentés.

Il écouta, figé.

Les cris venus des profondeurs se turent.

Soudain, Jonas entendit un râle sur le pont, juste derrière lui.

Il se retourna et vit une silhouette surgir de l'ombre en titubant, à l'avant du navire. Un homme grand et mince, aux cheveux bruns. Jeune, en jean et T-shirt blanc – il semblait malade, la tête pendante et les yeux luisants. Il avançait en zigzag, comme endormi, faillit trébucher sur le bord de l'écoutille, mais se redressa lentement, le regard vide.

Un mort-vivant. Un zombie.

Il aperçut alors Jonas, leva les bras et émit une sorte de bruit. Une langue étrangère, un sifflement rauque.

Le zombie tendit les mains, il n'était plus qu'à deux mètres de lui.

Puis un.

Jonas recula, tourna les talons et s'enfuit le long du bastingage. Il enjamba l'homme qui gisait à terre, cherchant des yeux un refuge.

La mer était d'un noir d'encre. Öland sans doute très loin. Jonas fila à l'aveugle vers l'arrière du bateau. Vers la grande passerelle de commandement, avec son étroite porte métallique.

Mais elle était fermée. À clé, sans poignée. Il glissa ses doigts pour tirer sur le bord de la porte, mais en vain, elle ne bougeait pas d'un pouce.

Pris au piège.

Derrière lui, il perçut le sifflement. De plus en plus proche. Il se tourna et vit les bras tendus. Qui venaient droit sur lui.

Jonas ferma les yeux et sentit une chaleur se répandre dans son short. Il s'était uriné dessus. En même temps, la porte métallique trembla contre son dos. Elle bougeait – de l'autre côté, quelqu'un était en train de l'ouvrir.

Un autre monstre ? Jonas se recroquevilla sur lui-même et entendit la porte grincer.

Elle s'ouvrit si fort qu'il fut plaqué sur le côté.

Quelqu'un sortit alors, il vit d'abord un pied dans une grosse chaussure de cuir, puis une jambe en jean, et enfin deux bras levés.

Qui tenaient une hache.

L'homme qui venait de sortir sur le pont était grand et mince, la tête rasée ; il sembla ne pas voir Jonas, le dépassa en deux pas et brandit la hache.

Le manche était long, la lame brilla et son tranchant frappa le zombie en pleine poitrine. Sous le choc, le corps tomba à la renverse à côté de Jonas.

Le zombie remua. Il cherchait à tâtons à se relever. L'homme à la hache cria quelque chose et frappa à nouveau, deux fois, trois, quatre – et le zombie retomba et ne bougea plus.

Tout était immobile. Seul le bateau se déplaçait.

L'homme à la hache inspira, comme s'il grelottait. Il se retourna, et vit Jonas.

Un rayon de lune brilla et leurs regards se croisèrent. Jonas réalisa qu'il reconnaissait cet homme, ses yeux qui clignaient et son visage tendu. Oui, il l'avait déjà vu.

Mais les yeux de l'homme étaient froids. Froids et effrayés. Il se pencha sur Jonas et haleta une question :

« T'es qui, *toi* ? » Il attrapa durement Jonas par l'épaule. « Où est Aron, l'Amerloque ? »

Jonas ouvrit la bouche, sans répondre.

Sa tête était vide de mots, mais les questions continuaient :

« Le vieux… il est où ? »

La hache se leva, ensanglantée.

Jonas parvint à bouger à nouveau. Il roula sur le côté. Il fallait qu'il s'en aille, n'importe où. Il tendit la main, sentit le bastingage glacé et se remit debout.

Il escalada le garde-corps.

Une vieille bouée y était accrochée. Jonas vit ses mains la détacher au passage.

« Attends ! » cria l'homme dans son dos.

Mais Jonas était arrivé au dernier tube du bastingage, qu'il enjamba.

Il jeta un dernier regard en arrière, une courte seconde – et vit une autre silhouette. Là-haut, derrière la vitre de la passerelle de commandement. Un vieil homme : cheveux gris, visage pâle…

Jonas n'en regarda pas davantage, il se jeta du bateau dans les ténèbres de la mer.

Tout était froid. L'eau l'engloutit, l'entraîna par le fond.

Il coula dans un monde de bulles. Les tourbillons de la coque l'aspiraient avec un grondement sourd, mais les moulinets de ses mains finirent par le ramener à la surface.

Il sortit la tête de l'eau, reprit son souffle et vit le bateau fantôme s'élever au-dessus de lui. Mais à présent la pulsation sourde de son moteur s'éloignait.

Jonas flottait – il avait toujours son gilet de sauvetage. Et la bouée dérivait à quelques mètres de là. Il l'attrapa et se la passa autour du corps.

Porté par son gilet et la bouée, il se retourna et aperçut des lumières fixes. Faibles, mais scintillantes.

C'était sur Öland. Loin. Tout ce qu'il pouvait faire était de nager dans leur direction.

Il fit dix mouvements de jambes, se reposa un moment, soutenu par la bouée, puis dix autres mouvements. Ainsi, il se déplaçait doucement vers le rivage. Les lumières approchaient, il voyait à présent qu'elles étaient aux fenêtres de petites maisons.

La côte sombre grossit devant lui, et Jonas finit par sentir des rochers sous ses pieds. Il était de retour sur la plage.

Il entendit du ressac quelque part derrière lui. Était-il poursuivi ? Il regarda alentour, mais ne vit que les ténèbres de la mer. Le détroit était entièrement plongé dans le noir, aucun feu de position de bateau en vue.

Mais les morts avaient peut-être sauté après lui, peut-être nageaient-ils lentement vers le rivage…

Il se hissa en rampant sur la plage, son short et son T-shirt ruisselant, se débarrassa de sa bouée et resta couché sur la grève. Il était épuisé, mais la peur des morts le fit se relever.

Où se cacher ?

Où avait-il abordé l'île ?

La plage n'était pas aussi raide ici, et il comprit qu'il était au nord de la baie. Les cabanons de pêche s'alignaient en haut de la falaise – tous éteints, sauf un, une faible lumière à une fenêtre.

Jonas se précipita dans sa direction, trébucha, et parvint enfin devant la porte.

Il secoua la poignée, mais la porte ne bougeait pas. Il se mit alors à tambouriner en appelant à l'aide, et elle finit par s'ouvrir.

Pas un zombie, pas un fou de la hache. Juste un vieil homme, dans l'embrasure de la porte, mal réveillé, qui s'écarta pour le laisser entrer dans la lumière et la chaleur.

Jonas perdit l'équilibre. Sous lui, un tapis moelleux, inondé par l'eau qui dégoulinait de ses vêtements. Il se laissa tomber, à bout de forces.

L'homme le dévisageait, la porte toujours ouverte sur la nuit.

« Fermez ! chuchota Jonas. À clé ! Ils me poursuivent.

– Qui ça ? dit l'homme.

– Les morts. Du bateau. »

# GERLOF

GERLOF fut réveillé par un curieux grondement qui lui fit croire qu'il était en mer, dans sa couchette. Puis il ouvrit les yeux et se souvint qu'il s'était endormi dans son cabanon de pêche, pour être au calme. Mais les murs vibraient.

Un tremblement de terre ? Il sortit doucement de son lit de camp, mais ce n'est qu'après avoir remis ses appareils auditifs qu'il comprit ce que c'était : on tambourinait à la porte du cabanon. Et une voix aiguë, étouffée par l'épaisseur de la porte, mais qui criait qu'on lui ouvre.

« J'arrive », grommela Gerlof.

Il enfila son pantalon et son chandail pour avoir chaud et être présentable. Puis alla ouvrir.

Un gamin surgit de la nuit : il s'effondra presque sur le seuil, un garçon inconnu portant un gilet de sauvetage et des vêtements trempés.

« Oh ! » dit Gerlof. Il ne trouva rien d'autre.

Le garçon était tombé à genoux sur le tapis, tremblant. Il se tourna vers la porte, le regard plein d'effroi.

« Fermez ! supplia-t-il. À clé ! Ils me poursuivent.

– Qui ça ? dit l'homme.

– Les morts. Du bateau. »

Gerlof ferma et verrouilla.

« Quelqu'un te poursuit ? De quoi tu parles ? »

Le garçon rampa plus avant dans le cabanon. Il s'arrêta près du lit étroit de Gerlof et s'y accrocha, sans cesser de fixer la porte. Il ne regardait pas Gerlof, ses yeux se perdaient au loin, habités par la peur. Il retenait son souffle, semblait tendre l'oreille. Gerlof écouta lui aussi, mais personne ne secouait la poignée. Personne ne frappait.

Il essaya de rester calme. Fallait-il avoir peur ? Il était encore trop endormi.

Lentement, il alluma quelques autres bougies sur la table, pour chasser les ombres. Puis fit un pas vers le garçon.

« Comment tu t'appelles ?

– Jonas.

– Et qu'est-ce qui s'est passé, Jonas ? Tu peux raconter ? »

Le garçon regarda enfin Gerlof dans les yeux.

« Il y a un bateau là-bas, dit-il. Un gros bateau… Il m'a foncé dessus. J'ai grimpé à bord. » Pause. « De mon canot pneumatique. » Pause. « Mais là, ils étaient tous morts. Tous sauf un. Avec une hache.

– Celui qui t'a poursuivi ?

– Le fantôme, dit le garçon en haussant la voix. Le fantôme était sur le bateau. Il se battait avec les morts ! »

Le garçon reprit son souffle, une larme brilla sous son œil. Gerlof le laissa respirer un peu, avant d'avancer la main et de défaire doucement son gilet de sauvetage. Puis il dit d'une voix ferme :

« Ce n'était pas un fantôme.

– Si !

– Non, et tu sais pourquoi ? »

Le garçon secoua la tête.

« Parce que les fantômes ne supportent pas l'eau. » Gerlof lui ôta son gilet de sauvetage et continua : « Mon grand-père disait toujours qu'il fallait s'enfuir en bateau si on voyait un revenant, pour s'en débarrasser. Alors ce n'est pas un fantôme que tu as vu ce soir, Jonas. Je te le promets. »

Le garçon lui lança un regard dubitatif, puis sembla se calmer, mais il surveillait toujours la porte.

Gerlof finit par aller l'ouvrir. Le garçon retint son souffle derrière lui, alors le vieil homme se retourna.

« Je vais juste jeter un œil. Et écouter un peu. »

Il n'y avait sûrement rien à craindre mais, à tout hasard, il prit de quoi se défendre. Un long orthocère, qui décorait le cabanon. Un fossile trouvé sur la plage, la coquille pointue d'un mollusque, pétrifiée après avoir passé des millions d'années sous pression dans les sédiments marins.

La pierre était lourde et rassurante comme une matraque dans la main de Gerlof. Il sortit dans l'obscurité de la nuit tiède. La plage alentour était gris foncé, la mer comme un abîme noir en contrebas. Il s'avança en silence et tendit l'oreille, sans entendre autre chose qu'un calme ressac.

Il s'écarta du rai de lumière de la porte et regarda vers le détroit. Quelques points blancs luisaient de l'autre côté, sur la terre ferme, rien d'autre en vue.

Gerlof régla ses appareils en mode bruit de fond, se redressa et écouta à nouveau.

On percevait quelque chose dans la nuit, un bruit lointain. Ça grondait au loin, sur le détroit. Il reconnut cette pulsation sourde – le même bruit de moteur qu'il avait entendu avant d'aller se coucher. Mais il venait à présent du nord, et s'éloignait. Il tripota ses appareils pour essayer d'augmenter le volume, mais le grondement mourut lentement.

Il attendit encore une minute, quelques vagues déferlèrent sur la plage en faisant rouler les galets. Signe qu'un bateau était passé dans le détroit.

Il rentra et referma la porte derrière lui.

« Je m'appelle Gerlof.

– Je sais, dit le garçon. Vous êtes le grand-père de Kristoffer. »

Un camarade de jeux de Kristoffer, le plus jeune de ses petits-enfants. Il le reconnaissait à présent. Il l'avait vu quelques jours plus tôt, lors du bal de la Saint-Jean. Jonas était un des enfants de la famille Kloss.

« Tu es Jonas Kloss ? »

Le garçon hocha la tête. Puis regarda à nouveau vers la porte.

« Il frappait les morts sur le bateau avec une hache. » Pause. Le garçon réfléchit, puis continua : « Et il m'a parlé d'un vieil Américain… Il a dit : "Où est Aron, l'Amerloque ?" »

*L'Amerloque ?* pensa Gerlof.

« Et celui qui tenait la hache, Jonas… Tu l'as reconnu ? »

Le garçon secoua la tête.

« Je ne sais pas… Je ne sais pas comment il s'appelle. »

Gerlof songea à cette réponse.

« Mais tu l'as reconnu ? »

Jonas réfléchit.

« Je crois.

– Où l'as-tu vu ?

– Je ne sais pas. »

Le garçon avait baissé les yeux, Gerlof ne voulait pas le brusquer. Il se contenta de dire tout bas :

« Essaie de te souvenir… La première chose à quoi tu as pensé en voyant cet homme sur le bateau ? »

Jonas regarda Gerlof en fronçant les sourcils, avant de répondre :

« À l'Afrique. »

# LE REVENANT

LE MOTEUR du bateau s'était tu. Le cargo dérivait à présent au milieu du détroit, presque immobile sur la mer calme de cette nuit-là, mais il était pourtant difficile de le quitter pour un vieil homme aux bras fatigués et aux jambes raides.

Le Revenant lança le sac du butin au fond du hors-bord. Puis il attacha l'extrémité d'un long câble à son poignet, enjamba le bastingage et prit pied sur le banc avant du canot.

Quelques secondes, il crut que les deux embarcations allaient se séparer, mais Rita manœuvra le hors-bord en accélérant pour les maintenir flanc contre flanc.

Le Revenant avait toujours le câble autour du poignet. C'était désormais le dernier lien entre les bateaux.

Rita pilotait sans rien dire. Elle semblait calme et posée – on ne pouvait pas en dire autant de son petit ami. Au milieu du canot, la tête baissée, Pecka marmonnait tout seul. À peine descendu à bord, il avait jeté à l'eau sa hache sanglante, loin dans la nuit.

« Putain… Putain… »

Le Revenant s'assit lourdement à l'avant et lui toucha le genou.

« Pecka, dit-il. Regarde-moi. »

Pecka leva la tête.

« Putain, répéta-t-il. Ils sont morts. »

Le Revenant hocha la tête.

« Oui, et maintenant il faut faire disparaître toutes les traces. » Il leva le filin dans le noir. « Il nous reste une chose à faire. »

Pecka cligna des yeux, le regard vide.

« On les a tous flingués, dit-il. Tout l'équipage. »

Le Revenant prit sa main, qui était glacée. Il savait ce qui se passait. Pecka était en état de choc, comme beaucoup de soldats après avoir tué pour la première fois. Il s'agissait à présent de l'obliger à se concentrer sur des détails, pour qu'il oublie l'ensemble. Quand il avait lui-même commencé à tuer, dans sa jeunesse, il se concentrait sur son arme, son maniement – rien d'autre. Et c'était alors assez facile.

« Ils se sont rendus malades, non ? continua Pecka. Avec quelque chose dans la cale ? »

Le Revenant secoua la tête. Il n'avait pas de réponse.

« Tant pis pour eux, dit-il, en tendant l'extrémité du câble à Pecka. Maintenant il faut finir le travail. Tu peux le faire. »

Pecka regarda le câble qui remontait du hors-bord par-dessus le bastingage et disparaissait dans une écoutille. Il l'attrapa de sa main droite tremblante, referma ses doigts sur le petit détonateur et appuya fort.

Un choc sourd sortit du navire. La nuit sembla vaciller et un gargouillis se fit entendre sous la ligne de flottaison. La coque était percée.

Le Revenant, qui retenait son souffle, respira.

« Bon, on s'en va. »

Rita fit effectuer un demi-tour au hors-bord, qui s'éloigna du bateau.

Il commençait déjà à gîter. Le Revenant avait placé la charge à l'arrière, qui coula en premier. La poupe se dressa : lentement d'abord, puis de plus en plus vite.

Le cargo coula majestueusement et presque sans bruit, à part les bulles crachées par les bouches d'aération.

En moins d'un quart d'heure, la surface de la mer fut à nouveau lisse, et Rita mit les gaz. Retour à la maison dans la nuit.

La côte noire de l'île grossit rapidement à l'avant du canot. De loin, le littoral semblait former de douces courbes mais, de plus près, le Revenant vit combien il était rocheux et accidenté.

Ils étaient revenus aux criques et aux caps entre Ölandic et Stenvik, où ils avaient garé leur voiture. Le rivage devant eux était toujours sombre et désert. Ils allaient s'en sortir.

Juste avant de toucher terre, le Revenant plongea la main dans un sac et en sortit deux rouleaux de billets. Il en remit un chacun à Pecka et Rita, en les enfonçant dans les poches de leurs jeans.

« Ça vous suffira jusqu'à ce qu'on se revoie. »

Pecka ne le remercia pas, mais semblait s'être repris. Il haussa la voix pour couvrir le moteur :

« Ce gamin qui est monté à bord... qu'est-ce qu'il faisait là ? »

Le Revenant le regarda.

« Un gamin ?

– Oui, quand on partait dans le détroit... Il s'est pointé, comme ça, près de l'écoutille. Je te cherchais, mais tu avais disparu, et là, ce gosse est arrivé, et derrière lui ce mort-vivant de l'équipage, alors j'ai pris la hache et...

– Du calme », le coupa le Revenant. Il regarda Pecka, tandis que le canot raclait le fond rocheux. « Ce gamin, il t'a vu ?

– Oui, il était à un mètre à peine. Juste devant moi sur le pont. Putain, d'où il sortait ? J'ai essayé de l'attraper, mais il a sauté par-dessus bord... »

Rita coupa le moteur.

« Mais tu avais bien ta cagoule ? dit-elle dans le silence. Sur le visage ? »

Pecka secoua la tête, honteux.

« Pas à ce moment-là, finit-il par dire. Je suais tellement, merde ! »

Le Revenant se leva et scruta le rivage sombre.

« Tu sais qui c'était, ce garçon ?

– Non », dit Pecka.

Le Revenant descendit à terre, mais se retourna vers lui :

« Rentre tout de suite, dit-il. Et reste chez toi. Ne sors pas dans la rue. »

Pecka sembla comprendre la gravité de la situation. Il hocha la tête.

« Et toi ? dit-il. Tu vas bientôt rentrer chez toi ?

– Rentrer ?

– Oui… En Amérique ? »

Le Revenant ne répondit pas.

Il se contenta de laisser son regard se perdre vers le détroit obscur. Il songea à la grande traversée, dans sa jeunesse, quand il avait encore foi en l'avenir.

# LE PAYS NEUF, JUILLET 1931

ARON A LAISSÉ Sven dans la cabine. Il n'y a rien à faire. Le corps mince de Sven est étendu sur la couchette, mais sa tête passe par-dessus le rebord. Sa bouche ouverte au-dessus d'un pot de chambre émaillé posé à terre. La puanteur est terrible. Aron n'arrive plus à respirer là-dedans.

Entre les crises de vomissement, Sven marmonne tout seul. Il parle de la famille Kloss, du cairn, de pierres qui roulent et de murs qui s'effondrent.

« Il faut toujours que tu aies le dernier mot... Et lui, droit et solide comme un roc... Il aurait juste fallu rentrer... pas lever le poing sur lui... »

Parfois, Sven se croit revenu sur Öland, couché sur la plage de Rödtorp, mais ce n'est pas le cas. Il est à bord du long bateau blanc, le *S/S Kastelholm*, qui fait route à pleine vapeur sur une vaste mer agitée.

Aron et lui partagent une couchette, mais Aron y est peu. Ça pue trop, près de Sven, il préfère rester sur le pont. Ou sur la passerelle de commandement, où le capitaine l'a autorisé à entrer voir comment on pilotait le bateau.

Au début du voyage, Sven lui aussi s'est promené à bord. Il allait souvent à l'avant se tenir au bastingage en scrutant l'horizon. Mais le troisième jour les vagues ont grossi et il est rentré dans la cabine. Vomir dans le pot de chambre.

Aron se tient à la proue, devant l'eau bouillonnante.

Le soleil est caché derrière les nuages, l'horizon a disparu, pas de terre ni d'autres bateaux en vue. Rien que les vagues qui accourent en rangs vers le navire et se fendent sur son étrave en gerbes d'écume. Elles ne finissent jamais.

Aron a perdu le compte des jours en mer, il espère juste arriver bientôt. Sur la terre ferme, quelle qu'elle soit. Il lui semble presque sentir son odeur.

Air froid, vent violent. Aron entend le bruit de la chaudière, là-bas, mais ne s'approche pas de la salle des machines. Il préfère le vent et le soleil, qui lui rappellent la plage près de la ferme.

Il attend, il a hâte.

Il finit par entendre des pas boiteux dans son dos, c'est Sven qui est monté sur le pont. Il s'emplit les poumons d'air marin et se place devant le petit mât, solidement campé sur ses jambes, le regard levé vers le ciel. Vers l'inconnu.

Aron le regarde.

« On arrive bientôt ? »

Sven soupire.

« Toujours la même question… » Il déglutit, rote en silence et fixe le lointain. « Tu ne vois pas de terre, n'est-ce pas ? »

Aron plisse les yeux dans le vent. Il secoue la tête.

« Tu vas la voir apparaître, dit Sven. Et dans pas longtemps. Nous sommes bientôt arrivés au Pays neuf. »

Aron le regarde.

« On pourra écrire à maman, alors ?

– Sûrement, dit Sven. Une fois arrivés. Si tu peux trouver ce qu'il faut… papier, crayon, timbres.

– Je m'en occuperai.

– Et si ce n'est pas trop cher. »

Aron décide de trouver de quoi écrire et poster une lettre dès qu'ils seront à terre, coûte que coûte.

« Combien de temps on va rester là-bas ?

– Rester ? dit Sven. On ne va pas juste “rester” là. On va travailler, gagner notre vie. Ça durera au moins un an.

– Et après, on rentrera ? »

Sven soupire.

« On rentrera quand on rentrera, dit-il. Arrête toutes ces questions. »

Puis il retourne dans leur cabine retrouver le pot de chambre.

Aron reste près du bastingage. Il scrute l'horizon en attendant que surgisse la côte, le début du Pays neuf, un monde nouveau.

# GERLOF

LE SOLEIL se leva sur l'île vers quatre heures et demie, mais Gerlof ne se réveilla qu'à sept heures passées. Il cligna des yeux dans la lumière grise du cabanon et regarda les vieux filets qui pendaient au mur opposé. Il se rappela les coups à la porte, un garçon terrorisé et trempé qui se précipitait à l'intérieur, aussitôt la porte ouverte. Avait-il rêvé ?

Non, des vêtements de petite taille étaient en train de sécher, et il n'était pas seul dans le cabanon. Un être frêle dormait profondément sous plusieurs couvertures, dans l'autre lit de camp. C'était le gamin, Jonas Kloss.

Quand Gerlof avait éteint, sa respiration s'était peu à peu calmée. Et avait fini par être silencieuse.

Gerlof, lui, était trop perturbé et interloqué pour se coucher. Il s'était endormi à moitié assis sur son lit, sa ridicule matraque de pierre à côté de lui, montant la garde contre des dangers inconnus. Des marins morts et des monstres affamés. Mais ils ne s'étaient pas montrés.

Il posa les pieds sur le sol froid et remonta les stores pour contempler le monde extérieur.

Dehors, la plage était grise comme l'eau, le soleil se levait mais n'avait pas encore trouvé sa vigueur estivale. Gerlof ne voyait personne le long de la côte, et pas d'épave sur le détroit. Une mer d'huile – mais soudain il aperçut quelque chose bouger. Une petite tête noire comme du charbon qui nageait le long de la plage.

Derrière lui, Jonas bougea dans le lit. Il leva la tête.

« Bonjour », dit Gerlof.

Le garçon ouvrit la bouche et demanda, plein d'inquiétude :

« Il est là ?

– Non, il n'y a personne, dit tout bas Gerlof. Je vois juste un vison. Il doit chercher des œufs d'oiseau. »

Quelques mouettes tournoyaient au-dessus de la plage en poussant des cris d'alarme aigus. Elles aussi avaient repéré le vison, et bientôt un premier gros oiseau piqua vers la mer avec son bec comme un éperon. La tête du vison plongea vite, pour parer l'attaque, reparut un peu plus loin puis obliqua vers la plage, où les rochers lui permettaient de s'abriter. Le vison regagna la terre ferme d'un bond élégant, s'égoutta le poil et fila comme une anguille noire.

Gerlof lâcha le store et sourit au garçon.

« Comment ça va ce matin ? Mieux ? »

Jonas hocha la tête. Sa bouche était tendue et ses yeux toujours apeurés. Il demanda tout bas :

« Vous voyez des gens ?

– Non, dit Gerlof. Et pas de bateau non plus. »

Soudain, son regard tomba sur un vieux cahier de dessin, sur la petite étagère du cabanon. Un de ses petits-enfants avait dû laisser là du papier et des crayons de couleur.

Ça lui donna une idée.

« Et si on essayait de dessiner ce que tu as vu la nuit dernière ? dit-il. Tu me décris, je dessine.

– D'accord », murmura Jonas.

Gerlof prit un bout de crayon noir et dessina les contours d'un bateau de pêche d'Öland. Il plaça une petite cabine de pilotage et un mât court à l'avant.

« C'était un bateau de pêche ? De ce genre-là ?

– Non, dit Jonas. Ça sentait le poisson sur le pont, mais il était plus grand que ça. »

Gerlof dessina un remorqueur, avec son étrave et sa poupe renforcées.

« Comme ça ?

– Non… encore plus long », dit le garçon.

Gerlof froissa le papier et fit une troisième tentative. Il dessina cette fois-ci un cargo plus long, avec plusieurs écoutilles.

« Comme ça, peut-être ? »

Jonas hocha la tête en silence, Gerlof était content.

« Et il était fait en quoi ? Acier ou bois ? Tu as vu des rivets dans la coque en grimpant à bord ? »

Le garçon réfléchit, puis hocha à nouveau la tête.

« Bien, alors c'était un bateau métallique… Et comment étaient aménagées les superstructures ? »

Jonas lui montra.

« Il y avait une petite cambuse à l'avant, là… et un plus grand bâtiment à l'arrière. »

Gerlof dessina et demanda :

« Tu as vu une ligne de Plimsoll sur le franc-bord ? »

Le garçon le regarda avec des yeux vides, et Gerlof continua :

« Peu importe… Il y avait des mâts ? »

Jonas ferma les yeux.

« Je ne m'en souviens pas, dit-il. Peut-être un petit à l'avant. Et il y avait une grande écoutille au milieu. »

Gerlof traça l'écoutille à gros traits et demanda :

« Où se trouvaient les mourants ?

– Ils étaient là… et là. Et encore là.

– Et les vivants ?

– Celui avec la hache était là. » Jonas montra. « Et puis il y avait ce vieux bonhomme aux cheveux blancs sur la passerelle de commandement… Là. »

Jonas montra à nouveau, Gerlof traça des croix.

« Le bateau avait-il un nom ? Tu as vu un nom en proue ? »

Jonas hocha la tête.

« Oui, *Élie*.

– *Élie* ? dit Gerlof. Comme le prophète qui réveille le mort à Sarepta ? »

Le garçon le fixa avec des yeux ronds, et Gerlof comprit que Jonas n'avait pas encore fait sa confirmation. De toute façon, les confirmants d'aujourd'hui ne lisent plus la Bible, ils se font des massages et chantent des fariboles.

Il écrivit en tout cas le nom ÉLIE à l'avant du bateau. Bien. Puis il roula son dessin et hocha la tête.

« Et voilà, Jonas… On se lève pour prendre le petit déjeuner ? Je t'invite. »

Aucun sourire en réponse, mais le garçon hocha la tête et sortit du lit.

# LISA

LE LENDEMAIN de sa première soirée au club, Lisa fut réveillée par du bruit à l'extérieur de sa caravane. Quelqu'un martelait de la tôle. Elle s'assit dans son lit et regarda sa montre. Dix heures dix. Sa grand-mère avait toujours dormi jusqu'à dix heures au moins, sur ses vieux jours. *Si je me lève plus tôt, la journée est bien trop longue*, disait-elle, montrant bien combien elle trouvait la vie ennuyeuse depuis la mort de grand-père.

La vie de Lisa n'était pas ennuyeuse.

Hier, au May Lai Bar, Lady Summertime avait failli se faire prendre. Failli. Un morveux riche et éméché, qui avait passé la soirée à semer son argent autour de lui, avait posé sa main moite sur la sienne au moment où elle allait lui tirer son portefeuille.

*C'est cuit*, avait-elle eu le temps de penser.

Mais, l'instant suivant, elle avait lâché le portefeuille (très épais, hélas) qui était retombé au fond de la poche de la veste. Et le type lui avait fourré la langue dans l'oreille avant de regagner le bar, heureusement ivre. Il n'avait rien remarqué.

Lisa se leva et regarda par la fenêtre en plissant les yeux dans la matinée éblouissante. Le ciel était d'un bleu éclatant. Les vagues chuintaient en contrebas. Seul le mât de la Saint-Jean était en berne : abandonné là-bas, ses fleurs fanées au soleil.

Plus loin, près d'une caravane bancale, elle aperçut un vieil homme aux cheveux blancs. Penché sur un cric, il essayait de la redresser. Ah, voilà donc l'explication du bruit. Elle se détourna pour préparer son petit déjeuner.

Après avoir mangé, elle sortit son portable et composa le numéro de l'appartement de Huddinge. Elle dut attendre douze sonneries avant qu'une voix rauque ne lui réponde :

« Oui ? »

C'était Silas. Il était onze heures, c'était tôt pour lui.

« Salut, c'est moi. »

Silas soupira. Lisa entendit à sa respiration qu'il était clean aujourd'hui. Fatigué, mais clean.

« Salut », lâcha-t-il juste.

Puis silence. Lisa n'entendait plus que son souffle.

« Comment tu vas ? demanda-t-elle.

– Ça va. J'ai soif.

– Mais bois, alors.

– Il n'y a rien à la maison.

– Bois l'eau du robinet.

– Veux pas… Elle est pleine d'arsenic. »

Nouveau silence.

« Je t'ai envoyé une lettre, dit Lisa.

– Avec du papier ?

– Oui. Bien remplie.

– Bien… Il y en aura d'autres cet été ?

– Je pense, dit Lisa. J'ai l'impression.

– Super. »

Silas ne remercia pas, mais semblait content.

La conversation ne dura pas beaucoup plus, car Silas s'apprêtait à sortir, sans dire où il allait. Comme toujours.

Lisa coupa son téléphone et resta un instant immobile dans la caravane.

Elle prit un bidon en plastique vide et sortit au soleil chercher de l'eau au robinet. La porte d'une caravane voisine, garée entre des buissons d'églantine, s'ouvrit alors. Lisa vit une jeune femme en sortir, et la reconnut : c'était cette femme étrangère qui était avec la famille Kloss au bal de la Saint-Jean.

Elle s'appelait bien Paulina ? Elles se saluèrent de la tête.

« Bonjour, dit Lisa. Alors tu habites ici, toi aussi ? »

Paulina hocha à nouveau la tête.

« Tu es là depuis longtemps ?

– Deux semaines… travail tout l'été.

– Pareil pour moi, dit Lisa. Je vais travailler ici tout juillet. Tu vas rentrer en Pologne, après ? »

Paulina secoua la tête.

« Pas Pologne, dit-elle. Litanie.

– Litanie… ? » Lisa réfléchit. « Tu veux dire Lituanie, c'est ça ?

– Oui… Lituanie. »

Paulina ne dit rien d'autre. Lisa regarda sa caravane. Elle était plus petite et plus vieille que la sienne, et en bien plus mauvais état. Elle ressemblait plutôt à un œuf cassé. Elle se sentit soudain privilégiée, et eut un peu honte.

« Bon, dit-elle en montrant son bidon, je vais rentrer faire ma toilette, pour le boulot… Tu bosses aussi aujourd'hui ? »

Paulina acquiesça.

« Chez la famille Kloss ? dit Lisa.

– Pas famille Kloss. Seulement *lui.*

– Lui ?

– Oui, dit Paulina avec un regard grave. Seulement pour Kent Kloss. »

Paulina détourna les yeux, sans rien ajouter. Mais Lisa eut l'impression que Paulina n'aimait pas tout ce qu'elle devait faire pour Kent.

## GERLOF

JONAS fut reconnu quand ils arrivèrent à la maison de vacances : par Kristoffer, le beau-fils de Julia, onze ans, qui avait visiblement fréquenté avec lui les cours de natation de Stenvik. Ils se saluèrent timidement.

Bien. Une vieille amitié facilitait tout, songea Gerlof. Puis il conduisit Jonas jusqu'au téléphone.

« Appelle tes parents, dit-il. Ils sont sûrement inquiets, dis-leur que tu vas bien. »

Le garçon sembla hésiter.

« Il n'y a que mon père... On habite à la Villa Kloss, chez mon oncle et ma tante, Kent et Veronica. »

Gerlof hocha la tête, il connaissait les propriétaires d'Ölandic.

« Appelle la villa, alors. Dis que tu es chez nous, chez la famille Davidsson. Tu veux qu'ils viennent te chercher ? »

Jonas secoua la tête. Puis il décrocha et regarda Gerlof, gêné, jusqu'à ce que celui-ci quitte la pièce. Le vieil homme entendit le garçon parler avec quelqu'un à voix basse.

Puis ils prirent le petit déjeuner. Gerlof s'attendait à des questions de ses petits-enfants : où il avait trouvé Jonas, etc , mais ils ne demandèrent rien. Et, au bout d'un moment, Jonas prit part à la conversation, souriant en même temps que les autres garçons.

Gerlof ne souriait pas, lui. Il regarda la table basse où il avait posé son dessin du bateau. *Élie.* Il vit les croix noires autour de l'écoutille et réfléchit.

Après le petit déjeuner, il prit le dessin et son chapeau de paille et demanda à Jonas de sortir un moment avec lui. Ils s'assirent côte à côte sur des chaises de jardin. Le soleil commençait à cuire sur les épaules et les jambes de Gerlof. Jonas baissait les yeux vers la pelouse.

« Tu penses à la nuit dernière ? » dit Gerlof.

Le garçon le regarda et hocha la tête. Gerlof comprit que la peur était de retour.

« Tout ce que tu m'as raconté sur ce qui s'est passé sur le bateau… C'est toujours vrai ? »

Jonas acquiesça à nouveau.

« Tu as vu des marins morts à bord, dit Gerlof, et deux vivants. Un vieil homme sur la passerelle de commandement, et un plus jeune sur le pont, armé d'une hache… Un homme dont tu penses qu'il vient d'Afrique. C'est bien ça ?

– Oui, dit Jonas à voix basse. Mais il ne venait pas d'Afrique… J'ai juste pensé à l'Afrique en le voyant. À des animaux africains, à des tambours dans la jungle. »

Gerlof le regarda, pensif.

« Tu es déjà allé en Afrique ? »

Le garçon secoua la tête. Gerlof n'en tirerait pas davantage aujourd'hui. Il prit sa canne et se leva lentement.

« Bon, dit-il, je crois qu'on va appeler la police. »

Jonas sembla effrayé, mais Gerlof leva la main :

« Ne t'inquiète pas… C'est quelqu'un de la famille. »

Tilda Davidsson était la seule connaissance de Gerlof dans la police : la petite-fille de son défunt frère aîné. Gerlof la joignit chez elle, sur la côte est de l'île, et lui raconta brièvement ce qui était arrivé.

« Alors je me demandais, dit-il, est-ce que les gardes-côtes ont vu un bateau à la dérive dans le détroit, cette nuit ?

– Aucune idée, dit Tilda. Je ne suis pas garde-côte Et je suis en congé. »

Gerlof entendit des rires d'enfants à l'arrière-plan, mais continua pourtant :

« Tu peux leur demander de vérifier ?

– Non, le central régional s'en chargera, si nous jugeons crédible ce que raconte ce garçon. »

Gerlof soupira en silence : que de complications…

« Tu pourrais venir, alors ? Et voir ça ? »

Et elle vint, sans collègue ni uniforme. Elle avait une robe flottante en jean. Gerlof se demanda si elle était enceinte. Sans oser poser la question.

Tilda salua Gerlof et ses petits-enfants, et serra la main de Jonas Kloss, qui jouait à un jeu vidéo.

« Tilda est de la police de Kalmar, dit Gerlof. Je pense que vous avez deux ou trois choses à vous dire.

Jonas se leva lentement, mais ne semblait pas ravi de cette conversation. Tilda se pencha vers Gerlof.

« Tu peux rester, dit-elle à voix basse.

– Il le faut ?

– Tu peux être témoin de l'audition… On en a des fois, pour s'assurer que tout se passe bien. »

Gerlof hocha la tête et suivit lentement Jonas et Tilda dehors, dans la chaleur qui faisait trembler l'air.

« Alors comme ça tu viens tous les étés au village, Jonas ? dit Tilda quand ils se furent installés sous le parasol.

– Euh… non. L'été dernier, on est restés tout le temps chez Maman. Parce que Papa… »

Il se tut, regarda Gerlof.

« Et où habite ta maman ? dit Tilda.

– À Huskvarna. »

Gerlof resta sans rien dire sur sa chaise, laissant Tilda bavarder avec le gamin. Ils commencèrent par parler jeux vidéo et vignettes de foot, sujets sur lesquels Tilda s'avéra en connaître un rayon. Elle se pencha ensuite vers lui et dit :

« Tu as vécu quelque chose d'horrible hier soir, si j'ai bien compris… »

Jonas hocha la tête en silence.

« Tu veux en parler ?

– D'accord. »

Puis ils restèrent là vingt minutes à l'écouter. Gerlof entendit pour la seconde fois l'histoire de Jonas Kloss – le même navire sombre dans le détroit, les mêmes marins morts, le même homme à la hache et le même vieil Américain nommé Aron – et comme tout concordait si bien avec sa première version, Gerlof finit de se convaincre que c'était effectivement la vérité.

Ils restèrent ensuite au jardin, laissant Jonas rentrer dans la maison.

« Ton interrogatoire a donné le même résultat que le mien, dit Gerlof.

– Ce n'était pas un interrogatoire, se dépêcha de dire Tilda. Il faut être très prudent quand on questionne des mineurs, nous avons des gens formés pour ça… On a juste bavardé.

– Mais tu vas enquêter, maintenant ?

– Enquêter sur quoi, Gerlof ? dit Tilda. Si le central doit envoyer des policiers frapper aux portes et interroger des témoins, il nous faut une scène de crime. Et il n'y en a pas, autant qu'on sache. »

Gerlof déplia le dessin du bateau qu'il avait fait dans le cabanon.

« Il y a ça, dit-il. Je l'ai dessiné ce matin, avec l'aide de Jonas. Il dit que c'est le bateau à bord duquel il est monté. Il n'est pas d'Öland. »

Tilda regarda le dessin.

« Comment le sais-tu ?

– Il est trop gros. Ça ressemble à un petit cargo, sûrement dans les quatre-vingt-dix pieds, de l'entre-deux-guerres. Ça pourrait être un vieux navire cimentier de Degerhamn, mais aucun d'eux ne s'appelle *Élie*.

– Bon, dit Tilda, mais où est-il dans ce cas ? J'ai roulé un moment sur la route côtière en venant, il n'y avait pas un seul bateau dans le détroit.

– Il a dérivé plus loin. Le garçon dit que ses moteurs fonctionnaient… Moi aussi, j'ai entendu un bateau cette nuit, en route vers le nord, et j'ai vu les remous. Il peut avoir quitté le détroit pour continuer dans la Baltique. » Gerlof se tut, puis ajouta : « À moins qu'il ait coulé. Ou ait été coulé.

– Bon, bon. » Tilda lui rendit son dessin. « Je peux demander aux gardes-côtes d'ouvrir l'œil, mais sans bateau, on n'a pas grand-chose. Juste un gamin.

– Un gamin terrorisé, dit Gerlof. Il tremblait comme une feuille en arrivant dans mon cabanon. Il avait vu quelque chose de vraiment horrible.

– Des morts-vivants sur un vaisseau fantôme, dit Tilda.

– *Voir* des fantômes ne signifie pas qu'ils *existent*, dit Gerlof. Mais je peux te raconter une histoire… »

Tilda eut un sourire las.

« Encore une de tes histoires de fantômes ? »

Gerlof leva l'index :

« Écoute, maintenant, ceci est véridique. Ça m'est arrivé dans les années cinquante, quand on transportait des pierres vers Stockholm… On remontait la côte toutes les deux semaines, c'était une pure routine. Mais, par une chaude journée d'été, nous avons mouillé à Oskarshamn, où nous devions charger de la graisse à moteur. À côté de nous, à quai, il y avait un bateau de pêche amarré, en état de naviguer, mais qui semblait complètement à l'abandon. Personne à bord. En mer, la tradition veut qu'on salue ses voisins, alors, une fois le chargement fini, je suis allé voir où les pêcheurs étaient passés. S'ils étaient en train de dormir ou quoi. »

Il regarda vers l'ouest, où l'on apercevait l'eau entre les arbres.

« Alors je suis allé frapper à la cabine de pilotage, mais pas de réponse. Le bateau était désert. J'aurais pu regagner mon voilier, mais j'avais comme un affreux pressentiment. J'ai fait le tour du pont, et j'ai trouvé l'écoutille entrouverte. J'ai alors regardé dans le noir, et ils étaient là. Deux pêcheurs étendus côte à côte, dans la cale, immobiles.

– Assassinés ?

– C'est ce que j'ai d'abord cru, dit Gerlof, et je suis descendu les voir. Ils étaient morts, mais ne portaient aucune marque. J'ai alors deviné ce qui s'était passé et j'ai tenté de faire demi-tour pour sortir de la cale. Après, je ne me souviens plus de rien, jusqu'à ce que je me réveille sur le pont, avec John qui me criait dessus. Je ne sais pas comment, mais j'avais réussi à grimper en m'agrippant à l'échelle avant de m'évanouir. J'étais dans un sale état… Un vrai mort-vivant moi aussi.

– Le bateau de pêche avait donc du gaz empoisonné dans sa cale ? »

Gerlof secoua la tête.

« Non, juste du poisson… mais c'est le poisson qui les avait tués. Les pêcheurs avaient nettoyé leurs prises dans la cale, et les déchets avaient commencé à fermenter dans la chaleur estivale, en formant du sulfure d'hydrogène. Ils avaient tout inhalé. Ça asphyxie.

– Ça arrive souvent ?

– Pas sur les bateaux de pêche modernes, dit Gerlof, où il y a des congélateurs et de la glace pour garder le poisson au frais. Mais autrefois, ça arrivait parfois, l'été. Et sur un vieux cargo avec du poisson dans sa cargaison, comme celui où est monté Jonas… ça pourrait arriver. Il raconte que ça puait le poisson sur le pont. L'homme qu'il a rencontré était peut-être empoisonné au sulfure d'hydrogène. »

Tilda réfléchit.

« Un accident mortel, dit-elle. C'est ça ?

– Oui, pourquoi pas un accident, dit Gerlof. Mais je me demande… Il faut être enfermé dans un lieu confiné pour étouffer. Et qu'auraient-ils fait, tous dans la cale, si près des côtes ? C'est comme si quelqu'un avait forcé tout l'équipage à descendre sous le pont, avant de les enfermer. »

Tilda se tut, puis hocha la tête et alla se mettre à l'écart avec son portable. Gerlof l'entendit appeler, parler à voix basse.

Elle revint au bout de quelques minutes.

« J'ai parlé avec les gardes-côtes, dit-elle. Ils n'ont pas vu de bateau près d'Öland hier soir.

– Qu'est-ce que tu leur as dit ?

– Juste que quelqu'un avait observé un navire de taille moyenne, apparemment à la dérive à la hauteur de Stenvik. Ils n'ont pas déclenché d'alarme, mais ils vont surveiller la situation. »

Gerlof prit sa canne et raccompagna Tilda jusqu'à sa voiture.

« C'est important pour toi ? demanda-t-elle. Cette histoire ?

– Non », dit Gerlof. Il réfléchit, avant de continuer : « Mais il faut tout écouter, même ce que racontent les gamins. Quand j'étais gosse, j'ai entendu frapper à l'intérieur d'un cercueil, au cimetière, mais mon père m'a juste ri au nez quand je suis rentré lui raconter ça. Alors, moi, je ne me moque jamais, aussi bizarres que soient les histoires qu'on me raconte. » Il regarda Tilda. « Et toi, au fait, comment vont tes fantômes près des phares ?

– Ils sont en vacances, dit-elle brièvement. Comme moi bientôt. »

Et elle monta dans sa voiture.

Rien d'autre à faire, se dit Gerlof, revenu dans le jardin après son départ. Les oiseaux chantaient, le soleil brillait. Et pourtant, il ne pouvait s'empêcher de ruminer.

Un vaisseau fantôme dans le détroit, un vieil Américain à bord ?

Et un jeune homme venu d'Afrique ?

# LE REVENANT

LES JOURS D'ÉTÉ ENSOLEILLÉS, les criques de baignade d'Öland grouillaient de monde, plus de touristes que le Revenant n'en avait jamais vu, et tant mieux. Il pouvait circuler en se faisant passer pour l'un d'eux, un vieil homme en short et T-shirt rouge avec des lunettes de soleil.

Il pouvait aussi se rendre près du cairn de Stenvik sans que personne ne lui demande ce qu'il faisait là.

Après tout, c'était un site archéologique libre d'accès. Il gara donc la Ford achetée à Stockholm avec les autres voitures stationnées devant les boîtes aux lettres de Stenvik, puis partit à pied vers le sud.

En regardant du côté du détroit, il vit des bateaux, des petits à moteur près du bord et quelques plus gros voiliers au large, mais pas un seul cargo.

À présent, au soleil, après une nuit de sommeil, difficile de bien se rappeler ce qui s'était passé la nuit précédente : l'abordage, l'équipage enfermé de force dans la cale, la coque dynamitée. Il n'en restait plus aucune trace.

Le Revenant dépassa le petit camping situé en bord de mer, puis monta sur la falaise au-dessus de la plage. Il pouvait se déplacer hors de vue des maisons de vacances qui bordaient la route côtière : une étroite tranchée surplombait la plage, creusée jadis dans la falaise par les tailleurs de pierre. Ils y avaient laissé une faille en forme de V au fond jonché de gravier. C'était par-là que passait le Revenant. Prudemment, pour ne pas trébucher.

Il finit par voir le cairn se dresser devant lui, amas de pierres sur la lèvre du promontoire.

Il était plus près du bord que dans son souvenir : la falaise avait dû s'éroder en soixante-dix ans.

Le temps brisait tout.

Quelques mètres plus bas, il y avait, dans la paroi rocheuse, une porte de tôle encadrée de béton. Elle semblait conduire sous terre, juste sous le cairn. Le tout ressemblait à l'entrée d'un bunker – peut-être une installation défensive datant de la dernière guerre ?

Le Revenant tourna la tête, mais il était toujours seul.

La porte métallique était fermée par une chaîne et un solide cadenas. Il tira dessus, en vain. Il lui fallait une cisaille.

Après quelques minutes, il s'éloigna du bunker et trouva un petit escalier en pierre pour remonter la falaise jusqu'au cairn. Il resta là un moment, en silence, immobile, et songea à Sven.

Puis il se retourna et regarda vers l'intérieur des terres les villas de l'autre côté de la route côtière. Deux longues villas sans étage avec d'énormes baies vitrées et de larges terrasses en teck. Entre elles, une grande piscine bleue.

Il était à présent tout près de la famille Kloss, à quelques centaines de mètres seulement, mais il pouvait se déplacer hors de leur vue dans la tranchée. Et ils ne le connaissaient pas. Personne ne savait qui il était.

Ça rendait tout beaucoup plus facile.

## LE PAYS NEUF, JUILLET 1931

ARON ET SVEN sont sur le pont du bateau avec leurs valises. Ils sont arrivés. Le vapeur *Kastelholm* glisse dans un grand port étranger plein d'autres navires, pour s'arrêter le long d'un large quai de pierre. Aron voit grandir sous ses yeux la grande ville, avec ses hauts immeubles et ses vastes rues. D'énormes bâtiments avec de longues rangées d'étroites fenêtres. Stockholm n'était rien du tout comparé à ça. Aron ne connaît pas le nom de cette ville, il sait juste qu'ils sont arrivés en Amérique.

Les États-Unis. Le Pays neuf.

Sven descend la passerelle avec leurs valises et leurs outils, et on les conduit vers un porche de pierre sombre où tous doivent se mettre en file. Deux hommes larges d'épaules en uniforme noir finissent par les recevoir pour un interrogatoire, à l'aide d'un interprète. Aron se tait, seul Sven parle. Il montre leurs passeports, brandit sa pelle, sourit à l'interprète et aux deux gardiens patibulaires.

« Nous sommes venus ici de notre propre chef.

– Bien sûr, dit l'interprète. Qu'est-ce que vous voulez faire ici ?

– Travailler, tous les deux. Construire le pays. »

L'interprète s'entretient avec les gardes, puis demande :

« Quelle est votre profession ?

– L'agriculture, dit Sven. J'ai travaillé dans des moulins, mais surtout dans les cultures et avec le bétail. Et mon beau-fils a étudié à l'école et m'a aidé pendant son temps libre. »

L'interprète regarde le passeport.

« Treize ans seulement…
– Oui, mais grand, fort et dévoué. »

Un des gardiens montre une image à Sven. Un portrait d'un homme au regard perçant, menton relevé.

« Savez-vous qui c'est ?
– Votre chef, dit Sven.
– Comment s'appelle-t-il ? »

Sven dit un nom étranger, sans hésiter, et les gardiens hochent la tête, satisfaits. Pour finir, Sven leur remet quelques dollars. Les billets font leur effet. Leurs passeports sont tamponnés, on leur remplit des documents pour voyager, puis on les laisse entrer dans le Pays neuf.

Trois jours durant, Sven et Aron restent dans la ville, dorment dans un petit hôtel près d'une grande gare et arpentent les larges rues. Elles grouillent de monde, Aron entend beaucoup de langues étrangères, sans en comprendre un seul mot. Tout le monde autour d'eux semble avoir un but, mais Sven a l'air perdu. Dans la chambre exiguë, son humeur s'assombrit, il frappe Aron à plusieurs reprises. Le soir, il sort, s'absente plusieurs heures. Aron ne peut qu'attendre son retour à la fenêtre.

Le deuxième soir, Sven revient à grands pas, exalté. Ça s'est arrangé, il a rencontré quelqu'un qui parle suédois.

« On va continuer le voyage, dit-il. Il y a beaucoup de Scandinaves dans les forêts, au nord. Il y a du travail pour nous là-bas. »

Aron voudrait rester plus longtemps dans la grande ville, mais il ne peut pas protester. Ils quittent la ville en train un jour plus tard. Les immeubles disparaissent, cédant à la campagne, et ils roulent vers le nord à travers un pays vert et brun fait de grands espaces, de forêts de sapins intactes, de larges fleuves et de grands lacs. Le train est rempli de travailleurs pleins d'espoir, avec leurs outils. Scies, pioches et pelles. Sven et Aron voyagent avec eux, en troisième classe. Leurs dollars sont bientôt épuisés. Ils n'ont presque rien à manger mais, à l'extrémité du wagon, on peut acheter du thé brûlant. Le reste du train est glacial.

Sven regarde sans cesse vers l'avant, la main sur sa pelle.

# JONAS

IL ÉTAIT PRESQUE MIDI quand Jonas revint à la Villa Kloss. Il avait juste fait semblant d'appeler à la maison de chez les Davidsson, pour rassurer Gerlof. Personne dans sa famille ne savait où il avait passé la nuit. S'il caftait, Mats et les cousins le jetteraient sûrement du haut de la falaise.

En rentrant, il avait scruté le détroit, sans voir aucun navire. Pas de marins morts échoués sur la plage. Le soleil brillait, le vent était chaud. Les gens se baignaient autour du ponton, comme un jour d'été ordinaire, mais le cœur de Jonas battait à tout rompre.

Il était arrivé à la Villa Kloss. Autant entrer directement.

Il poussa la porte vitrée de chez Oncle Kent en s'attendant à trouver tout le monde autour de la longue table de la salle à manger : Kent, Papa, son frère et les cousins – inquiets, avec plein de questions –, mais personne ne semblait avoir remarqué son absence. Ils n'étaient même pas là.

Il n'y avait que la bonne, Paulina, occupée dans la cuisine à ranger les assiettes après la fête de la veille. Tout le monde devait encore dormir, ou être déjà à Ölandic. Jonas alla donc boire un peu d'eau et se dirigea vers sa petite maison.

« Salut, frangin. »

C'était Mats et Urban qui arrivaient, en short vert et lunettes de soleil. Ils poussaient deux vélos et le saluèrent de la tête.

« Ça gaze ? dit Urban.

– Ça va », dit Jonas.

Mats s'arrêta et baissa la voix :

« On a dit au paternel que tu avais passé la nuit chez un copain. C'est bien ça ?

– Ouais, c'est ça... J'ai dormi dans un cabanon de pêche.

– Parfait, dit Mats. Tu as dû plus t'amuser ici qu'à Kalmar... Le film était nul. »

Jonas hocha la tête en songeant à des morts sur le pont d'un bateau. Puis à l'Afrique. Des tam-tams résonnaient dans sa tête, et il aurait voulu appeler Maman à Huskvarna. Lui demander de venir le chercher, qu'il puisse rentrer à la maison.

Mais il n'appela pas. Il fallait qu'il reste ici, qu'il travaille.

Mats et Urban repartis sur leurs vélos le long de la côte, Jonas gagna la terrasse en teck d'Oncle Kent, qui chauffait au soleil. Les planches attendaient. D'abord les poncer, puis les enduire avec une huile spécialement commandée en Chine.

Soudain, il entendit un bruit de moteur derrière lui. Il tourna la tête.

C'était Kent qui arrêtait sa voiture devant le garage. Il était au téléphone, semblait écouter longtemps et répondre par monosyllabes. Kent avait le visage rouge et en sueur. Sa conversation terminée, il resta derrière le volant, le regard perdu vers le détroit.

Puis il secoua la tête, reprit son portable et passa un autre coup de téléphone.

Oncle Kent semblait avoir des ennuis, mais Jonas ne voulait pas savoir quoi. De toute façon, Kent n'avait pas l'air de le voir, il était trop stressé – après à peine une minute, il ressortit en marche arrière et s'éloigna sur la route côtière.

Jonas revint à ses planches. Fini les vacances.

La veille, son père lui avait montré comment s'y prendre :

*Calmement, par mouvements réguliers, Jonas, aussi longs que possible. La main toujours mobile, pour ne pas faire d'encoches dans le bois.*

Jonas empoigna la ponceuse, l'alluma et commença à la passer sur chaque planche d'un geste appliqué.

C'était fatigant, il était en sueur. La crasse était profondément incrustée dans les fibres du bois, il fallait passer et repasser la ponceuse pour retrouver la teinte claire.

Mais ça lui faisait du bien de travailler, d'éviter de penser. À l'homme à la hache et aux marins mourants.

Après peut-être vingt minutes, la porte vitrée coulissa.

« Salut, Jonas ! »

Papa sortit sur la terrasse en short, chemise et sandales. Il cligna des yeux au soleil et le salua de la main.

« Tout va bien ? »

Jonas hocha la tête. Papa alla s'installer sur une chaise longue près de la piscine et ferma les yeux.

Avait-il la gueule de bois après la fête ? Impossible de le savoir.

Jonas continua à travailler mais, deux planches poncées plus tard, la sueur lui coulant le long du dos, il fit une pause.

Il rejoignit son père et s'assit au bord de la piscine, les pieds dans l'eau fraîche. Papa lui sourit et Jonas demanda :

« Vous avez vu le bateau ? »

Papa le regarda, lui, puis regarda le détroit.

« Quel bateau ?

– Un gros, dit Jonas. Hier soir.

– Non, pas hier, dit Papa. Mais j'ai vu plusieurs cargos traverser le détroit depuis notre arrivée. »

Jonas ne dit rien d'autre au sujet du bateau. Il resta encore quelques minutes les pieds dans l'eau, le temps que sa sueur ait séché. Puis il se leva.

« Il faut que j'y retourne. »

C'était à présent plus facile, il avait pris le coup de main avec la ponceuse.

Au milieu de son travail, il se redressa, s'étira le dos au soleil et vit qu'on l'observait depuis l'autre côté de la route. Un homme aux cheveux gris et à la barbe blanche, avec des lunettes de soleil, se tenait sur le plateau rocheux au-dessus de la plage, le regard fixé sur la Villa Kloss. Il portait un T-shirt rouge à manches longues, mais son visage était flou. Trop loin.

L'homme était parmi les pierres tombées du cairn : quand Jonas s'en aperçut, sa poitrine se glaça.

Il se tourna pour voir si Papa l'avait vu lui aussi, mais il le trouva bouche ouverte et tête en arrière face au ciel. Il s'était endormi.

Jonas se courba lentement pour recommencer à poncer mais, sa planche finie, il regarda à nouveau en direction du cairn.

L'homme avait disparu.

## GERLOF

LES OISEAUX avaient commencé à chanter à tue-tête. Gerlof s'était assis au jardin, ses oreillettes à fond, si bien que, dans les buissons, leurs chants montaient par vagues comme un concert en plein air.

Qui avait besoin d'un gramophone quand il y avait des merles ? Pas lui.

C'était un début de soirée encore chaud et calme. La journée avait passé, le mois de juin était terminé et il n'avait pas fait grand-chose d'autre que somnoler au soleil.

Il avait eu la migraine, ce devait être le manque de sommeil. Il avait donc décliné l'invitation de ses petits-enfants à venir jouer au minigolf pour rester plutôt écouter les oiseaux les yeux fermés – quand soudain on sonna à la grille.

Un jeune garçon. C'était son visiteur nocturne, Jonas Kloss.

Gerlof lui fit un signe de la main, le garçon s'avança timidement et le salua.

« Kristoffer est là ?

– Pas pour l'instant, dit Gerlof.

– On devait jouer à la Fifa sur Nintendo », dit Jonas.

Gerlof n'avait pas la moindre idée de ce dont il parlait, mais il hocha la tête.

« Les garçons sont partis au restaurant, mais ils vont bientôt rentrer... Comment ça va, ce soir, Jonas ?

– Bien. »

Un seul mot. Puis il se tut, jusqu'à ce que Gerlof demande :

« Tu penses beaucoup à ce... à ce bateau ? »

Jonas hocha la tête. Il était raide et renfermé, comme prisonnier des morts. Il l'était certainement – le souvenir de Gilbert Kloss s'effondrant au cimetière était toujours gravé en Gerlof, soixante-dix ans après. Il avait alors quelques années de plus que Jonas, mais cette journée le hantait toujours. Il ne voulait pas que Jonas connaisse la même chose.

Il se pencha alors en avant dans son fauteuil.

« Jonas, dit-il lentement. Je crois que je sais ce qui est arrivé à ces hommes que tu as rencontrés sur le bateau... Ce n'était pas des monstres ou des morts-vivants. Ils avaient été empoisonnés par un gaz. »

Jonas le regarda :

« Un gaz ?

– Dégagé par les poissons dans la soute, dit Gerlof. Tu as dit avoir senti une odeur de poisson à bord, mais je crois qu'ils avaient pourri avec la chaleur... »

Et il lui raconta la même histoire qu'à Tilda.

Jonas écouta en silence, puis sembla se détendre. Il s'apprêtait à partir, mais Gerlof le retint :

« Et cet homme à la hache, Jonas... Tu as retrouvé où tu l'avais déjà vu ? »

Le garçon secoua la tête.

« Je peux essayer de t'aider à t'en souvenir, si tu veux. Ça t'irait ?

– D'accord. »

Gerlof lui avança péniblement dans l'herbe un des autres fauteuils de jardin.

« Assieds-toi. »

Jonas obéit. Ils étaient à présent face à face, et Gerlof sortit son carnet et un crayon. Il sourit au garçon.

« Tout va bien ?

– Je crois.

– OK, dit Gerlof, alors on va essayer de remonter le temps... Est-ce que tu arrives à évoquer l'homme du bateau, jusqu'à voir son visage ? »

Jonas fit oui de la tête, le regard baissé.

« Essaie de te rappeler l'endroit où tu l'as vu, dit Gerlof, en parlant plus lentement. Imagine que tu recules dans le temps jusqu'au moment où tu l'as vu.

– D'accord », dit Jonas à voix basse, penchant encore davantage la tête.

Tout se tut dans le jardin, à part un bourdon solitaire qui bombinait autour des fauteuils. Gerlof attendit quelques secondes, puis demanda :

« Que vois-tu à présent, Jonas ?

– Une maison.

– Quand ?

– Je ne sais pas… mais c'est l'été. Et le soir.

– Et tu es devant un bâtiment, dit Gerlof. C'est sur Öland ?

– Je ne sais pas. Je crois.

– Et à quoi ressemble cette maison ?

– Elle est grande.

– En pierre, comme un château ? Ou en brique ?

– En bois. De grandes planches. »

Jonas avait baissé les yeux dans l'herbe. Il n'était pas hypnotisé, juste profondément concentré.

Un bâtiment en bois. Gerlof nota rapidement la réponse du garçon dans son carnet.

*Il faut être très prudent quand on questionne des mineurs*, avait dit Tilda. Gerlof saurait être prudent. Et puis ce n'était pas un vrai interrogatoire, essaya-t-il de se persuader, juste une *conversation*. Il continua :

« Quelle couleur, cette maison ?

– Rouge. »

Bien sûr, la plupart des maisons en bois étaient rouges sur Öland. Toute la Suède était couverte de maisons rouges. Gerlof essaya à nouveau :

« Donc il est dans une grande maison rouge ? »

Le garçon hocha la tête.

« Tu es aussi à l'intérieur ?

– Non, mais j'entre.

– Seul ?
– Avec Mats.
– Qui est-ce ?
– Mon grand frère.
– Comment Mats et toi entrez-vous dans la maison ?
– Par un grand escalier en pierre.
– Puis une porte ? »

Jonas approuva en silence.

« Et l'homme du bateau est à l'intérieur ?
– Oui… Il est assis à l'intérieur. Comme s'il nous attendait.
– Il dit quelque chose quand vous entrez ?
– Non. Je crois qu'il hoche la tête.
– Il fait quelque chose ?
– Il tend la main vers nous. »

Gerlof réfléchit à cette réponse, puis demanda

« Il veut quelque chose ?
– Oui, nos billets.
– Votre argent ? Combien ?
– Il veut tout. Tout ce qu'a Mats… Mats lui donne des billets. »

Gerlof fit une pause, puis rouvrit la bouche :

« Et en échange, que vous donne… »

*… cet homme ?* allait-il demander, mais la cloche du portail sonna juste à ce moment, et les garçons entrèrent dans le jardin. Ils revenaient du minigolf.

« Salut, Jonas ! » lança Kristoffer.

Jonas ouvrit les yeux, sa concentration retomba. Il salua son copain de la main. Puis il se dépêcha de se lever, comme s'il avait honte, et murmura à Gerlof :

« Il faut que j'y aille.
– Je sais, dit Gerlof. Merci en tout cas pour cette conversation. »

Jonas le salua en silence et partit rejoindre Kristoffer.

*Le souvenir d'un homme dans une grande maison rouge Et de l'Afrique.* Gerlof rumina cette énigme tout le reste de la soirée, mais sans parvenir à la résoudre.

Il finit par retourner à l'intérieur.

Jonas était rentré chez lui, mais ses petits-enfants étaient comme d'habitude en train de regarder un film avec des poursuites en voiture et des explosions. Ils en regardaient presque tous les soirs, mais baissaient le son quand Gerlof passait. Ils avaient pris le pli.

Il gagna la salle de bains, puis sa chambre.

« Bonne nuit les garçons », dit-il avant de fermer sa porte.

Il dormirait à la maison cette nuit. Ça semblait malgré tout plus calme.

Deux heures plus tard, tout était silencieux, ses petits-enfants avaient éteint la télé et étaient allés se coucher. La tête de Gerlof s'enfonçait de plus en plus profondément dans l'oreiller, sombrant dans le sommeil.

Mais soudain il ouvrit les yeux, tout à fait éveillé.

*Les enfants regardent un film presque tous les soirs.*

Cette idée le fit se redresser dans son lit, allumer la lampe et ouvrir son carnet.

Il relut les réponses de Jonas avec un regard neuf et cligna des yeux d'étonnement, car son cerveau endormi avait continué à travailler parmi ses souvenirs en désordre, jusqu'à trouver soudain une solution plausible au mystère de Jonas et de l'Afrique.

Gerlof prit un crayon et nota d'une main tremblante un mot dans le carnet, pour être certain qu'il ne s'évanouirait pas pendant la nuit.

Puis il tendit le bras pour attraper l'annuaire téléphonique. Il fallait qu'il parle à une vieille connaissance de l'Association de défense du patrimoine local.

Il trouva le numéro, le composa. On lui répondit au bout de trois sonneries et il parla à voix basse, pour ne pas réveiller ses petits-enfants :

« Bonsoir Bertil, c'est Gerlof Davidsson.

– Ah tiens… Gerlof. Bonsoir.

– Je te dérange ? Tu dormais ?

– Non, non, je me couche tard l'été. Nous étions sur la véranda, mon frangin et moi, et…

– Très bien, Bertil, le coupa Gerlof. J'avais juste une question, qui peut sembler un peu bizarre, mais c'est important. Il s'agit de la salle polyvalente de Marnäs. Tu t'en occupes toujours ?

– Oh, oui, impossible d'y couper.

– Je cherche quelqu'un qui y a travaillé l'été, il y a cinq ans, il vendait des billets. Un jeune homme, mais je ne sais pas son âge. Juste qu'il était jeune.

– Il y a cinq ans ? En 94 ?

– Cette année-là, oui, dit Gerlof. Aviez-vous un caissier, à l'époque ? »

Bertil se tut.

« Le seul job d'été dont je me souvienne, c'était Pecka. Et il devait avoir une vingtaine d'années à l'époque…

– Pecka ?

– Il se faisait appeler comme ça… mais il s'appelait Peter, Peter Mayer. Il a travaillé un été chez nous, puis il est parti.

– Tu sais où ?

– Oh, il a fait un peu de tout. Il a travaillé à une époque sur un bateau de pêche, dans quelques campings et dans un supermarché. Ça ne se passait pas trop bien pour lui, je crois, il avait un petit problème de caractère et de discipline, si tu vois ce que je veux dire.

– Je crois, dit Gerlof. Une dernière chose… Tu as une liste des films qui sont passés dans la salle ? Un programme ?

– Pas ici. Mais au bureau, oui.

– Je pourrai y jeter un coup d'œil ?

– Bien sûr, dit Bertil. Je peux passer demain.

– Merci, merci beaucoup. »

Gerlof lui souhaita bonne nuit et raccrocha.

Il rouvrit alors son carnet pour y noter un nom qu'il n'avait encore jamais entendu : PETER MAYER.

Puis il éteignit et s'endormit.

# JONAS

JONAS AVAIT FINI de poncer pour la journée, puis s'était baigné dans la piscine. Et comme d'habitude, il était seul. Les événements des derniers jours n'y avaient rien changé. Casper était parti sur sa mobylette, sans réagir quand il avait fini par lui dire que son vieux canot pneumatique avait coulé. Papa était au restaurant, Mats et Urban travaillaient à Ölandic.

Bien sûr, il y avait au village des garçons d'à peu près son âge. Kristoffer avait un an de moins, un peu gamin peut-être, mais c'était malgré tout un bon camarade de jeux. Après la piscine, il enfourcha donc son vélo pour aller le voir.

« Jonas ! »

Quand il franchit la grille de la famille Davidsson, le grand-père de Kristoffer, Gerlof, était à sa place habituelle dans le jardin. Il lui fit signe en agitant son petit carnet.

Ce mercredi, Gerlof avait l'air en forme, comme s'il avait plein de nouvelles à raconter. Jonas s'approcha, et Gerlof commença aussitôt :

« Kristoffer est là, tu vas bientôt pouvoir aller jouer avec lui… mais je voulais juste te montrer une chose. Ce sont des mots que j'ai notés hier, après notre conversation. Il s'agit du bateau, de l'homme que tu y as vu. Tu es prêt ? »

Au fond, Jonas, n'avait plus envie de penser au bateau fantôme, mais il hocha pourtant la tête.

« Bien. Regarde. »

Gerlof lui tendit son carnet, en lui montrant trois mots écrits d'une main tremblante au crayon sur une page blanche. Jonas se pencha et lut :

*Le Roi Lion.*

Il lut deux fois, puis leva les yeux vers Gerlof.

« C'est un film, dit Gerlof. Je ne l'ai vu qu'en vidéo avec mes petits-enfants, mais il est aussi passé au cinéma… Tu t'en souviens ? »

Jonas fit oui. Il avait vu le film plusieurs fois.

« C'est une histoire d'animaux en Afrique, dit-il. Un papa lion tué par son frère, jeté du haut d'une falaise. Et puis plein de musique.

– C'est ça, fit Gerlof, ravi. C'est quand tu as parlé d'Afrique… Cette nuit, j'ai eu l'idée que l'homme qui t'a poursuivi à bord du bateau et que tu revoyais dans une maison rouge était en fait dans un cinéma, où ton frère et toi êtes allés voir *Le Roi Lion.* J'ai vérifié avec une connaissance qui a travaillé dans le secteur, et ce film est passé à la salle polyvalente de Marnäs il y a cinq ans, l'été 1994. Tu étais là ?

– Je crois, dit Jonas.

– Bien, dit Gerlof. Parce que cette salle polyvalente est une grande maison rouge en bois, comme celle où tu entres avec ton frère dans ton souvenir. »

Jonas se souvenait à présent. Il avait sept ans cet été-là, Mats douze. Papa les avait déposés à Marnäs, mais il n'était pas resté pour le film, il les avait juste laissés puis était revenu les chercher. Ils étaient donc allés seuls au cinéma, pour la première fois. Ils étaient entrés jusqu'au guichet et là…

Il se rappelait de mieux en mieux.

« Oui, il y était, dit Jonas. L'homme du bateau, dans une guérite pour nous vendre les tickets.

– Bien, dit Gerlof. J'ai donc fait des recherches, et j'ai trouvé un nom… Il y avait un seul jeune homme employé pour vendre les billets au cinéma cet été-là, alors je pense savoir comment il s'appelle. »

Il marqua une pause, puis se pencha en avant.

« Mais si je te le dis, tu promets de n'en parler à personne ? »

Jonas sembla hésiter, mais il hocha la tête.

« Il s'appelle Peter, dit Gerlof. Peter Mayer. Mais on l'appelle Pecka. Tu reconnais ce nom ? »

Jonas secoua la tête.

« Le type du bateau n'a pas dit comment il s'appelait.

– Bien sûr. Mais j'ai regardé dans l'annuaire ce matin, et il y a un Peter Mayer qui habite à Marnäs. »

Jonas se figea. L'air du soir semblait plus froid.

« Donc il vit ici… sur Öland ?

– Oui, si c'est bien lui. » Gerlof se pencha encore en avant. « Mais ne t'inquiète pas, Jonas. Il ne sait pas qui tu es. »

Le cœur de Jonas battait pourtant à tout rompre. Marnäs était tout près ! Une demi-heure de vélo. Casper y allait presque tous les jours en mobylette. Et l'homme à la hache y vivait donc ?

« Il faut juste qu'on en sache davantage à son sujet, continua Gerlof. Il a également parlé d'un vieil Américain présent sur le bateau ?

– Aron, dit Jonas.

– Aron, oui », dit Gerlof, l'air pensif.

Jonas aurait voulu lui parler de l'individu qu'il avait aperçu près du cairn la veille, qui ressemblait à l'homme du bateau fantôme – mais à présent, il n'était plus si sûr d'avoir vraiment vu quelque chose.

Ils se turent.

Gerlof regarda dans son carnet.

« Bien, Jonas. Je vais aussi essayer de retrouver cet Américain. S'il existe. »

# GERLOF

ÇA SONNAIT toujours occupé chez Tilda. Gerlof avait des choses à lui raconter. Mais il raccrocha lentement.

Épier, fouiner, ce n'était pas interdit pour un particulier, il le savait. Mais il commençait à être temps de lui parler de ses découvertes. De Peter Mayer. Et de ce mystérieux Suédo-Américain.

Gerlof songea à la grande émigration qui avait vidé la Suède jusqu'aux années vingt.

Aujourd'hui que les villas cossues poussaient comme des champignons à Stenvik et que les voitures reluisantes filaient sur la route côtière, on avait tôt fait d'oublier combien la région avait été pauvre cent ans plus tôt. Toute la Suède était pauvre. Un pays reculé du Nord, sans grandes ressources. La faim et le chômage avaient poussé un cinquième de la population à partir à l'étranger, principalement en Amérique.

Öland et l'Amérique étaient liées par tous ces voyages. Voyages d'abord vers le Pays neuf, puis retours au bercail – le plus souvent des hommes ruinés et, de rares fois, ayant fait fortune.

Gerlof ne connaissait pas d'émigrant encore en vie : il décrocha donc à nouveau son téléphone pour appeler quelqu'un qui en connaissait peut-être.

C'était le seul vieil Américain qu'il connaissait : Bill Carlson, de Långvik, descendant enthousiaste d'authentiques émigrants d'Öland.

Un jeune de sa famille suédoise répondit, mais alla vite chercher l'Américain sur la véranda.

« *Yeah ?*

– Salut, Bill, c'est Gerlof Davidsson. »

Quelques secondes de silence à l'autre bout du fil, puis un jovial :

« *Djuurlof ! Hello-o !* Comment ça va ?

– Ça va.

– Et votre bateau ?

– Mon bateau ? Oh, le travail avance. » Il se racla la gorge et continua : « Bill, j'ai besoin d'un peu d'aide... Je cherche un Américain.

– *An American ?*

– Oui. Je crois qu'il est sur Öland en ce moment. Mais je ne sais pas où.

– *Good luck*, dit Bill. Il y en a plus qu'on ne pense l'été. À l'épicerie, ici, à Långvik, j'ai croisé hier des jeunes gens de Washington qui...

– Il s'agit d'un vieil homme, le coupa Gerlof. Un Suédo-Américain, qui s'appelle peut-être Aron. Il vient du nord d'Öland, je crois. En tout cas, il a l'air de connaître la côte par ici. Et je crois qu'il s'intéresse aux bateaux.

– OK, ça ne me dit rien. Autre chose ?

– Non... mais il a l'air un peu louche. »

Bill rit tout bas.

« *Criminal*, vous voulez dire ?

– Peut-être. Je ne le connais pas.

– Il y avait toutes sortes d'émigrants, dit Bill. Vous avez entendu parler d'Oskar Lundin, de Degerhamn ?

– Non, qui était-ce ?

– Un vieux Suédo-Américain de Chicago... Je l'ai rencontré un été il y a des années, et il a prétendu avoir été chauffeur pour la mafia dans les années trente. Pour Al Capone. Lundin avait *drivé* Capone d'une rencontre de *gangsters* à l'autre, avant que le *boss* se fasse épingler et finisse à Alcatraz.

– Il est encore en vie ? demanda Gerlof. Lundin, je veux dire ?

– Non, il est aussi mort qu'Al Capone. La plupart des émigrants sont morts. »

Gerlof soupira.

« Oui, je sais bien.

– Mais quelques-uns vivent encore, dit Bill. Et nous avons un déjeuner vendredi.

– Qui ça ?

– Les émigrants du nord d'Öland… Ceux qui restent. C'est la rencontre annuelle de tous les Suédo-Américains à l'hôtel de Borgholm, après la Saint-Jean.

– Et tout le monde y va ? dit Gerlof. Tous les émigrants encore en vie ?

– *Who knows ?* dit Bill. Mais j'ai ici une chose que je peux vous montrer, si vous voulez d'autres noms. C'est la liste tirée des registres paroissiaux de tous les émigrants partis d'Öland au vingtième siècle. Mon cousin est venu faire des recherches à la maison des émigrants de Göteborg, il a trouvé ça dans leurs archives.

– Volontiers, dit Gerlof. Et à propos de ce déjeuner…

– C'est très bon, d'habitude, dit Bill. Vous pouvez venir.

– Vraiment ? dit Gerlof. Volontiers, mais je ne suis pas suédo-américain, Bill. Je ne suis même jamais allé en Amérique.

– Vous n'avez pas d'émigrants dans votre famille ?

– Si… les deux frères de mon grand-père. Ils sont partis au début du vingtième siècle. L'un est arrivé à Boston, où il a fait fortune, l'autre s'est, paraît-il, fait tuer dans une rue de Chicago. C'est ce que j'ai de plus proche.

– Alors vous pourrez être membre d'honneur, dit Bill.

– Volontiers.

– De toute façon, les gens ne vous poseront pas de questions. Ils brassent de l'air, comme des moulins à vent. Ils veulent avant tout raconter leur destin et leurs aventures.

– Alors j'écouterai », dit Gerlof.

# LE REVENANT

TOUT LE MONDE avait l'air de se promener avec son petit téléphone, à présent. Tous, sauf le Revenant. Il devait compter sur les cabines téléphoniques qu'on trouvait encore sur les places et les aires de repos de l'île. C'était dans l'une d'elles qu'il se trouvait.

Il composa un numéro, et une voix rauque et méfiante lui répondit :

« Allô ?

– Wall ? dit le Revenant.

– Oui…

– Tu me reconnais ?

– Oui. »

La voix du vendeur d'armes était traînante, comme s'il avait bu toute la journée.

« C'est pour d'autres affaires, dit le Revenant.

– Commençons par régler les anciennes, dit Wall. Putain, qu'est-ce que vous avez fait du bateau ? »

Le Revenant se tut.

« Rien qu'on puisse découvrir, finit-il par lâcher.

– Je sais, dit Wall, Pecka m'a téléphoné hier, il avait l'air sacrément secoué… Il a dit que vous l'avez coulé.

– Oui. Il le fallait… Il y avait du gaz mortel à bord. »

Wall ne dit rien. On l'entendit boire une grande gorgée, avant de continuer :

« Alors comme ça tu veux revenir faire tes courses ?
– Oui. Et cette fois, j'ai de l'argent.
– Viens demain, dit Wall. Le soir. »
Le Revenant raccrocha. Il songea au bunker près de la Villa Kloss, puis à un homme rencontré jadis, un homme capable de faire voler les pierres.

## LE PAYS NEUF, AVRIL 1932

« NOUS DEVONS ÊTRE PRÊTS à des sacrifices, dit Sven. Tu comprends, non ? »

Aron regarde ses mains meurtries sans rien dire.

Les mains de Sven sont au moins aussi abîmées que les siennes. La peau est déchirée, les ongles cassés, les doigts couverts de plaies. Pourtant ils ont de la chance, plusieurs travailleurs ont déjà perdu des doigts. C'est l'argile et les pierres qui usent les mains, l'argile qui se cache sous l'herbe et scelle les rochers. Les pelles ont beau cogner, racler, l'argile et les pierres ne cèdent pas.

La vie dans le Pays neuf n'est faite que de travail et de sommeil.

Chaque nuit, ils dorment dans une baraque avec vingt autres hommes, ou davantage, dans des lits qui ne sont pas des lits. Celui de Sven est fait de trois caisses vides, celui d'Aron, plus court, de quelques planches entre deux tréteaux.

Les journées se passent à creuser, du matin au soir. Sven, Aron et les autres émigrants construisent un canal à travers des forêts, ou un large fossé. Aron ne sait pas bien, il creuse, c'est tout. Des piquets indiquent où ils doivent creuser, une ligne droite vers les montagnes, à l'horizon, et il ne se pose pas de questions. Il continue juste à enfoncer sa pelle. Mais elle n'arrête pas de se coincer dans la terre, comme aspirée par une ventouse. Il tire, secoue, sanglote. Creuse, et creuse.

L'hiver cède au printemps, ils continuent à creuser.

Un seul jour, après le dégel, le travail est plus léger : quand un homme énergique, avec une casquette noire, arrive du train avec quelques caisses qu'il pousse devant lui sur une carriole. Il salue gaiement les terrassiers et, quand il apprend qu'il y a quelques Suédois, il agite vers eux sa casquette.

« *Ruotsi !* s'écrie-t-il, avant de continuer en suédois : Moi, je suis d'Esbo, Finlande, mais je suis devenu ingénieur des mines et j'ai voulu voyager. C'est un pays formidable, ici, non ? »

Sven hoche la tête, mais Aron se tait.

L'homme regarde autour de lui.

« Vous avez quelques rochers récalcitrants que vous aimeriez dégager ?

– Oh oui », dit Sven.

Il y a toujours de grosses pierres. Quelques-uns des terrassiers les plus âgés lui en indiquent.

« Très bien, je vais les faire disparaître ! » s'exclame l'homme d'Esbo en allant chercher ses caisses dans sa carriole.

Aron l'aide à les porter, et le voit en sortir des bâtons ronds couverts de papier huilé.

« Ammonal ! » s'écrie-t-il, en rassemblant les hommes autour du rocher le plus proche. Il brandit ses bâtons. « Voici mes petits bonshommes, ils vont travailler ensemble... Placez-les à l'opposé du côté où vous voulez dégager le rocher, enterrez-les bien profond pour qu'ils aient prise, enfoncez-y les détonateurs et la mèche. Mais doucement ! Soyez aussi délicats avec ces bâtons qu'avec le vôtre ! »

Les terrassiers rient, puis se taisent. Tous regardent, tendus, l'homme emprunter une barre à mine pour creuser sous le rocher une série de trous pour la dynamite. Il montre comment bien tasser la terre et orienter l'explosif, pour le plus d'efficacité.

Puis l'homme allume une mèche d'un mètre et, quand elle fuse en crépitant joyeusement, il fait reculer tout le monde. Très loin.

La terre tremble. Un nuage de fumée et de feu s'élève, le rocher saute. C'est comme de la magie. Les terrassiers acclament l'homme qui lève sa casquette.

« Ammonal ! La dynamite, c'est l'avenir ! »

L'homme d'Esbo leur apprend à faire sauter les rochers, mais il s'en va bientôt, et c'est à nouveau le travail à la pelle. Aron aimerait presque ne jamais avoir rencontré l'ingénieur des mines, ne jamais avoir entendu parler de la dynamite. Il ne veut pas savoir qu'il existe des boules de feu capables de soulever les rochers, quand il n'a que sa pelle entre les mains.

Les jours se réchauffant, l'argile sèche et devient plus facile à creuser. Mais alors arrivent les moustiques : l'air s'en emplit à l'approche de l'été. Des nuages de moustiques s'abattent sur la forêt. Ils sifflent aux oreilles d'Aron, se glissent dans ses manches, ou le piquent à travers le tissu de sa chemise. Son visage enfle, sa peau le démange et toutes ces piqûres lui font palpiter le sang. Les moustiques lui entrent dans les yeux et le nez et, quand il en a dans la bouche, ils ont un goût sucré, comme du sang.

Sven confectionne des couronnes en écorce de bouleau pour les protéger du soleil et chasser les moustiques. Puis il reprend sa pelle et continue à creuser.

« Il ne faut pas abandonner, dit-il. C'est bien là que nous voulions venir, n'est-ce pas ? »

Aron ne dit rien.

Il voulait être shérif, pas terrassier.

Quand on leur sert la soupe, lors de la courte pause au milieu de la journée, des centaines de moustiques nagent en vain à la surface du bouillon en formant une couche grise et noire. Aron les écrase avec sa cuillère et avale le tout. Il mâche dur, les yeux fermés, il veut tuer les moustiques. Il veut tout tuer.

# JONAS

JONAS était de retour à la Villa Kloss. Pas pour penser, en tout cas pas à Peter Mayer. Pour travailler.

Il alla chercher la petite ponceuse dans la remise et la brancha à la prise sur la terrasse d'Oncle Kent. Il la démarra et continua à poncer, une planche à la fois. D'un geste calme et régulier, comme Papa avait dit. Il fallait décaper tout le gris, pour que le bois redevienne clair et frais. Alors seulement, on pouvait enduire d'huile.

Jonas travaillait à genoux, le front luisant de sueur. Le soleil cognait et il ne voulait pas penser – mais un nom tambourinait dans sa tête : *Peter. Peter Mayer. Mayer. Peter.* Il savait qu'il ne devait en parler à personne, mais le nom prononcé par Gerlof refusait de disparaître. L'homme du bateau, qui tuait les gens à la hache.

*Peter Mayer. Le vendeur de tickets du* Roi Lion. *Domicilié à Marnäs.*

« Tout va bien, Jonas ? » C'était son père, il avait poussé la porte vitrée et regardait Jonas. « Tu t'en sors ? »

Il hocha la tête.

« Tu t'amuses ? »

Jonas ne savait pas quoi répondre. Il essaya de sourire, mais Papa devait avoir vu une ombre sur son visage. Il s'avança sur la terrasse.

« Maman te manque ?

– Un peu… Mais ça va. »

Ils se turent. Jonas continua à poncer.

« Qu'est-ce qu'il y a, alors ? » demanda Papa.

Jonas éteignit la ponceuse. Il resta silencieux quelques secondes, avant de dire :

« Il s'est passé des trucs, ici.

– Quoi ? Qu'est-ce qui s'est passé ?

– Quelque chose… lundi soir.

– Comment ça ? Quoi, Jonas ? Tu étais au ciné, non ? »

Jonas se tut, et aurait dû continuer, mais il sentait sa poitrine oppressée par le regard insistant de son père.

« Non, finit-il par lâcher. Je suis resté à la maison. »

Papa s'approcha.

« Vraiment ?

– J'étais sur la plage, j'ai sorti le canot pneumatique. Et alors il s'est passé quelque chose. »

Ce qui lui était arrivé était trop important pour qu'il le garde pour lui – et il finit par raconter *tout* ce qui s'était passé sur le détroit. Le bateau de pêche, les morts-vivants, l'homme qui l'avait poursuivi. Qui était peut-être Peter Mayer.

Papa écouta attentivement. Jamais il n'avait pris à la plaisanterie les histoires de Jonas. Cette fois-ci non plus.

« Bon, se contenta-t-il de dire. Comme ça, je suis au courant, Jonas. Merci de me l'avoir raconté. »

Rien d'autre. Nullement excité par ce récit, juste pensif. Jonas resta là, mais Papa secoua la tête.

« Tout va bien. Tu peux retourner jouer.

– Je ne joue pas, dit Jonas. Je travaille. » Puis il songea à la femme avec qui il avait parlé chez Gerlof, et demanda : « On va prévenir la police, maintenant ?

– Oui… Bientôt. Il faut que je réfléchisse. »

Papa détourna la tête vers la mer, comme s'il avait un peu honte. Puis rentra.

Jonas avait honte lui aussi, car il avait promis à Mats de ne rien dire à propos du cinéma à Kalmar, et à Gerlof de ne pas parler de Peter Mayer. *Tu promets de n'en parler à personne ?* lui avait dit Gerlof. Et voilà, il venait de le faire. Une vraie pipelette.

Il ne lui restait plus qu'à continuer à travailler. Ne pas penser.

Au bout d'une heure, il avait fini un cinquième de la terrasse. Le bois était comme neuf, clair et frais au soleil. Aucune marque.

Il était assez fier.

En se redressant, il vit une grosse voiture arriver de la route côtière. C'était Oncle Kent, casquette blanche et grosses lunettes de soleil. Il ouvrit sa portière et l'appela d'un geste.

« J-K, viens me voir ! »

Jonas obéit. Oncle Kent était descendu de voiture, et commença à parler avant même qu'il l'ait rejoint.

« Ton père m'a téléphoné tout à l'heure, J-K... Il m'a dit qu'il t'était arrivé des choses passionnantes avant-hier. » Kent s'accroupit sur la terrasse, pour se retrouver face à face avec lui. « Sur un gros bateau. Il m'a dit que tu as rencontré un type à bord, un certain Peter Mayer. »

Jonas ne dit rien.

« C'est vrai, ça ? » dit Kent.

Jonas hocha doucement la tête.

« Intéressant », dit Oncle Kent. Il continua de regarder Jonas dans les yeux. « Alors je vais te raconter un truc... Il y avait un cargo dans le port d'Ölandic, à la Saint-Jean, venu livrer du poisson. Il est parti il y a quelques jours, sans nous avertir. Ce qu'on a trouvé très bizarre. »

Jonas songea aux marins morts, mais ne dit rien.

Oncle Kent continua :

« Et ce Peter Mayer, il se fait appeler Pecka et a travaillé comme vigile chez nous à Ölandic l'été dernier... alors j'aimerais bien lui dire deux mots. Mais je voudrais être sûr que c'est bien Pecka que tu as vu sur le bateau, J-K. Tu pourrais le reconnaître, tu crois ? »

Jonas hésitait, mais Oncle Kent sourit.

« T'inquiète, dit-il. Pecka habite Marnäs. J'ai son adresse, je veux juste lui parler un peu. Mais il faut que je sois certain... Tu peux m'accompagner ? »

Jonas réfléchit, puis acquiesça. Il ouvrit la bouche pour parler, mais Kent lui passa la main dans les cheveux.

« Super, J-K ! Alors ce soir, on ira lui rendre visite. » Kent se releva. « C'est jour de foire à Marnäs, il y aura beaucoup de monde. On va tenter notre chance chez lui. »

Kent regagna sa voiture. Jonas le regarda ressortir à reculons sur la route côtière.

Son oncle parti, il n'y avait plus qu'à rallumer la ponceuse et s'y remettre. Mais Jonas sentait que quelque chose clochait.

Chercher l'homme du bateau ? Lui parler ? Mais que se passerait-il, s'il avait encore sa hache ?

# LISA

PAS DE CHAMPAGNE, pas de bar, pas de clients ivres. Juste un coucher de soleil jaune et une brise tiède en terrasse.

Lisa ne passait pas de disques ce jeudi soir. Elle était assise sur un tabouret de bar, sa guitare sur les genoux, devant un micro. Elle ne voyait rien d'autre que ce micro, elle avait le soleil dans les yeux.

Elle ne portait pas sa perruque de DJ. Elle était troubadour, chantait des chansons. C'était tout autre chose que de faire tourner ses platines la moitié de la nuit. Le son était moins bon, par exemple – elle n'avait qu'un petit ampli, et le vent du détroit emportait une bonne part de la musique.

Elle aimait surtout interpréter les vieux chansonniers suédois, Taube, Dan Andersson et Nils Ferlin, mais le public voulait souvent entendre des artistes plus modernes.

« Chante Ace of Base ! cria une voix de fille.

– Connais pas, dit Lisa.

– Joue Markoolio ! » cria un garçon.

Lisa empoigna sa guitare.

« Vous allez entendre une chanson que je connais. Elle est de Tomas Ledin : *L'été est court…* »

Elle se tenait à carreau ce soir. Pas question de lâcher Lady Summertime avec ses longs doigts parmi les touristes ordinaires. C'était les gros portefeuilles des riches qu'il fallait voler, pour les donner aux pauvres. Ou à Silas.

À vingt et une heures quinze, elle avait fini de jouer, alors que le soleil pendait, rouge sombre, au-dessus de l'horizon.

Lisa aurait voulu acheter du lait et du pain, mais la boutique à côté du restaurant avait fermé à vingt heures. Elle était tenue par un vieil homme et son fils, les Hagman. Le restaurant lui-même appartenait à ses employeurs, la famille Kloss.

On ne chômait pas au petit restaurant de Stenvik. Deux serveuses finlandaises naviguaient entre les tables, tandis qu'un cuisinier canadien officiait en cuisine entre boîtes de pesto et pâtes à pizza. Le chef de l'établissement n'était pas Kent Kloss, Dieu merci, mais son frère cadet Niklas. Il faisait profil bas et restait à la caisse, le personnel était autonome.

Tandis que Lisa rangeait sa guitare, il s'approcha de la sortie. Il lui fit un signe de tête et elle demanda, vite :

« C'était bien ?

– Bien sûr, dit Niklas Kloss.

– Alors je reviens lundi.

– Oui… parfait. »

Il hocha la tête, mais n'avait pas l'air d'écouter. Il regardait une grosse voiture qui venait de s'arrêter sur le parking, le moteur au point mort.

Le conducteur en descendit, et Lisa vit que c'était Kent Kloss. Il fit un signe à son frère, et Niklas le rejoignit.

Le vent n'apportait à Lisa que des lambeaux de phrases.

« … un ancien employé, dit Kent.

– … veut pas discuter…, dit Niklas.

– … dire deux mots…

– … devrait appeler…

– … mieux d'y aller… »

Niklas Kloss finit par monter dans la voiture, mais il semblait stressé et renfrogné. Lisa vit Kent se remettre vite au volant et sortir du parking.

Il y avait un garçon sur la banquette arrière, elle le vit distinctement. C'était un des enfants Kloss, il croisa rapidement le regard de Lisa quand la voiture quitta le parking pour se diriger vers la grand-route. Le gamin non plus n'avait pas l'air content.

Quand elle retourna au camping, la guitare à la main, le soleil venait de se coucher. Il n'en restait plus que la lueur dans le ciel, qui faisait ressembler les nuages à un incendie rougeoyant à l'horizon. Ou à une traînée de sang.

La nuit tomba rapidement sur la côte. Lisa regagna sa caravane en se demandant pourquoi les frères Kloss laissaient les petits garçons veiller si tard.

# JONAS

MARNÄS était sur la côte est de l'île, avec plusieurs boutiques et son église médiévale toute blanche. Trop grand pour un village, trop petit pour une ville, mais les gens s'y rassemblaient. On y trouvait un magasin d'alcool, un port avec des bateaux de pêche, un commissariat de police ouvert quelques heures tous les mardis. Et plusieurs boutiques.

C'était ce que Jonas préférait à Marnäs, mais impossible ce soir : il était bientôt vingt et une heures trente, le soleil se couchait et les boutiques étaient fermées. Seule la foire battait son plein, et attirait les gens.

La place débouchait sur le port, où une fête foraine avait été installée, avec des manèges et des vendeurs de saucisses. Il y avait beaucoup de monde dans la rue et beaucoup de voitures. Oncle Kent ne trouva pas où se garer, à part une place réservée aux handicapés derrière la capitainerie.

« On n'en a pas pour longtemps, dit Kent. Je paierai l'amende, si on nous en colle une. »

Papa restait silencieux, il n'avait pas l'air content ce soir. Mais Oncle Kent continua, tandis qu'ils descendaient tous les trois de voiture.

« On va juste sonner chez Mayer, voir s'il est chez lui. » Il regarda Jonas. « S'il est là, J-K, et que tu reconnais clairement le type du bateau, on parlera un peu avec lui pour tirer ça au clair. Mais tu ne seras pas obligé de rester… Ça te va ? »

Jonas hocha la tête, le cœur battant, mais avec aussi l'impression d'avoir grandi depuis le matin. Soudain, il était au centre de tout. Il était important – un témoin.

Papa, Oncle Kent et lui quittèrent la voiture et passèrent devant le port et la fête foraine. Jonas vit clignoter les lampions et sentit une odeur de saucisse grillée et de pop-corn frais. Il serait volontiers resté devant les stands de bonbons ou de vidéos d'occasion, mais Oncle Kent les ignora tous en secouant la tête.

« Regardez-moi ce merdier, dit-il. Marnäs est un vrai souk, l'été… À vendre, à vendre, à vendre, et rien que de la camelote. »

Après la fête foraine, il hâta encore le pas et prit une petite rue latérale. Au nord du port, il y avait deux immeubles avec vue sur la surface bleu sombre de la Baltique.

« Il est censé habiter au numéro huit, dit-il. Deuxième étage. »

Il tint la porte à Papa et Jonas, puis la referma derrière lui.

Le silence se fit dans la fraîche cage d'escalier, un silence qui sonnait creux.

Kent commença à gravir les marches de pierre.

« Derrière moi, J-K », dit-il à voix basse.

Il se déplaçait à présent un peu plus prudemment. Sans allumer.

Papa montait en dernier, comme s'il protégeait les arrières.

Ils parvinrent au deuxième étage. Il y avait deux portes. Sur celle de gauche : MAYER, écrit à la main sur un papier.

Le pouls de Jonas s'emballa en voyant ce nom, comme s'il répandait une ombre maléfique dans l'escalier.

Mais Oncle Kent, lui, ne semblait pas du tout effrayé. Il s'avança, leva le doigt et sonna. Longtemps.

Le cœur de Jonas fit une embardée en entendant la sonnerie, comme s'il était revenu à bord du bateau fantôme. Il vit qu'il y avait un petit judas, comme chez lui à Huskvarna. Peut-être quelqu'un était-il en train de les observer ?

*Peter Mayer. L'homme à la hache.*

Mais la porte ne s'ouvrit pas. Oncle Kent attendit, sonna à nouveau, attendit.

Il finit par soupirer.

« Je te jure… Il n'y a personne, J-K. Bon, on n'a plus qu'à rentrer à la Villa Kloss. »

Jonas était soulagé. Un peu déçu, peut-être, mais surtout soulagé.

Ils ressortirent dans la rue : il faisait à présent plus sombre encore à Marnäs.

Les réverbères s'étaient allumés autour du port, les visiteurs de la foire semblaient encore plus fantômatiques.

Jonas s'éloigna un peu de Papa et de Kent pour jeter un œil à la fête foraine. Il aurait bien fait un tour d'autos tamponneuses ou de manège, mais savait qu'on ne le laisserait pas faire.

Près du port se trouvait l'unique pizzeria de Marnäs, Moby Dick. Jonas y avait mangé avec Mats et Papa, deux étés plus tôt.

Bien sûr, c'était bondé. En terrasse, toutes les tables, serrées les unes contre les autres, étaient pleines de gens qui buvaient, riaient et fumaient. Des golfeurs bronzés avec des casquettes blanches et des polos bleus. Des navigateurs en blazer bleu et des cyclistes aux cheveux aplatis par le casque.

Des vacanciers. Jonas les regarda, intrigué.

Un grand type passa entre les tables avec un carton à pizza, les yeux dans le vague. Son crâne était rasé.

Jonas le fixa longtemps.

Le temps s'était figé, son cœur battait la chamade.

Il détourna alors les yeux, comme si de rien n'était – mais il était absolument certain de ce qu'il avait vu. Il s'arrêta un peu plus loin sur le trottoir et prit discrètement son père par le bras.

« Là, dit-il tout bas.

– Quoi ? dit Papa.

– C'est *lui.* »

Papa s'arrêta.

« Qui ?

– Le type du bateau.

– Mayer, tu veux dire ? Où ça ? »

Jonas désigna prudemment la pizzeria de la tête, et Papa jeta un rapide coup d'œil vers la terrasse : Peter Mayer venait de ressortir sur le trottoir. Il allait leur passer devant, en route vers le port.

« Kent ! appela Papa.

– Qu'est-ce qu'il y a ?

– Là-bas. »

Papa fit un geste, et Kent suivit du regard la direction de sa main. Il repéra à son tour Peter Mayer, et s'arrêta net.

Une seconde plus tard, Kent s'élança, en traversant la rue.

« Eh ! cria-t-il. Pecka ! »

L'homme tourna la tête et se figea quelques secondes. Puis il partit dans la direction opposée, de plus en plus vite. En s'éloignant de la foule et de Kent Kloss.

« Attends ! cria Kent. Je veux juste… »

Peter Mayer lâcha alors son carton à pizza et s'enfuit. Mais pas vers chez lui : vers l'ouest, à grandes enjambées, loin de la lumière. Sans se retourner.

Jonas vit Oncle Kent s'élancer lui aussi. Il suivit Peter Mayer dans la rue, accéléra.

« Je prends la voiture ! » cria Papa.

Oncle Kent fit un signe de tête, il avait compris. Et il continua de courir.

Papa posa la main sur l'épaule de Jonas.

« Viens avec moi, Jonas. »

Jonas songea d'abord à obéir, fit quelques pas en arrière. Puis il hésita, sur le trottoir, au milieu de la foule, changea d'avis et tourna les talons. Il voulait voir ce qui se passait, et suivit Oncle Kent. D'abord lentement, puis de plus en plus vite.

« Jonas ! »

Il entendit le cri de son père derrière lui, mais ne s'arrêta pas.

C'était bon de courir. Ce soir, il n'était pas chassé, il était chasseur. Un Kloss.

Les gens qui marchaient le long de la rue disparaissaient dans l'ombre, mais Kent portait un blouson clair bien visible dans la foule. Jonas le vit accélérer jusqu'à courir à petites foulées et traverser la rue, vers l'ouest, tourner le dos aux boutiques, filer vers la sortie du bourg. Devant lui, on apercevait une autre silhouette, avec un crâne luisant.

Jonas courait derrière, en troisième position.

Bientôt, il n'y eut plus personne. Jonas dépassa la dernière maison, puis le dernier réverbère, avant de continuer et de plonger dans l'obscurité.

Il faisait froid. Et noir comme dans un four sur la route, le temps que sa vision s'acclimate. En clignant des yeux, Jonas vit des ombres grises devant lui.

Oncle Kent allait passer devant l'église. La silhouette en tête, Peter Mayer, l'avait déjà dépassée. Mayer s'arrêta au bord de la route, regarda autour de lui, puis disparut parmi les arbres.

Kent le suivit et franchit le fossé d'un bond.

En arrivant au même endroit, Jonas vit qu'un sentier partait parmi les bouleaux : il sauta à son tour par-dessus le fossé et s'engagea dessus.

Il fut englouti par les ténèbres vert et noir de la forêt et par un silence strident. Mais le sentier continuait. Il entendit des bruits parmi les arbres : des craquements, devant lui. Les bouleaux formaient comme de grandes colonnes grises tout autour, il courait au milieu, de plus en plus vite.

Soudain, les colonnes s'évanouirent. La forêt disparut et Jonas déboula sur un champ non labouré. Il était couvert d'herbe et éclairé par une ampoule rayée, là-haut dans le ciel – la lune blanche, presque pleine.

Il vit deux ombres courir au clair de lune, l'une poursuivant l'autre. Elles étaient à la sortie du champ, il y avait de nouveau des arbres là-bas, parmi lesquels disparurent le chasseur et sa proie.

Jonas les suivit. Un nouveau chemin commençait là. Il était fatigué, à la fois effrayé et exalté. Ce soir, il n'était pas seul, comme sur le bateau. Papa était derrière lui, et Oncle Kent quelque part, là, dans la forêt.

Il continua sur le chemin et entendit d'autres craquements devant lui. S'y mêlait à présent un sifflement, comme une brise légère. C'était le bruit des voitures sur la grand-route entre Borgholm et les villages du nord.

Jonas écoutait sans quitter le sentier des yeux, pour ne pas se perdre.

Soudain, il entendit un cri devant lui, dans la forêt. Ça ressemblait à Oncle Kent.

Il s'arrêta.

Un autre cri. Plus aigu.

Puis un hurlement – ce n'était pas un homme : un crissement de pneus sur l'asphalte.

Le bruit cessa, et tout fut un instant silencieux. Puis retentirent de nouveaux cris : des appels confus dans le noir, des portières qui claquèrent.

Jonas s'immobilisa sur le sentier.

D'autres craquements, et une respiration haletante. Quelqu'un venait à sa rencontre.

Une ombre surgit alors de la nuit.

Elle s'arrêta.

« J-K ? Tu es là ? »

C'était Oncle Kent qui revenait.

« Oui, je voulais juste voir si… »

Mais Oncle Kent le coupa, brutalement :

« Tu n'as rien à faire ici. »

Jonas ne dit mot, qu'aurait-il pu dire.

Oncle Kent n'ajouta rien. Il dépassa Jonas de quelques pas sur le chemin, hors d'haleine.

« Ça… La chasse s'est bien passée ? » demanda Jonas.

Mais Kent ne répondit pas, il retraversa le champ et reprit le sentier vers Marnäs.

Jonas ne pouvait que le suivre. Il ne savait pas quoi dire. Il finit par rejoindre Kent parmi les bouleaux et demanda :

« Tu l'as rattrapé ?

– Non, lâcha Kent. Il a disparu. »

Puis il continua à marcher.

Ils finirent par sortir de la forêt, enjambèrent à nouveau le fossé et se retrouvèrent à découvert sur l'asphalte.

À la lumière des réverbères, Jonas vit quelque chose de nouveau sur le visage d'Oncle Kent : un spasme près de l'œil gauche, comme si un petit muscle s'y livrait tout seul à une séance de gymnastique.

Il s'arrêta à nouveau et regarda soudain Jonas de ses yeux blancs.

« Tu as vu quelque chose, là-bas ?

– Vu quoi ? » dit Jonas.

Oncle Kent se contenta de reprendre son souffle avant de repartir. Ils suivirent la route en silence, jusqu'à ce qu'un cri retentisse :

« Hé ho ! »

C'était Papa. Il les attendait après l'église, la voiture garée le long du fossé.

« Qu'est-ce qui s'est passé ? » dit-il.

Kent s'approcha de lui, très près, et répondit si bas que Jonas l'entendit à peine.

« Une voiture est arrivée.

– Une voiture ? »

Oncle Kent hocha la tête.

« Droit sur Peter Mayer.

– Et comment il va ?

– Je ne sais pas, dit Kent. Pas très bien, je crois. »

Papa semblait soucieux, mais ne posa pas d'autres questions.

Ils montèrent tous dans la voiture et soupirèrent en silence. Puis Papa démarra.

« Bon… Alors on rentre. »

Sur la grand-route, Jonas aperçut des lumières clignotantes au sud. Un peu plus loin, peut-être à une centaine de mètres, plusieurs voitures agglutinées, avec des gens autour. Des gyrophares bleus et des gens en gilets réfléchissants qui marchaient au milieu de la route.

Papa mit son clignotant gauche, mais Kent secoua la tête.

« Ne passe pas par-là. Prends à droite… on rentre par Långvik. La route côtière roule mieux ce soir. »

Papa obéit.

Jonas se retourna pour voir. Il comprit que c'était un accident grave, mais impossible de voir ce qui s'était passé. S'il y avait un blessé.

La lumière des gyrophares disparut au loin.

Après quelques kilomètres, Papa quitta la grand-route et prit un chemin de gravier plus étroit, vers la côte.

Kent se pencha en arrière.

« Et voilà, dit-il. On verra bien aux infos ce qui est arrivé. Pas un mot sur tout ça.

– Comme d'habitude, quoi », dit tout bas Papa.

Jonas ne dit rien, il resta silencieux sur la banquette arrière et regarda par la vitre. À présent, tout était sombre autour d'eux.

Mais que voulait dire Oncle Kent – *à qui* ne devaient-ils rien dire ? Aux autres membres de la famille ? Ou à la police ?

## GERLOF

AVANT D'ALLER SE COUCHER ce soir-là, Gerlof entendit parler d'un accident mortel au nord d'Öland. La nouvelle fut annoncée par la radio locale aux alentours de minuit :

*Et à présent, Öland*, dit le présentateur. *Un homme de vingt-quatre ans est mort, plus tôt dans la soirée, sur la nationale 136 au niveau de Marnäs. Il s'est jeté sur la route devant une voiture circulant vers le sud. Le jeune homme a été transporté en ambulance à Kalmar, où le décès a été constaté. Le conducteur, un homme d'une cinquantaine d'années, est en état de choc…*

Le présentateur ne donnait pas le nom du mort, et la seule pensée qu'éveilla la nouvelle chez Gerlof était toujours la même : qu'il faudrait abaisser la limitation de vitesse sur la grand-route. Elle était large et en ligne droite jusqu'à Borgholm, ce qui incitait beaucoup d'automobilistes à faire des excès de vitesse. Il écrirait peut être un courrier des lecteurs sur ce malheur. Proposerait peut-être qu'on revienne au chemin de gravier.

Gerlof coupa la radio.

Puis il éteignit la lumière. Demain, il emprunterait lui-même la grand-route : il prendrait le bus pour se rendre à un déjeuner de vétérans nostalgiques à Borgholm.

Le lendemain, il se retrouva assis à une longue tablée d'hommes et de femmes de son âge. Visages pleins d'expérience de ceux qui sont rentrés au pays sur leurs vieux jours. Ils échangèrent des histoires d'émigrants, et Gerlof ne voulut pas être en reste.

« Mon père avait un cousin à Böda, dont le frère était parti en Amérique. Un soir, comme ce cousin allait se coucher, à la ferme, il a senti soudain une forte odeur de cadavre dans sa chambre. Lui et sa femme ont senti tous les deux la même puanteur. Ils ont fini par s'endormir, mais à son réveil, à l'aube, le cousin a cru voir son frère près de la fenêtre. Il a alors compris qu'il était mort, en Amérique. »

Il se tut. Quelques-uns ricanèrent à son histoire, comme si elle était drôle.

Ce déjeuner des Suédo-Américains réunissait neuf hommes et deux femmes à l'hôtel de Borgholm autour d'un flétan au four accompagné d'une compote de tomates.

Gerlof y était arrivé après une brève promenade dans la ville qui avait été jadis son port d'attache, quand il était capitaine de cotre. Aujourd'hui, il ne reconnaissait aucun visage dans les rues grouillantes de touristes.

Il était resté un moment au bord du quai, avec le souvenir de la forêt de voiles et de mâts qui s'élevait ici autrefois. Face à lui, de nombreux bateaux modernes à coque plastique étaient amarrés, mais le port lui-même semblait usé, avec des trous béants dans la maçonnerie des jetées et de grandes fissures dans les pierres des quais.

En tout cas, le célèbre hôtel était en bon état et Gerlof trouva la lumineuse salle à manger très agréable et le repas exquis. Le sol était fait de dalles de calcaire polies qu'un de ses ancêtres avait peut-être taillées autrefois. Très belles.

Mais c'était surtout les convives qui retenaient son attention. Les émigrants revenus d'Amérique.

Ils parlaient un mélange d'anglais et de suédois, tous semblaient comprendre les deux langues. On commanda des schnaps, et les histoires s'enflammèrent bientôt :

« Le flétan suédois est *okay*, mais quand je pêchais en Alaska, on en remontait qui faisaient bien deux cents kilos… »

Un des émigrants, Ingemar Grandin, était allé jusqu'à San Pablo, Californie. Une madame Nordlof venait de New York. Les autres du Minnesota, du Wisconsin et de Boston.

Il s'avéra que seuls trois d'entre eux avaient vraiment émigré de Suède, enfants, avec leurs parents. Les autres étaient nés américains de parents originaires d'Öland.

Aucun d'eux ne semblait avoir été chauffeur d'Al Capone dans les rues de Chicago, ni être du genre à partir à l'abordage d'un bateau de pêche.

La réunion se poursuivit autour d'un gâteau et d'un café au salon de thé, et les récits se firent plus tristes. Peut-être était-ce le contrecoup du schnaps. Il était à présent question des vastes espaces du Pays neuf et de la vie souvent très dure des émigrants.

« Beaucoup avaient des cartes de Suède dans les poches... Ils rêvaient de rentrer, mais n'avaient pas le premier dollar pour le voyage.

– Oui, pour ceux qui n'avaient pas réussi à prendre racine aux États-Unis, c'était dur. Un dur labeur, sans fin. Surtout les bûcherons, *crazy*, ils risquaient leur vie.

– Oui, j'ai vu des *lumbermen* avec un bras et une jambe en moins... »

À la fin de la réunion, Gerlof reçut de Bill Carlson quelques papiers pliés.

« Voici les renseignements de la Maison des émigrants que vous m'aviez demandés.

– Merci », dit Gerlof.

C'était des listes tapées à la machine, avec des noms et des dates. Gerlof les parcourut, un peu désorienté, avant de se souvenir que le cousin de Bill s'était amusé à rassembler dans les registres paroissiaux des noms d'émigrants locaux.

Il vit qu'il n'y avait que des noms originaires de paroisses du nord d'Öland, et uniquement des cent dernières années. Mais la liste était assez longue.

Il la parcourut du doigt, et s'arrêta soudain sur deux noms :

*Aron Fredh, né en 1918, Rödtorp, paroisse d'Alböke.*
*Sven Fredh, né en 1894, Rödtorp, paroisse d'Alböke.*

Ils étaient partis en mai 1931, d'après le registre. Il y avait quelques autres émigrants, dans les années quarante et cinquante, quand les Suédois ne prenaient plus le bateau mais l'avion pour les États-Unis, mais Aron et Sven avaient certainement été parmi les derniers à partir.

Gerlof s'était arrêté sur le prénom Aron. C'était forcément celui que Jonas avait entendu à bord du bateau. Mais il réfléchit aussi au lieu indiqué.

*Aron, de Rödtorp ?*

Il se souvint alors et se pencha vivement vers Bill :

« Celui-là, je le connais. » Il montra le nom. « Je crois que cet Aron de Rödtorp était un gamin avec lequel j'ai brièvement travaillé, au cimetière de Marnäs… Il parlait à l'époque de partir en Amérique, et j'ai appris, un an après, qu'ils avaient mis le projet à exécution, lui et son père. Mais je ne sais pas ce qu'ils sont devenus. »

Bill se pencha au-dessus de la table pour regarder les noms.

« Trente et un… Alors ils sont partis après la *Great Depression*, dit-il. Pas une époque reluisante pour les nouveaux arrivants, avec le chômage et tout. Ça a dû être dur pour eux.

– Oui », dit Gerlof.

Il regarda le groupe de vieux Suédo-Américains et se demanda si Aron Fredh était jamais rentré au pays.

# LE REVENANT

QUAND LE REVENANT retourna chez le marchand d'armes sur la côte est de l'île, il arriva en voiture, seul. Il se gara à une cinquantaine de mètres de la maison de Wall et attendit une minute. Tendit l'oreille. Aux aguets. Mais il n'y avait personne en vue.

Le soleil bas derrière sa voiture donnait un éclat vert clair aux prairies côtières. Au-delà, la mer scintillait, bleu sombre. C'était un tableau parfait, mais quelque chose clochait.

Le Revenant ouvrit sa portière et entendit les oies cacarder nerveusement sur le rivage. À part ça tout était calme.

Il sortit de sa voiture et embrassa la mer du regard. La Baltique, avec Gotland et les pays Baltes derrière l'horizon. Et la maison rouge pâle au premier plan.

« Il y a quelqu'un ? » cria-t-il.

Mais ce soir-là, la porte ne s'ouvrit pas.

En s'approchant, il vit qu'elle était entrebâillée. Doucement, il la poussa encore de quelques centimètres et lança vers l'intérieur :

« Il y a quelqu'un ? Wall ? »

Les oies cacardèrent encore, mais personne ne répondit.

Ce n'était pas bon signe. Le Revenant se mit à faire moins de bruit.

Il inspecta rapidement les pièces sombres du rez-de-chaussée, mais comprit vite que Wall n'était pas chez lui. Mais pourquoi alors laisser la porte ouverte ? Ça ne collait pas avec toutes les précautions prises par Wall lors de leur dernière rencontre.

La barque détachée au bord du rivage ne collait pas non plus.

Le Revenant l'aperçut en ressortant dans la cour.

Il y avait quelque chose dedans.

Il s'approcha. La barque en bois était remontée sur la pelouse la dernière fois, et aujourd'hui elle flottait sans amarres.

Non, il n'y avait personne à bord. Juste de gros oiseaux.

De gros oiseaux bruns posés sur le rebord de la barque, que leur poids faisait tanguer.

Pas des oies, des oiseaux de proie. Tout autour voletaient corbeaux et corneilles en cercles serrés.

Le Revenant s'approcha de la grève. Les oiseaux de proie agitaient nerveusement leurs grandes ailes, sans s'envoler.

C'était des aigles marins. Énormes, avec de puissants becs crochus, qui se penchaient depuis le bord pour déchiqueter quelque chose au fond de la barque. Quand les corbeaux s'approchaient, les aigles levaient la tête, comme des serpents, puis replongeaient le bec.

Ils mangeaient. Des bouts de viande, supposa le Revenant.

L'un d'eux avait attrapé quelque chose de blanc qu'il tirait vers lui et, soudain, le Revenant réalisa que c'était une main. Une main humaine, sans vie. L'oiseau ouvrit le bec et la main retomba dans le bateau.

Le Revenant resta un instant immobile sous le ciel, puis s'avança.

Il entra dans l'eau, cria sur les oiseaux et finit par les chasser. Presque arrivé au bord de la barque, il vit ce qu'il y avait à l'intérieur.

Wall était étendu sur le dos, étalé sur le fond étroit de la barque. Une bouteille de vodka Explorer presque vide à côté de lui.

Le Revenant reconnut des lambeaux des vêtements du marchand d'armes, rien d'autre.

Il n'y avait rien d'autre à reconnaître.

Les becs des aigles avaient tout déchiqueté, le visage de Wall n'existait plus.

Le Revenant lâcha la barque et recula. Il avait déjà vu des cadavres, il était habitué. Il se retira pourtant sur le rivage et resta là quelques secondes, les chaussures trempées, à fixer le bateau.

Finalement, quand il se fut ressaisi, il entra dans la maison pour essayer de trouver ce qu'il était venu chercher.

La maison du marchand d'armes était maintenant comme la caverne d'Ali Baba.

La police était venue chercher des armes, sans rien trouver, Wall s'en était vanté.

Le Revenant commença à chercher, et fut plus chanceux. Il s'y connaissait en armes, savait ce que ça pesait et pouvait presque les renifler. Il fouilla méthodiquement tous les meubles de chaque pièce et, en soulevant un coffre de mariage à l'étage, rempli de vieilles couvertures, le poids lui parut suspect.

C'était trop lourd.

Les armes n'étaient pas dans les couvertures, mais sous un double fond.

D'abord un vieux fusil Husqvarna à canon long avec des cartouches Gyttorp, cinq boîtes. Les munitions avaient l'air bien, mais l'arme était usée.

Ensuite un Beretta moderne. Très beau.

Le Revenant approcha les fusils de la fenêtre pour les examiner tour à tour : il aimait les armes qui tiraient bien, avec des munitions fiables, qui tuaient rapidement, pourvu que le tireur fasse son travail.

Sur Öland, quand il était jeune, les mauvais fusils causaient beaucoup d'accidents. À l'époque, plusieurs vieux pêcheurs chassaient encore les oiseaux marins avec des pétoires à amorces chargées par la bouche. Souvent, il fallait tirer trois ou quatre fois pour achever l'oiseau.

Le Revenant n'avait jamais eu besoin de plus d'un coup pour tirer sur quelque chose ou quelqu'un, même quand il était petit. Pour tuer du premier coup, il fallait avoir une bonne arme et être parfaitement sobre. Mais il fallait surtout être calme, avoir la main ferme.

Il prit les armes et redescendit.

Il aurait dû partir tout de suite, mais dans la cuisine pendait un trousseau de clés. Des clés de cadenas.

Il partit avec au cabanon de pêche. Beaucoup de cabanons sur Öland n'étaient fermés que par un bout de ficelle, mais celui de Wall fermait avec une barre transversale en fer bloquée par un solide cadenas. La police était-elle venue là aussi ?

Le Revenant finit par trouver la bonne clé et ouvrit.

Une odeur de varech putréfié lui sauta au visage. Il vit pourquoi : le cabanon était plein de filets. Ils pendaient du plafond.

Dans un coin, un flacon. Il le prit, et lut : *Chloroforme.* Il le posa sur le seuil et continua à chercher.

Tout au fond, sous un tas de vieux filets qui puaient plus que tout, deux caisses en bois avec une marque jaune. Il les sortit à la lumière.

Les caisses étaient soigneusement clouées. Il glissa un vieux couteau de pêche sous le couvercle pour le soulever. C'était bien ce qu'il pensait.

Le Revenant remit le couvercle, emmitoufla soigneusement sa trouvaille dans une couverture. Puis il l'emporta dans sa voiture.

Il jeta un dernier regard vers la crique et les grands oiseaux. Les aigles de mer étaient revenus, et se penchaient pour continuer leur repas. Les corbeaux attendaient leur tour.

Les oiseaux auraient bientôt mis en pièces le corps de Wall. Le Revenant ne pouvait rien faire d'autre que d'appeler la police. Un appel anonyme, dans ce cas, depuis une cabine.

Il démarra sa voiture et s'en alla.

## LE PAYS NEUF, NOVEMBRE 1933

ARON EST PERDU. L'hiver est revenu au Pays neuf, tout est blanc. Vide et blanc. Les montagnes au loin, la forêt plus proche, de vastes étendues de neige. Et le grand canal qui déchire le paysage comme une plaie brun sombre.

Les moustiques ont disparu maintenant que le froid recouvre les terres sauvages, mais la vie d'Aron et Sven n'est pas plus aisée pour autant.

Leur maison est une baraque branlante où des travailleurs d'au moins dix pays différents se rassemblent chaque soir. Tous les immigrants mangent du pain sec et une maigre soupe de viande près du poêle en fonte avant de s'effondrer, souvent à deux par lit, tête-bêche.

La baraque pue comme une vieille étable. Les travailleurs du canal ont cessé de se laver quand l'eau a gelé, voilà plusieurs semaines.

Aron entend le vent siffler de l'autre côté de la fine paroi et songe à Öland, à la plage et aux rochers sur lesquels il grimpait, au soleil, aux jours où il partait avec son grand-père chasser les oiseaux, aux soirs où sa mère leur racontait des histoires, à lui et sa sœur Greta – mais ces souvenirs se perdent dans l'ombre de son enfance.

Il a quinze ans à présent. L'ancienne langue commence à se mélanger à la nouvelle : des mots étrangers infusent dans sa tête et lui sortent de la bouche, de plus en plus vite.

Il n'est pas seulement plus âgé, il se transforme. Devient un étranger. Il n'y a pas de miroir dans la baraque, mais il sent un duvet de plus en plus épais envahir son menton et ses joues.

Chaque matin il se réveille dans le froid, surpris d'arriver encore à bouger. Si le poêle s'est éteint pendant la nuit, il doit le rallumer – s'il reste du bois de bouleau. Il enfourne alors quelques branches et fait repartir le feu. En même temps, il entend Sven et les autres hommes de la baraque commencer lentement à bouger, tousser, grogner.

Un jour, un homme plus âgé, qu'Aron pense être allemand, ne se réveille pas, deux lits plus loin. Un camarade le secoue, mais cesse bientôt. L'Allemand est tout raide.

« Attaque cardiaque », dit Sven à voix basse.

Aron regarde le mort en songeant à Gilbert Kloss, qui était tombé en avant et avait roulé au fond d'une tombe, un jour d'été ensoleillé. Son cœur aussi s'était arrêté, mais de peur.

On porte l'Allemand dehors, loin, et on l'enterre sous une croix de bois, hors de vue. Personne ne veut plus penser à lui. Il est mort.

Aron va survivre. Malgré le travail, malgré le froid.

Que le poêle soit allumé ou non, il ne fait jamais chaud dans la baraque. Les membres et les muscles gelés luttent pour se détendre. Des glaçons pendent du plafond, le givre grimpe le long des murs. Un thermomètre est cloué sur une des baraques, il indique souvent moins vingt-cinq.

Ils doivent pourtant sortir. Il faut travailler, défricher des terres nouvelles. Ils se traînent dans la neige, parmi les sapins : ils dégagent la neige, abattent les arbres et s'enfoncent à coups de pioche dans le sol gelé pour que le canal avance.

Les longues journées blanches au fond de la tranchée deviennent la routine.

Sven travaille aussi dur qu'un autre, mais il a presque cessé de parler dans le froid. Il sort parfois sa tabatière, et vérifie pour la millième fois qu'il n'y a plus rien à chiquer dedans. Puis il marmonne, tête basse, avant de continuer à piocher.

Il se réveille parfois le soir, dans la baraque, mais ça ne va pas mieux. Il roule des yeux et lève la main sur Aron dans le noir, prêt à cogner s'il pose la mauvaise question – mais Aron l'a presque rattrapé en taille à présent, et il soutient son regard. Il est grand, et puis trop fatigué pour avoir peur de Sven, alors il reste campé là, pour se défendre.

Désormais, il rend les coups. Ça fait du bien de cogner à son tour.

# JONAS

« COMMENT ÇA VA, sur Öland ? » demanda sa mère.

Jonas pressait le téléphone contre son oreille, mais ne savait pas quoi répondre. Il avait des choses à raconter, le bateau fantôme, la poursuite de Peter Mayer, mais il n'osait pas. Il ne savait pas qui écoutait la conversation. Oncle Kent avait dit de n'en parler à personne, et il pouvait se pointer à tout moment. C'était son téléphone, posé sur une table de sa villa.

« Ça va, se contenta-t-il de dire.

– Papa est gentil, hein ?

– Oui, dit Jonas, il est gentil.

– La maison te manque ?

– Un peu.

– Vous me manquez aussi, toi et Mats », se dépêcha de dire sa mère.

Peter Mayer était mort, à présent. Jonas l'avait compris. Mais au petit déjeuner, Oncle Kent avait été comme d'habitude. Il avait parlé et blagué avec Mats et les cousins.

Papa avait été plus silencieux, mais Papa était toujours plus silencieux que Kent.

« Plus que quatre semaines, continua Maman, puis vous rentrez à Huskvarna. »

Jonas essayait de ne pas penser à Huskvarna. *Quatre semaines.* Un mois entier.

Il y avait de la friture sur la ligne et la voix de Maman était un peu métallique, aussi demanda-t-il :

« Tu es à la maison ?

– Non, en Espagne, à Malaga. Je t'ai pourtant dit que je partais ici en vacances, après la Saint-Jean, tu ne t'en souviens pas ? »

Jonas ne s'en souvenait pas. Mais comme ça il savait qu'il ne pourrait pas rentrer à la maison, même s'il le voulait. Il n'y avait personne, il était coincé à la Villa Kloss.

« Tu rentres quand ? demanda-t-il.

– Dans une semaine. Je vais d'abord faire un petit circuit touristique. »

Jonas entendit sa réponse, mais écouta à peine – par la fenêtre, il avait repéré un mouvement près du cairn.

Un homme. L'homme aux cheveux gris. Il avait posé une main sur les pierres. Jonas plissa les yeux, à travers la vitre, mais le miroitement du soleil sur l'eau du détroit rendait l'homme sombre et flou.

« Allô ? Jonas ? Tu es toujours là ?

– Oui… Je suis là. »

Il cligna des yeux. Et vit l'homme descendre de la falaise. On aurait dit qu'il s'enfonçait dans la terre derrière le cairn.

« Tu sais ce que j'ai acheté aujourd'hui, Jonas ?

– Quoi ?

– Un cadeau espagnol. Mais je ne te dis pas ce que c'est… »

Maman continua à parler, puis soudain dit que ça allait faire trop cher. Qu'elle rappellerait bientôt. Et qu'elle l'aimait.

Jonas se demanda si elle était seule en Espagne, mais ne voulait pas poser la question.

« À bientôt alors !

– D'accord. »

Jonas raccrocha lentement. Le bord de la falaise était désert.

Il ne fallait pas penser. Pas à Maman en Espagne, pas aux événements de Marnäs. Pas au fantôme du cairn.

Il fallait juste travailler.

Un quart d'heure plus tard il était à pied d'œuvre sur la terrasse, déjà en sueur. Il entendait les éclaboussures et les cris joyeux qui montaient du ponton de baignade, mais il restait à genoux sur ses planches, et travaillait dur pour les nettoyer. Parfois c'était facile, parfois décourageant. La bordure nord était si moisie et grisâtre qu'il avait beau poncer, impossible de retrouver la teinte claire du bois.

Il fit une pause et regarda du côté de la falaise. L'homme n'était plus près du cairn. Mais dans le détroit, il vit un bateau. C'était le bateau à moteur d'Oncle Kent qui tournait au soleil devant les nasses à anguilles.

Urban, Mats et Casper venaient de plonger de l'arrière du bateau. Ils formaient des ombres sombres à la surface brillante de l'eau. La plus grande ombre était Kent, près du bastingage, occupé à remonter un filin. Quelqu'un venait de faire du ski nautique.

Ce matin, Kent avait proposé à Jonas de les accompagner, mais il avait décliné l'invitation.

Il voulait juste continuer à poncer, ne pas penser. Ne pas se souvenir. Mais quand il fermait les yeux, il revoyait Peter Mayer jeter un regard terrorisé à Oncle Kent avant de s'enfuir dans la nuit. À travers la forêt, jusqu'à la route.

Jonas s'essuya le front. Chassa une mouche de son oreille.

Le détroit scintillait.

Un bateau à moteur vrombissait au loin.

Après avoir poncé encore une vingtaine de planches, il était au bord de l'évanouissement : il fallait qu'il se rafraîchisse.

La piscine miroitait près de la villa, mais il prit son maillot et descendit à la plage. Il fit un détour pour éviter le cairn tout en le regardant à la dérobée : ses pierres semblaient encore toutes bien empilées. On ne voyait ni n'entendait personne. Le fantôme avait disparu.

Il descendit l'escalier de pierre, passa la tranchée et déboucha sur la plage. Le soleil était si violent parmi les rochers qu'il y avait de quoi être aveuglé. Jonas baissa le regard pour que sa casquette lui protège le visage, et arriva sans encombre au bord de l'eau.

« Salut, Jonas ! »

Tante Veronica battait des pieds dans l'eau à dix mètres de là, et lui faisait signe. Veronica était une bonne nageuse, elle pouvait longer la plage d'une brasse puissante.

« Salut, dit-il.
– Alors, la foire, hier, c'était comment ?
– Bien.
– Beaucoup de monde ?
– Oui, vraiment beaucoup. »

Jonas ne voulait pas penser à la foire, ni à la poursuite dans la nuit, ni aux crissements de pneus. Il ôta ses chaussures et avança sur les rochers, mais poussa presque aussitôt un cri – la pierre était brûlante.

« Mets quelque chose aux pieds, Jonas ! » cria Veronica.

Jonas ne répondit pas, il serra les dents et força ses pieds à s'endurcir.

Il attendit que Veronica ait recommencé à nager, puis se changea et grimpa sur les rochers au bord de l'eau. L'air était brûlant et immobile, mais un souffle frais montait parfois de l'eau. Il y avait beaucoup de vent sur Öland. Parfois chaud comme dans le désert, parfois glacial. La surface de la mer était toujours en mouvement, et pour l'heure agitée par une houle écumante.

Les remous venaient du bateau d'Oncle Kent. Il faisait des tours rapides du côté des nasses. Personne ne faisait de ski nautique pour le moment, Mats et les cousins étaient assis à l'arrière, en maillot de bain. Et Kent, dos droit, au volant.

Sur le bateau, Kent se tournait souvent pour dire quelques mots aux cousins, et ils riaient.

Puis il aperçut Jonas, et lui fit signe.

« Salut, J-K ! »

Il souriait, comme si rien ne s'était passé la veille.

« Vas-y, rejoins donc les garçons, lui cria Veronica. Tu ne veux pas t'amuser un peu ? »

Jonas regarda les ombres sur le bateau. Kent, qui avait chassé Peter Mayer sur la route, et Mats et les cousins, qui ne disaient presque jamais à Jonas ce qu'ils faisaient.

Il secoua la tête.

« Je reste ici. »

# GERLOF

« J'AI ENTENDU PARLER DU DÉCÈS, dit Gerlof.

– Lequel ? dit Tilda.

– L'accident de voiture, dit Gerlof. Avec le jeune homme. »

Comme Tilda se taisait, il réfléchit et demanda :

« Pourquoi, il y a eu un autre décès sur l'île ? »

Elle se tut encore un peu, puis :

« Il y en a eu deux.

– Vraiment ? dit Gerlof. »

Tilda répondit par une question :

« Tu connais Einar Wall ?

– Je sais juste qui c'est, dit Gerlof. Un vieux pêcheur. Il habite sur la côte est, comme toi, mais au nord de Marnäs.

– Mais encore ?

– Je ne sais pas grand-chose d'autre... Einar Wall est retraité, non ? C'est un vieux pêcheur et chasseur, mais il avait bien d'autres activités moins respectables. Le genre qui fait jaser.

– Quelqu'un de louche, alors ?

– Les poissons qu'il vendait étaient peut-être plus appréciés que le personnage, dit Gerlof. Mais je n'ai jamais eu affaire à Wall. Il est plus jeune que moi, il a entre soixante et soixante-dix ans.

– *Avait*, dit Tilda.

– Il est mort ?

– Un appel anonyme nous a signalé vendredi soir qu'il était mort, devant sa maison. Et c'était exact. Nous pensons que ça a eu lieu le même jour, ou la nuit précédente.

– Comment est-il mort ?

– Je n'ai pas l'intention de te le dire. »

Gerlof savait qu'il ne fallait pas insister. Il demanda juste :

« Et l'accident de voiture ?

– Son neveu, dit Tilda. Il a été renversé sur la grand-route. Peter Mayer. »

Gerlof sursauta.

« Qui ? Comment s'appelait celui qui s'est fait écraser ?

– Peter Mayer. Il avait vingt-quatre ans, et s'est jeté sous une voiture sur la grand-route, la veille de la mort d'Einar Wall. C'était son neveu, le fils de sa sœur, ils étaient visiblement assez proches. Nous enquêtons en ce moment sur le lien entre les deux décès, pour savoir si l'un ne serait pas la cause de l'autre... C'est pour ça que j'étais curieuse de ce que tu savais au sujet de Wall.

*Dis quelque chose, maintenant*, pensa Gerlof.

Mais il ne dit rien. Il aurait dû depuis longtemps parler de Peter Mayer à Tilda, mais n'en avait rien fait. Que dire, à présent ? C'était peut-être un hasard que Mayer soit mort sur la grand-route après avoir été identifié par Jonas Kloss, mais...

« On en reparlera bientôt, se contenta-t-il de dire. Il faut que j'y aille. John passe me prendre.

– Vous partez en voyage ?

– Pas bien loin, dit Gerlof. On va prendre le café.

– Et chez qui ?

– Chez la fille d'un fossoyeur. »

Tous les agriculteurs d'Öland n'avaient pas d'aussi grands domaines que la famille Kloss : Sonja, la fille du fossoyeur Roland Bengtsson, était mariée à un paysan à la retraite qui n'avait jamais possédé qu'une demi-douzaine de vaches laitières, quelques champs de pommes de terre et une grange couverte d'un toit de chaume abritant un petit poulailler. Leur ferme désormais vendue, Sonja et son mari vivaient à Utvalla, dans une petite maison de brique de la côte est, avec vue sur quelques îlots peuplés d'oiseaux. Au-delà, il n'y avait que l'horizon de la Baltique, telle une scène bleu sombre étendue à l'infini. Ou en tout cas jusqu'aux pays Baltes et à la Russie.

Mais Gerlof ne regarda pas vers la mer en descendant lentement de la voiture de John. Il regarda vers le nord. D'Utvalla, on n'était en effet pas très loin de la maison d'Einar Wall. Elle n'était qu'à un ou deux kilomètres, derrière quelques caps et criques.

Gerlof avait téléphoné pour s'inviter à passer avec John prendre le café. C'était dans les usages de l'île, quand on se connaissait. Et il connaissait Sonja, dans une certaine mesure.

Son mari et elle avaient leurs valises dans l'entrée : ils partaient le lendemain pour Majorque. Mais ils reçurent aimablement leurs hôtes, et la première question de Gerlof porta justement sur leur voisin décédé.

« Non, nous n'avons rien entendu ce soir-là, répondit Sonja. Rien vu non plus d'ailleurs, impossible avec tous ces arbres.

– Mais ce Wall était un peu bizarre, dit son mari. Il vendait du poisson et du gibier, mais autre chose aussi, je pense. En allant de son côté, on voyait souvent passer des voitures étrangères. Avec des conducteurs renfrognés, qui ne saluaient pas au passage. Ce n'est pas bon signe.

– Et il buvait, aussi, dit Sonja. C'est ça qui a dû le tuer… Son cœur a fini par lâcher.

– Il a donc fait une attaque ?

– C'est ce qu'on a entendu dire. Il picolait dans sa barque, au soleil, et il s'est effondré.

– Oui, dit Gerlof, sans doute. »

Le silence se fit autour de la table. Ils n'avaient jusqu'alors fait que bavarder – même si le sujet était grave. Mais ce qui intéressait surtout Gerlof concernait le père de Sonja.

« Sonja, je ne sais pas si tu le savais, j'ai travaillé avec ton père au cimetière, quand j'étais jeune. C'était une courte période, mais il a toujours été très gentil avec moi.

– Ah oui, en quelle année ?

– Mille neuf cent trente, dit Gerlof, et il y avait aussi un autre jeune garçon, dont Roland semblait s'occuper… Je crois qu'il s'appelait Aron, Aron Fredh. »

Sonja et son mari échangèrent un regard rapide. Il comprit qu'ils reconnaissaient ce nom.

« Aron et Papa étaient parents, finit par dire Sonja. Papa s'occupait parfois de lui.

– Donc tu étais toi aussi la parente d'Aron ?

– Oui, de loin. En fait ce n'était pas Papa qui était de la famille d'Aron, c'était ma mère qui était cousine de sa mère, Astrid. »

*Astrid Fredh.* Gerlof nota ce nom.

« Mais aucun d'eux n'est encore en vie ?

– Non, ils ont tous disparu. Astrid est morte dans les années soixante-dix, elle avait quitté Rödtorp, à l'époque. Aron avait une petite sœur, Greta, mais elle est morte d'une chute à la maison de retraite de Marnäs l'an dernier.

– Quel secteur ?

– La Mouette, je crois. »

Gerlof hocha la tête. Il ne se souvenait pas vraiment de ce décès, mais La Mouette n'était pas son secteur et les chutes n'étaient hélas pas rares chez les personnes âgées. Il fallait toujours faire attention aux tapis et aux sols glissants.

« Où habitaient Aron et sa famille ? dit-il. Par ici, sur la côte ?

– Non, dit Sonja, ils vivaient sur la côte ouest… à Rödtorp, sur des terres des Kloss. Astrid et Greta y ont habité presque toutes les années trente, mais Aron et son beau-père sont partis aux États-Unis. »

Gerlof tiqua. Pas à cause de ce voyage en Amérique, mais en raison du lien de parenté.

« Son beau-père ? Sven n'était donc pas le père biologique d'Aron ? »

Sonja jeta à nouveau un coup d'œil à son mari.

« Sven est arrivé sur Öland comme valet de ferme au début des années vingt, dit-elle. À l'époque, Aron et Greta étaient déjà nés. »

Elle n'a pas dit qui était leur vrai père, nota Gerlof.

Ils se turent à nouveau.

« Sais-tu où sont allés Sven et Aron, dit John, une fois arrivés en Amérique ?

– Oh non, aucune idée. Ça va bientôt faire soixante-dix ans.

– Ils n'ont pas écrit de lettres ?

– Pas de lettres », dit Sonja. Elle se leva alors. « Mais j'ai une carte postale d'eux, dans les affaires de Papa… Attends voir. »

Elle disparut et revint avec un livre vert sombre qu'elle tendit à Gerlof. Il était ancien, élimé aux angles. Sur la couverture, en lettre jaunies : ALBUM DE CORRESPONDANCE.

« Papa l'a hérité de son grand-père paternel, dit Sonja. Ils collectionnaient tous les deux les cartes postales, mais n'en ont jamais beaucoup reçu. On avait toujours l'habitude d'en envoyer à Papa… À la fin, on trouve toutes les cartes de Majorque. »

Gerlof feuilleta doucement, en commençant par la fin. Il aimait bien les cartes postales. Quand il était marin, il en avait lui-même envoyé beaucoup à ses filles de divers ports suédois.

Les cartes postales espagnoles, tout à la fin de l'album, avaient des couleurs vives, avec des mers bleues et des soleils jaunes. En remontant, les cartes étaient plus anciennes, plus pâles et moins exotiques : des vues de « l'Esplanade de Gefle » ou du « Grand Hôtel de Halmstad ».

Mais l'une d'entre elles sortait du lot, et Gerlof s'arrêta dessus en lisant : *S/S Kastelholm, de la Compagnie suédo-américaine – Carte postale.* En dessous, la photo d'un imposant vapeur comme ceux qu'il croisait parfois sur la Baltique.

« Là, peut-être », dit-il à Sonja en détachant délicatement la carte.

Au dos, un mot bref, écrit en hâte au crayon :

*Merci pour tout, oncle Roland. Nous voici au port, prêts à embarquer. Sur la photo, le bateau qui doit nous conduire en Amérique, mais nous reviendrons.*

*Prends soin de mère et de ma sœur Greta. Adieu.*

*Salutations,*

*Aron*

C'était clairement une carte d'émigrant, sans doute envoyée du port de Göteborg, mais on n'y apprenait pas grand-chose, à part que l'orthographe d'Aron était correcte. Le cachet de la poste n'était pas très net, mais Gerlof pensa lire « 1931 » sur le timbre.

Il reposa la carte.

« Aron écrit qu'il reviendra.

– Oui, dit Sonja, mais il ne l'a jamais fait. Et comme je disais, nous n'en avons plus jamais entendu parler. J'allais parfois voir Greta Fredh, et je lui ai plusieurs fois demandé si elle avait reçu des nouvelles de son père ou de son frère, mais non… C'était le silence total… »

*Sauf si elle mentait*, pensa Gerlof. Et il dit :

« Souvent, on n'entendait que les histoires d'émigrants qui avaient réussi et qui envoyaient des dollars chez eux, alors que ceux qui finissaient dans les quartiers pauvres disparaissaient, tout simplement. »

Sonja secoua la tête, l'air un peu oppressé.

« On peut espérer qu'ils avaient trouvé une vie meilleure aux États-Unis, car la baraque qu'ils habitaient ici était un taudis grisâtre… Et Sven n'avait jamais le moindre sou. Il était à moitié invalide, avec son pied écrasé.

– Comment gagnait-il donc sa vie ?

– Il faisait un peu de tout, comme ceux qui ne possédaient pas de ferme. Il était aide-meunier et faisait le tour de tous les moulins de la région. »

Le silence se fit. John regarda discrètement sa montre. Bientôt l'heure de sa ronde du soir au camping : Gerlof reposa sa tasse.

« Merci pour le café, c'était agréable de bavarder. Est-ce que je pourrais emprunter cette carte postale quelques jours ?

– Garde-la deux semaines, dit Sonja. Tout le temps que nous serons à Majorque. »

Ils se turent. Gerlof avait encore une question, mais elle ne concernait pas Aron. Il s'agissait en fait de ces coups sortis du cercueil. Mais il ne savait pas bien comment aborder le sujet avec Sonja. C'était son père qui les avait entendus avec Gerlof, et il reposait désormais à son tour au cimetière.

« Bon, on vous laisse finir vos bagages, se contenta-t-il de dire. On rentre chez nous. »

# JONAS

KRISTOFFER VOULAIT JOUER, Jonas était donc de retour dans le jardin des Davidsson. En franchissant la grille, il trouva Gerlof assis comme à son habitude dans son fauteuil, un chapeau de paille sur la tête.

Le jardin était assez petit, mais Jonas préférait être là qu'à la Villa Kloss. Ici, on pouvait se détendre.

Mais ce fut d'une voix plus dure qu'à l'ordinaire que Gerlof le salua ce soir-là. Un peu comme un capitaine de bateau :

« Bonjour, Jonas. Viens un peu voir ici, tu veux ? »

Jonas s'approcha doucement et Gerlof se pencha vers lui, appuyé sur sa canne, le regard perçant.

« Peter Mayer, dit-il lentement. Tu te souviens de ce nom ? »

Le cœur de Jonas s'emballa. Puis il acquiesça en voyant le regard grave de Gerlof.

« As-tu parlé de ce nom à quelqu'un d'autre, Jonas ? »

Jonas se tut. Il ne savait pas quoi répondre. Il aurait voulu s'asseoir et *tout* raconter, vraiment tout, cette soirée à Marnäs, Oncle Kent et Peter Mayer courant à travers champs jusqu'à la grand-route. Et les cris, et les crissements de pneus.

Mais que se passerait-il alors ? Hier, Casper l'avait laissé faire un tour avec lui en mobylette, et Jonas ne savait pas ce qui arriverait s'il dénonçait Oncle Kent.

Il secoua donc la tête.

« Non. À personne.

– Tu sais pourquoi je te parle de Peter Mayer ?

– Non », répondit vite Jonas.

Peut-être un peu trop vite. Gerlof chassa une mouche, et continua de le dévisager.

« Tu as l'air un peu tendu, Jonas. Tout va bien ?

– Non. Pas tout.

– Et qu'est-ce qu'il y a, alors ? »

Jonas inspira profondément. Il fallait qu'il raconte quelque chose, aussi dévoila-t-il une de ses angoisses :

« Le cairn est hanté.

– Ah oui ? » fit Gerlof, sans effroi dans la voix.

Jonas continua.

« J'ai vu le fantôme. Il est sorti de sous les pierres.

– Vraiment ? » Gerlof lui sourit. « Moi, on m'a raconté que c'était un dragon. Douze mètres de long du nez à la queue. »

Jonas ne répondit pas à son sourire. Il était trop grand pour croire aux histoires, et savait bien que les dragons n'existaient pas. Il y avait des choses qui lui faisaient peur, mais pas les dragons.

Gerlof cessa de sourire, planta sa canne dans l'herbe et se leva.

« Viens, Jonas, dit-il. On va faire une petite promenade. »

Il s'ébranla lentement mais partit d'un pas décidé sur la pelouse, et Jonas suivit.

Gerlof se dirigea vers l'autre bout du jardin, où un petit sentier s'enfonçait parmi les broussailles et les herbes folles. Ils l'empruntèrent sur une trentaine de mètres.

Gerlof s'arrêta alors.

« Regarde là-bas, Jonas. »

Jonas tourna la tête, et vit une tour carrée en bois pâli au soleil s'élever dans une clairière parmi les broussailles. Il savait ce que c'était – un moulin à vent. Il y en avait un autre derrière le restaurant, un moulin rouge qui semblait comme neuf. Celui-ci était délabré, sans peinture, les ailes arrachées par le vent.

« Vous parlez du moulin ? dit-il.

– Non, là-bas. »

Gerlof avait levé sa canne vers un point situé à droite du moulin. Jonas regarda, et vit un tas de pierres rondes à moitié cachées par les herbes hautes.

« Tu vois ça ? dit Gerlof. Ces pierres-là, c'est le cairn… Le *vrai* cairn, celui qui a été bâti sur la tombe d'un seigneur de l'âge du bronze.

– Vraiment ?

– Oh oui, dit Gerlof. Tes ancêtres, Edvard, Sigfrid et Gilbert Kloss, sont venus creuser dessous, dans les années vingt. Ils pensaient trouver de l'or sous les pierres, d'anciens trésors. Je ne sais pas s'ils ont trouvé quoi que ce soit mais, pendant les fouilles, ils se sont dit que ce cairn aurait meilleure allure sur la falaise, devant leurs terres. Là, sur ce promontoire, ça ferait plus… national-romantique.

– Qu'est-ce que c'est ? dit Jonas.

– Le national-romantisme, c'était une mode autrefois, dit Gerlof. On révérait les vestiges des temps anciens… Les trois frères ont donc chargé les pierres sur un certain nombre de chars à bœufs et ont déménagé la moitié du cairn au bord de l'eau. »

Jonas se taisait, tout ouïe.

« Et donc le nouveau cairn en contrebas de votre villa n'est pas un tombeau, continua Gerlof. Tu n'as pas vu qu'il y avait un vieux bunker dans la falaise ?

– J'ai vu la porte métallique, dit Jonas. Dans la tranchée.

– Exact… mais tu crois que les ingénieurs militaires auraient été autorisés à construire un bunker sous le cairn si ça avait été un vrai site archéologique ? »

Jonas secoua la tête.

« Non, ils n'auraient pas pu, dit Gerlof. Mais ça a été possible parce que le cairn sur la falaise est un faux. » Il regarda à nouveau les pierres et ajouta : « Si quelqu'un doit avoir peur du fantôme, c'est moi… Quand j'étais petit, j'ai entendu raconter qu'on pouvait se faire attraper par le fantôme en passant par ici, que des bras invisibles pouvaient vous serrer jusqu'à vous étouffer.

– Vous avez peur ? dit tout bas Jonas.

– Non. Je pense que la plupart de ces histoires qui font peur peuvent s'expliquer… Autrefois, on entendait des esprits hurler le soir sur la lande, mais ce n'était que des petits renards affamés. Du fond de leur terrier, ils criaient famine. »

Jonas se taisait, mais se sentait plus calme. Gerlof avait réponse à tout.

Ils regagnèrent le jardin. Jonas regarda le bas de son pantalon s'il n'avait pas attrapé des tiques dans la prairie, mais n'en vit aucune.

Gerlof se rassit et ferma les yeux, comme si la conversation était terminée. Mais Jonas insista :

« J'ai vu quelqu'un près du cairn. Plusieurs fois. »

Gerlof ouvrit les yeux.

« Je te crois, Jonas. Mais c'est une vraie personne que tu as vue. Un touriste, peut-être.

– Mais il était comme vous… Très vieux. Et il a disparu, comme ça.

– Il ressemblait à quoi ?

– Cheveux gris, barbe blanche. Vêtements sombres. Exactement comme le type sur la passerelle de commandement du bateau. »

Gerlof le regarda.

« Tu te sens bien, Jonas ? »

Jonas ne répondit pas.

« Je sais que tu as des souvenirs horribles, dit Gerlof. Tu as vécu quelque chose de vraiment affreux. Ça m'est arrivé à moi aussi, un été, quand j'avais quinze ans. J'ai vu un homme avoir une attaque cardiaque et mourir sous mes yeux. Mais toutes ces horreurs passent, c'est la seule consolation. On vieillit, et des souvenirs agréables prennent leur place. »

Jonas fit la moue, et se demanda quand il aurait des souvenirs agréables.

# GERLOF

SES PETITS-ENFANTS et Jonas Kloss étaient partis en vélo au kiosque et Gerlof était rentré à l'intérieur, pour fuir la réunion du soir des moustiques.

Il rangea quelques verres de sirop vides abandonnés par les garçons sur la table basse et s'assit dans son fauteuil près du téléphone. Lourd et las.

Il n'arrivait à rien. Avec la mort de Peter Mayer, en tout cas.

Et le vieil Américain ? Que faire pour le retrouver ?

Gerlof sortit son carnet. Il se mouilla le doigt et se mit à le feuilleter. Il relut tout ce qu'il avait noté pendant le déjeuner des émigrants, puis chez la fille du fossoyeur.

Ses spéculations sur Sven et Aron Fredh, de Rödtorp. Une question : où était allé Aron aux États-Unis ? Mais la ligne suivante restait blanche car, à part la carte postale avant le départ, Sonja n'avait jamais entendu reparler de son parent.

*On peut espérer qu'ils avaient trouvé une vie meilleure*, avait dit Sonja. *La baraque qu'ils habitaient ici était un taudis grisâtre…*

Il réfléchit un moment à cette réponse, puis rappela Sonja. Elle répondit rapidement, visiblement un peu stressée.

« Vous n'êtes pas encore partis ?

– Non, le bus pour l'aéroport part dans deux heures. »

Il alla droit au fait :

« Sonja, hier, tu m'as dit quelque chose qui m'a fait réfléchir… Que la famille Fredh habitait un taudis décrépit sur la côte ouest, appelé Rödtorp.

– Rödtorp, oui. Astrid Fredh l'avait pris en fermage auprès de la famille Kloss. La maison était dans la forêt, à l'emplacement actuel d'Ölandic Resort. Toutes les vieilles maisons disparaissent les unes après les autres…

– Eh oui, c'est comme ça, dit Gerlof. Mais pourquoi ce nom Rödtorp, si cette ferme n'était pas rouge, mais grise ? »

Il entendit en réponse un rire sec.

« Ça n'avait rien à voir avec la couleur de la ferme, dit Sonja. C'était à cause de tous les discours de Sven dans les moulins où il travaillait, les gens avaient inventé ce nom.

– Quels discours ? dit Gerlof.

– Eh bien, comment dire… il faisait de l'agitation.

– À quel sujet ?

– Il prêchait les bienfaits du socialisme, dit Sonja. C'était ses convictions… Il était devenu militant pendant son service militaire à Kalmar, au moment de la Première Guerre. Ça s'est renforcé à son retour sur Öland, quand il est devenu valet de ferme et aide-meunier. Certains disaient même qu'il était communiste.

– Donc il parlait politique dans les moulins et les fermes ?

– Oui, il distribuait des tracts. Mais dans les années trente, il y avait plus de politique dans l'air qu'aujourd'hui… Tous les étés, communistes et nazis tenaient des meetings sur Öland. Il y avait parfois des bagarres, ils se déchiraient leurs drapeaux. Et les frères Kloss ne toléraient pas cette propagande. Sven se disputait aussi avec eux. »

Gerlof se souvenait – ces bagarres politiques étaient une bonne raison de plus pour rester en mer. Là, on ne parlait que du temps, du vent et des tarifs du fret.

« Merci pour ces renseignements, Sonja », dit-il.

Il lui souhaita bon voyage et raccrocha. Puis il gagna lentement sa chambre, où l'album de cartes postales du fossoyeur attendait sur l'étagère. Il s'assit et l'ouvrit à la page de la carte en noir et blanc envoyée par Aron Fredh. Il relut le texte, puis regarda la photo : le bateau blanc, le *S/S Kastelholm*, à quai à Göteborg. Le port suédois des bateaux en partance pour l'Amérique.

Sa vue était meilleure que son audition, et il examina l'image de près. Pas tellement le bateau, mais plutôt le quai, l'environnement. L'arrière-plan était flou et inconnu – une brume matinale grise flottait au-dessus de l'eau. Tout ce qu'on voyait était un vapeur en train de sortir du cadre et, derrière, quelques arbres et des bâtiments en pierre. Pas de grues, ce qui était un peu étrange : dans ses propres souvenirs des années trente, le port de Göteborg était une forêt de grues...

Mais soudain, il reconnut le quai. Comme un sentiment de déjà-vu, quand quelque chose d'étranger semble soudain familier. Il avait souvent vu cet endroit.

Il décrocha à nouveau son téléphone et composa un numéro qu'il connaissait bien.

« John, tu as fini ta ronde du soir au camping ?

– Oui. Anders est en train de poncer la barque, je pensais aller l'aider.

– Je peux venir avec vous, dit Gerlof, si tu passes me prendre.

– Bien sûr », dit John.

Gerlof raccrocha, mais resta près du téléphone et composa un autre numéro : celui du Musée historique de la marine.

John arriva en voiture un quart d'heure plus tard, mais Gerlof s'impatientait : il avait quelque chose à lui raconter avant de partir. Il tira donc son ami sur la véranda :

« J'ai fait une découverte, John.

– Ah oui ?

– Sven Fredh, le beau-père d'Aron, était communiste. »

John cligna des yeux, le visage vide. Le mot *communiste* n'était plus aussi chargé qu'autrefois.

« Tu ne comprends pas ? continua Gerlof. Sven était un révolutionnaire, ça m'étonnerait qu'il soit parti aux États-Unis. Les communistes n'étaient pas appréciés, là-bas. Et les émigrants venus d'Europe n'étaient en général plus vraiment les bienvenus après le krach boursier, non ? Et surtout pas les agitateurs et les « bolcheviques ».

– Non, dit John, mais il a très bien pu ne pas manifester ses opinions en passant la douane à New York.

– Ils ne sont sûrement jamais arrivés à New York », dit Gerlof. Il montra la carte d'Aron. « Ceci n'est pas un quai à Göteborg. C'est Stockholm qu'on voit à l'arrière-plan.

– Stockholm ? »

Gerlof approuva.

« Pas facile à reconnaître mais ce soir, d'un coup, j'ai vu que c'était Skeppsbron, à Stockholm. Et quels bateaux partaient de là dans les années trente ? Des bateaux pour l'Amérique ?

– Non, dit John. Ceux pour la Finlande. On allait parfois là-bas, avant-guerre, pour les regarder charger.

– Tout à fait, mais il y avait aussi des lignes qui allaient plus loin que ça… C'était le cas du *Kastelholm*.

– Ce bateau allait en Amérique, dit John. Enfin, c'est écrit sur la carte. »

Gerlof secoua la tête.

« Le *Kastelholm* appartenait à la Compagnie suédo-américaine, mais elle desservait aussi des destinations européennes. J'ai appelé le Musée historique de la marine avant que tu arrives, et un conservateur a recherché ce bateau dans leurs bases de données. Il a trouvé que le *Kastelholm* naviguait sur la Baltique au début des années trente… parfois jusqu'à Leningrad. »

John écoutait, interloqué.

« Aron et Sven ne sont pas allés en Amérique, continua Gerlof. Ils sont partis dans la direction opposée, vers ce pays qui n'existe plus… l'Union soviétique. »

John le regarda. Il commençait à comprendre.

« Donc ce Pays neuf n'était pas à l'ouest… mais à l'est ?

– Eh oui. Pour certains Suédois, il était là-bas. Pour ceux qui rêvaient de révolution, de société sans classes.

– Mais que sont-ils devenus, là-bas ?

– Je ne sais pas, dit Gerlof. C'était une époque agitée en Union soviétique, Staline devenait de plus en plus paranoïaque, alors on peut tout imaginer… Et toi, à ton avis, qu'est-ce qui a pu arriver à Aron ? »

Comme John se taisait, Gerlof continua :

« En tout cas, il n'a pas travaillé chez Al Capone. »

## PLEIN ÉTÉ

*Je ne dis pas que la vie est bonne*
*je dirais plutôt qu'elle est mauvaise*
*mais je ne le dis pas non plus.*
*Je ne souhaite que trois outils :*
*compas, ciseaux, couteau*
*pour pouvoir mesurer et trancher*
*ce qu'on peut mesurer*
*et ce qu'on peut trancher.*

*Le reste, la nuit le mesurera,*
*ainsi que les êtres qui sortent à cette heure*
*du jour.*

Lennart Sjögren

## LE PAYS NEUF, OCTOBRE 1934

LES BOTTES D'ARON sont percées, elles sont toujours trempées. Il a les pieds dans la boue, devant la rangée de baraques grises blotties sous les sapins. Il dévisage Sven, qui finit par lui dire la vérité.

« Nous ne sommes pas en Amérique ?

– Non.

– Où sommes-nous, alors ? demande Aron, redoutant la réponse.

– Dans un autre pays, dit Sven. Le bateau nous a fait traverser la Baltique jusqu'à une ville qui s'appelle Leningrad, puis nous sommes remontés dans les terres, vers le nord. »

Ça, Aron le sait, ici pas de mer. Que de la forêt. Mais il reste beaucoup de choses qu'il ne comprend pas.

« Donc Hibinogorsk n'est pas en Amérique ? »

Sven secoue la tête.

« C'est dans le nord de la Russie, près des monts Hibina. »

Aron le regarde avec des yeux ronds, mais Sven continue.

« La Russie est une partie d'une union, comme les États-Unis, mais celle-ci s'appelle l'Union soviétique. »

Aron a entendu parler de la Russie. Il se souvient aussi vaguement du mot *soviétique*, d'une leçon à l'école primaire, mais pour lui, ça ne veut rien dire.

« Mais tu m'as dit…

– J'ai dit qu'on allait partir pour le Pays neuf. Et nous y sommes, à l'est, là où le soleil se lève. Le règne du soleil et de l'abondance. »

Aron ne dit rien, mais songe qu'il n'a eu que du pain noir pour son petit déjeuner. Et un seul morceau. Il regarde alentour, la ville du chantier, les baraques grises et les rues boueuses.

« L'Amérique n'est pas la Terre promise, continue Sven, c'est le royaume du mal. En Amérique, les pauvres et les Noirs sont chassés comme des chiens. On les attrape et on les pend aux arbres, pour que les riches et les Blancs puissent leur tirer dessus, rien que pour s'amuser. Tu veux aller là-bas ? »

Aron ne répond pas.

« Non, tu ne veux pas, dit Sven. Je le vois en toi. Tu veux rester ici, où tout le monde travaille en se serrant les coudes.

– Je veux rentrer à la maison, finit par dire Aron. À Rödtorp. J'ai écrit à maman qu'on allait rentrer.

– Ça, elle ne le sait pas.

– Elle le sait…

– Elle ne sait rien, dit Sven en faisant un pas de côté. Je n'ai jamais posté les lettres. »

Aron le dévisage.

« Et de toute façon, nous ne pouvons plus partir d'Union soviétique, murmure Sven. Nous n'avons pas l'argent. *Un jour*, on quittera ce pays pour rentrer… mais ce sera plus tard. »

Aron entend la même chose depuis maintenant trois ans. Les mêmes promesses vides. À ses yeux, son beau-père, le fier travailleur suédois, commence à descendre de son piédestal.

L'Union soviétique ? Aron essaie d'en savoir plus sur ce pays. Il commence à présent à comprendre la langue, ce russe qu'il pensait être l'américain, et il peut un peu parler avec les travailleurs du camp.

Et quelques heures par jour, on le laisse aller à l'école. Aron étudie avec un professeur russe, monsieur Kopelev. Il écoute, imite les mots et apprend la langue plus vite que Sven. Bientôt, il est capable de jurer en russe, aussi bien que de débiter des phrases comme : *Camarades, l'abondance nous attend après la révolution mondiale !* ou *Ne te laisse pas corrompre par ce que tu possèdes, camarade, la propriété privée est la racine de tout le mal !*

Mais ce dont tout le monde parle, c'est de nourriture. Aron aussi, il rêve de plats suédois. Des plies, salées, au four. De l'anguille, fumée et grasse ou dure et bouillie. Des pommes de terre, des pommes de terre râpées. Du lard. Du lard salé râpé. Pommes de terre et lard râpés ensemble pour faire les boulettes d'Öland, brûlantes, fumantes.

Tout le monde parle de nourriture, tout le temps. Les rumeurs circulent en russe et, un matin, il les transmet à Sven.

« Les gens meurent de faim. Ils meurent dans les rues. »

Sven cesse de creuser et le regarde.

« Qu'est-ce que tu racontes ?

– Je l'ai entendu dire. Ils n'ont rien à manger.

– Où ça ? Où meurt-on de faim ?

– Au sud. *La Kraine*, dit Aron en s'essuyant le nez du revers de la manche.

– *L'Ukraine*, rectifie Sven.

– Oui, c'est ça, l'Ukraine. Il y a des fermes, alors il devrait y avoir à manger, mais il n'y a plus rien. Les soldats ont pris les récoltes.

– Ce ne sont pas les soldats qui prennent la nourriture, dit Sven en enfonçant violemment sa pelle dans la boue. Ce sont les gros propriétaires terriens qui la cachent, pour la manger la nuit.

– Mais toutes les vaches y sont passées, dit Aron, alors maintenant ils tuent leurs enfants. Ils mangent tout, là-bas.

– N'écoute pas ces histoires. » Sven se penche vers lui. « Je vais te raconter quelque chose, une histoire sur Staline.

– Qui est-ce ?

– Le chef, dit Sven. Le capitaine qui gouverne tout ce navire, Joseph Staline. » Il regarde le ciel clair, puis à nouveau Aron, et poursuit : « Il y a vingt ans, c'est lui qui a dirigé le combat contre les précédents dirigeants, le tsar et sa clique. Un jour, la police l'a arrêté et il a été condamné au fouet. Il fallait qu'il coure entre deux rangées de policiers prêts à le frapper avec leurs fouets cloutés. Et tu sais ce qu'a fait Staline ? »

Aron secoue la tête.

« Avant d'aller se faire fouetter, il a cueilli un brin d'herbe qu'il s'est mis entre les dents. Puis il a marché. Staline n'a pas couru devant les fouets… il a marché. Tranquillement, comme s'il se promenait dans un pré. Arrivé au dernier policier, le dos en sang, il a ouvert la bouche pour montrer le brin d'herbe. Pas une marque de dents dessus. Ce jour-là, Staline a été fouetté, mais c'est quand même lui qui a gagné. Tu comprends ? »

Aron acquiesce.

« Nous devons être aussi forts que lui, si nous voulons nous en sortir, dit Sven en se redressant. Creuse, maintenant. »

Aron reste immobile avec sa pelle.

« Je ne suis pas comme Staline ! »

Sven se déride et regarde Aron.

« Mais tu peux le devenir. »

# LE REVENANT

LE REVENANT était dans sa voiture sur un parking désert, une caisse en bois ouverte sur le siège passager. La caisse aurait pu contenir des conserves ou des bouteilles, mais un pochoir jaune annonçait : WARNING – EXPLOSIVE !

Dans la caisse, vingt pains de dynamite. Bien alignés. Endormis. Empaquetés dans du papier de protection. Il y avait aussi des détonateurs, et les câbles plastifiés enroulés à côté étaient des mèches.

Et tout ça était à lui à présent. Wall n'en avait plus besoin.

Le Revenant cacha les caisses sous une couverture. Puis il sortit de sa voiture et s'approcha d'une des tables de l'aire de repos. Il n'y avait personne. Un parking désert devant lequel les autres voitures passaient en sifflant.

Mais l'une d'elles finit par s'y engager, une vieille voiture de sport jaune. Il la reconnut, même si le chauffeur était nouveau. C'était Rita au volant. Pecka n'était pas là.

Elle descendit et s'approcha lentement du Revenant. Il la salua de la main, mais elle continua à le regarder fixement. Elle avait les yeux rouges. De larmes.

Quelque chose clochait.

« Où est Pecka ? »

Rita se contenta de secouer la tête.

« Parti, dit-elle.

– Parti ?

– Il s'est fait écraser… Jeudi soir. »

Le Revenant la dévisagea.

« Où ça ?

– Sur cette route. Un peu plus au nord… Il est juste sorti chercher une pizza. Puis des types en costard ont sonné à sa porte pendant que je l'attendais, mais je ne leur ai pas ouvert.

– Des types en costard ? »

– Deux hommes, et un gamin.

– Kloss, dit le Revenant. Les frères Kloss. Et le gamin qui a vu Pecka à bord du bateau. Ça doit être le fils d'un des deux. »

Rita baissa les yeux, et renifla. Le Revenant la vit, et soupira.

« L'oncle de Pecka est mort lui aussi.

– Wall ? dit Rita.

– Einar Wall, oui. Je l'ai retrouvé près de chez lui. Mort dans sa barque… Kloss a dû lui rendre visite, à lui aussi. »

Rita s'assit à côté du Revenant. Un instant, il lui sembla avoir sa fille à côté de lui, mais il repoussa cette pensée.

« Wall a dû apprendre, pour Pecka, dit tout bas Rita. Il l'aimait bien. C'était un peu comme un père et son fils. »

Le silence se fit autour de la table. Le Revenant songea aux pères et aux fils, à Pecka et à Wall et à tous les autres morts. La terre en était pleine.

Rita finit par se lever.

« On ne peut pas rester ici, dit-elle. Il faut se tirer.

– C'est ce qu'ils veulent… les frères Kloss, dit le Revenant. Ils pensent qu'ils ont gagné. »

Rita regarda vers la côte, dans la direction d'Ölandic, l'air pensif.

« Je sais ce que nous pouvons faire, finit-elle par dire. Pour Pecka et Wall.

– Ah oui ? »

Elle hocha la tête et continua, d'un ton soudain plus assuré :

« Il y avait un truc dont il causait tout le temps… Un truc qu'il avait préparé après s'être fait virer d'Ölandic… avant que Wall et lui ne se décident pour l'attaque du bateau.

– Une action contre les Kloss ? dit le Revenant.

– Oui.

– Il parlait de frapper leur installation. Pour se venger. Pecka voulait que plus personne n'ait envie de rester à Ölandic. Pour leur faire perdre des millions… Il m'a expliqué exactement comment faire. »

Le Revenant se leva. Il sourit brièvement.

« D'accord, on va faire ça. »

# GERLOF

DÉBUT JUILLET, une vague de chaleur s'abattit sur l'île. Vers cinq heures, le soleil dardait ses rayons hors de la Baltique et, dès sept heures, la fraîcheur de la nuit avait disparu. À neuf heures, un soleil de plomb écrasait la lande. Dans les buissons, certains oiseaux, comme le coucou, s'étaient déjà tus.

Jusqu'à présent, il avait juste fait bon, se dit Gerlof. Là, c'était la vraie chaleur, quand les rayons d'un ciel blanc faisaient tomber le vent et trembler l'air.

Pendant cette canicule, comme beaucoup d'autres habitants du village, Gerlof préférait rester sur la plage où, dans le meilleur des cas, la brise marine apportait un peu d'air. John venait parfois lui aussi donner quelques coups de rabot aux rebords de la barque ou remplacer une planche pourrie.

Gerlof était assis avec son chapeau de paille, à l'ombre de son cabanon, sur une chaise basse en toile.

« Je ne vais plus être là bien longtemps », dit-il à John.

John fronça le nez en se penchant sur la barque.

« Ça fait des années que tu dis ça.

– Ce n'est pas ce que je veux dire, se dépêcha d'ajouter Gerlof. Je veux dire là, physiquement, au village. Mes deux filles vont bientôt arriver avec leurs familles, on va être à l'étroit, alors je vais retourner à la maison de retraite.

– Quand ?

– Le week-end prochain… dans dix jours. »

John regarda l'*Hirondelle* en secouant la tête.

« Le travail ne sera pas fini si vite.

– Je sais, dit Gerlof d'un air sombre. Et je ne sais pas si je pourrai souvent descendre au village. Mais je serai avec vous en pensée. »

Ses pensées étaient par ailleurs surtout préoccupées par deux garçons d'une douzaine d'années : Aron Fredh et Jonas Kloss.

Aron n'était bien sûr plus un enfant, s'il avait survécu à son voyage chez les Soviets, mais c'était sous ces traits que Gerlof l'imaginait. Un jeune garçon au soleil, debout devant une tombe fraîchement creusée. Les coups sortis de terre l'avaient-ils effrayé ce jour-là ? Gerlof le supposait – il se souvenait qu'Aron avait été récupéré près de l'église par un homme grand et maigre. Par son beau-père Sven, le communiste convaincu.

Puis Gerlof songea à Jonas Kloss, un autre jeune garçon apeuré. Lui aussi avait été effrayé par des événements surnaturels, mais Gerlof n'était pas certain que ce soit juste la crainte de l'esprit du cairn et ce qu'il avait vécu à bord du bateau fantôme qui rendaient Jonas si tendu.

Il avait l'air d'avoir des problèmes au sein même de sa famille.

Les travaux de décapage et de menuiserie sur sa barque terminés pour la journée, Gerlof regagna lentement son jardin. Mais le soleil était trop fort : impossible de rester dehors.

Ses petits-enfants l'aidèrent finalement à installer un parasol. Il lui faisait de l'ombre, à lui et à un petit coin du jardin, mais le reste de l'herbe était en train de griller.

Gerlof sortit son mouchoir de sa poche et s'épongea le front. C'était la grosse chaleur, à présent, vingt-huit degrés à l'ombre. Les plantes mouraient, les animaux se cachaient.

Peu d'oiseaux appréciaient la chaleur du jour. En regardant vers l'intérieur des terres, Gerlof repéra une ombre qui tournait dans le ciel : un faucon à la recherche de rongeurs dans l'herbe. L'oiseau de proie avait déployé ses ailes comme une voile noire et planait doucement en cercles au-dessus de la lande.

Le faucon était-il heureux d'être si libre ? se demanda Gerlof.

Ou peut-être n'était-il pas si libre.

Juste affamé.

Gerlof aussi : il alla se préparer un bol rafraîchissant de fromage blanc à la cannelle.

Le téléphone sonna tandis qu'il était à la cuisine.

C'était Tilda, avec du nouveau.

« Les gardes-côtes se sont manifestés.

– À propos du bateau ?

– Non, toujours aucune trace. Mais ils ont trouvé un corps dans le détroit de Kalmar. Un homme en bleu de chauffe. Un marin. »

C'était à cause de la chaleur, pensa Gerlof. Quand l'eau du détroit se réchauffait, les corps remontaient à la surface.

« Un membre de l'équipage de l'*Élie* ?

– Peut-être, dit Tilda. La police de Kalmar s'en occupe. Il avait des documents d'identité sur lui, ils sont en train de vérifier.

– Bien, dit Gerlof. Moi aussi, de mon côté, j'ai vérifié deux ou trois choses. »

Il entendit Tilda soupirer en silence, mais continua pourtant :

« Je m'intéresse juste au vieil homme à bord du bateau… l'Américain, enfin soi-disant.

– D'après Jonas Kloss, il était suédo-américain, dit Tilda.

– Oui, dit Gerlof. Mais si c'est la personne à laquelle je pense, c'est plutôt vers la Russie qu'il avait émigré. Ça correspond mieux à la période. Et dans ce cas, il s'appelle Aron Fredh.

– Ah ? dit Tilda. Ça ne me dit rien. Mais préviens-moi si tu le retrouves.

– Facile à dire, dit Gerlof. Il y a trop de monde sur l'île en ce moment.

– Ça, je sais », dit sèchement Tilda. Puis elle se tut, avant d'ajouter : « En tout cas, après cette découverte, il va falloir auditionner Jonas Kloss… Et ce sera un interrogatoire dans les règles, pas juste une causette.

– Au commissariat ?

– On pourra faire ça chez lui, s'il s'y sent plus à l'aise. »

Bonne question, songea Gerlof. Mais tout haut, il dit :

« Alors, j'aimerais bien être présent. »

Tilda eut un rire bref à l'autre bout du fil.

« Et puis quoi encore ? »

Mais il ne se laissa pas démonter.

« Je pourrais être, tu sais, ces termes que tu as employés… “témoin de l'audition”. Et veiller à ce que tout se passe bien. »

Tilda resta silencieuse, avant de répondre :

« OK, mais le garçon doit être d'accord.

– Il devrait dire oui.

– Et puis tu ne pourras qu'assister, dit Tilda, interdiction de dire un seul mot. Et interdiction d'en parler après.

– Ça ira.

– Sûr ? » dit Tilda, sans avoir l'air convaincue.

# JONAS

« ON VA AVOIR du beau monde, J-K », dit Oncle Kent.

Il se tenait bien droit devant Jonas, sur la terrasse, dans la chaleur, mais il n'avait pas l'air content. Il guettait la route côtière déserte, et Jonas vit des tressautements au coin de son œil gauche. Les mêmes qu'après la foire de Marnäs.

Il avait essayé d'éviter son oncle depuis ce soir-là, autant que possible, mais comme il travaillait sur la terrasse située à l'entrée de la villa, ce n'était pas toujours possible. Oncle Kent passait devant lui matin et soir. Parfois en costume, parfois en short et T-shirt. Parfois il le saluait au passage, parfois il semblait trop stressé pour seulement le voir.

Ce soir-là, il portait un costume gris foncé et s'était arrêté en sortant de sa voiture pour lui parler de cette visite.

« Qui ça ? dit Jonas. Qui vient nous voir ? »

Kent le toisa du regard.

« La police, dit-il. Ils viennent demain soir, J-K. Et ils veulent te parler.

– De quoi ? »

Kent regarda vers le détroit.

« Ils veulent parler de ce mystérieux bateau que tu dis avoir vu là-bas. Rien d'autre… Alors tu vas juste répondre à leurs questions. Et je serai tout le temps présent. »

Jonas regarda vers la maison et aperçut deux têtes par la baie vitrée : son frère Mats et son cousin Urban qui regardaient la télé, assis dans le canapé. Il savait qu'ils savaient qu'il avait parlé de leur sortie au cinéma. Ils ne lui avaient rien dit, mais ils *savaient*. Et il s'attendait toujours à être puni d'une façon ou d'une autre.

« Ça ira, J-K ? » dit Kent.

Jonas hocha la tête et se tourna de l'autre côté, vers la route côtière et le bord de la falaise. Déserts. Bien sûr, le cairn était toujours là, mais le fantôme ne s'y était plus montré ces derniers jours. Comme si la révélation de Gerlof – le cairn était une fausse tombe – l'avait fait fuir.

« Encore une chose… Sais-tu ce qu'est un *acteur*, J-K ? »

Son oncle se pencha vers lui. Sa chemise était ouverte sous sa veste et Kent portait une espèce de parfum masculin lourd et assommant comme de l'alcool.

« Un acteur participe à une affaire, ou à un jeu. Il y a des petits et des grands acteurs… Et toi, tu es un petit acteur dans un grand jeu. Tu comprends ? »

Jonas fit oui de la tête, hésitant.

« Bien », dit Kent. Puis il cligna des yeux et baissa la voix, chuchotant presque à l'oreille de Jonas : « Et tu sais ce que ton papa a fait, n'est-ce pas ? Pourquoi il était absent tout l'été dernier ? »

Jonas hocha à nouveau la tête.

« Il est revenu parmi nous, ça s'est bien passé », dit Kent. Puis il se pencha encore plus près et continua tout bas : « Mais si tu te prends pour un *grand acteur*, J-K, et que tu te mets en tête de parler à la police de cette soirée où nous étions à la foire de Marnäs… peut-être que la police l'arrêtera à nouveau. Tu veux ça ? »

Jonas ne voulait pas.

« Personne ne le veut, dit Kent. Alors tu vas répondre brièvement à leurs questions à propos du bateau, rien d'autre. D'accord ?

– D'accord, dit Jonas.

– Bien, dit Kent. Alors nous gagnerons la partie. »

Il se redressa, donna à Jonas une tape sur l'épaule et se dirigea vers l'intérieur de la maison. Un moment plus tard, Jonas entendit le tapis de course se mettre en route.

# LE REVENANT

LA FERME était éclairée par un unique projecteur, fixé à un poteau au-dessus de l'étable. Le reste était plongé dans une obscurité pleine de bruits d'animaux, meuglements, bêlements, coups contre les cloisons de bois. Un vieux silo s'élevait vers le ciel comme une fusée émoussée.

C'était vendredi et, même si une ferme ne s'arrêtait jamais vraiment, c'était en principe le soir le plus calme... La semaine était terminée, tout le monde voulait se reposer.

Mais pas le Revenant. Accroupi dans l'ombre du silo, il attendait calmement Rita qui venait de partir vers l'étable, un seau en plastique à la main.

« Je reviens tout de suite », avait-elle dit sans demander d'aide.

Le Revenant attendait. L'air nocturne était chaud et sec, avec une vague odeur de fumier. Il regarda alentour, le silo, l'étable, les machines neuves. Les gros propriétaires terriens étaient toujours sur l'île, constata-t-il. Peut-être n'y avait-il plus qu'eux désormais.

Un craquement dans l'herbe et une silhouette ténue se faufila près de lui. C'était Rita, elle se déplaçait rapidement, en silence.

« Voilà, dit-elle, essoufflée. Voilà la chose... Personne ne m'a vue. »

Elle portait le seau en plastique, qui n'était plus vide à présent. Il était lourd, bien plein, son couvercle fermé. Impossible de voir ce qu'il contenait.

Le Revenant se chargea du seau. Puis regarda l'autre objet que portait Rita. Une sorte de caisse en plastique rouge avec un long fil.

« Qu'est-ce que c'est ?

– Une pompe à haute pression… On a tout ce qu'il nous faut, maintenant. »

Il hocha la tête.

« Alors on va chez les Kloss. »

## LE PAYS NEUF, MAI 1935

« Nous allons rentrer, dit Sven au début de l'été, quand la terre séchée est devenue plus facile à creuser. Rentrer à la ferme. »

Aron le regarde.

« C'est vrai ?

– C'est vrai, dit Sven. J'ai déposé mon passeport au bureau. Le secrétaire l'a envoyé à Leningrad. Il va bientôt revenir avec les bons tampons pour le voyage, et nous pourrons rentrer. »

Aron le croit. *Enfin*, pense-t-il. *Enfin*.

Mais les jours d'été passent, et le passeport ne revient pas.

Tout ce qui arrive, ce sont de meilleures rations, qui permettent à Aron de ne plus trembler de faim du matin au soir. Il y a beaucoup de baies dans les bois cet été-là, et des chargements de viande et de pommes arrivent par camion.

Mais avec l'apparition de la nourriture au village, des gens commencent à disparaître.

Un des premiers est Mikhaïl Suntsov, un vieil ouvrier de Minsk qui dort à côté des Suédois. Suntsov a raconté à Aron des histoires terribles sur la vie en Union soviétique et lui a sculpté un bel avion de chasse en bois de bouleau, que Sven a cloué au mur au-dessus de leur lit.

Mais un jour, Suntsov a disparu. Au moment de partir creuser, un matin, des inconnus en uniforme sombre l'attendent, ils entrent, commencent à parler, puis il ne revient plus jamais au travail.

Suntsov a disparu, c'est tout. Son lit est vide et, quand Sven demande aux autres, personne dans la chambrée ne sait ce qui s'est passé. Ou ils le savent mais ne disent rien tout haut.

Ceux qui chuchotent trop disparaissent aussi. Ça se passe presque toujours la nuit. Ils sont emmenés par des hommes en uniforme, qui ne sont que des ombres dans la pièce. Les travailleurs sont emmenés, seuls ou par deux, et on ne les revoit plus.

Et Sven ne récupère pas son passeport.

L'automne arrive, il se met à faire froid. L'herbe givre, le sol durcit.

Le regard de Sven perd de sa fermeté. Il s'est mis à trembler. Son dos est courbé et il boite plus que jamais.

« On va quand même rentrer, dit Sven à Aron. J'ai écrit au consulat de Suède à Leningrad. J'ai exposé la situation ici… qu'on nous empêche de voyager librement. Alors ça va s'arranger, bientôt. »

Mais sa voix n'est pas assurée.

Et rien ne se passe. Les jours défilent, la première neige arrive, le chantier continue.

Et un jour, Sven est convoqué au bureau après le travail.

Aron le voit partir, les portes se referment. Il est retenu toute la soirée.

Quand il revient à la baraque, sa voix est oppressée :

« Ils avaient le passeport, dit-il. Ils l'ont depuis le début. Et la lettre que j'ai écrite au consulat… Ils gardent toutes les lettres, et ils ont aussi saisi des lettres en provenance de Suède. »

Il se laisse tomber sur le lit et continue :

« Ils parlent d'écraser les conspirateurs.

– Qu'est-ce que c'est ? demande Aron. Les conspirateurs ? »

Sven secoue la tête et regarde vers le bureau, vers la porte fermée.

« Je n'aurais pas dû laisser mon passeport, se dit-il à lui-même. Je n'aurais jamais dû. »

Il marmonne encore, assis sur le bord de son lit. Aron se couche et regarde la maquette d'avion clouée au mur. La seule preuve de l'existence de Suntsov.

Puis il ferme les yeux et tente de s'endormir. Il a toujours son propre passeport, il l'a toujours eu dans sa poche. Il ne le montre jamais à personne.

Sven est assis au bord du lit, mais Aron s'endort.

Il est réveillé par une main sur son épaule. Une main qui le secoue rudement, gantée de cuir.

« Debout ! » entend-il en russe.

C'est un ordre, à voix basse.

Aron ouvre les yeux et voit trois hommes campés dans la baraque. Un grand près de son lit, et deux autres près de la porte. Ils portent tous des manteaux et des bonnets noirs, une sorte d'uniforme.

« Debout ! » répète l'homme aux gants de cuir et, cette fois, il tire Aron du lit.

Le sol est glacé. L'homme lui jette ses vêtements et ses chaussures.

« Viens ! »

Aron s'habille et on le conduit en silence dehors, mal réveillé, abandonné – il voit alors qu'il n'est pas seul. Un autre homme est tiré lui aussi hors de la baraque.

Sven. Ils ont aussi réveillé Sven.

Dans la neige, un quatrième homme en uniforme attend près d'une voiture, plusieurs documents à la main. Aron voit que l'un d'eux est le passeport de Sven. Mais l'homme ne le lui rend pas, il ne se présente pas. Il se contente de lire leurs deux noms, lentement et en russe.

« C'est vous ? » demande-t-il.

Sven hoche la tête.

« Alors suivez-nous. »

Ils montent sur la banquette arrière, un garde de part et d'autre, de sorte qu'Aron doit s'asseoir sur les genoux de Sven. Et la voiture s'éloigne du village d'ouvriers dans la nuit.

Sven tend la tête prudemment vers l'oreille d'Aron.

« Reste calme, chuchote-t-il en suédois.

– Je suis calme.

– C'est important, chuchote Sven. Nous devons rester calmes. »

Mais Sven n'a pas l'air calme, il se tortille sans arrêt, comme s'il avait mal quelque part.

Aron, lui, est calme. Il se surprend à presque profiter du voyage. C'est la première fois qu'il monte dans une voiture et, d'une certaine façon, ce trajet lui fait laisser tous ses soucis derrière lui. Sven reste le regard baissé, mais Aron étudie le pistolet que son voisin porte à la ceinture. Un manche noir sort d'un étui, mais impossible de voir le modèle. Un Mauser ? Il a entendu dire que les policiers soviétiques n'utilisent que des Mauser.

Il se rappelle soudain son vieux rêve : devenir shérif en Amérique.

C'est un long voyage dans la nuit, sûrement plusieurs dizaines de kilomètres, mais Sven ne dit rien, et Aron ne parle pas non plus.

Ils finissent par voir à nouveau de la lumière. Des projecteurs. En haut d'un bâtiment noir qui s'élève au-dessus des arbres – un mirador.

Aron voit aussi des barbelés. La voiture franchit une grille qui se referme derrière elle. Ils avancent et s'arrêtent devant une maison basse en pierres. On fait descendre Sven et Aron de voiture et on les pousse à l'intérieur.

Un gardien, mitraillette au poing, les conduit par un long couloir au sol en ciment devant une rangée de portes en bois.

Ils entendent du bruit alentour, des coups sourds et des cris.

Le militaire ouvre une des portes. Il donne à Aron une légère tape dans le dos.

« Descends », dit-il.

Il s'écarte. Aron voit un escalier avec de larges marches de pierre qui plonge à pic sous terre.

# GERLOF

GERLOF n'était jamais entré chez les Kloss – même pas sur leur terrain. C'était un jardin pierreux, âpre mais beau, couvert de vipérines et de genévriers, séparé de la route par un mur de pierres. De l'autre côté, deux longues maisons de plain-pied adjacentes, comme des granges de sapin et de verre, entourées de garages et de maisons d'hôtes plus petites.

Dans les années cinquante, Gerlof aurait pu lui aussi acheter un terrain le long de la route côtière, mais il avait décliné l'offre. Il était marin à l'époque et ne voulait pas voir une goutte d'eau de mer quand il était en congé, ce qui expliquait l'emplacement de sa maison sur l'île. Sans vue sur la mer.

John l'avait conduit, mais ce ne fut pas un membre de la famille Kloss qui vint l'accueillir à sa descente de voiture. Une femme d'une cinquantaine d'années, cheveux gris coupés court et regard ferme, l'attendait à l'entrée.

« Gerlof Davidsson ?

– C'est ça. »

Elle tendit la main.

Il n'avait jamais rencontré cette femme, mais il reconnut le regard et la poignée de main – une policière en civil. C'était peut-être aussi parce qu'elle était bien couverte, malgré la chaleur du soir : jupe sombre, chemisier blanc et veste de laine.

« Cecilia Sander, spécialiste régionale des interrogatoires de mineurs. Je vais parler avec Jonas Kloss. Et vous allez être témoin.

– C'est ça, répéta Gerlof.

– Vous savez ce que cela signifie ?

– Oui. Je dois écouter et me souvenir.

– Bien. » La policière tourna les talons et se dirigea vers la villa sud. « Tout est prêt. Nous allons nous installer là-dedans. »

Gerlof la suivit sur une terrasse de bois fraîchement poncé jusqu'à une baie vitrée coulissante, puis dans une grande pièce avec des dalles polies et de grands lambris de bois clair. Il y régnait une agréable fraîcheur : des bouches d'aération étaient cachées dans le plafond.

La sœur de Kent Kloss était à la porte, en jean et T-shirt blanc ce soir-là. Ses cheveux sombres lui tombaient sur les épaules. Elle sourit et tendit une main.

« Gerlof ?

– Bonjour… Nous nous sommes déjà vus, dit-il, en espérant visiblement qu'elle s'en souvenait.

– Ah oui ? dit Veronica. Quand ?

– À la maison de retraite de Marnäs, quand vous avez fait une causerie sur la famille Kloss. Et sur l'histoire d'Ölandic.

– Ah oui, c'était l'été dernier, dit-elle. C'était sympathique… Beaucoup de personnes âgées ont tant à raconter.

– À condition qu'on veuille bien les écouter », dit Gerlof.

Il se détendit et se laissa guider plus avant dans le séjour, au-delà d'un tapis de course et d'une cave à vin.

Dans des canapés autour d'une table basse en chêne étaient assises une demi-douzaine de personnes. L'ambiance y semblait plus tendue. Il reconnut Jonas Kloss, c'est lui qui avait la mine la plus fermée. À côté de lui, son oncle Kent arborait un bronzage sportif et une veste d'été brun clair.

Quelques ados étaient également là, bien mis, en chemises et jeans sombres. Le frère et les cousins de Jonas, supposa Gerlof.

Une jeune femme passait autour de la table pour servir de l'eau glacée, et Gerlof la prit pour une autre sœur mais, en l'entendant prononcer *De rien* avec un fort accent, il comprit que c'était une domestique. Une *bonne*, comme on disait autrefois. Il y avait donc des gens qui avaient encore les moyens.

« Bon, dit Cecilia Sander en s'asseyant au bout de la table, d'où elle avait une vue d'ensemble. L'interrogatoire va commencer. Ne restent que Jonas et un de ses parents… les autres peuvent s'en aller.

– Alors je reste, se dépêcha de dire Kent Kloss. Je suis son oncle. Ses parents ne sont pas là. »

Il sourit à la policière, mais elle ne lui rendit pas son sourire.

« Où sont-ils, Jonas ? demanda-t-elle.

– Maman est à la maison… elle habite Huskvarna. Papa est ici, mais il… »

Jonas se tut et regarda son oncle.

« Il doit être à son poste à la tête de notre restaurant, compléta Kent Kloss. Sans quoi nous perdons notre licence de débit d'alcool. »

Jonas continua de se taire.

« Très bien, Jonas, dit Cecilia Sander en ouvrant un carnet, alors nous allons un peu parler. »

Elle consulta ses papiers et continua :

« Un soir, fin juillet, le 28, tu aurais dû aller au cinéma à Kalmar. Mais à la place, tu es descendu à la plage.

– Oui.

– Pourquoi pas de cinéma ?

– C'était un film interdit aux enfants, dit Jonas. Je n'ai pas pu y aller. »

Kent se racla la gorge et se pencha en avant :

« Ce sont les plus grands qui ont décidé ça dans notre dos, et bien sûr ils ont eu tort de le faire… Nous avons parlé avec eux de leur façon de traiter Jonas, et ils regrettent. »

Cecilia Sander l'écouta attentivement, sans quitter Jonas des yeux.

« Tu es donc descendu à la plage. Et là, que s'est-il passé ? »

Jonas jeta un regard rapide autour de la table.

« Bon. J'ai vu arriver un bateau… après avoir un peu ramé à bord du canot pneumatique.

– Et peux-tu raconter ce qui s'est passé ensuite ?

– Il s'appelait *Élie*, le bateau, je veux dire..., dit Jonas. Et je suis monté à bord. »

Il entreprit de raconter l'histoire que Gerlof avait déjà entendue deux fois. C'était lent, mais d'une précision impressionnante.

La policière écouta en prenant des notes, jusqu'au moment où Jonas sautait du bateau et regagnait le rivage.

Elle plongea alors une main dans son sac et en sortit quelques photos.

« Je vais te montrer une photo un peu horrible, je te préviens. C'est celle d'un mort qu'on a retrouvé flottant dans le détroit voilà quelques jours à cinq milles nautiques au nord... »

Elle lui tendit alors le portrait d'un visage blafard, yeux fermés et fine barbe. Un homme d'une cinquantaine d'années, en bleu de chauffe. Le visage était enflé. Il avait séjourné dans l'eau un certain temps, Gerlof le voyait clairement.

« Le reconnais-tu ? » demanda Sander.

Jonas regarda à son tour l'image, détourna les yeux, puis regarda à nouveau, longtemps. Il hocha la tête.

« Il était sur le bateau... C'était lui qui était couché près de l'écoutille. »

Sander reposa la photo.

« C'est un Allemand, dénommé Thomas Herberg, dit-elle. Il avait son portefeuille dans la poche, alors nous connaissons son nom. »

Comme le silence était complet autour de la table, elle sortit une nouvelle photo.

« Et le bateau à bord duquel tu es monté, l'*Élie*... Est-ce que ça pourrait être celui-ci ? »

Gerlof se pencha en avant. L'image montrait un petit cargo, presque de face, avec une coque peinte en noir et deux ponts. Il ressentit une certaine fierté en constatant qu'il ressemblait d'assez près au dessin qu'il avait fait avec l'aide de Jonas. La seule différence était que, sur l'image, le bateau était soigneusement attaché à un quai.

« Oui... Je crois », dit Jonas.

Gerlof lorgna en direction de Kent Kloss, qui s'était vite penché pour examiner l'image, avant de regarder ailleurs. Par la fenêtre.

« Tu as bien lu une partie du nom, dit Sander. Il ne s'appelle pas *Élie*, mais *Ophélie*, c'est un vieux cargo de Hambourg. »

Elle retourna l'image et ajouta :

« Thomas Herberg était le capitaine. »

*Ophélie*, se dit Gerlof. Pas *Élie* – mais peut-être l'équipage avait-il maquillé une partie du nom ?

« J'ai quelques autres photos », dit Sander, en en alignant quatre sur la table.

C'était les photos de jeunes gens, entre vingt et trente ans. Ils regardaient l'objectif d'un air grave : Gerlof trouva que ça ressemblait à des photos anthropométriques. Il ne reconnaissait aucun visage, mais Jonas désigna rapidement le quatrième homme.

« Lui, je le reconnais, c'est Peter Mayer... C'est lui qui s'est avancé, sur le bateau, lui qui donnait des coups de hache.

– Donc tu connais son nom ? dit la policière. L'avais-tu vu auparavant ? »

Jonas hocha la tête.

« Au cinéma, à Marnäs, se dépêcha-t-il de dire en jetant un coup d'œil intimidé à Gerlof. Quand j'étais petit... Il vendait les billets. »

La policière nota.

« Tu ne l'as pas revu ensuite ? »

Jonas avisa furtivement Kent Kloss, qui le regardait avec insistance. Puis il se retourna vers la policière et secoua la tête en silence.

« Bon, dit-elle. Alors je n'ai plus qu'une dernière image, Jonas... As-tu déjà vu cette personne ? »

C'était une image agrandie et un peu floue d'un homme âgé, à barbe grise, qui fixait le photographe, en costume noir. Gerlof aperçut une partie d'un panneau en bois, derrière l'homme, avec le texte « ETTE ». Il le reconnut : c'était le panneau du secteur La Mouette, à la maison de retraite de Marnäs. Il était situé au rez-de-chaussée, en dessous de celui de Gerlof.

Il finit par reconnaître également l'homme, c'était Einar Wall, pêcheur et trafiquant d'armes présumé. Mais Wall habitait une maison sur la côte, pas la maison de retraite de Marnäs. Pourquoi donc cette photo avait-elle été prise là ? Wall y avait-il quelqu'un de sa famille ?

Jonas regarda lui aussi la photo, mais secoua la tête.

« Non. »

Le silence se fit. Sander acheva de prendre des notes, puis leva les yeux vers Jonas.

« Bien, dit-elle, nous en avons fini. Vous relirez le procès-verbal de cet entretien, afin que nous soyons bien d'accord sur ce qui a été dit ici… Et s'il y a quelque chose d'autre, je vous appelle. Merci, Jonas. »

Jonas la salua et se leva. Il gagna rapidement la baie vitrée pour sortir sur la terrasse. Gerlof vit qu'il était content que ce soit fini.

# LE REVENANT

C'ÉTAIT TARD le vendredi soir, le Revenant s'épongeait le front dans la cuisine exiguë en revissant le dernier tuyau. À côté de lui, le seau en plastique que Rita était allée prendre à la ferme. Vide, à présent.

Lui et Rita étaient entrés avec, plus la pompe à haute pression, dans l'enceinte d'Ölandic, en voiture, et personne ne les avait arrêtés. Ils avaient sans doute l'air de campeurs, un père et sa fille, voire sa petite-fille.

Démonter la canalisation avait été long, ils avaient eu le temps de faire connaissance. Rita avait parlé de sa famille. Elle n'avait plus de contacts avec ses parents, et son frère travaillait au nord de la Norvège. Elle était venue sur Öland cet automne pour chercher une vie nouvelle, en quelque sorte. Et aussi à cause de Pecka, rencontré dans un festival de musique.

« Et toi ? dit-elle. Tu as de la famille aux États-Unis ?

– Je t'ai dit que je n'étais jamais allé là-bas, répondit le Revenant. J'étais en Union soviétique.

– Mais ça n'existe plus », dit Rita, qui ne posa plus d'autres questions.

Il finit par venir à bout du tuyau.

« Allez, on y va ! » dit Rita en enclenchant la pompe.

Le Revenant recula d'un pas et écouta le ronronnement sourd. C'était le début de la catastrophe pour la famille Kloss.

Tout courait vers sa fin, à présent. C'était l'impression qu'il avait.

Pecka et Wall étaient morts. Sa femme aussi était morte – et lui-même n'en avait peut-être plus pour longtemps.

Le Revenant regarda par la fenêtre.

En voyant s'aligner les tentes et les bungalows du camping, il songea à un camp de prisonniers.

## LE PAYS NEUF, DÉCEMBRE 1935

LA VIE se réduit au travail. Lourd sommeil et travail, rien d'autre. Aron et Sven sont pris au piège. Prisonniers la nuit, esclaves le jour, jamais libres. Ils triment avec des haches et des scies en compagnie de Matti, un Finlandais grand et maigre, et de Gricha, un Ukrainien petit et trapu. Ils abattent des sapins du matin au soir et traînent eux-mêmes le bois jusqu'au fleuve. Il n'y a pas encore de chevaux – en attendant, les hommes servent de bêtes de somme.

Où sont-ils ? Quelque part au nord de l'Union soviétique, c'est tout ce qu'ils savent. C'est là qu'ils ont été relégués, après de brefs interrogatoires et des procès expéditifs.

Des documents ont été rédigés, tamponnés, copiés. Aron lit suffisament le russe pour voir que Sven et lui étaient condamnés pour sabotage à huit ans de camp.

Sabotage de quoi ? Ils ne savent pas.

Mais la peine est le travail, encore plus de travail.

Après quelques jours dans une cellule bondée, près du tribunal, on les a conduits de nuit à un train et parqués dans un wagon aménagé avec une longue rangée de cages grillagées pleines de prisonniers. On leur a donné un peu de soupe, et le train est parti.

Ils ont roulé des heures, des jours peut-être. Le froid ne faisait qu'empirer. Le wagon n'avait pas de fenêtres, que des fentes dans les murs, mais ils supposaient qu'ils faisaient route vers le nord.

Il n'y avait pas non plus de toilettes, rien qu'un trou à même le sol, bientôt gelé. Après, les prisonniers ont dû aller dans le coin le plus sombre. À la fin, il y avait un gros tas puant qui grossissait après chaque visite.

Le wagon s'arrêtait parfois, et de nouveaux prisonniers étaient conduits dans les cages. Derrière eux, des jeunes gens en uniforme, des soldats avec des fusils et des mitraillettes. Aron les observait, se rappelant la sensation de tenir son propre fusil, quand il était petit.

« Tu as vu les couteaux, au bout du canon ? chuchota-t-il à Sven.

– Ce ne sont pas des couteaux, dit Sven avec lassitude. Ça s'appelle des baïonnettes. »

Aron était étonné.

« Donc ils peuvent à la fois tirer et poignarder ? »

Sven ne répondit pas. Appuyé contre la paroi, il ferma les yeux. Aron resta seul derrière le grillage, à regarder les armes.

Le train a fini par s'arrêter, et ils sont restés là. Quand les portes se sont ouvertes, la nuit tombait.

Les prisonniers ont été débarqués dans une gare enneigée, alignés, puis la colonne s'est mise en marche. À travers la forêt.

La première chose qu'Aron a vue du camp est un grand tas de baluchons saupoudré de neige, au bord de la route. Puis il a vu une main noircie en dépasser, comme une griffe, et a compris que c'était des cadavres qu'on avait empilés là.

« Ils n'enterrent pas les gens, ici ? » a-t-il demandé.

Sven n'a rien dit, mais derrière eux un autre prisonnier a marmonné quelque chose en norvégien, que le sol était trop gelé.

Tout était gelé.

La seconde chose qu'Aron a vue est une clôture couverte de glace. Des ombres étaient assises ou couchées près de certains poteaux – de gros chiens attachés. Plus loin, un mirador haut de trois étages surveillait une rangée de baraques basses.

On les a fait entrer dans le camp, puis dans une baraque déjà bondée.

Par la vitre fendue d'une fenêtre, Aron a contemplé un monde blanc. Par-delà la clôture et les congères poussait une épaisse forêt de sapins et, plus loin à l'horizon, s'élevaient de hautes montagnes.

Forêt.

Montagnes.

Aron a vu plus de forêts et de montagnes cet hiver que durant tout le reste de sa vie. Sur Öland, il n'y avait pas de montagnes et à peine quelques arbres ; ici, dans le Pays neuf, d'immenses arbres se dressent vers le ciel, partout.

Autour du camp, le paysage est désolé et glacial. La neige a été précoce. Les jours blancs dans la forêt s'installent dans la routine, rompue une semaine sur deux par le bain.

Le camp n'a que deux ans, apprennent-ils, et les détenus l'ont bâti eux-mêmes. Il n'y avait là qu'un champ quand les premières colonnes de prisonniers sont arrivées après une longue marche. Ils ont creusé des trous dans le sol pour y dormir, puis construit des huttes, et enfin de vraies baraques.

Dans celle de Sven et Aron vivent une cinquantaine de prisonniers, de dix pays différents. Quand ils ont du temps libre, ils s'assemblent autour du poêle, un vieux bidon rouillé qui chauffe à peine. Ils mangent du pain sec et une soupe claire à la viande, et dorment à deux ou trois par lit.

Aron entend le vent siffler dehors, et songe aux tempêtes sur Öland, mais ce sont d'obscurs souvenirs d'enfance. Il se sent adulte, à présent. Il a seize ans.

Il se réveille, tue quelques punaises et se lève. S'il reste du bois, il enfourne quelques branches dans le poêle, qu'il allume, tandis que Sven et les autres hommes de la baraque commencent lentement à bouger.

Presque chaque matin, on va secouer un retardataire, mais on ne trouve qu'un corps froid, inerte.

La mort est passée entre les paillasses. Aron s'habitue vite à la vue des lèvres bleues et des yeux gelés, d'un corps raide qu'on sort comme une planche de la baraque. Personne n'a la force de lui faire sa toilette, alors le cadavre est mis avec les autres, comme une bûche sur un tas de bois.

C'est l'heure de travailler.

La brigade part dans la forêt chaque matin à sept heures, puis est divisée en groupes plus petits. Un contremaître supervise, mais Aron et Sven ne le voient presque jamais. Les groupes sont envoyés seuls avec des haches et des scies couper du bois puis traîner les troncs jusqu'à la rivière.

Les troncs s'éloignent sur l'eau, mais les prisonniers ne peuvent pas s'enfuir. À des dizaines de kilomètres à la ronde, il n'y a que forêt et neige, et on parle aussi d'ours et de loups.

Et pas question de faire la grève ou de se risquer au *tufta*, le tirage au flanc. Les troncs au bord du fleuve sont comptés tous les soirs, et le groupe qui ne remplit pas son quota voit ses rations diminuer. Moins à manger signifie la mort, tôt ou tard.

Et donc on coupe, on porte, on a tout le temps froid. Le travail réchauffe les jambes et les bras, mais les mains sont gelées. Sven a réussi à acheter, pour lui et Aron, des chaussures et des gants presque sans trous ; d'autres prisonniers doivent se contenter de bouts de tissu enroulés autour des doigts et des orteils.

Le Finlandais Matti n'a pas de gants, rien pour protéger ses mains.

Ses réserves de graisse s'épuisent, il est tellement gelé qu'il ne tremble même plus. Aron voit que les doigts de sa main gauche, blancs et couverts de glace, forment une boule dure. Matti tente de travailler, mais il se déplace comme un somnambule.

« Repose-toi, Matti, dit Sven. Ce soir, tu pourras te réchauffer. »

Matti s'assied près d'un sapin. Il sombre bientôt dans la confusion et se met à parler en finnois. Il finit par chanter tout seul, à voix basse.

Les autres continuent de travailler. Il faut atteindre le quota. Aron, Gricha et Sven abattent un sapin et, quand ils lèvent les yeux, il n'y a plus que des traces de pas qui zigzaguent entre les arbres. Sven les suit, mais les traces se perdent dans le noir. Ils appellent Matti de tous les côtés. Pas de réponse.

Ils cherchent, cherchent, jusqu'à ce que retentissent les sifflets du rassemblement. Il leur faut donc rentrer, sans Matti.

Le contremaître crie et jure en constatant qu'un prisonnier manque à l'appel, mais il n'y peut rien. Et il ramène la colonne au camp.

Cette nuit-là, il fait moins dix-huit. Aron écoute le vent et songe à la vaste forêt. À Matti.

Le lendemain matin, la brigade repart, se divise, et chacun rejoint sa coupe. De légers flocons tombent sur la forêt silencieuse.

Mais soudain, ils entendent chanter entre les arbres. C'est du finnois, et ils reconnaissent la voix.

« Matti ! » crie Sven.

Il s'élance, Aron le suit.

Le chant les conduit jusqu'à Matti. Ils finissent par le trouver au pied d'un grand sapin, recroquevillé dans la neige, les poings levés, moignons gelés. En arc de cercle, devant lui, de petits champignons pointent dans la neige.

« Matti ? »

Sven se précipite, secoue son camarade, sans obtenir de réponse.

Matti n'écoute plus, il ferme ses yeux gelés et chante à tue-tête.

Aron s'approche lentement du sapin. Il regarde cet étrange demi-cercle dans la neige, en se demandant comment des champignons ont pu pousser en plein hiver.

Soudain il comprend ce que sont ces champignons.

Des doigts.

Le Finlandais a cassé ses doigts gelés et les a disposés devant lui dans la neige.

Matti continue à chanter, beugle les yeux fermés.

Aron regarde les doigts en silence. Dix, pointés vers le ciel, accusateurs.

Matti est conduit à l'infirmerie pour y être amputé d'urgence des poings et des pieds, en vain. Le Finlandais meurt dans la nuit.

Quelque chose se fige en Aron ce jour-là. Il s'endurcit, et la souffrance autour de lui ne le touche plus autant. Il remarque les malades et les mourants dans le camp, mais baisse la tête et passe son chemin.

Sven et lui fréquentent les autres prisonniers avec plus de prudence, mais il en arrive toujours de nouveaux. Et beaucoup ont envie de parler.

Pendant quelques semaines, ils travaillent avec un Américain, Max Hingley, de Chicago, communiste convaincu, venu dans le pays dès la fin des années vingt, condamné deux ans plus tard au travail forcé sur le chantier d'un canal. Tous les jours, ils vont travailler dans la forêt, puis, d'un coup, Hingley disparaît. On raconte qu'on est venu le chercher de nuit dans sa baraque, et qu'une troïka l'a condamné dès le lendemain. Personne ne sait pourquoi.

« Ils devaient sûrement penser que c'était un espion, dit quelqu'un dans la baraque.

– Espion ? dit Sven. Hingley était pourtant un communiste convaincu. »

Les règles semblent avoir changé. Et de nouveaux visages remplacent ceux des morts et des disparus.

Un jeune prisonnier soviétique arrive dans la brigade, et on le place dans le coin nord du camp, avec le petit groupe de Suédois. Le Soviétique se présente, Vladimir Nikolaïevitch Ieguerov, un an de plus qu'Aron, originaire de Kiev, en Ukraine. Si son nom est à rallonge, explique-t-il, c'est parce qu'il contient le prénom de son père.

« Mais appelle-moi Vlad, c'est plus simple pour un étranger.

– Appelle-moi Aron », dit Aron en russe.

Dans cette brigade pleine de têtes taciturnes, Vlad est bavard. Sa mère était russe, son père ukrainien, mais ils sont morts tous les deux. C'est la grande famine qui les a emportés deux ans plus tôt. Vladimir a été condamné à deux ans de camp pour avoir caché un demi-pain. Le pain ukrainien lui manque, le blanc et le noir.

« La viande bouillie me manque aussi, dit-il. Et les pommes, les abricots, les pommes de terre, le sucre, la crème et les cerises si délicieusement sucrées… »

Aron écoute, bouche ouverte. Il bave. Il avait décidé de ne pas se faire d'amis, mais quand Vlad parle de nourriture, il ne se lasse pas de l'écouter.

Vlad a appris à survivre dans le camp. Il s'est fabriqué des chaussures en écorce de bouleau, sa veste matelassée est intacte et il parvient à conserver son bonnet en peau de mouton malgré tous les voleurs. Il a en plus une réserve de papier et son propre crayon, et enseigne à Aron à écrire en russe.

Il y a beaucoup de nouveaux caractères à apprendre, et certains qu'Aron connaît ne font pas le même son ici mais, lentement, il apprend l'alphabet. Il écrit un mot russe en l'orthographiant tant bien que mal avec les caractères suédois, pendant que Vlad l'écrit en caractères russes. Puis ils comparent.

Après presque trois ans, le russe est la langue vivante d'Aron. Il ne parle suédois qu'avec Sven, et c'est de plus en plus rare.

Vlad s'est procuré clandestinement un oignon frais qu'ils se partagent. Tandis qu'ils mangent, il dit qu'il a vu Max Hingley être emmené par les militaires. Des hommes en gris de la police secrète, la Guépéou, venus pendant la nuit.

« Parce que c'était un étranger. »

Aron se fige, un morceau d'oignon à la main.

« Vraiment ?

– La police pense que tous les étrangers sont des espions. »

Ils mâchent leur oignon en silence, puis Aron dit :

« Je ne suis pas un espion.

– Tu en es sûr ? » dit Vlad.

Puis il sourit et se penche vers lui.

« Tu devrais devenir citoyen soviétique… Toi et Sven. Vous devriez vous faire faire un passeport intérieur, pour pouvoir circuler librement quand ils vous relâcheront.

– Nous ne voulons pas devenir soviétiques, dit Aron. Nous voulons rentrer chez nous.

– Mais il vous faut d'abord partir d'ici. Après, vous pourrez rentrer.

– Oui, mais comment ?

– Vous n'avez qu'à prendre le passeport de ceux qui n'en ont plus besoin. »

D'abord, Aron ne comprend pas.

« Mais tout le monde a besoin de son passeport, non ? »

Vlad secoue la tête.

« Pas les *fitili.* »

*Fitili* désigne la mèche d'une chandelle. Un mot pour ceux qui vont bientôt s'éteindre – les mourants.

Aron écoute, et réfléchit.

Ce soir-là, il parle avec Sven. Dans le noir, d'un lit à l'autre, alors que les autres prisonniers se sont endormis, il lui rapporte les mises en garde de Vlad et ses conseils.

« Il veut dire… voler un passeport soviétique ? » chuchote Sven quand Aron a terminé. Se faire voleur pour devenir citoyen ? C'est ce qu'il a dit ? »

Aron acquiesce.

« Ou prendre un passeport. À un *fitili.* »

Ils se regardent, en écoutant les râles dans le noir.

# GERLOF

L'INTERROGATOIRE DE POLICE était fini, Villa Kloss : ils étaient tous en train de se lever. Gerlof fit exprès de traîner. Il avait assisté à la réunion en silence, sans quitter des yeux Kent Kloss. À présent, le propriétaire d'Ölandic était souriant, comme s'il venait de remporter un match de tennis.

Gerlof voulait chasser ce sourire. Aussi, tout en s'appuyant sur sa canne, il se tourna vers Kent et dit à voix basse, sur le ton du bavardage :

« Ah oui, au fait, j'ai vu une drague passer devant Stenvik ce printemps… Elle allait chez vous, à Ölandic, n'est-ce pas ? »

En réalité, c'était John qui avait vu l'engin sur le détroit, mais Kloss ne pouvait pas le savoir. Il hocha la tête.

« Oui, il a fallu enlever pas mal de vase.

– De votre port ? dit Gerlof.

– Tout à fait. »

Kloss semblait à peine écouter, il regarda sa montre.

« Je sais qu'il y a un port dans votre complexe, continua Gerlof. Ça a d'abord été un ponton pour les vapeurs, puis on l'a transformé en port de marchandises après la guerre… »

Kloss ne dit rien, il quitta la table. Mais Gerlof avança sa canne, comme pour lui barrer le passage, et demanda :

« Vous l'utilisez, ce port de marchandises ? »

Kloss s'arrêta et le regarda.

« Port de marchandises, c'est vite dit. C'est une vieille jetée de pierre que nous avons renforcée avec un peu de béton.

– Et vous l'entretenez ?

– Oui, nous le draguons parfois, au printemps. Sinon ça s'envase.

– Et donc, quelle profondeur, au niveau de la jetée ?

– Quelques mètres… peut-être trois. »

Gerlof leva sa canne vers la photo du cargo *Ophélie*, restée sur la table.

« Alors c'est assez profond, dit-il. Je dirais que le tirant d'eau de ce bateau est tout juste de trois mètres. Il a donc pu mouiller le long du quai de déchargement d'Ölandic. »

Kent Kloss se figea. Gerlof avait capté son attention, et il continua :

« À Borgholm, personne n'a l'air d'avoir vu ce bateau, et comme cette partie de la côte est très peu profonde, il n'y a pas beaucoup d'autres possibilités. » Il regarda Kent Kloss : « Alors, il est venu chez vous ? »

Kloss se tut. À présent, Cecila Sander semblait elle aussi intéressée. Elle se leva et rassembla ses papiers mais, soudain, elle demanda :

« L'*Ophélie* était-il *votre* bateau ? »

Elle insista sur *votre*. Et Kent Kloss tourna la tête pour lui répondre.

« La réponse est non. Pas vraiment.

– Comment ça ?

– Il n'est pas à nous, ça je le sais… mais il est possible que nous ayons eu recours à ses services. » Kloss baissa les yeux. « Nous avions un cargo au port, autour de la Saint-Jean, mais je ne me rappelle pas son nom… C'était des livraisons pour nous. Nous avions affrété une partie de la soute.

– Pour quoi faire ? » demanda la policière.

Kent Kloss regarda ses mains, étudia ses ongles.

« Pour… des denrées alimentaires.

– Du poisson, dit Gerlof. N'est-ce pas ?

– C’est ça, du poisson, dit Kloss. Ils transportaient du poisson congelé pour nos restaurants. Ils ont déchargé vers le week-end de la Saint-Jean, puis ils sont repartis.

– Vous avez sûrement été en contact avec eux ?

– Pas depuis. » Kloss haussa les épaules, mais pour Gerlof, c’était de la comédie. Il se donnait du mal pour paraître détendu. « Et c’est notre chef cuisinier qui s’est occupé du chargement. J’ignorais même de quoi avait l’air le capitaine Herberg, je n’avais qu’un numéro à Hambourg.

– Et le livre de bord de l’*Ophélie*, dit Sander, l’avez-vous vu ?

– Non, désolé », dit Kent.

Sander nota quelque chose dans son carnet. Elle hocha la tête, mais n’avait pas l’air tout à fait satisfaite.

Gerlof non plus. Une cargaison de poisson arrivant de l’étranger. Ça semblait peut-être logique en période estivale, mais était-ce aussi simple ?

Il regarda par la fenêtre. Il vit Jonas sur la terrasse, en train de parler à un homme en veste qui fixait gravement le garçon et jetait de rapides coups d’œil vers la villa. Niklas, le père de Jonas, devina Gerlof.

« Nous vous contacterons », dit la policière en quittant la maison. Avec un regard appuyé à Kent Kloss, elle ajouta : « Nous collaborons pour cette affaire avec les gardes-côtes et la douane. »

Gerlof suivit lentement. Le soleil avait presque disparu, mais il faisait encore très chaud. En même temps, les Kloss avaient une grande piscine bleue pour se rafraîchir.

Jonas avait déjà repris le travail, accroupi, avec sa petite ponceuse électrique qu’il passait sur les planches, à grands gestes réguliers. Son père avait disparu.

Gerlof se retourna et vit Kent Kloss près de la voiture de John Hagman. John avait baissé sa vitre et parlait avec lui.

Ils s’interrompirent à l’arrivée de Gerlof. Kloss lui fit face. Il avait retrouvé son assurance. *Essaye voir*, semblait-il dire.

Cinq minutes plus tard, John démarra et sortit à reculons de la propriété de la famille Kloss.

« J'ai vu que tu parlais avec l'ennemi, dit Gerlof.
– Kloss n'est pas un ennemi, dit John, juste un concurrent.
– Qu'est-ce qu'il voulait ?
– Savoir si j'avais quelques personnes âgées parmi les clients de mon camping.
– C'est le cas, non ? dit Gerlof. Tu as tes vieux habitués…
– Oui, dit John. Mais justement, ce qui l'intéressait, c'était des hommes âgés, seuls, venant pour la première fois. De nouvelles têtes. Et nous en avons quelques-unes, en effet. Il a demandé s'ils étaient étrangers, mais je ne savais pas.
– Il recherche donc de vieux étrangers ? Comme nous.
– Oui, dit John. Il voulait que je lui indique dans quelles caravanes ils étaient, mais je ne lui ai pas répondu. Je ne peux quand même pas dénoncer mes clients.
– Bien sûr que non », dit Gerlof, bien qu'il ait lui aussi songé à lui poser les mêmes questions.
Il regarda à nouveau John.
« Qu'est-ce que tu sais du frère de Kent Kloss ?
– Il s'appelle Niklas, dit John.
– D'accord. Et que sais-tu à part ça de Niklas Kloss ?
– Pas grand-chose, dit John en s'engageant sur la route côtière. Il s'occupe du restaurant, mais je ne le vois pas beaucoup. On voit surtout Kent, et parfois leur sœur Veronica.
– C'était la même chose aujourd'hui, pendant l'interrogatoire, dit pensivement Gerlof. Kent Kloss était là quand le gamin a parlé avec la police. Ça aurait dû être son père, mais on aurait dit qu'il se cachait.
– Niklas est le mouton noir de la famille, dit John. S'il faut en croire la rumeur.
– Qu'a-t-il donc fait ? »
John désigna du menton les maisons le long de la route côtière.
« Il a lui aussi hérité d'un terrain ici, mais il n'avait pas les moyens de le faire bâtir… alors il l'a vendu après seulement quelques années. Des dettes de jeu, disent les gens. Et puis ensuite il est allé en taule.
– Vraiment ? dit Gerlof. Et pour quoi ?

– Je ne sais pas, dit John. Escroquerie, vol… Il a dû sortir tout récemment. »

Gerlof hocha pensivement la tête.

« Alors je comprends pourquoi il évite la police. »

## LE REVENANT

LE DEUXIÈME WEEK-END de juillet, il n'y avait pas un nuage au-dessus d'Öland : du matin au soir, l'île était baignée de lumière et de chaleur, et le soleil attirait des visiteurs de tout le sud de la Suède. La vraie grande vague de touristes venus du continent arriva ces jours-là. C'était les vacances. Pas d'embouteillages comme à la Saint-Jean mais, du vendredi au dimanche, un flot continu de voitures et de caravanes franchit le pont. Elles se dispersèrent sur l'île, de la pointe nord jusqu'au sud.

Les plages étaient pleines de monde pendant la journée, les campings et les hôtels le soir venu. On ouvrait les maisons de vacances, on sortait les barbecues, on démarrait les tondeuses à gazon. Les prochaines semaines, toutes les routes, tous les câbles électriques et tous les égouts de l'île serviraient au maximum, avant que le calme revienne, en août.

Les villages de vacances étaient pleins à craquer, tout comme les boîtes de nuit. Pour Ölandic Resort, près de Stenvik, commençait le mois le plus important de l'année.

Sur un parking, près de la grand-route, le Revenant regardait les voitures filer devant lui.

À ses côtés, Rita. L'air fatigué mais résolu, elle regarda en direction de sa propre voiture.

« Voilà, on a fait ce qu'on devait faire… Je vais m'en aller. »

Le Revenant hocha la tête, en songeant à nouveau qu'il aurait pu être son père ou son grand-père. Il sortit son portefeuille et commença à compter les billets.

« Tiens, prends encore ça, ça vient du bateau, dit-il. Tu vas aller où ? »

Elle prit l'argent sans rien dire. Elle le compta à son tour.

« Copenhague, dit-elle. J'ai des potes là-bas, je vais faire profil bas un petit moment... Et toi ?

– Je reste, dit le Revenant. Je reste sur l'île.

– Jusqu'à quand ?

– Jusqu'à ma mort. »

Rita sourit rapidement, comme s'il plaisantait.

« Merci pour cet été. »

Elle le serra rapidement dans ses bras. Puis elle partit, en route vers de nouvelles aventures.

Le Revenant resta là. Plusieurs autres voitures s'étaient arrêtées sur le parking. Les tables de pique-nique se remplissaient. Il savait que la famille Kloss attendait tous ces touristes.

À Ölandic Resort, tout était prêt. Mais personne d'autre que Rita et lui ne savait que la catastrophe était imminente. Elle montait insidieusement du sol.

## LE PAYS NEUF, FÉVRIER 1936

LE JOUR DE L'ACCIDENT ressemble à n'importe quelle journée de travail.

Ils sont quatre dans la forêt : Aron, Vlad, le vieux Gricha et Sven. Ils transportent du bois et, ce jour-là, ils ont un vieux cheval pour les aider. Il s'appelle Boxer, et fait des allers-retours avec son traîneau dans la forêt. Boxer est à moitié mort, il a au cou des croûtes grosses comme des soucoupes, mais il tire malgré tout. C'est le troisième cheval que le commandant a pu réquisitionner dans une ferme au sud du camp, les deux premiers sont morts de froid. Leur viande avait un goût de lard séché.

Boxer est un luxe, personne ne sait pour combien de temps. Les autres brigades n'ont pas de cheval, et là, ce sont les hommes qui doivent tirer les traîneaux.

Les quatre hommes travaillent dur pour abattre et charger les arbres, ils sont en retard sur leur quota. Ils sont toujours en retard. Il faudrait que les arbres s'abattent tout seuls, par milliers, pour qu'ils rattrapent le retard. Ce jour-là, ils auraient dû être sept, mais deux sont malades et le troisième à l'isolement, accusé de *tufta*.

Les troncs sont par terre. Vlad compte jusqu'à trois. Puis Gricha, Aron et lui les hissent sur le traîneau, l'un après l'autre, tandis que Sven, à côté, les immobilise avec une chaîne. Gricha geint et se lamente après chaque tronc. Ils ont fait ça des milliers de fois.

Aron agit machinalement, il est en pensée à Rödtorp, où le soleil brille et où les vagues perlent entre les rochers. Où le sable est fin et où l'on peut se baigner où on veut.

« Aron », dit Sven tout bas.

Aron cligne des yeux et retrouve le froid et la fatigue. Il tourne la tête et voit Sven debout sur le traîneau chargé de troncs, il a un curieux regard. Un regard décidé. Ses mains bougent, il visse quelque chose.

Puis tout lâche. Le monde tremble et s'effondre.

« Attention ! » crie Sven en suédois.

Vlad est toujours courbé près du traîneau, mais Aron commence à bouger. Il comprend ce qui se passe.

La chaîne a cédé, les troncs roulent. Impossible d'arrêter ça.

« Vlad ! » crie Aron.

En même temps, il recule. Parvient presque à s'échapper. Il entend le choc du premier tronc qui tombe du traîneau, mais c'est son extrémité qui lui heurte l'épaule.

Le tronc suivant lui tombe dessus, le renverse et lui écrase le visage.

Aron ne sent pas de douleur, juste la force et le poids du tronc.

Il est enfoncé dans la neige. Il voit rouler les autres troncs l'un après l'autre, noirs contre le ciel. Ils rebondissent sur le sol gelé, comme des meules, mais tous ratent miraculeusement sa tête et continuent de dévaler la pente.

Gricha crie derrière le fracas.

Boxer hennit.

Tous deux sont indemnes.

Mais quelque part sous les troncs, il y a Vlad. Vladimir, d'Ukraine. Avec son manteau usé et son bonnet en peau de mouton.

Aron le sait mais ne voit pas Vlad, ses yeux disparaissent déjà sous son visage gonflé. Quand la douleur de ses os brisés prend le dessus, il n'est plus là. Il a quitté son corps et s'est laissé tomber dans le silence, comme dans l'eau, près d'une plage.

*aron*
*aron*
*Aron !*

Faibles bruits dans le noir, appels en écho qui ressemblent à son nom. Aron les entend mais ne veut pas revenir.

Il ouvre les yeux. Non, il n'est pas couché sur du sable chaud, il est dans la neige au milieu des sapins. Et une ombre immense se penche sur lui.

« Aron ! Tu m'entends ? »

C'est la voix de Sven, pleine d'énergie. Il lui crie en plein visage :

« On le fait ! Maintenant ! On échange ! »

Sven se penche, Aron sent ses mains sur son corps. Sven le pousse violemment, les côtes cassées d'Aron palpitent de douleur.

« Arrête », chuchote-t-il.

Mais Sven continue :

« Il faut faire vite, Aron… J'ai envoyé Gricha chercher de l'aide. Ils seront bientôt là, il faut se dépêcher ! »

Aron sent qu'on lui retire ses vêtements. C'est Sven, il s'active à défaire les boutons et les lacets.

« On échange ! »

Aron cesse d'écouter, il tourne la tête et vomit. Dans la neige, par-dessus son torse à présent nu.

Puis il perd à nouveau connaissance.

Aron se réveille dans une faible lumière. Il est confortablement couché, mais pas dans la neige. Dans un lit.

« Vladimir Ieguerov ? » dit une voix près du lit.

Aron tourne la tête. C'est une infirmière qui s'adresse à lui. Elle est pâle et maigre, prisonnière elle aussi, mais au moins elle travaille à l'abri.

L'infirmière sourit, avec des yeux aimables.

Il ne se rappelle pas s'il a opiné du chef, mais elle continue :

« Tu as eu un accident dans la forêt, Vladimir. Ta jambe droite est cassée, ton nez est écrasé. Nous avons remis ton épaule en place. Tu as eu de la chance… Un de tes camarades n'en a pas eu autant.

– Qui ? »

L'infirmière approche une tasse de thé brûlant de ses lèvres.

« Un étranger, dit-elle. Un jeune Suédois… Les troncs lui ont roulé dessus comme un char d'assaut. Il a été broyé. »

*Vlad*, pense Aron. Mais il ne dit rien, et se contente de boire le thé.

« Tu vas rester là quelque temps », dit l'infirmière.

Elle sourit à nouveau et le laisse.

Chaque mouvement est douloureux, mais Aron lève doucement sa main gauche et se tâte le visage. Il a une forme inhabituelle, gonflé, couvert de plaies. Broyé et engourdi.

Il soulève doucement la couverture et voit des attelles à sa jambe droite. Il porte des sous-vêtements et des pantoufles de feutre qui ne sont pas à lui. Tout est à Vlad.

Aron ferme à nouveau les yeux. À quoi bon se poser des questions ?

C'est Sven qui a fait ça. Il a défait la chaîne et fait rouler les troncs. Il a échangé leurs vêtements.

C'était son but : que l'étranger Aron devienne le citoyen soviétique Vlad.

Quelqu'un tousse. Aron tourne la tête et découvre qu'il est couché au milieu d'une trentaine d'autres hommes, dans une infirmerie bondée. On est serré, mais il y a des lampes et des poêles, c'est lumineux et chaud.

Les draps de son lit ne sont peut-être pas propres, mais ce sont des *draps*, et il n'y voit pas de punaises. C'est du vrai thé, pas un ersatz. Et il y a une assiette de morceaux d'oignon frais près de son lit.

C'est une rumeur qui circulait dans les baraques du camp : que les prisonniers blessés ou gravement malades étaient très bien soignés.

C'est curieux, mais pour l'heure, il ne peut que profiter de ce repos entre les draps.

Il se détend.

Vlad est mort, mais c'est Aron qui est entré au paradis.

# LISA

LISA NE SE SENTAIT PAS BIEN ce matin. Pas fébrile, mais tremblante et faible. Lady Summertime avait travaillé samedi à l'hôtel, c'était sa septième soirée, qui avait été rentable. Le club était bondé, elle l'avait enfumé et, dans le noir, trois portefeuilles et deux portables avaient fini dans son sac. Mais elle n'avait pas touché aux cartes de crédit, trop fatiguée pour descendre les vider à Borgholm.

Dans sa cabine de DJ, Summertime n'avait pas bu la moindre goutte d'alcool de toute la soirée, que de l'eau, mais Lisa se sentit mal assurée sur ses jambes en se levant dans sa caravane.

Ça avait l'air d'un problème au ventre, comme si quelque chose était en train de se réveiller de ce côté-là. Au petit déjeuner, elle ne prit qu'une tartine, mais se sentit aussitôt rassasiée. Elle descendit à la plage en maillot de bain, avec sa serviette, mais se tint à l'écart de l'eau, se contentant de somnoler au soleil.

Plusieurs jours de canicule avaient attiré les foules sur la plage. Lisa était oppressée par tous ces draps de bain et ces corps de vacanciers. Partout des enfants, bikinis et bouées. Ça puait plus que jamais la crème solaire, les baigneurs s'interpellaient en beuglant, les mouches de la plage bourdonnaient et voulaient lui entrer dans la bouche. Lisa déglutit et ferma les yeux.

Vers l'heure du déjeuner, elle en eut assez et regagna sa caravane. À plusieurs reprises, ses orteils heurtèrent des cailloux, ses pieds ne lui obéissaient pas bien. Était-elle déshydratée, malgré toute l'eau qu'elle avait bue au club ?

Son téléphone était resté sur le lit, elle l'avait oublié en allant à la plage, et elle vit que Silas avait appelé, deux fois. Merde. Mais elle n'avait pas le courage de le rappeler.

Elle ne déjeuna que d'une tartine sans beurre, se coucha et sombra.

Quand elle releva la tête, il faisait une chaleur étouffante dans la caravane, mais le soleil pendait au-dessus de la mer. Il était dix-huit heures quinze, la journée entière avait passé.

Il fallait qu'elle se lève, qu'elle se douche et parte au May Lai Bar.

Elle y arriva à dix-neuf heures trente, mais elle ne se sentait pas bien. Le sac de vinyles qu'elle trimballait pesait comme du plomb, elle était essoufflée et ruisselante de sueur.

On servait à dîner à la cuisine de l'hôtel, mais elle fit l'impasse. Elle alla juste remplir sa bouteille d'eau aux toilettes des dames. Elle y ajusta sa perruque, se maquilla et revint sous les traits de Lady Summertime. Une DJ tremblotante.

Elle prit alors possession de sa cabine et lança le show.

Ce soir, pas de cris joyeux dans le micro. Sans rien dire, Summertime lança une chanson et alluma les lumières disco. La soirée allait être longue – elle n'avait plus qu'à prendre son mal en patience et avoir l'air de s'amuser.

Non, merde, elle n'arrivait pas à avoir l'air de s'amuser.

En tout cas, elle faisait son travail et, après vingt et une heures, le public commença à affluer au sous-sol. La température montait et, comme d'habitude, les barmen proposaient à ceux qui avaient soif de l'eau à la pompe à sodas.

Le personnel du bar semblait lui aussi fonctionner au ralenti ce soir-là, comme des somnambules drogués. Et malgré la foule, il n'y avait pas d'ambiance sur la piste de danse, la plupart des gens se contentaient de rester le long des murs.

Du coin de l'œil, Summertime repéra d'appétissants portefeuilles dépassant des poches des shorts et des jeans, mais elle n'avait pas l'énergie de partir en chasse. Elle entendait d'ici Silas marmonner mais, ce soir, silencieuse et renfrognée, elle se contenterait de passer de la musique.

Elle n'arrêtait pas de boire de l'eau, mais n'allait pas mieux. Son ventre gargouillait comme une machine à laver détraquée. Il tournait, tournait, sans parvenir à se calmer.

Summertime déglutit et sentit ses faux cils se décoller avec la sueur. Elle s'efforçait de tenir debout derrière sa table de mixage.

Un peu après vingt-deux heures, ce ne fut plus possible. Son ventre se retournait et Lisa connaissait assez bien son corps pour savoir qu'une éruption était imminente. Il fallait que ça sorte, d'un côté ou de l'autre.

Elle n'avait pas l'intention d'attendre dans sa cabine. Les doigts tremblants, elle lança sa chanson la plus longue : *Here Comes the Night* – une rengaine des Beach Boys qui durait presque onze minutes. Puis elle sortit à reculons. Ça irait bien, de toute façon presque personne ne dansait et il fallait vraiment qu'elle aille aux toilettes.

La porte était ouverte, mais une queue s'allongeait dans le couloir – et quand Lisa, prise de panique, joua des coudes pour doubler, elle vit à l'intérieur une jeune fille en chemisier blanc, le visage du même blanc penché au-dessus du lavabo, en train de vomir des flots de liquide jaunâtre, en longues saccades. Il y en avait partout : dans le lavabo, sur le miroir, sur son chemisier. Et elle entendit les mêmes bruits dans les toilettes, les gens avaient l'air de vomir là aussi, hoquetant en chœur.

Lisa ravala un renvoi et fit demi-tour. Ça arrivait, son estomac s'était contracté autant qu'il pouvait. Prêt pour le grand spectacle.

Le déluge allait arriver. D'une seconde à l'autre.

« Pardon, fit-elle en se frayant un chemin, pardon, attention… Laissez passer ! »

Dans la queue, plusieurs filles n'écoutaient pas, elles avaient entendu les bruits sortant des toilettes et vomissaient à leur tour. Les gens étaient pliés en deux, avec leurs sacs souillés et leurs mèches trempées de sueur. On se serait cru dans un hôpital en pleine vague de salmonellose. Des flaques puantes sur le carrelage, des effluves effroyables dans l'air. Le chaos total.

Lisa s'extirpa de la queue et se précipita dehors. Il lui fallait un buisson où se cacher ou, au pire, une voiture. Mais l'escalier était trop long, elle n'aurait pas le temps, pas le temps de sortir.

Tout tournait autour d'elle, son estomac se tordait. Elle entendait toujours au loin la pulsation des Beach Boys, comme un cœur palpitant.

Soudain, elle aperçut près de l'escalier la porte de la salle VIP et s'y précipita.

« Eh ! » dit une voix derrière elle.

Un putain de vigile. Mais Lisa ne pouvait pas parler, elle ouvrit juste la porte, vit des types sapés en costume réunis autour d'une table et, surtout : une poubelle. Elle se pencha au-dessus et ouvrit la bouche.

C'était dégoûtant, gênant, mais aussi libérateur. Juste ouvrir la bouche et tout lâcher.

Derrière elle, au sous-sol, elle entendit s'estomper les dernières notes de *Here Comes the Night*, suivies d'un silence assourdissant.

Pas pro, se dit Summertime. Un mauvais point.

Mais Lisa était trop malade pour s'en soucier. Elle leva la tête de la poubelle, respira, et vomit à nouveau.

# JONAS

JONAS FUT RÉVEILLÉ TARD dans la nuit de dimanche par de curieux grognements dans la maison d'hôtes voisine de la sienne. Des plaintes, des gémissements étouffés. Ensuite des pas, une porte qu'on ouvrait, puis d'autres gémissements et des hoquets derrière la maison.

Il tendit l'oreille dans le noir. Ça ressemblait à Mats, comme s'il était malade.

Jonas se retourna dans son lit et essaya de se rendormir. Impossible. Il faisait trop chaud, et ces gémissements, dehors, n'arrêtaient pas.

Il finit par quitter son lit et ouvrir la porte. Sans un souffle de vent, l'air nocturne était encore tiède. Une lune mince luisait au-dessus du détroit.

« Mats ? » appela-t-il à voix basse.

Un gémissement lui répondit, il s'avança de quelques pas. Il vit alors son grand frère accroupi dans l'ombre entre les deux maisons. Mats était assis dans l'herbe, tête baissée, comme un footballeur vaincu. Il avait l'air pitoyable, et Jonas se sentit du coup en pleine forme, curieusement. Il parla plus fort.

« Qu'est-ce qu'il y a ? Tu es malade ? »

Mats leva lentement les yeux. Il y avait une flaque dans l'herbe, sous lui, une flaque qui luisait au clair de lune.

« S'il te plaît… Tu pourrais aller me chercher de l'eau, frangin ? À la villa ? »

Jonas tourna les talons.

Il entra dans la maison d'Oncle Kent, et trouva une bouteille d'eau minérale dans le réfrigérateur, à la cuisine.

Quand il revint, Mats s'était redressé, mais sa tête pendait toujours. Jonas lui donna la bouteille.

« Vous avez bu de la bière ? »

Mats secoua la tête.

« Je suis allé tondre la pelouse à Ölandic... Je ne sais pas ce qu'il m'arrive. »

Puis il rentra dans sa maison en titubant avec l'eau, sans remercier. Et Jonas alla se recoucher, soupçonnant toujours son frère d'être sorti faire la fête.

Mais non, car à son réveil, le matin suivant, *tout le monde* était malade. Apparemment. Seuls Jonas et la domestique Paulina étaient debout à l'heure du petit déjeuner. Il ne vit partout que portes fermées – un silence complet régnait sur la Villa Kloss, pour une fois.

Oncle Kent sortit par la porte-fenêtre au bout d'un moment, alors que Jonas était assis avec une tartine de fromage.

Ils se dévisagèrent. Jonas n'avait pas demandé à son oncle s'il avait fait ce qu'il fallait pendant son interrogatoire. Mais la police était partie et n'avait plus donné de nouvelles, donc ça s'était sans doute bien passé ?

« Bonjour », finit par dire Oncle Kent, mais sa voix était faible et Jonas vit que son oncle n'était pas bien lui non plus. Son visage était pâle et grisâtre, malgré son bronzage.

Il ne dit rien d'autre, alla juste prendre au réfrigérateur une bouteille de jus de fruit. Jus de pamplemousse. Il hésita un moment en regardant le verre jaune, puis se décida à boire par petites gorgées prudentes.

Le téléphone mural sonna, Kent alla répondre.

« Oui ? »

Il écouta en silence, un long moment.

« Tu plaisantes ? dit-il alors, d'une voix lasse. Tu plaisantes ? »

Pause.

« Bon, finit-il par dire. Oui, moi aussi, j'ai quelque chose qui ne passe pas… C'est comme la vengeance de Montezuma. On va devoir engager des remplaçants. Il doit bien y en avoir *un* qui n'est pas malade ? »

Il écouta à nouveau.

« Bon, appelle tous les suppléants que tu trouves. Et les clients ? »

Long silence.

« Nettoie ça au mieux. Que tout le monde s'y mette… On n'a pas d'aspirateur à liquides ? »

Silence à nouveau.

« Bon, fit Kent, las, j'arrive tout de suite. »

Il jeta le reste de son jus dans l'évier et tourna les talons.

« J-K, dit-il, si ta tante arrive, dis-lui que c'est l'enfer. Tout le monde a la gastro au Resort, une épidémie. Le personnel l'a attrapée et apparemment les clients aussi… Les toilettes sont encore bouchées, il faut que j'y aille. Dis à Veronica de me joindre sur le portable. »

Jonas hocha prudemment la tête.

« Mats aussi est malade, dit-il. Il a vomi.

– *Tout le monde* est malade, dit Kent. Pas toi, J-K ? »

Jonas secoua la tête.

« Ça pourrait t'arriver », dit Kent.

Il jeta un dernier regard fâché à Jonas, comme si tout était de sa faute. Puis il partit d'un pas traînant vers sa voiture.

Jonas resta là et se fit une autre tartine. C'était un peu bizarre, mais lui ne se sentait pas du tout malade. Il allait bien, et se demanda s'il n'allait pas aller voir Kristoffer.

Demain commençait une nouvelle semaine de travail. Le plancher de la terrasse serait bientôt fini, bien poncé et enduit de l'huile chinoise brun sombre. Alors il recevrait son salaire. Et dans une semaine, il irait travailler chez Tante Veronica, un peu à l'écart du cairn et d'Oncle Kent.

Tant mieux, car il sentait de mauvaises vibrations cet été. Quelque chose de pire que la gastro.

# GERLOF

L'HIRONDELLE commençait lentement à retrouver sa beauté perdue, grâce à de nouvelles planches et à une huile goudronnée au parfum capiteux. Gerlof était descendu avec une thermos de café au cabanon de pêche où John et Anders repeignaient la coque de la barque, en cette chaude soirée.

Mais John regarda d'un air méfiant la tasse que lui servit Gerlof.

« Tu l'as bien fait bouillir ? »

Gerlof suspendit son geste.

« Comment ?

– Il faut faire bouillir l'eau du robinet, Gerlof.

– Et pourquoi ?

– Il y a la gastro sur la côte, dit Gerlof. Des gens ont été conduits à l'hôpital... Une vraie épidémie. Tu n'as pas lu le journal ?

– Pas encore », dit Gerlof en continuant à verser le café. Et je ne sens rien au ventre.

– Stenvik ne s'en sort pas mal. C'est surtout chez les Kloss.

– Dans leur complexe ?

– Oui.

– Pas de chance, dit Gerlof en buvant son café. En pleine haute saison... C'est presque une catastrophe.

– Oui, répéta John. Apparemment encore un problème d'égout dans leur camping... Et les gens sont en train d'évacuer. Ils plient les tentes, rangent les caravanes et s'en vont. »

Gerlof s'attendait à voir John se réjouir, mais il savait que les problèmes d'un camping rejaillissaient sur les autres. Les gens qui rentraient chez eux avec une mauvaise expérience de leur séjour disaient du mal de l'île en général.

Il aimait rester là au soleil couchant, dans la brise tiède qui remontait du détroit. Mais cela ne durerait pas. Dans cinq jours, il allait réintégrer sa chambre à la maison de retraite. D'une certaine façon, l'été serait alors fini pour lui. Il lui serait beaucoup plus difficile de sortir.

Dommage. C'était peut-être son dernier été au village.

Gerlof chassa une mouche de sa joue et regarda vers le sud. Tout était calme dans la baie. Il n'y avait pas grand monde autour du ponton de baignade, mais les adorateurs du soleil se serraient sur la plage.

Plus loin, il aperçut le cairn, et songea à ce qu'il avait raconté à Jonas. *Ce n'est pas le vrai cairn.*

Il plissa alors les yeux. Il y avait là-bas quelque chose qui clochait.

« La porte du bunker est ouverte », dit-il.

John cessa de décaper.

« Quoi ? »

Gerlof lui indiqua l'autre extrémité de la baie, vers la carrière creusée dans la falaise, au-dessus de la plage, par les tailleurs de pierre.

« La porte du vieux bunker… Elle est ouverte, alors qu'elle est bien fermée, d'habitude ?

– Oui, dit John. L'armée a posé un cadenas il y a des années. Je ne suis pas allé voir, mais il est sûrement toujours là. »

Gerlof aperçut des mouvements au loin. Une silhouette sortit de l'ouverture, mais Gerlof était trop loin pour distinguer le moindre détail.

Il songea à ce que Jonas Kloss avait raconté au sujet de ce personnage vu près du cairn puis disparu sans laisser de traces.

« C'est peut-être un soldat fantôme », dit-il.

# LE REVENANT

LE REVENANT sortit lentement du bunker, dans la lumière déclinante du soleil, et referma la porte métallique avec un cadenas pris dans la collection de Wall.

Son dos était douloureux et raide. Il avait passé plus d'une heure courbé sous le plafond bas en béton. Il s'était cru revenu dans l'interminable chantier soviétique.

Il avait pris l'habitude de creuser là-dessous, mais le travail avançait lentement. Derrière chaque bloc de pierre dégagé semblaient s'en cacher deux autres, plus gros que le précédent. Il y avait plus de pierres que de terre dans le sol d'Öland. Il levait sa barre à mine, l'enfonçait dans la paroi, faisait sauter une pierre, la terre s'éboulait sur le sol et il répétait l'opération deux cents fois chaque soir, ou davantage. Piocher, creuser, comme un mineur dans un camp de prisonniers.

Il suait dans la chaleur du soir, ses bras lui faisaient mal.

Dans le fond de la tranchée, il s'étira les bras et les jambes et regarda vers le sud. On ne voyait pas Ölandic Resort de là, mais il songea au ronron de la pompe haute pression que Rita et lui avaient installée là-bas. Elle avait rempli sa mission.

Il se tourna vers le nord. La plage était presque déserte à l'approche du soir, mais il restait quelques baigneurs autour du ponton. Peut-être avaient-ils fui Ölandic Resort.

De l'autre côté de la baie, près d'un cabanon, il vit quelques vieux pêcheurs en train de repeindre une barque.

Leur travail semblait paisible et rappela au Revenant son grand-père, toujours absorbé par ses filets et ses barques, le soir, près de la ferme.

Un sentiment de paix.

Il pourrait aller voir ces vieux, leur parler, échanger des histoires. Il aurait pu le faire et, un court instant, se sentir en paix. Mais il savait qui il portait en lui. Tôt ou tard, Vlad ressortait, et il était toujours sur ses gardes.

# LE PAYS NEUF, MARS 1936

ARON A DIX-HUIT ANS, il porte les vêtements molletonnés de son défunt ami Vlad, dort sur la paillasse de Vlad et mange dans la gamelle de Vlad. Les prisonniers qui savent ou devinent qu'il n'est pas soviétique, qu'il ne s'appelle pas Vladimir, Sven a réussi à les faire taire. Pour le moment.

Le vieux Gricha est le gros problème. Gricha sait, et il faut le payer pour qu'il tienne sa langue.

« De l'argent comptant, dit-il à Aron, un soir qu'ils sont seuls tous les deux. De vrais roubles. Sinon je vais voir Polynov. »

Vlad se contente de hocher la tête. Polynov est le commandant, un vieux policier moustachu qui inspecte les prisonniers muni d'une cravache. Mais Polynov ne s'intéresse qu'à deux choses : l'ordre et la vodka forte.

Gricha est le seul que l'argent intéresse. C'est le dernier capitaliste du camp.

Les capitalistes méritent de mourir.

Aron doit faire quelque chose, mais ne peut pas demander l'aide de son beau-père. Il croise parfois le regard de Sven à la pause, mais n'ose pas lui parler. Sven est un étranger.

Il ne peut pas non plus se rendre sur la tombe de Vladimir. Vlad a été enterré avec les autres prisonniers morts – un cimetière en forêt qui ne cesse de croître, au sud du camp. Aucune croix n'a été plantée mais, sur une des parois de la baraque d'Aron,

Sven a gravé ARON FREDH 1918-1936, à côté de centaines d'autres noms. Pour donner le change.

Sven semble plus mince et plus petit chaque fois qu'Aron le voit. Son beau-père lui fait penser à un chien, incapable de tenir en place. Il longe les baraques et dévisage les gens. Si un prisonnier lui parle mal, ça tourne toujours à la bagarre : Sven crache ou cogne. Mais souvent, il ne touche que de l'air, il n'arrive même plus à se battre.

Aron avait-il vraiment peur de son beau-père quand il était petit ? Maintenant qu'il est Vlad, il n'a plus peur du tout. Sven est comme un vieux corniaud entouré de jeunes chiots.

Parfois, il se glisse dans la baraque de Vlad et laisse des petits mots à Aron, en suédois. C'est un risque mortel. Vlad les déchire et avale les morceaux, sans même oser les lire.

Le plan de Sven de transformer Aron en citoyen soviétique a marché – mais maintenant qu'il est Vlad, il ne croit plus trop au rêve de fuir le Pays neuf.

Comment faire ? Comment Sven et Aron pourraient-ils partir ?

D'abord s'évader de l'enceinte barbelée, devant les gardiens. Puis trouver leur chemin à travers l'immense forêt russe, dans la neige et le froid. À travers un pays où, d'après la rumeur, un citoyen reçoit cent roubles s'il se présente à la police avec la main coupée d'un fuyard.

C'est trop risqué. Et finalement impossible car, un beau jour, Sven disparaît.

On est sûrement venu le chercher pendant la nuit, pense Aron, comme tous les autres étrangers. Un jour, il ne le voit pas à la promenade et, quand Aron regarde dans sa baraque, il ne trouve qu'un lit vide. Deux jours plus tard, un autre prisonnier s'y est installé, pour être plus près du poêle.

Bien sûr, ça arrive tout le temps, que des prisonniers disparaissent. On vient les chercher la nuit dans leurs baraques et on les emmène. Il ne faut pas poser de questions.

Vlad se tait. Il ne s'intéresse pas aux étrangers.

Mais Sven est le seul lien d'Aron avec la Suède, il faut qu'il le retrouve. Il tente de le chercher dans d'autres parties du camp, mais ne rencontre que silence et regards apeurés.

Seul un vieux fermier de Carélie, les pieds dans la boue à la promenade, lui répond d'un mince sourire.

« Poff ! fait-il en soufflant entre ses lèvres, à s'en faire frémir les moustaches. Poff… disparu. Tous les étrangers finissent comme un pet dans le vent. Ils sont condamnés pour espionnage et sont renvoyés chez eux par la cheminée. Tu es au courant, non, le Suédois ? »

Aron sursaute à l'intérieur de Vlad.

« Sven n'est pas un espion, dit-il.

– Il a été condamné par la troïka, dit le fermier. Aucun étranger n'en réchappe. »

Aron se tait, et le fermier se penche en baissant la voix :

« J'ai parlé avec Gricha. Il m'a raconté ce que vous avez fait en forêt. Vous avez changé de vêtements, hein ? Quel miracle… Un citoyen soviétique ressuscité ! »

Aron serre le poing.

« Ferme ta gueule. Je ne sais pas de quoi tu parles. »

Le Soviétique en lui, Vlad, est en train de prendre le dessus.

« Tu ne sais pas, dit le gros fermier. Mais Polynov aimerait peut-être savoir. »

Il continue de sourire sous sa moustache, si bien que Vlad avance d'un pas et le frappe, un coup de poing juste au-dessus de la lèvre.

Pas bien violent, hélas, il est trop fatigué. Et le fermier sursaute à peine, puis frappe Vlad à son tour, presque aussi faiblement.

Ils se prennent à bras-le-corps. Ils se battent mollement, une danse trébuchante dans la boue, mais ça attire les gens. Un cercle vociférant de prisonniers se forme autour d'eux.

Un gardien finit par le fendre et sépare les adversaires.

C'est fini. Vlad a reçu un douloureux coup de coude dans la poitrine, et a lui-même griffé la joue du gros fermier.

Le gardien appelle un collègue, et ils sont tous deux conduits chez Polynov.

Polynov est le roi du camp.

Ça fait une drôle d'impression d'entrer dans son bureau. Le parquet est récuré. Il y a une petite collection de bouteilles de vin dans un placard contre le mur, et même un tapis.

Le commandant Polynov est assis comme un gros crapaud sur son trône, un fauteuil en bois branlant. Devant lui, il a son bureau, avec dessus un verre de vodka à moitié vide et un vieux revolver de l'armée. Au mur, deux portraits encadrés : le chef suprême de la police Iagoda et le Petit Père des peuples Joseph Staline. Aron l'imagine un brin d'herbe dans la bouche.

« Qu'est-ce qui s'est passé ? demande Polynov en soupirant à la vue des traces de boue laissées par les prisonniers. Pourquoi vous battez-vous ? Vous n'avez pas encore eu votre compte ?

– Camarade commandant, dit le gros fermier en pointant Vlad du doigt. C'est lui qui a commencé.

– C'est faux, dit Vlad. Les koulaks aiment la bagarre, c'est connu.

– La ferme, chien ! » crie le fermier.

Le commandant joue avec son revolver en écoutant d'un air las la querelle des prisonniers.

« Ça suffit, maintenant », grommelle-t-il.

Polynov se lève, l'air soudain dégrisé, et son regard transperce d'abord Vlad, puis le gros fermier.

Il place alors le revolver sur son bureau, devant les deux hommes.

« Réglez ça vous-mêmes. »

Vlad regarde fixement le bois fendu de la crosse. Il ne saisit pas bien ce que veut le commandant.

Mais le fermier comprend, et essuie le sang de sa joue.

« Camarade commandant, dit-il d'une voix ferme, je dois vous communiquer une information importante, camarade commandant. » Il montre Aron du doigt. « Ce prisonnier n'est pas celui qu'il prétend être… »

Alors Vlad saisit le revolver. La crosse semble épouser sa main. Le fermier doit être stoppé, quoi qu'il ait l'intention de raconter au sujet d'Aron : il colle le canon du revolver sur la poitrine de son codétenu et appuie sur la détente.

Une secousse dans sa main, une violente détonation dans la pièce.

Une seconde plus tard, le fermier tremblote par terre comme un pantin désarticulé, le regard vers le ciel.

Vlad vise et tire à nouveau, mais n'entend qu'un claquement sec.

Polynov tend la main et récupère l'arme.

« Il n'y avait qu'une balle. »

Il fait un signe de tête, et le gardien présent dans la pièce s'avance avec son fusil, vise la poitrine du fermier et tire.

Le silence se fait dans le bureau.

« … ukrainien ? »

Aron pivote. Le commandant a posé une question.

« Alors comme ça tu es ukrainien ? »

Aron inspire et se redresse dans une sorte de garde-à-vous. Il est calme à présent, il lâche la bride à Vladimir Ieguerov.

« Oui, russo-ukrainien, mon commandant. Mon père est de Stalingrad et ma mère de Kiev, mais ils ont disparu tous les deux.

– Et pourquoi es-tu là ? »

Vlad répond sans hésiter :

« J'ai caché un pain pour nourrir ma petite sœur, mon commandant. Grâce à ça, elle a survécu une semaine de plus.

– Alors tu as volé le pain de l'État ? Et ils ne t'ont pas abattu ?

– Ils m'ont envoyé ici, mon commandant, dit Vlad. Il me reste cinq mois.

– Bien, dit Polynov. Et tu sais tirer. »

Vlad se redresse encore davantage, et le commandant continue :

« Nous avons trop de bras cassés dans notre équipe de gardiens. Des ivrognes incapables. Ils ratent toujours leur cible.

– Je ne bois jamais », dit Vlad.

Le commandant lorgne vers sa bouteille de vodka, puis hurle :

« Iakov ! »

Le chef de la garde entre, et Polynov désigne Vlad.

« Voici une nouvelle recrue. »

Le chef de la garde s'avance. Il est petit, mais pointe son nez à un décimètre du menton de Vlad.

« Premier ordre, camarade. » Le chef de la garde désigne de la tête le corps du gros fermier, derrière lui. « Va chercher deux détenus. Enterre celui-là à la nuit tombée. »

Polynov est allé chercher quelque chose dans une armoire.

« Voici une Winchester que les bandits du tsar avaient dans leurs réserves… Elle est vieille, mais elle marche. Porte-la à l'épaule, bien en vue. Si tu la perds, tu retourneras à la brigade. »

Vlad ne perd pas son fusil. Il était prisonnier suédois, le voilà gardien soviétique : il sent l'arme lui redresser la colonne vertébrale.

Son emploi de garde a de nombreux avantages – dès le premier jour, il reçoit cinq kilos de pommes de terre – mais ne lui permet pas de s'en aller. Il peut cependant se déplacer librement dans le camp, et il a une mission importante.

Le soir suivant, il est de garde le long de la clôture et convient d'un rendez-vous avec le détenu Gricha près des dernières baraques, à l'écart.

Gricha arrive en rasant les murs, dans l'ombre. Vlad l'attend à quelques mètres de la clôture.

Le détenu attend, il ne se montre pas à la lumière, alors Vlad sort quelque chose de sa poche. Un sachet qu'il froisse un peu.

« Abricots secs et tabac frais », dit-il à voix basse.

Gricha finit alors par sortir de l'ombre. Il prend le sachet, le glisse sous sa veste. Les fruits et le tabac sont des denrées précieuses, et pourtant il semble déçu.

« C'est tout ? »

Vlad secoue la tête.

« J'ai caché de l'argent là-bas. » Il montre de la tête un coin sombre près de la clôture. « Cinq cents roubles… Si tu gardes le silence à mon sujet, tu peux aller les chercher. »

Gricha l'observe. Le salaire journalier d'un gardien tourne autour de huit roubles, cinq cents c'est une fortune.

Mais il hésite encore.

« Et les chiens ? »

Vlad sourit.

« Tu en vois ? Ce soir, ils sont à l'entrée du camp. »

Gricha reste derrière les baraques, indécis. Vlad se lasse, il hausse les épaules.

« Comme tu veux… Je reprends mon argent, si tu n'en veux pas. »

Et il commence à marcher vers la clôture.

Il retient son souffle, guette les mouvements du coin de l'œil.

Et voilà.

Gricha est vieux, mais rapide. Il double Vlad et s'élance vers le poteau où l'argent est censé être caché.

Quand il est parvenu à deux pas de la clôture, Vlad épaule son fusil.

« Évasion ! » crie-t-il.

Il vise alors le dos de Gricha et tire. Une fois, deux fois.

C'est comme abattre un phoque.

D'autres gardiens arrivent, mais Vlad a bien visé. Ils ne font que tâter le corps, puis repartent.

Gricha va maintenant rester quelques jours près de la clôture, pour l'exemple.

## LISA

APRÈS DEUX JOURS BRÛLANTS de fièvre dans l'air puant de la caravane où la pénurie de papier devenait critique, Lisa commença à aller mieux. Un peu mieux, en tout cas. Après sa crise de vomissements au May Lai Bar, elle s'était débrouillée pour regagner sa caravane. Là, elle s'était affalée sur sa couchette et avait vomi sans arrêt le reste de la nuit. La gastro avait refait d'elle une fillette de cinq ans. Cinq ans et de la fièvre. Vertige et confusion.

Tout le dimanche dans une torpeur somnolente.

Le lundi, elle avait pu bouger, boire un peu d'eau. Éblouie par le soleil au-dehors.

Le mardi, elle se sentait presque redevenue adulte. Son ventre était douloureux, mais plus calme. Elle ne pouvait rien avaler, mais au moins réussissait à se lever de sa couchette.

Du pain grillé. Elle aurait dû manger du pain grillé, mais elle ne pouvait pas en prendre la moindre bouchée. Paulina, qui n'était pas malade, était passée avec des bouteilles d'eau minérale : elle avait essayé d'en boire quelques gorgées. Puis avait attendu. Son ventre avait émis des gargouillis inquiétants, mais elle n'avait rien rendu. Elle avait encore un peu bu, puis regardé par la fenêtre.

L'été était toujours là.

Elle n'avait dû annuler qu'une soirée au May Lai Bar. À l'hôtel, personne ne s'en était soucié, car tout le monde à Ölandic avait été malade comme elle.

Maintenant, c'était fini. Enfin pas vraiment, car la nouvelle s'était répandue.

Le May Lai Bar était presque vide le soir. Tout le complexe avait un air de village fantôme, se disait Lisa en roulant vers l'hôtel. Le camping était redevenu une vaste prairie, avec quelques tentes et caravanes éparses, les longues rangées de clients avaient disparu. Visiblement, après avoir vu le gros titre de l'*Ölandsbladet*, ÉPIDÉMIE DE GASTRO AU RESORT, beaucoup s'étaient dépêchés de remballer leurs affaires et de rentrer. Ou d'aller s'installer dans un des autres grands campings de l'île, où aucun virus ne grouillait dans l'eau.

Mais comment ce virus avait-il pu ne frapper qu'un seul établissement ?

En tout cas, à Ölandic, le show devait continuer, et Summertime entra dans sa cabine à vingt et une heures. Elle se sentait un peu comme l'oiseau de retour dans son nid. Elle mit le premier disque et prit le micro : « Salut à tous. Lady Summertime est de retour, avec toutes vos chansons préférées. C'est parti, pour toute la soirée. Voici les Bee Gees et *You Should Be Dancing* ! »

Sa voix résonnait comme dans une salle d'attente, lasse et mécanique, et personne n'obéit à l'injonction des Bee Gees. Quelques ombres étaient au bar avec des petits verres, mais la piste était vide. Et le resta. Personne ne voulait bouger ce soir.

Summertime continua cependant.

À vingt-trois heures quinze, en levant les yeux de sa platine, elle aperçut un portable oublié sur une des longues tables en chêne contre le mur de droite, à côté d'un verre à cocktail vide. Cette découverte la revigora.

Il y avait aussi une paire de lunettes noires. Summertime regarda alentour, mais aucun propriétaire en vue. Elle revint à sa platine, effectua une transition en douceur de Fleetwood Mac à Elton John en continuant d'épier la table. Le téléphone était toujours là, en partie caché par le verre. Il était petit et noir, un des derniers Ericsson. Pas besoin de se pencher pour le cueillir, il suffisait de tendre la main…

Qui l'avait oublié ? Un riche garçon ? Une fille pauvre ? Elle n'avait pas vu qui était assis là, ce n'était pas pro.

Son set était bientôt terminé. Elle lança *Sweet Dreams* d'Eurythmics tout en continuant à regarder la table le long du mur. À présent, elle avait comme des œillères, ne voyait plus que le portable, le quittant des yeux seulement pour quelques coups d'œil aux rares clients dispersés dans le club.

Personne ne semblait faire attention à elle.

Deux minutes avant la fin du morceau, Summertime enclencha les projecteurs clignotants blancs, de sorte que la lumière baissa le long des murs, et lâcha un rideau de fumée sur la piste de danse. Elle sortit alors à reculons de sa cabine, comme pressée d'aller aux toilettes.

Mais elle se glissa au contraire vers l'intérieur de la salle.

Personne près de l'entrée, pas de vigile. Les clients du bar parlaient ensemble, l'un d'eux avec Morten, le barman danois.

Et toujours personne en vue à côté du téléphone. Summertime n'était plus qu'à deux mètres. Trois petits pas dans la fumée blanche. Puis deux. Et elle était près du mur. D'un mouvement élégant, elle se retourna de façon à cacher la table tout en la balayant de la main droite et, soudain, elle tint le portable. Une seconde plus tard, il était dans la poche latérale de son short en jean.

Elle tourna la tête – et découvrit qu'un vigile était entré dans le club. C'était… Comment s'appelait ce type ? Lisa ne se rappelait pas et était trop loin pour pouvoir lire son badge. Pour le moment, il ne regardait pas dans sa direction, mais quelques secondes plus tôt, quand elle avait pris le téléphone ?

Dans ce cas, il serait déjà venu vers elle.

L'objet volé semblait lourd dans sa poche. Mais elle ne pouvait pas le reposer. Et maintenant, il fallait qu'elle regagne sa cabine.

Elle reprit ses écouteurs. *Sweet Dreams* s'achevait, et il ne fallait pas laisser une seconde de silence. Elle mixa une transition vers *Perfect Day* de Lou Reed, un morceau calme pour finir. Quelques couples se levèrent pour danser. Quelqu'un allait peut-être trouver le grand amour, ce soir.

À la moitié de *Perfect Day*, une fille maigre en robe noire entra dans le club et se dirigea droit vers les tables le long du mur. Vers la table où était le téléphone.

Summertime la regarda, mais continua à mixer.

La fille souleva le verre, regarda sur la table, se pencha pour chercher par terre, balaya la salle des yeux.

Summertime fit semblant de ne pas la voir et remonta ses écouteurs en se penchant sur ses platines.

Elle vit la fille se diriger vers le bar, demander quelque chose à Morten. Morten secoua la tête, puis se pencha sous le bar et lui tendit son propre téléphone. La fille le remercia de la tête en le prenant.

Summertime regarda vers la porte. Le vigile était toujours là. Mais la porte de la cabine la cachait. Lentement, elle sortit l'objet volé de la poche de son jean. Elle le tenait du bout des doigts. De l'autre main, elle rangea quelques vinyles dans son sac, sous la table de mixage.

En même temps, elle glissa le portable dans l'espace qui restait sous la vitre, sur le devant de la cabine.

Au moment où elle le lâchait, il se mit à vibrer et à clignoter. Un appel, évidemment de la fille au bar avec le téléphone de Morten : elle scrutait la salle, malgré la musique qui couvrait les sonneries.

Summertime lança un autre morceau lent, *Don't Give Up*, même si elle avait fini son service. Mais elle était nerveuse, et voulait paraître occupée.

Le portable clignotait sur la piste. Au bout d'une minute, il fut remarqué par le couple enlacé quelques mètres plus loin. L'homme se baissa pour le ramasser.

Il répondit, se bouchant l'autre oreille pour mieux entendre – et se tourna vers le bar. Là-bas, la fille lui faisait des gestes. Il la rejoignit, et Lisa vit la fin de la pantomime.

*Merci, merci, vous l'avez trouvé où ?*

*Sur la piste.*

*Ah, merci. J'ai cherché partout…*

Le portable était retrouvé, le drame terminé. Le set de Lisa également.

« C'était Peter Gabriel et Kate Bush dans *Don't Give Up*. N'abandonnez jamais. Et Lady Summertime non plus ne vous abandonne pas, je vous laisse jusqu'à minuit en compagnie de notre groupe live, The Fun Boys, qui va se produire sur la terrasse… »

Elle ôta ses écouteurs et coupa le son. Elle allait maintenant monter à la cuisine de l'hôtel manger un morceau gratis, avant de remettre ça dans une demi-heure.

En sortant, elle salua de la tête le grand vigile et lui adressa un sourire tout à fait détendu. Son badge indiquait EMANUEL. Emanuel baissa les yeux vers elle, la salua à son tour, mais Lisa ne sut pas comment interpréter son regard.

# GERLOF

UN RONRONNEMENT SOURD s'éleva au-delà du jardin de Gerlof. Il couvrit le bruit des insectes et étouffa les chants d'oiseaux. Gerlof tourna la tête et, depuis son fauteuil, devina une grosse ombre noire derrière les arbres, le long de la route.

Un long moment, il ne se passa rien d'autre. Le soleil brillait toujours, et l'ombre restait là. Et ronronnait toujours.

Gerlof était fatigué, ses jambes lui faisaient mal. Mais il finit par se lever et se diriger vers le portail.

C'était une énorme voiture aux vitres teintées. Une de ces jeeps urbaines conçues pour résister aux collisions avec les poussettes, sur les passages piétons. Le soleil luisait sur le chrome et le verre.

La vitre du chauffeur se baissa alors d'un mouvement régulier et Gerlof vit Kent Kloss à l'intérieur, le portable appuyé à l'oreille et l'autre main sur le volant couvert de cuir.

Kent avait apparemment deux voitures. C'était donc là sa deuxième.

Gerlof ouvrit son portail et s'approcha doucement de la jeep. Il salua Kloss :

« Bonjour. Merci pour l'autre fois. »

Ils ne s'étaient pas revus depuis l'interrogatoire de police à la Villa Kloss.

« Merci à vous », dit Kent.

Il avait l'air fatigué, et ne coupa pas le moteur. Il continuait à ronronner.

« Vous vouliez quelque chose, Kent ? » dit Gerlof. Kloss hocha la tête.

« Je venais chercher J-K.

– J-K ?

– Jonas Kloss… mon neveu. Il faut qu'il rentre. »

Gerlof resta immobile. Il n'avait pas l'intention d'aller chercher Jonas.

« Comment ça va, chez vous ? dit-il juste.

– Ça va, dit Kent. Il fait aussi chaud qu'ici.

– Je voulais dire à Ölandic Resort, dit Gerlof. Vous avez eu une épidémie. »

Kloss baissa les yeux.

« De gastro, oui. Un fichu week-end… Mais le ménage est fait, les toilettes sont nickel.

– Et les clients ?

– Ils reviennent, se dépêcha de dire Kent, les uns après les autres. »

Mais il n'avait pas l'air lui-même très convaincu. Il fit ronfler impatiemment le moteur.

Gerlof se demandait ce que Kent faisait là. Pourquoi venir chercher son neveu en voiture ? Kent voulait-il le surveiller ?

Tout haut, il demanda :

« Du nouveau à propos de l'*Ophélie* ?

– Qui ça ?

– Ce cargo que vous affrétiez. »

Kent regarda vers la mer.

« Pas que je sache, dit-il. Il a disparu, mais nous pensons que… » Il se tut et ajouta : « J'essaie de ne pas y penser.

– Bah, dit Gerlof. C'était un bateau de contrebande. »

Kent lâcha l'accélérateur.

« Quoi ?

– Vous faisiez de la contrebande d'alcool avec l'*Ophélie.* »

Kloss le regarda en secouant la tête.

« Nous transportions du poisson », dit-il lentement.

Il remit le pied sur l'accélérateur.

« La contrebande d'alcool est une activité ancienne, continua Gerlof. Pas seulement sur Öland, elle se pratique tout le long de la côte sud de la Suède. Vous vous rappelez Algoth Niska ? »

Comme Kloss se taisait, il continua :

« Quand j'étais jeune, Algoth et sa bande allaient dans les eaux internationales rencontrer des bateaux en provenance de Pologne et d'Allemagne. Ils leur achetaient de la vodka pour une ou deux couronnes le litre. Du tabac aussi, et parfois des armes. Puis on ramenait le tout sur Öland et on le cachait un peu partout, dans des cabanons de pêche, des puits, sous des tas de bois... et même dans des refuges, en plein milieu de la lande. » Il fixa Kent Kloss. « Et aujourd'hui, ça se passe comment ?

– Aucune idée.

– C'est tentant de revendre de l'alcool, dit Gerlof. Avant la haute saison, la police contrôle les bouteilles qui *entrent* sur l'île par le pont, mais pas ce qui en *sort*. Donc, une fois tout déchargé sur la jetée, des voitures peuvent partir distribuer les bouteilles. C'est ça ? »

Kent eut un petit sourire.

« Comme je disais... nous avions du poisson frais à bord de l'*Ophélie*.

– Vous aviez sûrement du poisson à bord, dit Gerlof. Une vieille cargaison pour montrer patte blanche à la douane... mais c'était une erreur. L'*Ophélie* n'avait aucun système de réfrigération, et le poisson a pourri avec la chaleur. Tant que la soute était ouverte, ça s'est bien passé, mais quand quelqu'un a fermé l'écoutille, l'équipage a étouffé.

– Nous menons l'enquête, dit-il. Quelques vigiles d'Ölandic se sont montrés indélicats...

– Comme Peter Mayer, dit Gerlof.

– Il ne travaillait plus chez nous, il a été viré l'an dernier Un autre vigile a disparu vers la Saint-Jean.

– Et Einar Wall ? dit Gerlof. Vous le connaissiez aussi ?

– Juste pour affaires... Wall vendait un peu de poisson et de gibier à nos restaurants. »

Gerlof commençait à deviner ce qui s'était passé autour de la Saint-Jean. Un petit groupe de personnes savait qu'il y avait un bateau avec de l'argent sur le port d'Ölandic, et ça leur avait donné une idée. Einar Wall en était, son neveu Peter Mayer et un vieil homme de retour de l'étranger. Ils avaient décidé de braquer le bateau de contrebande.

Mais ça ne s'était pas déroulé comme prévu.

« Peter Mayer est mort sur la grand-route, dit Gerlof. Einar Wall est mort devant chez lui. »

Il ne posait pas de questions, et Kent Kloss répondit en faisant à nouveau ronfler son moteur.

Mais Gerlof n'en avait pas terminé. Il s'approcha d'un pas de la voiture :

« Tu devrais faire attention, Kent, dit-il. Il pourrait se passer des choses. »

Kent lâcha l'accélérateur.

« Tu me menaces, vieux schnock ? »

L'insulte était amusante, mais Gerlof garda son sérieux. Il secoua la tête.

« Pas moi. La menace, c'est quelqu'un d'autre.

– Et qui ? »

Gerlof lâcha au hasard le nom qui lui tournait dans la tête.

« Aron Fredh. »

Kent le regarda, l'air sombre, et Gerlof sut que ce nom signifiait quelque chose pour lui. Puis il eut un sourire las.

« Aron Fredh… C'est une autre histoire.

– Vraiment ?

– Aron Fredh, dit Kent, c'était un petit morveux parti aux États-Unis. Il s'est barré avec son beau-père, Sven, un loser lui aussi.

– Un loser ?

– Je te jure, dit Kent. Sven Fredh devait déplacer le cairn pour nous, mais il a tout foiré.

– C'est Sven qui a construit le cairn ? » dit Gerlof.

Kent hocha la tête.

« Sven Fredh devait déplacer les pierres et les réinstaller plus près de la côte, avec mon père et ses frères, dans les années vingt. Mais tout s'est effondré… Sven a failli tout recevoir sur la figure, et a eu le pied écrasé. Ils ont dû tout recommencer, et Sven a été viré. »

Gerlof écoutait attentivement, c'était nouveau pour lui. Il haussa la voix par-dessus le moteur :

« J'ai rencontré Aron.

– Cet été ? fit Kent, curieux.

– Non, quand j'étais jeune… l'été 1930. Aron Fredh a travaillé avec moi au cimetière. On a creusé une tombe. »

Kloss se souvenait. Il se pencha.

« Alors tu peux le retrouver, Gerlof. Tu sais à quoi il ressemble.

– Plus maintenant. Je suis trop vieux.

- Mais tu as une bonne mémoire, malgré ton âge… Tu te souviens des bateaux, des gens, de tout. Et ça pourrait te rapporter.

– Me rapporter quoi ? dit Gerlof. Pourquoi Aron Fredh est-il si dangereux ? »

Mais il n'obtint pas de réponse.

Le portail grinça derrière lui. C'était le petit Jonas qui arrivait de la maison.

Le garçon s'approcha de la voiture et regarda son oncle comme un chien son maître.

« On va manger, J-K », dit Kent.

Jonas hocha la tête et monta dans la voiture. Kent regarda Gerlof une dernière fois.

« À plus, peut-être », dit-il.

Il embraya et la jeep se mit en route.

Gerlof regarda la voiture s'éloigner. C'était une conversation intéressante. Kent Kloss lui avait dit pas mal de choses – sans rien avouer.

# JONAS

L'HUILE À BOIS CHINOISE gouttait du pinceau et la sueur coulait du front de Jonas. Il badigeonnait la terrasse. Après avoir traité quatre planches, il finit par faire une pause et but un bon demi-litre d'eau (garantie pure, en bouteille), avant de continuer.

Plus que quelques planches et il pourrait aller prendre son bain du soir.

Il avait bientôt fini la terrasse d'Oncle Kent. La semaine prochaine, il recommencerait la même chose chez Tante Veronica.

Bois sombre et odeur d'huile chinoise, voilà à quoi se résumait cet été pour Jonas.

Quand le soleil commença à plonger vers la bande de terre, à l'horizon, il arrêta pour la journée et souffla. Il allait maintenant se baigner, puis sa soirée serait libre. Oncle Kent avait dit qu'il inaugurerait la terrasse rénovée par un grand barbecue.

Mais Jonas ne voulait pas en être. Il avait l'impression qu'Oncle Kent l'avait à l'œil, d'une certaine façon. Ce soir, il était allé le chercher chez Kristoffer, alors que Jonas pouvait très bien rentrer tout seul.

Il prit son maillot, traversa la route côtière et s'avança sur la falaise déserte.

Les premiers jours après la Saint-Jean, il n'était plus descendu seul à la plage. Sa peur de l'eau n'avait pas complètement disparu, mais il n'avait pas l'intention de la laisser prendre le dessus.

Les vipérines qui poussaient sur le sol rocheux commençaient à sécher et prendre une teinte mauve sombre. Les herbes folles avaient jauni. Les buissons perdaient leurs feuilles. Seul le cairn avait son aspect habituel, à part une pierre de plus qui avait roulé à terre. Combien étaient à présent éparpillées dans l'herbe – dix, onze ? Jonas se dépêcha de passer devant, sans les compter.

Il s'engagea sur le vieil escalier en pierre qui, du bord de la falaise, descendait dans la tranchée puis continuait jusqu'à la plage. Il ne faisait pas plus de cinquante mètres de long mais il s'arrêta soudain, à mi-chemin.

Il avait entendu du bruit dans la tranchée. Du côté de la vieille carrière, là où les tailleurs de pierre avaient laissé dans la roche une plaie en forme de V.

Un raclement sur la droite. Jonas regarda dans cette direction. Il ne voyait que de la pierre rosée et du gravier gris. Personne.

Mais le bruit se répéta, plusieurs fois. Comme si quelqu'un frappait par terre en rythme avec une pelle ou une pioche.

Non, pas par terre. *Sous* terre.

Un gros bloc de pierre dépassait de la paroi et lui bouchait la vue. Mais en quittant l'escalier pour descendre au fond de la tranchée, il verrait mieux.

Le sol était irrégulier, il n'avait que ses vieilles chaussures de sport et devait marcher prudemment, en sautant parfois d'un rocher à l'autre. Ici ou là un buisson de ronces sorti du gravier se jetait sur lui, mais il le contournait et continuait. À présent, il voyait plus loin dans la tranchée.

Il y avait une porte métallique. Scellée dans la falaise, presque à la verticale du cairn.

Le *bunker*. Il s'en souvenait à présent. Gerlof en avait parlé.

Il se rappelait vaguement avoir vu les étés précédents ce bunker toujours fermé par un vieux cadenas rouillé – mais il était à présent ouvert. Et c'était de là que provenait le raclement.

Il y avait quelqu'un à l'intérieur.

Pas l'esprit du cairn, il le savait. Gerlof lui avait dit qu'il n'existait pas.

Il s'approcha de deux pas. Il n'avait jamais vu l'intérieur du bunker, mais avec Casper, devant la porte métallique, ils s'étaient demandé s'il y avait des soldats morts dedans. Ils avaient joué à se faire peur.

Les coups de pioche continuaient.

Jonas s'approcha. Il était proche de l'entrée du bunker. Le soleil éclairait un sol cimenté couvert de gravillons. Mais la lumière ne pénétrait que sur quelques mètres, ensuite elle s'arrêtait net. Au-delà, il faisait noir comme dans un four.

Il avança encore d'un pas et tendit l'oreille. C'était peut-être Mats qui avait ouvert la porte, avec les cousins ? Ils avaient été à la maison pendant la journée, mais il ne savait pas où ils étaient passés ensuite. Ils ne lui disaient jamais rien.

Étaient-ils là-dedans, dans le noir, en train de le regarder ? Dans ce cas, impossible de se montrer lâche. S'il devait tourner les talons, il fallait le faire tout de suite, puis partir d'un air décidé, comme s'il avait quelque chose d'important à faire.

Ou plutôt rester. Gagner l'entrée en deux pas et voir ce qu'il y avait à l'intérieur.

Jonas fit un pas, et attendit. Le bruit avait cessé.

Puis encore un pas.

Il y avait une grande pierre plate devant l'entrée, comme un seuil. Jonas ne monta pas dessus, mais se pencha en avant de façon à faire entrer sa tête dans le bunker. Il retint son souffle et tendit l'oreille.

Au-delà du seuil, l'air était immobile et étouffant. On apercevait une petite pièce, avec au fond une porte étroite que la lumière du soleil n'atteignait pas.

Dans la première pièce, un seul meuble sur le sol en ciment, une table bancale en bois. Un de ses pieds était cassé, mais quelqu'un avait placé une cale en pierre pour qu'elle reste horizontale.

Il y avait quelque chose sur la table.

Jonas cligna des yeux, mais l'objet était toujours là. Petit et plat, avec un bout pointu.

Un pistolet.

Jonas oublia soudain qu'il ne devait pas entrer dans le bunker. Sa curiosité l'emporta. Un vrai pistolet, pour de bon ?

Il franchit le seuil en deux pas et se retrouva sur le sol en ciment.

Il tendit la main et saisit le pistolet.

C'était lourd, très lourd. Et vieux, avec une crosse en bois fendue. Mais c'était un vrai pistolet, aucun doute.

Il leva la tête. Il avait entendu un léger bruit, un faible raclement, et il retint à nouveau son souffle. Ça venait de la pièce intérieure, de l'obscurité. Il y avait quelqu'un là-dedans.

Le fantôme ?

Jonas devait sortir.

Vite, il enveloppa le pistolet dans son drap de bain et battit en retraite.

Tant pis pour la baignade, il n'avait plus chaud. Il rebroussa chemin dans la tranchée et remonta l'escalier, reprit pied en haut de la falaise, sa serviette dans les bras.

Il se dépêcha de passer devant le cairn, traversa la route côtière et regagna la Villa Kloss et sa petite annexe.

Là, il referma soigneusement la porte et tira les rideaux, déplia la serviette et s'assit sur le lit pour contempler sa trouvaille.

Un vrai pistolet.

# LE REVENANT

Le Revenant était dans le noir, dans la pièce intérieure du bunker. Il tenait encore sa barre à mine, mais la laissait reposer par terre.

Il avait utilisé cet outil pour percer le mur du fond, là où le ciment était le plus fissuré, et il y avait à présent un tas de terre et de pierres à ses pieds. Mais il lui restait encore au moins deux mètres avant d'être arrivé sous le cairn.

Il n'y avait pas de trésor, il le savait, bien sûr. Mais il continuait pourtant à creuser.

Comme il s'apprêtait à lever sa barre à mine, il entendit du bruit derrière lui.

Le Revenant se figea, retenant son souffle. Il entendait de légers raclements dans l'antichambre, comme des pas prudents, et il réalisa qu'il n'avait pas refermé la porte. Mais c'était le soir, personne n'aurait dû passer dans la tranchée à cette heure. Et comme le bunker n'était pas visible depuis la route côtière et les villas de l'autre côté, il savait que personne ne pouvait l'avoir vu entrer.

C'était peut-être une erreur de travailler là avant le coucher du soleil, mais c'était une question de temps et de force. Il ne pouvait pas passer la nuit à se tuer au travail.

La personne dans l'antichambre semblait à présent ressortie.

Le Revenant s'efforça de se détendre, car ses jambes commençaient à s'engourdir.

Tout redevint silencieux dehors, mais il continua d'attendre. Il resta encore plusieurs minutes immobile, puis posa sa barre à mine et se dirigea doucement vers la sortie.

L'antichambre était vide. La porte métallique à demi ouverte.

Dans la lumière jaune du soleil filtrant par l'ouverture, il vit la table, vide – et il se souvint alors : il y avait posé le Walther. Il ne voulait pas qu'il prenne la poussière, aussi l'avait-il laissé là pendant qu'il creusait à côté.

Maintenant il n'y était plus.

Il arrivait au Revenant ce qui était une catastrophe pour tout soldat : perdre son arme. Heureusement, il en avait d'autres.

## LE PAYS NEUF, JUILLET 1936

Au début de l'année, toutes les cartes du Parti doivent être renouvelées, avec photo. Les ennemis du peuple agissant sous une fausse identité seront ainsi démasqués et éliminés – Aron s'assied pourtant calmement devant le photographe au bureau des gardiens. Une photo n'a que des avantages pour lui. Il a volé le nom et la vie de Vladimir Ieguerov, et avec une carte du Parti toute neuve, Vlad deviendra encore plus crédible.

C'est une impression étrange de voir la photo développée, car Aron ne s'est pas regardé dans un miroir depuis plusieurs années. Il voit un jeune homme endurci, le nez cassé, une cicatrice rouge au front. Il ne se reconnaît pas, c'est Vlad qu'il voit.

Vladimir n'est pas seulement devenu membre du Parti, il a aussi reçu un passeport intérieur et un uniforme de gardien. Avec ça, il est presque libre : il peut se déplacer comme il veut à l'extérieur du camp et s'est installé dans une petite chambre, dans les baraques des soldats, où il fait bien chaud. Une vieille *babouchka* lui prépare à manger tous les soirs et prend soin de son uniforme. Impossible de garder ses bottes brillantes dans la boue du printemps et la poussière de l'été, mais Vlad en a déniché deux paires, qu'il alterne.

De fusil, il n'en a qu'un, qu'il ne quitte jamais et nettoie soigneusement tous les soirs. Il doit fonctionner à tout moment.

Au bout de quelques mois, on pressent le printemps, même au nord de l'Union soviétique. Des prisonniers sont pris de vertige et fuient vers la lumière. Vers la clôture. Vlad n'hésite pas : bien campé, il leur tire dessus.

Pour ça, il est doué.

Il a abattu sept prisonniers devant la clôture, après Gricha. Tous des fuyards. Le commandant Polynov l'a félicité pour sa vigilance, en lui donnant même un bonus de cent roubles.

Un four crématoire à bois a été construit tout au bout du camp. C'est là qu'on s'occupe des corps. L'été, la chaleur s'abat sur la forêt, et le camp s'engourdit. Les prisonniers travaillent plus lentement, mais les tentatives d'évasion se font plus rares.

On sent une sorte de paix en Union soviétique. Les koulaks et les ennemis de classe sont brisés, tous les espions étrangers ont eux aussi disparu. L'avenir va peut-être enfin s'éclaircir.

Mais, début juillet, arrive un nouveau vice-commandant, un lieutenant. Il s'appelle Faïguine, vient du sud, porte un uniforme neuf et une casquette impeccable. Polynov rassemble les gardes dans son bureau. C'est Faïguine qui parle, le regard enflammé. Il porte au col de sa chemise l'emblème du NKVD, un glaive qui frappe un serpent.

« Nous recevons des nouvelles inquiétantes, dit le lieutenant. De nouveaux ennemis ont été démasqués au sud, dans les villes et les campagnes. Plus nombreux que jamais. » Il se penche au-dessus de la table. « C'est une vaste conspiration, impliquant des milliers de personnes.

– Des koulaks ? demande un gardien près de Vlad.

– Les koulaks ont disparu, répond Faïguine. Mais ces ennemis sont encore plus dangereux. Ce sont des trotskistes. Des intellectuels. Des fanatiques.

– C'est la guerre ? demande un autre gardien.

– Oui. C'est la guerre, dit Faïguine, mais pas dans les rues. Les ennemis se cachent, ils essaient de se fondre dans la masse. D'être comme nous. Puis ils frappent, par le sabotage et l'émeute. Ou l'assassinat, comme ils l'ont fait avec Kirov. »

Les gardiens se taisent. *Kirov.* Vlad et les autres se rappellent le meurtre de Sergueï Kirov, le chef du Parti à Leningrad, deux ans plus tôt. Kirov était respecté et apprécié, c'était un des rares dirigeants à pouvoir s'opposer à Staline. Et il avait été tué, abattu par un fou. Faïguine pose les poings sur la table et continue :

« Ils ont un plan, conçu par le traître Trotski. Troski les dirige de l'étranger. Pour lui, ils sont prêts à mourir. »

*Trotski.* Tant de noms dont Vlad doit se souvenir. Trotski n'était-il pas ami avec Staline ? Visiblement non.

Faïguine sourit un peu, pour la première fois, désigne un dossier :

« Et mourir, c'est ce qui les attend. Nous avons reçu la liste de ceux qui arrivent par le prochain train, avec des instructions sur le traitement à leur réserver... Les trotskistes auront une baraque spéciale, ici. »

Les baraques punitives avec barreaux aux fenêtres existent depuis longtemps au camp. C'est là qu'atterrissent de nombreux prisonniers en provenance du sud, déposés par le train. La nouvelle baraque qu'on construit derrière est différente. On la surnomme la Porcherie, bien qu'il n'y ait pas de cochons au camp. La Porcherie est une baraque basse aux gros murs de bois, presque adossée au crématoire. Elle a une pièce intérieure avec un sol incliné en pierre.

Les nouveaux prisonniers en provenance du sud sont divisés, suivant la liste de Faïguine, en deux catégories, la première et la deuxième. La deuxième catégorie forme le plus gros contingent, mis au travail dans les brigades. La première catégorie est gardée au camp. Pour eux, on forme un peloton spécial de gardiens, qui reçoit de nouveaux pistolets Mauser. Vlad n'est pas choisi pour cette unité, il garde sa vieille Winchester et continue d'effectuer de longues patrouilles le long de la clôture.

Mais il sait ce qu'on fait dans la Porcherie.

Le travail se déroule la nuit.

Un gramophone est mis en marche quand un trotskiste est conduit dans la pièce intérieure. Le gramophone joue des marches patriotiques, très fort, pour couvrir les autres bruits.

Vlad, qui monte quelquefois la garde à l'extérieur de la Porcherie, entend pourtant les détonations à travers les murs de bois. Des coups de feu réguliers, toutes les nuits.

Tout n'a pas été bien pensé : il aurait fallu construire une autre porte, ou une trappe à l'arrière de la Porcherie. Au lieu de quoi les corps doivent être transportés vers le crématorium par l'entrée principale, bien après minuit, quand la nuit d'été est assez sombre.

Au matin, une fumée grise monte de la cheminée.

Mais il y a trop d'ennemis cette année, les trains n'arrêtent pas d'arriver au camp. Le flot des trotskistes ne cesse de croître. L'été cède à l'automne et partout ils piétinent, pauvres poupées de chiffon.

En septembre, Vlad et une dizaine de gardiens sont convoqués au bureau de Polynov, où les attend également Faïguine. Faïguine a toujours la tête haute, mais la tête du commandant pend, lourde. Il semble très vieux, le visage bouffi, des cernes noirs sous les yeux. Sa réserve de vin est finie depuis longtemps.

L'autre chose que remarque Vlad, c'est la disparition, au mur, du portrait du secrétaire général du Parti, Iagoda. Le portrait de Staline est toujours là, mais à côté de lui se trouve un autre visage. Un homme plus jeune, au regard aussi dur que Iagoda.

« Notre Parti a un nouveau dirigeant, dit Polynov à voix basse, en désignant le nouveau portrait. Voici le camarade Iejov. Iagoda a été arrêté... il a été surpris en train de lire de la littérature trotskiste. »

Le commandant soupire.

« La pourriture se propage. Nous avons besoin d'un nouveau peloton d'exécution. »

Il lève sa bouteille de vodka, avale une gorgée. Il est très ivre.

« Nous allons avoir plus de travail, continue-t-il. Beaucoup plus. Tous. Il faut nettoyer cette... cette... »

Il se tait, comme s'il avait perdu le fil. Faïguine prend le relais :

« Il s'agit de la première catégorie. La Porcherie et le crématoire ne suffisent plus, et on ne peut pas empiler les corps dans le camp. Il faut trouver une meilleure solution... Nous allons donc préparer un endroit spécial pour les ennemis les plus dangereux, les trotskistes. Nous allons creuser une carrière pour eux, tout au fond de la forêt, là où il n'y a pas besoin de musique. »

## GERLOF

GERLOF posait au cimetière, appuyé sur sa canne, devant un appareil photo crépitant. S'exhiber ainsi le mettait un peu mal à l'aise, mais c'était son choix. C'était pour la bonne cause, se répétait-il.

Pour faire sortir Aron Fredh de sa cachette.

Il leva les yeux vers le photographe, qui était aussi journaliste. Bengt Nyberg était un vétéran du journal local du nord d'Öland.

« J'ai vu votre article sur l'épidémie de gastro », dit Gerlof.

Bengt avait l'air content de lui.

« À Ölandic, oui, dit-il. Ils auraient bien voulu la passer sous silence, mais j'en ai fait un scoop. Il y avait des centaines de malades là-bas… Tous leurs égouts ont été bouchés par le vomi et la diarrhée.

– Mais vous-même, vous n'avez pas été contaminé ?

– Non, j'évite l'eau. Et ça semble avoir été un phénomène très local… Ils pensent que c'est au niveau de leurs canalisations qu'un parasite est entré dans le système.

– Aïe, dit Gerlof. Et en pleine haute saison.

– Oui, ce n'est pas bon pour eux, dit Bengt. Mais bien pour les autres campings. »

Ils se turent. Gerlof regarda le cimetière alentour, la pelouse bien tondue et les rangées de tombes autour de l'église. Soixante-dix ans qu'il y venait. Beaucoup de nouvelles tombes avaient été creusées pendant ce temps-là. Sa femme et ses parents plus âgés y avaient fini.

Il revint au but de sa visite. À ce qu'il voulait raconter :

« C'est par ici que ça s'est passé. Je ne peux pas dire exactement où, mais je sais que nous étions près du mur du cimetière. »

Nyberg prit d'autres photos de Gerlof en train de montrer les tombes d'un air dramatique avec sa canne. Puis il baissa son appareil.

« Quelle tombe, exactement ?

– Je ne me souviens pas, dit Gerlof. J'en ai creusé beaucoup, cet été-là. Mais c'était par ici… »

Il mentait bien sûr, mais il ne voulait pas montrer du doigt la famille Kloss dans le journal. Kent Kloss n'aurait sûrement pas apprécié.

« Mais je me souviens des bruits, continua-t-il. Trois coups nets, puis trois autres… Et c'est alors que nous avons arrêté de reboucher la tombe. Nous avons ressorti le cercueil, et appelé le docteur Blom. Il est arrivé sur son vélo, mais n'a rien pu faire.

– Il était donc mort ? dit le journaliste. L'homme dans le cercueil ?

– Raide mort », dit Gerlof.

Il regarda autour de lui. Il faisait aussi beau et chaud que ce jour-là. C'était une impression étrange. Comme si une vie entière ne s'était pas écoulée entre-temps. Il se rappelait l'attitude de chacun, le prêtre, le docteur, les frères Kloss, et le fossoyeur Bengtsson, un peu en retrait. Et puis Aron Fredh, encore plus loin.

Nyberg fit une photo et nota quelque chose dans son carnet. Puis sembla satisfait et regarda Gerlof.

« Bon, voilà une histoire qui fait peur… Le mystère de l'été.

– Vous allez écrire un papier là-dessus ? dit Gerlof.

– Oui, je vais faire une pige. Pas grand-chose, mais une photo et un peu de texte. Le genre de truc qui permet de remplir une colonne.

– Et ça paraîtra quand ?

– Sais pas, dit Nyberg. Demain, avec un peu de chance. Le conseil municipal a beau être encore en vacances, on ne manque pas d'infos cette semaine. »

Gerlof supposa que le journaliste faisait allusion aux morts de la semaine précédente, Einar Wall et Peter Mayer. Il se pencha vers lui :

« Vous pouvez aussi écrire que je cherche à entrer en contact avec des témoins.

– Des témoins ?

– Oui, qui se rappelleraient eux aussi ces coups sortis du sol. Qui auraient été présents au cimetière ce jour-là. Ils peuvent me contacter. »

Bengt Nyberg hocha la tête, sans demander de quels témoins il pourrait s'agir, presque soixante-dix ans après.

Ils se quittèrent devant l'entrée du cimetière, après que le journaliste lui eut indiqué le titre probable de l'article. C'était sans la moindre subtilité :

GERLOF SE SOUVIENT ENCORE DES BRUITS SORTIS DE LA TOMBE.

Du sensationnel, on pouvait le dire.

Gerlof fut pourtant content en ouvrant le journal deux jours plus tard, l'article était bien en vue, et serait sans doute beaucoup lu. Il savait que tous ceux qui avaient entendu ces bruits ce jour-là étaient morts depuis longtemps.

Tous, sauf lui, et peut-être Aron.

# LISA

UN VENTRE CALME, que demander de plus. Lisa se sentait bien ce matin, le soleil brillait et la vie semblait plus claire – elle aurait dû se douter que ça ne durerait pas.

De nouveau dans son assiette, elle descendit à la plage une heure après son réveil. Les pierres chaudes étaient agréables sous ses pieds. Elle alla jusqu'à l'extrémité du ponton de baignade et plongea sans hésiter. Le fond sableux était doux, l'eau chaude, plus de vingt degrés, et elle s'étira voluptueusement. Fermer les yeux, se laisser flotter, lâcher prise. *No worries.*

Elle nagea autour du ponton, jusqu'à l'arrivée du cours de natation avec son troupeau d'enfants qui éclaboussaient partout et la firent sortir de l'eau. Retour au camping.

Arrivée à l'entrée, elle aperçut sa caravane, et vit que quelque chose clochait.

La caravane bougeait. Sa porte était entrebâillée et elle se balançait doucement.

Lisa ralentit, mais s'approcha. Elle se rappela un vieil adage de campeur anglais : *If the trailer's rocking, don't come a knocking.*

Mais quand une caravane se balançait alors qu'elle aurait dû être vide – ne fallait-il pas dans ce cas frapper à la porte ?

Sans frapper, Lisa entrouvrit juste.

« Il y a quelqu'un ? » dit-elle tout bas.

Il faisait sombre à l'intérieur et elle y voyait mal, après tout ce soleil. Elle entendit une voix bien distincte :

« Bonjour, Summertime. »

Une voix d'homme. Elle était calme, mais Lisa ressentit un léger pincement au ventre.

Elle ne monta pas dans la caravane, mais se pencha prudemment en avant pour jeter un œil jusqu'à l'étroite couchette.

Une grande silhouette y était accroupie.

Elle reconnut alors Kent Kloss.

Il la salua, en short blanc et T-shirt rouge, et elle vit soudain qu'il avait ouvert son sac.

Son sac de DJ. Kloss passait en revue ses vinyles. Il n'était pas arrivé très loin dans la pile, mais avançait.

« Entre ! dit-il avec un sourire. Fais comme chez toi. »

Lisa entra, mais ne se sentait pas chez elle. La caravane était étroite, étouffante de chaleur, et semblait trembler autour d'elle. Elle se débarrassa de son sac de plage, lui sourit rapidement et dit :

« Bonjour, Kent… Comment avez-vous fait pour rentrer ? »

Il souriait toujours.

« J'ai un double des clés. Cette caravane est à nous, tu n'as pas oublié ? Nous te laissons y habiter parce que tu es notre employée. »

Cette dernière phrase sonnait un peu comme une menace. Lisa ne trouva rien à dire.

« Je voulais voir comment ça se passait pour toi, poursuivit-il. Alors je suis entré, j'étais un peu curieux. Moi aussi, j'aime la musique vintage, et je voulais jeter un œil sur ta collection.

– Pas de problème, dit Lisa. Ce sont les vinyles que je passe au club… Je n'ai rien à cacher. »

Sa réponse arriva très vite :

« Ah non ? »

Elle secoua la tête et avança d'un pas.

Kent continua de feuilleter les pochettes de disques, mais soudain désigna du menton la couchette de Lisa.

« Et ça ? »

Lisa regarda et vit un petit tas brun au pied du lit. C'était une collection de portefeuilles, elle les reconnaissait, évidemment. Et aussi les portables, à côté.

Tout son butin du May Lai Bar était étalé pour inspection. Kloss l'avait déjà découvert.

« Tout ça était avec les disques, dit Kent. Je suppose que tu comptais les cacher ? »

Lisa se tut.

*Je peux tout expliquer*, voilà sans doute la phrase à prononcer en un moment pareil.

Elle savait qu'elle avait l'air coupable. C'était cuit, mais elle tenta malgré tout d'avoir l'air sincère et agacée :

« Tout ça… Je l'ai trouvé au May Lai Bar. Les gens perdent tout et n'importe quoi, là-bas. J'ai plusieurs fois demandé à qui c'était, mais personne ne s'est manifesté. Alors j'ai tout gardé ici… Mais il y a peut-être quelqu'un au club qui m'a vue et aura mal compris. »

Kent Kloss la regarda.

« En effet, quelqu'un t'a vue, dit-il. Un de nos gardes, Emanuel. Il t'a vue ramasser un portable sur une table mardi soir. »

Lisa fit un pas vers l'intérieur de la caravane.

« Lui aussi, je l'ai trouvé.

– Bien sûr. Et maintenant, c'est moi qui t'ai trouvée. »

Kent Kloss se leva du lit. Las, ou irrité, il avança de deux pas vers elle.

« Après toutes ces années, j'ai tout vu, dit-il. Des gardiens du camping qui volent dans les bungalows, des barmans qui piquent dans la caisse, des femmes de ménage qui volent dans les chambres d'hôtel… J'ai l'habitude. »

Lisa sentait à présent la forte odeur qu'il dégageait, et ce n'était pas son after-shave. Kent puait l'alcool, et avait une étincelle menaçante dans les yeux.

« Tu bosses pour lui ? dit-il tout bas.

– Qui ça ? »

La gifle de Kloss arriva sans prévenir, violente et rapide, paume sur son nez et sa joue, et elle tituba en arrière. Elle trébucha sur son foutu sac de plage et s'étala par terre. La caravane tangua comme un bateau.

Kent Kloss ne lui laissa pas de répit :

« C'est ça, hein ? Tu nous espionnes ? »

Lisa cligna des yeux, se toucha le nez.

« Espionner pour qui ? fit-elle tout bas en essayant de se relever.

– Reste par terre ! »

Kloss respira à fond, prit son élan. Son coup de pied atteignit sa cuisse, une douleur cuisante.

Lisa gémit, mais resta immobile à terre.

Le silence revint dans la caravane. Elle n'entendait plus que son halètement rapide et la respiration profonde de Kloss. Elle porta la main à son nez, et sentit de chaudes gouttes de sang.

« Je ne sais pas de qui... de qui vous voulez parler.

– Ah non ? Vraiment ? »

Lisa lâcha la bride à Lady Summertime, qui siffla :

« Vous aussi, vous volez les clients.

– Vraiment ? »

Elle hocha la tête.

« Mille quatre cents balles le champagne, Kent. Sûrement du mousseux de contrebande importé pour cinquante balles la bouteille... Ce n'est pas du vol, peut-être ?

– Ne change pas de sujet, dit Kent. Un de nous deux a un problème, ici, et ce n'est pas moi. »

Summertime s'attendait à prendre d'autres coups, mais continua :

« Appelez les flics, alors. »

Kloss la regarda de haut.

« Pas encore. »

Une veine palpitait sur son front bronzé, il resta quelques secondes immobile.

Puis il se détendit. Il recula d'un pas et se rassit sur le lit, jambes écartées.

« Tu vas m'aider à faire un truc. »

Lady Summertime envisagea de lui donner un coup de pied dans l'entrejambe. Mais Lisa la contint. Elle se leva doucement, prête à encaisser d'autres coups, mais aucun ne vint. Kloss avait craché sa colère, et il n'avait pas appelé la police.

Il jeta un œil par la fenêtre, pour s'assurer que personne ne le voyait. Il tambourina des doigts sur la cuisse de son pantalon. Puis continua :

« Un homme est arrivé sur l'île cet été et il… il pose des problèmes. Je ne savais d'abord pas qui c'était, mais maintenant si. Il s'appelle Aron Fredh. »

Il la regarda attentivement, comme si ce nom allait la faire réagir. Mais elle n'en avait jamais entendu parler. Allait-il la battre, à présent, si elle répondait mal ?

« D'accord, se contenta-t-elle de dire. Aron Fredh. »

Kloss regarda ses mains bronzées.

« Je ne sais pas encore de quoi il a l'air, il reste caché… Mais il faut que je le retrouve. » Il regarda Lisa. « Je crois que tu peux m'aider. À le coincer.

– Où est-il ?

– Dans le coin, dit Kloss. Je crois qu'il habite au Resort, au camping ou dans un bungalow, sous un faux nom… Il doit forcément y être, car il a réussi à contaminer notre eau potable, et ce n'est possible que de l'intérieur du complexe. »

*Contaminer l'eau potable.* Lisa en avait une expérience approfondie.

« Ölandic est vaste, dit-elle. Comment le trouver ? »

Kent lui souriait, à présent. Comme si la gifle et le coup de pied n'avaient jamais eu lieu, il continuait à tambouriner des doigts.

« Tu peux fouiner et guetter, bien sûr… Tu es douée pour ça. »

Lisa respira.

« Donc je dois juste retrouver cet homme, parmi tous les clients du camping, sans savoir de quoi il a l'air ?

– C'est un vieil homme, ça nous le savons. Mais en forme pour son âge. Et il habite sans doute seul… Il y a un certain nombre d'hommes au Resort qui correspondent à cette description. Nous allons marquer leur caravane et leur bungalow et, quand ils ne seront pas là, tu vas vérifier, discrètement.

– Quand ils ne seront pas là ?

– Bien sûr… Les clients ne doivent rien remarquer.

– Et comment je saurai que la voie est libre ?

– Les vigiles ouvrent l'œil. Au milieu de la journée, la plupart des caravanes ou des bungalows sont vides. »

Lisa n'avait pas beaucoup le choix.

« Et je vais chercher quoi ?

– Tout ce qui est inhabituel, dit Kent Kloss. Des armes, des cagoules, des liasses de billets. Tu sauras en le voyant… Il ne s'agit pas d'un vacancier comme les autres.

– Et après, je serai libre ? »

Kent se leva.

« On en reparlera à ce moment-là. En tout cas tu n'es pas coffrée. Et tu peux continuer à jouer, le temps qu'il reste… en contrôlant tes doigts baladeurs.

– Et si je me fais prendre en train de fouiner ? »

Kent Kloss sourit. Un sourire de vainqueur.

« Tu t'es déjà fait prendre, Summertime, dit-il. C'est la raison pour laquelle tu vas faire ça. »

# GERLOF

L'ARTICLE sur les bruits de coups sortis de la tombe avait été publié et largement commenté. Gerlof continuait d'espérer qu'il avait été lu par la bonne personne, un peu comme une petite annonce. Pour autant qu'Aron Fredh soit encore sur l'île.

Il s'installa alors pour attendre de la visite. C'était son dernier jour à la maison – après le week-end, il regagnerait sa chambre à la maison de retraite.

Mais ce vendredi, il reçut la visite d'un meurtrier. Pas celui qu'il recherchait cet été, mais un meurtrier qu'il avait lui-même dénoncé à la police, des années plus tôt.

Gerlof était comme d'habitude assis sur son fauteuil de jardin, à l'abri de son parasol désormais toujours ouvert, car le soleil brûlait impitoyablement.

Son appareil auditif était allumé et, soudain, il entendit un bruit dans l'herbe derrière lui, dans la prairie. C'était des pas, des pas silencieux. Gerlof tourna la tête et, deux secondes plus tard, un homme apparut parmi les ifs, en jean et chemise, avec des chaussures basses ordinaires. Il s'arrêta de l'autre côté du terrain, dans les hautes herbes. Gerlof le reconnut.

C'était l'homme qui avait tué son petit-fils.

Le visiteur resta immobile et ils se regardèrent quelques instants – heureusement que sa fille Julia n'était pas au village ce jour-là.

« Bonjour, dit l'homme à voix basse.

– Bonjour », dit Gerlof.

Il se demanda s'il aurait dû avoir peur. Mais il n'en ressentait aucune. Ce meurtrier n'avait pas l'air dangereux, juste fatigué et pâle au soleil. Des années plus vieux. Et les mains vides.

Gerlof lui fit un signe de tête.

« Viens t'asseoir. »

L'homme s'avança alors lentement dans le jardin. Il recula un des fauteuils et prit place de l'autre côté de la table.

« Alors comme ça tu es sorti », continua Gerlof.

L'homme secoua la tête.

« Pas libéré. J'ai une permission. Ma première permission sans surveillance. Alors je voulais passer et… » L'homme se tut et regarda autour de lui, vers la grille et la maison. Il demanda : « Tu es seul ?

– Mes petits-enfants sont à la plage, dit Gerlof. Mes filles ne sont pas encore arrivées. »

L'homme sembla se détendre, jusqu'à ce qu'un bourdonnement traverse l'air. C'était un frelon. Leur piqûre pouvait être dangereuse, Gerlof le savait, mais ils étaient plus paisibles que leurs congénères plus petits. C'était peut-être leur taille qui les tranquillisait.

Le frelon disparut, le silence revint, et Gerlof poursuivit :

« Et cette permission, alors, elle dure combien de temps ?

– Vingt-quatre heures, dit l'homme à voix basse. Le juge d'application des peines donne les permissions par étapes. D'abord pour quelques heures, puis plus longtemps… si on se tient bien.

– Et c'est ce que tu as fait ? Tu es guéri ? »

L'homme regarda ses mains.

« Guéri… Comment le sait-on ?

– C'est quelque chose qu'on sent, j'imagine, dit Gerlof. Quand on se sent en paix avec le reste du monde.

– J'ai essayé, dit le visiteur. J'ai pu parler de mon cas… de mes pensées.

– Alors tu n'as plus de haine », dit Gerlof.

L'homme secoua la tête. Il leva les yeux.

« Et toi, tu me hais, Gerlof ? »

Gerlof détourna les yeux.

« Je suis justement en train de me le demander. »

Il regarda son visiteur dans les yeux, y chercha de la colère, mais n'en trouva pas. Rien que de la fatigue.

Il changea de sujet.

« Niklas Kloss, dit-il. C'est quelqu'un que tu connais ? »

L'homme acquiesça.

« C'est bien un des riches frères Kloss ? Les propriétaires d'Ölandic ?

– Oui. Mais Niklas est le mouton noir. Il a fait de la prison. »

L'homme hocha à nouveau la tête, il avait l'air de se souvenir.

« Pas dans ma centrale. Je ne l'ai jamais rencontré.

– Mais tu en as entendu parler ?

– C'est le genre d'histoires qui circulent... Je sais pourquoi il était en prison.

– Et pourquoi ?

– Contrebande... Contrebande aggravée. Il s'est fait prendre à la douane avec un camion d'alcool en provenance d'Allemagne. Il y en avait pour plusieurs millions. Ce n'était pas Kloss qui conduisait, mais il était responsable. Paraît-il. »

Gerlof nota ces deux derniers mots et dit :

« Tu penses que ce n'était pas lui ?

– Plutôt son frère. Kent Kloss. Mais c'est Niklas qui a trinqué, il a pris deux ans... C'est tout ce que je sais.

– Ça ne m'étonne pas, dit Gerlof.

– Non, dit l'homme. On a toujours fait de la contrebande d'alcool et de tabac sur la Baltique. Mais aujourd'hui, les quantités sont plus importantes... On a du mal à comprendre qui va ingurgiter tout ce qui entre. On va bientôt être revenus au Moyen Âge, quand les Suédois buvaient plusieurs litres de bière par jour.

– Tout n'est pas bu ici, dit Gerlof.

– Non, une partie doit aussi aller sur le continent. »

L'homme se tut. Un instant, ça avait été comme parler à n'importe qui, pensa Gerlof, comme à un visiteur ordinaire – mais, dans chaque silence, la tension ressurgissait.

« C'était courageux de venir... Sur l'île, je veux dire.

– Oui, dit l'homme, c'est le but. Rentrer à la maison. Les prisons… ce n'est pas chez moi. »

Gerlof s'était décidé :

« Tu voulais savoir si je te haïssais, dit-il. Ce serait pitoyable, à la fin de sa vie, d'être là au soleil, à ruminer sa haine. »

L'homme hocha la tête, peut-être soulagé. Il se leva et regarda par-delà le jardin.

« Je repars par le même chemin, en passant devant le vieux moulin… Et le cairn.

– Oui, dit Gerlof, les vestiges du passé aussi sont toujours là. »

Il le salua de la main, et le visiteur disparut.

# LE REVENANT

IL ÉTAIT TARD dans la soirée, le Revenant tenait devant lui le journal local. On pouvait l'acheter à la boutique d'Ölandic, il le lisait pour suivre les problèmes d'eau potable du complexe hôtelier. Mais dans l'édition de la veille il avait trouvé un autre article intéressant. Le titre avait retenu son attention :

GERLOF SE SOUVIENT ENCORE DES BRUITS SORTIS DE LA TOMBE

Il regarda à nouveau la photo qui accompagnait le texte. Un vieil homme, appuyé sur sa canne parmi les tombes du cimetière de Marnäs. L'homme avait une vieille histoire à raconter au journaliste.

Le Revenant le reconnaissait après toutes ces années, et il se souvenait de la tombe ouverte.

Il frissonna, malgré la douceur de la soirée au bord de la mer. Il sentait les morts l'agripper de leurs mains invisibles.

Des bruits affreux résonnaient dans sa tête.

Les coups sortis du cercueil.

Il n'était jamais revenu au cimetière. Pas une fois en soixante-dix ans.

Il se sentait seul. Il *était* seul. Pecka et Wall étaient morts. Rita avait quitté l'île, à présent. Sa femme et son enfant lui manquaient, mais il ne pouvait bien sûr pas les voir.

La route était vide et sombre.

Le Revenant n'avait pas de téléphone, il était dans une cabine. Il venait d'appeler les renseignements pour avoir le numéro de Gerlof Davidsson.

Il décrocha et le composa.

## LE PAYS NEUF, NOVEMBRE 1936

LES TROTSKISTES sont alignés, silencieux et transis. Tout ce qu'ils portent, dans le vent glacé, ce sont des sous-vêtements gris sale, pour qu'aucun ne puisse cacher la moindre arme. Des jambes maigres, des bras qui tremblent. Ils ne sont pas seulement nus, leurs mains sont attachées avec un fil de fer. Parfois, une corde de plusieurs mètres relie les ennemis, de sorte que, lorsque l'un tombe, le prisonnier voisin est presque entraîné lui aussi. Presque.

Car Vlad l'observe : quand un ennemi tombe en avant, tendant la corde, l'homme ou la femme à côté de lui lutte pour ne pas être entraîné, s'arc-boute pour ne pas perdre l'équilibre. Parfois, il fait un pas de côté, comme si l'ennemi encore vivant voulait s'éloigner le plus possible de celui qui est déjà mort.

C'est curieux, pense Vlad en baissant sa Winchester, qu'un ennemi veuille vivre le plus longtemps possible. Même s'il ne s'agit que de quelques instants supplémentaires au bord d'une tombe fraîchement creusée, quand la mort l'attire déjà à elle.

Une carrière de gravier déserte – c'est là que les ennemis sont conduits en camion depuis le camp, en continu. C'est là qu'on les aligne et qu'on les abat. La carrière est située dans la forêt, au sud du camp, au nord du lac Onega.

La fin du monde.

Vlad est content de sortir du camp, mais la lutte contre les trotskistes n'est pas plus facile ici. Un vent arctique souffle sur le sable, et les jeunes gardes du NKVD qui sont avec Vlad n'ont qu'une envie, expédier le travail de la journée et rentrer à la caserne.

Vlad porte l'une sur l'autre deux chemises de lin toutes propres, une capote militaire usée mais chaude, et de solides bottes neuves. Il est protégé contre le vent, et le travail le réchauffe. Il lève son fusil, tire et l'abaisse, sans arrêt.

Les gardes reculent de trois pas pour tirer sur les prisonniers. Le plus sûr serait bien entendu de s'approcher pour leur poser le canon sur la nuque mais, avec un peu de distance, le tireur évite de se salir.

Même à trois pas, estime Vlad, il devrait être impossible de rater une nuque, pourvu qu'on tienne fermement son fusil. Il est pourtant surpris de constater que, souvent, les tireurs tremblent et touchent l'ennemi dans le dos, l'épaule, ou le ratent. L'ennemi sursaute alors, mais reste debout.

Ce n'est pas bien. Vlad, lui, ne rate jamais. Il est responsable ici, et c'est lui qui vient alors donner le coup de grâce à l'ennemi.

Ce froid jour d'automne, beaucoup des prisonniers attachés semblent étrangers. Des immigrants de l'Ouest qui ont cherché un avenir dans le Pays neuf : Polonais, Allemands, Canadiens. Quelques Américains, quelques Norvégiens et toute une file de Finlandais. Parfois, quand Vlad lève son fusil, il voit un ennemi tourner la tête. Il a beau ne plus y avoir aucun espoir, certains supplient qu'on leur laisse la vie sauve. Proposent de l'argent, de l'amour ou demandent juste de la compassion.

Quelquefois, il entend de longues prières murmurées à voix basse en suédois ou en suédois de Finlande. Aron voudrait faire une pause pour écouter plus longtemps.

Mais Vlad n'écoute pas l'ennemi, il se contente de pointer son fusil et le fait taire.

Les gardes ont reçu du chou-fleur, des conserves de viande et de la vodka avant de partir à la carrière et, tandis qu'une équipe de prisonniers du camp recouvre les corps de sable, Vlad et ses hommes ont le temps de s'asseoir pour manger. Le temps passé au camp lui a permis de se refaire une santé en mangeant à sa faim, mais il continue de ne jamais boire d'alcool. Il donne sa ration aux collègues. Ça le rend populaire, mais fait tirer encore plus mal certains gardes, après la pause.

À la fin de la journée, une voiture noire arrive à la carrière. Le commandant du camp, Faïguine, descend de l'avant, et deux autres hommes de l'arrière. Un petit et un grand.

Faïguine reste près de l'auto, un peu chancelant. C'est lui le chef, à présent. Polynov a été renvoyé à cause de son alcoolisme, mais ça n'a pas servi de leçon à Faïguine. Il a entrepris de vider les réserves de vodka de son prédécesseur. Il parle, gesticule, mais les deux autres le traitent comme du vent. Ils s'avancent pour observer les derniers prisonniers abattus.

Vlad reconnaît le petit : c'est Grigorenko, un secrétaire du Parti local. Le grand est plus jeune, trente-cinq ou quarante ans, et porte un uniforme du NKVD bien repassé, avec quatre marques au revers. Un major.

Le trio finit par s'avancer vers la fosse et les gardes.

« Garde-à-vous ! » éructe Faïguine.

C'est donc une inspection des hommes et des armes, devant la grande fosse. Le major a peut-être participé à l'envoi de ces prisonniers vers ce terminus, et il veut voir comment on s'en occupe.

Mais il veut davantage.

Vlad comprend que Faïguine a dû faire son éloge devant le major, car c'est lui que le commandant désigne de la tête.

Le major s'arrête devant Vlad. Il a une cicatrice bleu sombre en travers du front, peut-être un coup de sabre reçu durant la guerre civile. D'un air critique, il toise Vlad, avec son vieux manteau militaire et son fusil usé encore chaud.

« Tu n'hésites jamais, camarade ?

– Non, major.

– Tu es toujours sur tes gardes contre les ennemis de la patrie ?

– Oui.

– Tu travailles dur et tu dors bien ?

– Toujours, major. »

L'officier hoche la tête. D'une main couverte d'un gant de cuir, il entraîne Vlad un peu à l'écart.

« Tu te plais ici, au nord, camarade Ieguerov, avec ce froid et ce vent ? »

Vlad comprend qu'il peut être sincère cette fois, et il secoue la tête.

« Le commissariat du peuple a besoin d'hommes à Leningrad », dit le major. Il tourne bien le dos à Faïguine et ajoute : « Nous avons besoin de gens dont les mains ne tremblent pas, de gens qui font leur travail. De gens sobres.

– Je ne bois que de l'eau, dit Vlad.

– Camarade Ieguerov, dit le major en se penchant vers lui. Sais-tu ce qu'est le *tchernaïa rabota* ?

– Non, dit Vlad.

– C'est un travail secret, à Leningrad. Un travail de l'ombre. Dur, long, souvent de nuit, pour combattre les ennemis. »

Vlad se redresse.

Leningrad, la grande ville. Et la porte vers le pays natal d'Aron.

Il est prêt.

# GERLOF

C'ÉTAIT SAMEDI SOIR dans la maison de vacances, après une nouvelle journée de chaleur écrasante passée au jardin. Gerlof avait la tête et le corps comme anesthésiés par ces longs jours de soleil. Il était vidé, comme la nature.

Il allait se retirer dans sa chambre quand, soudain, le téléphone sonna. C'était inhabituel, à cette heure tardive.

Les garçons étaient couchés, ils ne pouvaient pas répondre, aussi Gerlof alla-t-il décrocher, à voix basse :

« Davidsson. »

Son appareil auditif était toujours allumé, mais il n'entendait rien. Pas de voix, rien qu'un faible sifflement à l'arrière-plan.

« Allô ? » dit-il à mi-voix.

Qui pouvait appeler si tard, sans se présenter ? Sûrement pas John, ni aucune de ses filles. Gerlof commençait à se douter de l'identité de son interlocuteur.

« Aron ? »

Pas de réponse, mais il en était sûr.

« Aron, répéta-t-il, d'une voix plus décidée. Parle-moi. »

Quelques secondes encore de silence, puis une voix d'homme à son oreille :

« Alors comme ça, tu te souviens des coups. »

Gerlof déglutit, sa bouche s'assécha. C'était la voix d'un vieil homme, mais dure comme la pierre. Comme celle d'un soldat couvert de cicatrices.

Il inspira et répondit :
« Oui. Et toi aussi.
– Oui », fit la voix.
Le silence revint, et Gerlof continua :
« Tu as eu peur, ce jour-là, au fond de la tombe, quand nous étions toi et moi sur le couvercle du cercueil. Nous avons tous les deux eu peur. N'est-ce pas ?
– C'était à moi que Kloss adressait ces coups.
– Pourquoi ?
– Il voulait me chasser.
– Mais pourquoi ? » dit Gerlof.
Pas de réponse – mais, à l'autre bout du fil, un bruit à l'arrière-plan : un léger ronronnement, accompagné d'un hennissement métallique.
Gerlof continua :
« Edvard Kloss est mort écrasé sous un mur de grange. Je me suis toujours demandé s'il s'était effondré tout seul ou si quelqu'un l'avait poussé… »
Il marqua une pause, mais ne recueillit pas de réponse.
« La rumeur a accusé un de ses frères, continua-t-il. On a prétendu que Sigfrid ou Gilbert Kloss avait détaché les montants qui faisaient tenir le mur debout et l'avaient fait basculer quand Edvard était dessous… Mais ça pouvait aussi être quelqu'un d'autre. Un employé mécontent. »
Juste le sifflement du silence. Il entendit à nouveau le curieux ronronnement, puis reprit :
« Je viens d'apprendre que ton père Sven Fredh a travaillé pour les frères Kloss… et déplacé pour eux les pierres du vieux cairn. Mais ça ne s'est pas bien passé, n'est-ce pas ?
– Il s'est effondré, dit la voix. Sven était stressé par les frères Kloss et il n'a pas réussi à faire tenir les pierres, qui ont commencé à rouler sur sa jambe. Il a boité le reste de sa vie.
– Et Sven a voulu une compensation d'Edvard Kloss ?
– Oui. Mais Kloss, bien sûr, a dit que c'était la faute de Sven.

– Toi aussi, tu y as laissé des plumes, Aron... Lors de notre rencontre, au cimetière, je me souviens que tu avais une longue écorchure au front. Comment t'étais-tu fait ça ? »

Silence.

« C'était il y a soixante-dix ans, continua Gerlof. Je pense que tu peux le raconter, à présent. »

Pour la première fois, la voix sembla émue :

« C'est quand le mur de la grange s'est effondré. Quand je me suis glissé dessous.

– Tu étais donc là, ce soir-là ?

– Oui. Mais je n'ai pas renversé le mur.

– Alors c'était Sven, dit Gerlof. Sven a fait tomber le mur de la grange sur Edvard, et il t'a fait ramper dessous pour prendre son portefeuille... C'est ça ?

– Oui, dit la voix. Il fallait qu'Edvard paye

– Paye quoi, Aron ?

– Pour le pied écrasé de Sven.. et pour ma mère. »

Gerlof écoutait, en essayant de comprendre.

« Il avait donc fait du mal à Astrid ?

– Du mal, oui, dit tout bas la voix. On peut le dire. »

Gerlof n'insista pas. Il avait déjà deviné qui était le père d'Aron Fredh. Ce n'était pas la première fois qu'une bonne se faisait engrosser par son patron.

« Donc Edvard Kloss était ton père, dit-il. Le père de ta sœur Greta, aussi ?

– Tout le monde le savait, dit la voix. Mais il l'a toujours nié. »

Gerlof écouta, puis soupira.

« Je comprends ton amertume à son encontre, Aron... mais les petits-enfants d'Edvard n'ont rien à voir avec cette vieille querelle. Tu le sais, non ? »

À nouveau un long silence, avant cette réponse :

« Les petits-enfants Kloss m'ont pris la ferme. Ils m'ont pris tout ce que j'avais ici. »

C'était au tour de Gerlof de se taire. Que dire ?

« Et tu leur as coulé un bateau, finit-il par ajouter, et les marins ont étouffé dans la soute... Qu'est-ce qui t'a pris ? »

La voix se tut encore, puis répondit, sans le moindre remords :

« Ces marins étaient des criminels. Ils n'auraient pas dû être à bord. J'ai dû les faire descendre sous le pont. Mais c'était le bateau des Kloss, plein d'argent, et c'est ça qui comptait. On a pris l'argent et coulé le bateau.

– Où est l'*Ophélia* ? demanda Gerlof.

– Au large, dans le détroit, dit la voix. À cinq milles marins au nord-ouest de Stenvik. »

Gerlof soupira à nouveau, plus profondément encore :

« Arrête les frais, Aron. »

La voix se tut un moment, puis répondit, toujours avec la même dureté :

« Je fais ce que j'ai appris à faire. J'ai dû partir et apprendre au contact de la dure réalité… Je suis devenu soldat.

– En Russie, dit Gerlof. C'est bien ça ?

– En Union soviétique. J'étais soldat dans le Pays neuf.

– Mais tu n'as plus besoin de faire la guerre, Aron, dit Gerlof. Tu peux trouver de l'aide, pour arrêter ces erreurs. Sinon tu entendras résonner ces coups le restant de tes jours.

– Je n'ai pas besoin d'aide, dit la voix. Il n'y en a plus pour longtemps. »

Aron avait l'air sûr de son fait, c'était inquiétant. Gerlof se tut.

« Et maintenant, qu'est-ce que tu vas faire, Aron ? » finit-il par dire.

Pas de réponse. Juste un clic.

Gerlof raccrocha doucement, la main tremblante. Il ouvrit la fenêtre de la véranda pour avoir de l'air.

La fraîcheur de la nuit.

Dehors, dans le noir, il entendait les sauterelles striduler, mais ne vit aucune ombre bouger. Les arbres, les herbes et les plantes se reposaient à présent après une dure journée au soleil.

Les plantes, sur Öland, étaient plus résistantes que n'importe quel soldat. Gerlof, dans le noir, en avait la certitude. La nature déciderait toujours des conditions de vie des hommes. Si la terre et les plantes se portaient bien, les hommes avaient de quoi manger, si elles allaient mal, ils mouraient de faim.

Öland était une terre dure et pauvre. On ne pouvait pas en tirer de grandes richesses et personne n'y avait jamais trouvé de pétrole ou de mines d'or. Et le tourisme y était finalement assez modeste. Personne n'avait songé à y ouvrir d'énormes hôtels et casinos pour faire d'Öland le Las Vegas suédois.

Il était tout simplement difficile de rafler la mise sur Öland, ce qui avait épargné à l'île les invasions d'aventuriers ou d'armées qui avaient détruit tant d'autres endroits sans défense dans le monde. Öland n'avait en abondance que le soleil, la pierre et les plantes vivaces.

Et tant mieux.

Gerlof était aussi bien content qu'aucun dirigeant à poigne n'ait émergé sur l'île pour demander à chacun de dénoncer ses voisins. Gerlof et les autres habitants de l'île avaient donc été dispensés des décisions difficiles auxquelles d'autres avaient été contraints dans les périodes troublées.

Ici comme ailleurs, il y avait des armes en circulation, mais assez peu, fort heureusement. La population ne se divisait pas en sectes ou en clans estimant avoir droit au pouvoir au détriment d'autrui, et les conflits sur Öland se limitaient à des querelles de clocher. Bien sûr, les gens s'étaient disputés la terre, comme partout, mais seulement à coups d'insultes ou de jugements devant les tribunaux.

L'île avait eu de la chance, tout simplement.

Mais aujourd'hui, il y avait un problème.

Gerlof ferma la fenêtre, pour ne pas faire entrer les moustiques, et décrocha à nouveau le téléphone. Il avait sommeil, mais voulait passer un dernier appel.

John répondit après deux sonneries et Gerlof alla droit au fait :

« Aron Fredh m'a appelé.

– Ah, oui ? dit John. D'où ?

– Il ne l'a pas dit… mais il avait l'air d'être dehors, dans une cabine téléphonique.

– Tiens, dit John. Il n'en reste plus beaucoup, par ici.

– Non, dit Gerlof. Et la chose intéressante, c'est que j'ai entendu un bruit à l'arrière-plan… un ronronnement. Ou un grincement, et de temps en temps un hennissement. Ça ne me disait rien. Mais à la réflexion, c'était peut-être un cheval électrique.

– Un cheval électrique ?

– Tu sais, ces automates à pièces, pour les enfants. Je crois que c'est ce bruit que j'ai entendu à l'arrière-plan. »

John sembla réfléchir.

« Il y a une cabine téléphonique chez les Kloss, à côté de la boutique... Et je crois qu'ils ont quelques jeux de ce genre.

– Tu veux dire qu'Aron habite là, à Ölandic ? Comme on dit, il faut rester proche de ses ennemis...

– Il avait l'air de regretter ? demanda John.

– Pas du tout, dit Gerlof. Enfin, en tout cas, nous nous sommes parlé... Espérons qu'il rappellera, même si je déménage à la maison de retraite lundi.

– Je peux te conduire.

– Merci, John. »

Gerlof lui souhaita bonne nuit, et raccrocha.

Il resta un moment assis sur son lit à réfléchir.

Un vieux soldat revenu du vaste monde sur l'île, un vengeur qui semait la terreur – et personne ne savait qui il était. Ou plutôt *où* il était. Tant que durait la haute saison, que l'île grouillait de vacanciers, il pouvait se déplacer à sa guise. Qui pourrait l'arrêter ?

La famille Kloss ?

Gerlof ?

# LISA

LISA ÉTAIT EN CONGÉ du club, ce chaud dimanche, mais elle avait un autre genre de travail à accomplir pour le compte de Kent Kloss.

Il fallait qu'elle fouine à Ölandic Resort, à la recherche d'un individu précis.

Un homme vieux, mais dangereux.

Vers quatorze heures, elle se gara près de l'hôtel, puis se rendit vers le camping du haut. En short et débardeur jaune, elle ressemblait à n'importe quel client. Une casquette blanche rabattue et une paire de lunettes de soleil lui permettraient de chercher plus discrètement. Elle l'espérait.

À son arrivée, fin juin, les vastes pelouses du camping étaient vert clair mais, depuis, le soleil avait tapé presque sans interruption : elles étaient à présent jaunes et sèches, comme brûlées. L'herbe rase craquait sous ses pas tandis qu'elle circulait entre les caravanes.

Le camping avait un air de désert vibrant de chaleur. Après la pollution de l'eau de la semaine précédente, il y avait beaucoup d'emplacements vides, et Lisa vit plusieurs campeurs en train d'enlever leur caravane. C'était à ceux qui restaient qu'elle devait s'intéresser.

Elle cherchait des balles de golf dans l'herbe.

C'était l'idée de Kent Kloss, brillante ou farfelue : déposer une balle blanche devant chaque caravane qu'il voulait qu'elle inspecte.

Comme si elles étaient tombées là depuis le terrain voisin du camping.

Lisa cherchait donc par terre et, au bout d'une cinquantaine de mètres, elle vit le premier point blanc sur fond d'herbe jaunie. Devant une caravane assez neuve, munie d'un petit auvent.

Elle s'arrêta à quelques mètres et regarda autour d'elle. Il y avait un peu de monde dans le camping, mais personne à proximité immédiate.

*Risky business*, pensa-t-elle, en regrettant de ne pas avoir sa perruque de Lady Summertime.

Elle était nerveuse. Même si les vigiles de Kloss lui laissaient le champ libre, les clients pouvaient toujours se pointer. Et que leur dirait-elle – qu'elle faisait juste le ménage ?

Vis-à-vis des voisins, elle pouvait faire comme si c'était sa caravane, il n'y avait qu'à y aller. Avant que le vrai propriétaire ne revienne.

Lisa ne pouvait pas rester plantée là, aussi se glissa-t-elle sous l'auvent et tâta la poignée de la porte. Fermée. Elle ne pouvait pas faire grand-chose d'autre que jeter un coup d'œil. Vite fait.

Elle colla son front à la fenêtre, à côté de la porte. Que cherchait-elle ?

*Quelque chose de suspect*, avait dit Kent Kloss.

Peut-être des armes, ou des liasses de billets.

Mais de l'autre côté de la vitre, elle ne vit qu'une caravane bien rangée, mieux que la sienne, avec des serviettes pliées et quelques piles de livres. Des banquettes vides. Pas d'armes.

Elle continua donc, et trouva une autre balle de golf au bout de la même allée. Cette caravane gris métallisé était plus grande que la plupart – presque aussi large que la sienne était longue.

Sous l'auvent, la porte était à peine entrouverte.

Entrer était risqué.

Elle regarda alentour. La longue allée d'herbe était déserte.

*Okay*. Elle entra.

Une grosse mouche noire bourdonna contre la vitre, se reposa quelques secondes et recommença. Elle voulait sortir au soleil du soir, mais Lisa n'osait pas ouvrir la fenêtre. Elle n'osait toucher à rien, et n'arrêtait pas de jeter des coups d'œil dehors.

Toujours personne. Mais quand on ne ferme pas sa caravane, on n'est pas parti bien loin. Elle n'avait pas beaucoup de temps.

Il y avait une couverture grise sur le lit, que bombait un petit objet rond.

Elle aurait préféré ne pas entrer si loin, mais décida de prendre le risque. En trois pas rapides, elle atteignit le lit et souleva la couverture.

Un chiot, un teckel. Il dormait en boule. Il sursauta, bondit sur ses courtes pattes et se mit à aboyer.

Lisa battit en retraite, prise de panique.

Sortir, refermer la porte de la caravane, s'éloigner sur l'herbe en courant à moitié, la casquette enfoncée.

Les aboiements moururent, mais son cœur mit plusieurs minutes à se calmer. Elle vérifia alentour, personne ne la regardait de travers.

Restait les bungalows. Il y avait là-bas quelques clients âgés suspects, selon Kent Kloss, et Lisa pouvait bien aller y jeter un œil aussi.

Elle descendit vers la plage, contourna un bosquet de frênes et atteignit les bungalows.

Dans la première rangée, elle vit une balle de golf près du troisième bungalow, comme si un joueur avait pu l'envoyer par erreur par-dessus tout le camping et à travers le bosquet…

La petite maison avait l'air fermée et vide, mais Lisa s'approcha quand même prudemment. Monta sur la véranda et frappa doucement à la fenêtre.

Rien, puis un bruit sourd et la porte s'ouvrit.

Un homme avec un petit maillot de bain rouge et un visage tout aussi rouge mit le nez dehors. Dans les soixante-dix ans, grand, maigre et entièrement chauve.

« Oui ? » fit-il.

Lisa recula d'un pas, mais retrouva vite son équilibre.

« Ah, bonjour, dit-elle. Je voulais savoir si vous n'auriez pas un peu de lessive ? J'habite par là-bas, je voulais lancer une machine. »

L'homme la dévisagea, l'air mal réveillé.

« Non.

– Ce n'est pas grave, dit Lisa avec un grand sourire. Au revoir ! »

Puis elle quitta la véranda et s'éloigna, les jambes raides. Avait-elle vu quelque chose de suspect ? Non. Elle n'avait rien vu du tout.

Le second bungalow intéressant était situé deux rangées plus loin, vingt mètres plus près de l'eau. Une dernière balle de golf blanche luisait dans l'herbe jaune.

Elle la ramassa, comme en souvenir, puis alla frapper à la porte.

Pas de réponse.

Elle contrôla autour d'elle, jeta les regards furtifs habituels, puis appuya sur la poignée. Et la porte s'ouvrit.

Rien d'autre. Elle glissa la tête dans l'embrasure.

« Il y a quelqu'un ? »

Pas de réponse. Pas de chien qui aboyait, et le lit était vide. Cette fois, s'il y avait une couverture, elle ne regarderait pas dessous. Mais elle allait entrer inspecter.

Là aussi, l'intérieur était soigné. Le lit fait. Une valise était posée à côté, mais on ne voyait pas d'objets personnels. Si – il y avait un sac à dos sur le plan de travail du coin cuisine, à côté d'une bonne cinquantaine de bouteilles d'eau minérale et d'une sorte de grosse seringue rouge.

Le sac était en cuir noir et semblait bien garni.

Les sacs fermés avaient toujours attiré Lisa. Ils pouvaient tout contenir. De l'argent. Des bijoux. Des ordures.

Elle vérifia une dernière fois qu'il n'y avait personne derrière elle. Puis fouilla.

Il y avait deux autres bouteilles d'eau dans le sac. Sinon, des vêtements masculins : des chemises en flanelle roulées, des jeans, des pulls. Mais il y avait quelque chose au fond, ça avait l'air en bois. Elle saisit l'objet.

Une boîte en bois clair. Une tabatière ? Ça semblait vieux et usé.

En dessous, autre chose. Un tube métallique luisant dépassait. Lisa pensa d'abord à une sorte de tuyau, avant de comprendre que c'était une arme qu'elle avait sous les yeux.

Un revolver.

Elle n'y toucha pas. Elle recula, la tabatière à la main.

Elle voulait juste sortir. Elle en avait assez vu, elle ne voulait pas se faire prendre encore une fois la main dans le sac cet été. Il y avait un risque, car si la porte du bungalow était ouverte, c'était peut-être que son occupant était juste sorti faire un tour, et…

Elle tourna les talons. Vite, sortir.

Dehors, la pelouse était déserte.

Lisa baissa la tête et s'éloigna d'une trentaine de mètres, jusqu'à l'orée du bosquet. Elle s'arrêta à l'ombre d'un grand frêne et sortit son portable. Elle composa un numéro.

« Kent Kloss. »

Il avait la voix forte, volontaire, mais elle répondit tout bas :

« C'est Lisa Turesson.

– Oui ?

– Je crois que j'ai trouvé quelque chose.

– Au camping ?

– Dans un des bungalows. Le dernier. J'en sors, et il y avait des choses bizarres, j'ai vu… »

Elle se tut.

Elle venait d'apercevoir un vieil homme un peu plus loin. Il était sorti du bois et était resté à l'ombre des arbres. Et il la regardait.

Lisa le reconnut. D'abord, elle ne sut pas d'où – puis se souvint qu'elle l'avait vu à peu près de cette distance plusieurs semaines auparavant, vers la Saint-Jean. Sur la plage d'Ölandic. L'homme était grimpé sur les rochers, dans la zone clôturée.

Il se dirigeait à présent d'un pas rapide vers le bungalow qu'elle venait de fouiller.

Lisa réalisa alors qu'elle n'avait pas refermé la porte derrière elle. Elle était grande ouverte, comme un signal d'alarme.

L'homme disparut à l'intérieur.

Lisa leva à nouveau son téléphone.

« Il est là, chuchota-t-elle. Il est revenu.

– Retiens-le, dit Kent Kloss. On arrive. »

Elle resta là, hésitante. *Retiens-le ?* Comment ?

Moins d'une demi-minute plus tard, elle le vit ressortir.

« Impossible, dit Lisa. Il se sauve. »

Oui, c'était bien l'homme de la plage. Aron Fredh, si tel était son nom. Un vieil homme aux cheveux blancs, le corps compact, mais encore de la force et de l'énergie dans les jambes. Et voilà qu'il accélérait. Il se dépêchait de s'éloigner des bungalows, en direction du parking. Il finit par disparaître derrière les arbres.

« Arrête-le ! dit Kloss à son oreille.

– Impossible », dit Lisa.

Elle resta là. Aron Fredh avait un revolver dans son sac, elle avait pris assez de risques pour aujourd'hui.

Elle ouvrit la main gauche et regarda la seule chose qu'elle avait prise chez lui. Une petite boîte en bois. En la retournant, elle vit qu'elle était tachée. Du tabac à chiquer, peut-être, ou de l'huile. Ou du sang.

# GERLOF

LA MAISON était à nouveau pleine de monde. Lena, Julia et leurs hommes avaient débarqué pour deux semaines de vacances avec les enfants. Ils avaient pris le café ensemble, puis ses filles avaient aidé Gerlof à faire ses valises, et il était fin prêt à partir.

Gerlof avait de temps en temps jeté un coup d'œil à son téléphone, qui n'avait pas sonné de la matinée.

John Hagman le regarda.

« Alors, on y va ? »

Gerlof hocha la tête.

« Direction la maison de retraite. »

Et ils partirent. Ils quittèrent Stenvik et la maison, et remontèrent vers Marnäs.

Gerlof regardait défiler le paysage lumineux en se demandant si l'été était fini pour lui. Tout se précipitait vers sa fin.

La maison de retraite était au soleil, vitres brillantes et parking vide. En entrant, il eut l'impression d'un bâtiment à l'abandon. Il ne comprit d'abord pas pourquoi, puis s'avisa que beaucoup des membres du personnel étaient en vacances.

La plupart des pensionnaires étaient bien sûr toujours là, mais ils somnolaient dans la chaleur. En passant devant la salle du café, il aperçut l'un d'eux, Raymond Matsson, attablé avec un parent plus jeune. Il avait la cinquantaine – mais pouvait très bien être son petit-fils, car Raymond avait quatre-vingt-dix-sept ans.

Son parent se pencha et dit, comme dans un mégaphone :

« Tu as mangé, aujourd'hui, Raymond ?

– Hein ? fit Raymond en levant la tête. Fâché ? Qui est fâché ?

– Non, Raymond, dit son parent en haussant la voix, je parle de toi… Est-ce que tu as *mangé* ? »

Gerlof continua, sans attendre la réponse de Raymond.

Ça ne devrait pas se passer comme ça, se dit-il, que les jeunes crient sur les vieux. Raymond aurait plutôt dû raconter à son parent sa longue vie – tout ce qu'il avait appris en traversant presque tout le vingtième siècle, des charrettes à cheval aux voyages dans l'espace. Mais peut-être qu'après tout Raymond n'avait rien à raconter, aucune sagesse à partager.

Et Gerlof ?

Rien, à part que tout était passé très vite, l'été comme le siècle. Ses six semaines d'absence, en permission dans sa maison de vacances, lui avaient semblé six minutes.

Il suivit John, qui avait ouvert sa chambre et posé sa valise.

« Gerlof ! »

Au moment d'entrer, il entendit qu'on l'appelait. C'était Boel, la directrice, souriante. Elle lui adressa même un clin d'œil.

« Alors, tu n'en pouvais plus d'être en cavale ? »

Elle plaisantait, et Gerlof sourit.

« Je me rends.

– Maintenant, c'est mon tour de me faire la belle, dit Boel. Je pars en vacances vendredi. En Provence, avec mon mari.

– Ah oui ? dit Gerlof. Bon séjour, alors.

– Et toi, dit Boel. Ça s'est bien passé ? Tu t'es reposé ?

– Oui, je suis en pleine forme. Je tiens ça de mon grand-père.

– Il était grand et fort, comme toi ?

– Plus coriace que grand, dit Gerlof en prenant son élan pour se lancer dans une anecdote : à quatre-vingts ans, un jour, grand-père est parti pêcher seul devant l'île de la Vierge bleue. Le temps a tourné à l'orage et sa barque a chaviré. Mais grand-père n'a pas eu peur, il a juste nagé jusqu'à l'île en traînant son bateau derrière lui, puis s'est abrité dessous, sur la plage. Il n'a pas pu faire de feu, car ses allumettes étaient mouillées. Il est donc resté sur les rochers trois jours sans rien à manger, tout seul, pendant que la tempête faisait rage et que ses vêtements séchaient doucement. Quand ils ont été secs et que le vent a faibli, il est rentré à Stenvik à la rame, frais et dispos, comme d'habitude.

– Une force de la nature, dit Boel.

– Un exemple, dit Gerlof. Moi aussi, j'ai réparé ma barque cet été. »

Boel cessa de sourire.

« Ne sors pas seul en mer, dit-elle. Pas à ton âge. »

Elle passa son chemin, et Gerlof put entrer dans sa chambre. John était en train de remonter les persiennes.

Tout était comme d'habitude. Le même tapis s'étalait dans l'entrée, la salle de bains avait l'air propre et ses diplômes d'aptitude au commandement en mer étaient toujours encadrés au mur.

Le téléphone était toujours là, lui aussi. Gerlof le décrocha et entendit aussitôt la tonalité. Bien. Il se tourna vers John.

« J'ai dit à mes filles que si quelqu'un me cherchait à la maison, elles pouvaient m'avertir ici. »

John hocha la tête, il savait ce que voulait dire Gerlof.

« Et sinon, qu'est-ce que tu vas faire ?

– Eh bien… je pense que je vais retourner à ma bouteille. »

Gerlof montra sur son bureau une maquette à moitié terminée, un schooner à deux mâts. La coque était déjà taillée, il allait s'atteler aux mâts et à l'accastillage. Puis viendrait l'opération difficile d'insertion du bateau par le goulot de la bouteille.

Mais cela lui donnerait tout le temps de réfléchir à Aron Fredh.

Gerlof avait beau essayer de se convaincre qu'Aron en avait terminé et avait quitté Öland, il n'y croyait pas. Pas tant que Kent Kloss était là.

# LISA

DANS LA CARAVANE de Lisa, Kent soupesait la vieille boîte en bois. Lisa était assise sur son lit, le plus loin de lui qu'elle pouvait. Kloss n'avait pas l'air frais, les yeux aux abois. Il puait nettement l'alcool ce soir. Il avait bu plus qu'un cosmo.

Il la regarda.

« Ceci était donc dans son sac, dans le bungalow ?

– Oui.

– Et c'est là que tu as vu l'arme ? »

Lisa hocha la tête.

« Quelle sorte ?

– Je ne sais pas… Un revolver. »

Kloss lui jeta un regard noir.

« Tu aurais aussi dû le prendre.

– Je n'ai pas eu le temps. »

Il continua à regarder la petite boîte, et soupira.

« Aron Fredh avait loué le bungalow sous le nom de Karl Larsson. Il a payé comptant, sans donner d'adresse. Puis il a pu loger à Ölandic et nous espionner comme il voulait… Mais s'il revient, on l'aura. »

Il regarda Lisa.

« Qu'est-ce que tu as vu d'autre dans le sac à dos ?

– Pas grand-chose… Des vêtements, d'autres bouteilles d'eau. »

Kent sourit avec lassitude.

« Je comprends qu'il ait sa propre eau, il avait empoisonné la nôtre… Mais nous savons à présent comment il s'y est pris.

– Pris pour faire quoi ? dit Lisa.

– Pour saboter notre installation, dit Kent. Il est venu avec une pompe… une pompe à haute pression. Il lui a suffi de démonter la canalisation de son bungalow, puis d'injecter du purin dans tout notre réseau.

– Les employés d'Ölandic ont aussi été touchés, rappela Lisa.

– Bien sûr, dit Kent. Mais les clients passent en premier. »

Il se frotta les yeux, comme s'il n'avait pas dormi depuis plusieurs jours.

« À présent nous avons purgé l'eau, mais les gens ont eu le temps de partir. C'est une saison perdue pour nous… Foutue. »

Lisa demanda.

« Pourquoi fait-il ça ?

– Quoi ?

– Je veux dire… Il doit vraiment vous haïr. »

Kloss la dévisagea. Ses yeux étaient rouges et fatigués, mais son regard s'assombrit.

« Ne t'occupe pas de ça. Tu aurais tort.

– OK », dit tout bas Lisa.

Kent observa la boîte en bois.

« J'ai déjà vu ça, dit-il en montrant la double croix gravée au fer rouge sur le fond. C'est la marque de la famille. Mon grand-père avait la même, les trois frères Kloss avaient une tabatière en pommier. La sienne et celle de Gilbert sont chez moi, sur le bord de la cheminée. Celle d'Edvard avait disparu, jusqu'à aujourd'hui. »

Il soupesa la tabatière et ajouta :

« Le frère de mon grand-père l'avait toujours sur lui. Je suppose qu'Edvard aussi.

– Qu'est-ce que ça signifie ?

– Qu'Edvard Kloss avait cette boîte sur lui quand il est mort. Et qu'Aron Fredh était présent, et qu'il la lui a prise. »

Il se tut. Lisa songea à demander comment Edvard Kloss était mort – Aron Fredh l'avait peut-être assassiné – mais elle s'abstint.

Kloss fixa à nouveau la tabatière, l'air à présent un peu satisfait.

« En tout cas, il est désormais en fuite… Le bungalow est sous surveillance, il ne peut pas y revenir.

– Alors il va peut-être s'en aller », dit Lisa.

Kloss ne répondit pas. Il se contenta de regarder une dernière fois la tabatière avant de se diriger vers la sortie – ce dont elle était bien sûr ravie. Elle se rappelait sa gifle et n'arrivait pas à se détendre avec Kent Kloss dans la caravane.

« Bon, j'ai rempli mon contrat, dit-elle. Non ? »

Kloss s'arrêta à la porte.

« Pas tout à fait.

– Comment ça ?

– On n'a pas fini. »

Kloss sourit, mais ses yeux étaient toujours fébriles.

« Continue ton travail, dit-il. Je t'appellerai. »

Puis il sortit en refermant la porte derrière lui.

Lisa resta assise, oppressée par les parois de la caravane. La chaleur était étouffante : il y avait de l'orage dans l'air.

# JONAS

TOUT ÉTAIT SILENCIEUX. Il était vingt-deux heures quinze, le soleil s'était couché, et une demi-lune blanche voguait doucement au-dessus du détroit dans un duvet de nuages. Ce soir, sur la côte, la chaleur avait été balayée par une brise fraîche venue de la mer.

Couché dans sa petite maison, Jonas entendait parler et rire près de la route côtière. Des voix de garçons, mais plus sourdes que la sienne.

C'étaient celles de son frère Mats et des cousins. Ils s'étaient retrouvés ce soir sur la falaise avec d'autres copains de leur âge. Ils avaient leurs vélos et leurs mobylettes. Les grands se retrouvaient tous les soirs ici ou là : au restaurant, au ponton, sur la grand-route.

Jonas avait cessé de chercher à savoir.

Il était, lui, couché avec son secret : le pistolet trouvé dans le bunker. Il n'en avait encore parlé à personne, même pas à son père.

Il ne savait pas s'il pouvait lui faire confiance.

Ni s'il pouvait faire confiance à qui que ce soit.

Sur la route, les rires continuaient. Jonas aurait dû dormir, à présent, mais n'y arrivait pas. Il faisait trop chaud dans sa chambre, et il se sentait trop en forme.

Il finit par se lever. Il glissa la main sous le matelas, sentit la crosse, qu'il attrapa. Sortit le pistolet.

Il était gros et lourd. Il se sentait lui-même plus grand, rien qu'à le tenir.

Il glissa le canon sous la ceinture de son pantalon, dans le dos, et enfila sa chemise. Il la laissa flotter par-dessus – comme faisaient les gangsters, au cinéma, pour cacher leurs pistolets.

Puis il sortit dans la nuit.

Il faisait noir, mais encore tiède. Air sec d'été, plein de fleurs et d'herbes odorantes.

La grappe sombre des jeunes était toujours là-bas, sur la falaise. Les rires fusaient.

Jonas sortit de la Villa Kloss. On avait planté des piquets dans le jardin devant la maison, comme si on s'apprêtait à y faire des travaux. Il slaloma entre et traversa la route.

La grosse crosse frottait contre son dos à chacun de ses pas.

Il allait exhiber le pistolet, mais ne laisserait personne le tenir. Il pourrait le lever, viser, et montrer comment on appuyait sur la détente.

En s'approchant, il vit qu'il y avait cinq garçons.

Il reconnut Mats, sur son vélo. Son frère avait l'air d'avoir pris dix centimètres depuis la Saint-Jean. Urban avait lui aussi grandi, comme Casper.

Les voix se turent à son arrivée.

« C'est ton minus de frangin », dit une voix tout bas.

Personne ne le salua, mais toutes les têtes se tournèrent vers lui. Tous les grands le regardaient.

C'était peut-être l'occasion idéale pour sortir le pistolet, mais Jonas ne la saisit pas. Il se contenta d'aller se placer entre Mats et Casper, comme s'il faisait partie de la bande.

Les garçons se remirent à parler. Visiblement, ils parlaient des filles.

« Bien sûr qu'elles doivent se raser, dit l'un d'eux.

– Sous les bras, en tout cas. »

Quelqu'un s'esclaffa.

« Ailleurs aussi !

– Moi aussi, je me rase sous les bras, affirma Mats. On ne peut quand même pas être couché avec une nana appuyé sur son bras si on n'est pas rasé là… Elle aurait l'impression d'avoir le nez sur un grizzly ! »

Tout le monde éclata de rire. Jonas ne pouvait rien dire. Il était exclu.

Il n'avait qu'une carte dans son jeu.

Il finit par s'avancer d'un pas, au milieu des vélos. Il était à présent près de son cousin Casper, et fouilla sous sa chemise, dans le dos.

Sa main se referma sur la crosse du pistolet.

« Regarde ce que j'ai, là », dit-il tout bas à Casper.

Et il sortit le pistolet. Il pensait le lever en l'air, pour que tous le voient bien, mais il était trop lourd. Il se contenta de le tenir devant lui, le canon luisant à la lueur de la demi-lune.

Les têtes se tournèrent à nouveau vers lui, et la conversation sur les filles s'arrêta.

« C'est un pistolet », dit-il, comme si quelqu'un n'avait pas compris.

Une main se tendit vers l'arme, mais il la déroba.

« Je l'ai trouvé, dit-il.

– Fais pas de connerie », dit Mats.

Jonas secoua la tête – il contrôlait la situation. Il allait juste appuyer un peu sur la détente, juste un peu…

Soudain, une lumière blanche balaya le groupe.

« Qu'est-ce que c'est que ça ? »

Derrière la lumière, une voix bien connue. Celle d'Oncle Kent. Il devait arriver de la plage, car il tenait une lampe de poche allumée.

Jonas baissa le pistolet. Il aurait voulu le cacher dans son dos, mais Kent l'avait déjà vu.

Il s'approcha.

« Montre voir. »

Ce n'était pas une question gentille. Il tendait déjà la main, et arracha le pistolet à Jonas.

Kent le prit alors à part et se pencha sur lui. Jonas sentit l'odeur d'alcool dans la bouche de son oncle.

« Il a l'air vrai. Tu l'as trouvé où ? »

Que fallait-il répondre ?

« Dans la tranchée, finit-il par dire.

– Il est à qui ?

– Je sais pas. »

Kent fourra le pistolet dans sa ceinture, exactement comme Jonas.

« Montre-moi, J-K. Montre-moi exactement où tu l'as trouvé. »

À présent, tous les garçons le regardaient, il était devenu le centre d'intérêt. Sans parler, il s'avança sur la falaise et s'engagea dans l'escalier de pierre. Kent le suivit en éclairant le chemin.

Une fois dans la tranchée, Jonas prit vers le nord, jusqu'à la porte du bunker. Elle était fermée et verrouillée.

« C'était là, dit-il.

– Là, sur le seuil ? » dit Kent.

Jonas secoua la tête.

« Le bunker était ouvert. »

Kent éclaira la porte rouillée, puis le cadenas.

« Alors quelqu'un a la clé..., murmura-t-il pour lui-même. À moins que le cadenas n'ait été changé. »

Il s'avança et le tirailla, mais le cadenas tenait bon.

« Il y avait quelqu'un là-dedans, dit Jonas. Et il avait l'air de creuser.

– De creuser ? Quelqu'un creusait là-dedans ? »

Jonas acquiesça. Kent se tut. Puis il se redressa.

« OK, J-K, dit-il. Très bien. On rentre. »

Kent fit demi-tour et regagna l'escalier de pierre. Il avait toujours le pistolet à la ceinture de son pantalon, comme s'il était à lui désormais.

# LE REVENANT

*FORCÉ, ENFERMÉ*... Le Revenant avait encore fait son vieux rêve : le cauchemar d'être petit et forcé de ramper sous le mur effondré de la grange.

*Vas-y !* avait dit Sven entre ses dents, en sueur et stressé, dans la forêt. *Va chercher son argent !*

Dans le noir. Aron avait rampé sur la terre froide, sous les planches dures du mur. En essayant d'éviter les clous pointés vers lui. Il s'y était écorché le front, mais avait continué.

Vers le corps.

Edvard Kloss, son vrai père, gisant sous le mur.

Écrasé. Immobile.

Aron avait tendu la main vers le pantalon d'Edvard. Il avait senti quelque chose de dur dans une des poches : une tabatière en bois. Il l'avait prise, puis avait continué à fouiller. Dans l'autre poche, il avait trouvé le portefeuille.

Alors, le corps avait tressailli. Un gémissement, puis une main serrée sur le bras d'Aron.

Edvard était vivant.

Aron avait paniqué dans le noir. Il avait levé la tabatière et avait frappé le corps. Touché son père à la tête, aux tempes, plusieurs fois. Frappé, frappé.

Edvard s'était tu, avait lâché prise.

Le Revenant se réveilla en sursaut dans sa voiture.

Son père avait disparu. Il était seul.

Les rayons du soleil matinal se frayaient un passage entre les bouleaux, sans le réchauffer. Il avait trop de souvenirs.

Son bungalow à Ölandic était découvert, il n'avait pu emporter que son sac à dos, rien de plus. Il avait dû abandonner des chaussures, des vêtements et deux armes. Et Kloss lui avait volé la tabatière de Sven.

Il ne pouvait pas y retourner. Ni dormir une autre nuit dans la voiture – ses vieux membres étaient trop raides. Si c'était (comme il en avait l'impression) sa dernière semaine sur l'île, il fallait qu'il soit reposé.

Il lui fallait un vrai lit.

Il devait trouver une nouvelle cachette, quelque part dans ou à proximité de Stenvik.

Il était sept heures, la journée d'été avait commencé. Voitures et poids lourds affluaient sur la grand-route.

Le Revenant démarra. Il sortit du parking et se dirigea vers le nord.

Il était en fuite, mais c'était provisoire.

## LE PAYS NEUF, MAI 1937

APRÈS SIX LONGUES ANNÉES, Aron est de retour à Leningrad, et c'est un homme nouveau : Vladimir Nikolaïevitch Ieguerov. De retour au bord de la grande baie ouverte sur la Baltique – qui fut pour Sven et lui la porte du Pays neuf.

Ils dormaient alors à l'hôtel. Vlad habite aujourd'hui dans une baraque militaire, en attendant d'avoir sa propre chambre.

Le soldat Vlad ne rapporte pas grand-chose en souvenir de ses dures années dans le Nord. Une carte du Parti, un uniforme, quelques cicatrices au visage et le haut du corps grêlé de piqûres de moustiques et de puces trop grattées. Et un nom, et une nationalité. C'est maintenant devenu son nom, toute son identité : Vlad Ieguerov. Le Suédois est soigneusement caché en lui.

À Leningrad, les vieilles maisons de pierre ne sont pas aussi hautes que dans son souvenir. La ville basse s'étend le long de la Neva, mais d'imposants palais ont été construits sous Staline

Le lieu de travail de Vlad n'est pas aussi beau, mais il est vaste et impressionnant. C'est la prison Kresty. Un bâtiment en pierre claire de cinq étages, ceint d'un mur de cinq mètres, construit selon un plan en croix.

À chaque étage, un couloir traverse le bâtiment, avec, de part et d'autre, un alignement d'épaisses portes de cellules. Des milliers de prisonniers y sont détenus, vingt ou trente hommes par cellule. Peu de sons filtrent, et il faut un cri d'agonie pour que les gardiens viennent ouvrir.

La cave aussi est insonorisée. C'est là que Vlad officie, dans la salle d'interrogatoire la plus reculée. Là, l'air est lourd de sueur, de sang et de détergent bon marché, et les portes sont encore plus massives.

Les nouveaux collègues que Vlad rencontre dans les couloirs sont grands et austères, mais ils ont de l'allure et se meuvent avec élégance dans leurs uniformes bleu sombre du NKVD. Ils regardent son manteau gris et ses bottes rafistolées en échangeant des sourires. Vlad se sent plouc.

« Entre, camarade Ieguerov. »

Son nouveau supérieur, le capitaine Rugaïev, le reçoit dans son bureau et lui offre du thé et un morceau de boudin sec. Le capitaine étudie attentivement les papiers d'identité et la carte du Parti de sa nouvelle recrue, ce qui laisse à Vlad le temps d'observer autour de lui.

Il voit Staline regardant vers l'avenir, pendu au mur derrière Rugaïev, évidemment. À droite de son portrait, une affiche avec un travailleur soviétique qui tire un long serpent venimeux de sous une pierre, avec le texte : *Nous exterminerons les espions et les saboteurs !*

Rugaïev finit par hocher la tête et lui rend ses papiers. Puis sourit devant l'uniforme élimé de Vlad, aussi amusé que les autres. Il se lève.

« Viens voir ici, camarade. » Rugaïev ouvre un placard plein d'uniformes parfaitement repassés et de bottes de cuir luisantes. « Nous avons reçu de nouveaux costumes ce printemps, en récompense de notre dur labeur. Choisis-en un qui te va. »

Vlad toise rapidement les vêtements et se sert.

Puis Rugaïev lui remet un ceinturon avec un étui contenant un pistolet flambant neuf. Un Mauser.

« Il y a beaucoup de travail, ici, à la prison Kresty. » Le capitaine montre de la tête le portrait au mur. « Notre dirigeant travaille tard le soir, et nous aussi. » Puis il désigne l'image du serpent tiré de sous sa pierre. « Et voilà notre mission, jour et nuit. Mais tu as aussi chassé des ennemis dans le Nord, Ieguerov ? Sans répit, n'est-ce pas ? »

Vlad hoche la tête. Il comprend à quoi va servir le Mauser.

« Tu sais écrire à la machine, Ieguerov ?

– Non, capitaine.

– Alors tu vas apprendre. Beaucoup d'interrogatoires t'attendent, et tout doit être documenté et archivé. Présente-toi au camarade Trouchkine demain matin. »

C'est ce que fait Vlad, mais avant tout, il va changer d'uniforme dans une salle de garde. Il tombe son vieil habit. Puis enfile un pantalon bouffant en toile bleue avec des bandes rouge sombre, des bottes noires, une veste brun clair, un ceinturon en cuir, le Mauser dans son étui et, pour finir, la large casquette avec son ruban brun et son étoile rouge au milieu.

Il se regarde dans le miroir et lève la tête, comme un shérif. Voilà, il se fond dans le décor. Il est prêt.

Et il a beaucoup de travail, comme l'a dit Rugaïev.

Le premier prisonnier que Vlad doit interroger est un homme maigre et usé qu'on amène de la prison, en sous-vêtements sales, arrêté en vertu du paragraphe 58 du Code pénal soviétique, celui qui est toujours invoqué pour accuser les ennemis de classe.

Vlad se campe sur le sol en ciment, à seulement un mètre devant lui. Peut-être Rugaïev lui a-t-il donné quelque chose de facile, pour commencer, car l'homme est déjà brisé. La terreur brille dans ses yeux quand on l'assied sur la chaise pour l'interrogatoire.

Vlad entend froisser des papiers derrière lui.

Il tourne la tête. Il n'a pas vu entrer un collègue plus âgé, qui est allé s'installer à un bureau, à l'autre bout de la pièce. Un greffier, qui a mis une feuille dans sa machine à écrire pour rédiger le procès-verbal.

Il est temps de commencer. Vlad regarde le détenu.

« Parlez-moi de vos crimes », dit-il tout bas.

L'homme commence à parler presque avant que la question soit posée, tête basse :

« Je suis trotskiste. Dans mon usine de tracteurs à Kharkov, j'ai décidé, au début de l'année, de saboter plusieurs machines absolument nécessaires à la production. J'y ai jeté un marteau et des tournevis, et ce n'est que grâce à l'intervention rapide d'un contremaître que le blocage complet a pu être évité.

– Qui étaient vos complices ? »

Le saboteur commence à débiter des noms, et le greffier fait crépiter sa machine à écrire.

Ils en tirent une dizaine de noms.

Quand le saboteur n'en trouve plus d'autres, il semble soulagé. Il lève les yeux vers Vlad.

« Je suis mauvais, dit-il. N'est-ce pas ? »

Il continue de regarder Vlad, qui ne répond pas.

Aron, lui non plus, ne sait pas quoi répondre.

La machine à écrire a cessé de crépiter. Dans le silence, la dernière feuille sort du chariot.

« Et voilà », dit le greffier.

Voici venu le moment de la signature du procès-verbal.

Vlad lui tend le papier et le prisonnier signe, d'une main tremblante.

En voyant ces aveux signés, Vlad se sent mieux. Se tenir bien droit dans son uniforme neuf devant un ennemi de classe à moitié nu donne une sensation de puissance. Lui avoir fait avouer ses crimes est une petite mais importante victoire au milieu d'une vaste guerre.

Après s'être acquitté de ses premières séances de travail, Vlad commence à apprendre, le soir, à se servir d'une machine à écrire. Comment placer le procès-verbal sur le chariot, comment taper les mots Son collègue Trouchkine s'arme de patience avec le débutant et lui enseigne comment faire, une touche à la fois.

Grigori Trouchkine a quelques années de plus que Vlad. C'est un Russe, fils d'ouvriers, formé comme beaucoup d'autres gardiens au sein des Pionniers et des Komsomols. Il avait quatre ans quand les bolcheviques ont renversé le tsar, il n'a rien connu d'autre que le pouvoir soviétique. Après l'école, il s'est endurci comme jeune soldat de la Guépéou dans la guerre du blé, quand il fallait écraser les gros propriétaires terriens, au début des années trente. Trouchkine discute avec aisance marxisme et lutte des classes, mais il aime aussi les échecs et passer *Le Sacre du printemps* de Stravinsky sur le gramophone, même s'il a été interdit depuis plusieurs années. « Stravinsky est originaire de ma ville natale, dit-il avec fierté. »

Trouchkine sort Vlad dans Leningrad, ce que Sven n'a jamais fait avec Aron : il lui montre la grande ville.

Sur les larges avenues, les talons de leurs bottes claquent contre les pavés, et leurs uniformes bleus se voient de loin. Aucune patrouille de police ne les arrête pour contrôler leurs papiers, pas une seule fois. Ils se contentent de les saluer de la tête, en collègues. Et autour d'eux, sur les trottoirs, les citoyens ordinaires baissent la voix et regardent nerveusement ailleurs.

Vlad se plaît en compagnie de Grigori Trouchkine. Aron aussi. Ils se promènent sur les quais de la Neva, s'arrêtent d'abord dans un salon de thé obscur, puis dans un restaurant enfumé où les verres de vodka se lèvent vers le plafond – mais Trouchkine ne boit pas autant que beaucoup de ses collègues, il préfère le chocolat chaud.

Plus tard, dans une boutique d'alimentation, en ville, Vlad trouve des anchois et de l'anguille fumée de la Baltique. Il en achète quelques morceaux et les déguste lentement – et soudain Aron songe à l'île de l'autre côté de la mer, à sa plage.

Il faudrait qu'il donne de ses nouvelles, écrive à sa mère. Mais c'est bien sûr impossible. Les pays étrangers sont pleins d'espions, et celui qui a des contacts avec des étrangers devient espion à son tour. Les lettres représentent un danger de mort.

Après trois mois de labeur, Vlad reçoit une gratification de Rugaïev : une montre, sans doute confisquée à un ennemi de classe. Il la porte à son poignet droit, pour savoir l'heure quand il rédige des procès-verbaux ou interroge des prisonniers.

La pression des supérieurs augmente. On exige toujours plus de noms.

Le camarade Trouchkine pratique des interrogatoires aussi durs qu'un autre – mais un soir, alors que Vlad court derrière lui dans la rue pour le rattraper, à quelques pâtés de maisons de la prison

Kresty, il le voit s'arrêter devant un banc public, se pencher et déposer quelque chose par terre avant de vite s'éloigner.

Vlad va ramasser le papier. C'est une enveloppe, adressée à une femme, à Leningrad.

Il regarde fixement le nom de la destinataire : Olga Bibikova. Il reconnaît l'adresse, il l'a lui-même notée dans un procès-verbal.

La femme de Maxim Bibikov. Mais Bibikov est mort, il a reçu ses neuf grammes de plomb dans la nuque trois jours plus tôt.

Vlad ne comprend pas, alors il se dépêche de rattraper Trouchkine.

« Camarade ! » Il lui montre la lettre. « Qu'est-ce que c'est que ça ? »

Trouchkine lui sourit avec une timidité d'écolier. C'est inhabituel.

« Juste une lettre. » Le camarade récupère rapidement sa lettre et la fourre dans son uniforme. « Je la laisse dans la rue, dans un endroit sec, comme ça quelqu'un la trouvera peut-être et ira la poster.

– Mais pourquoi ? demande Vlad. Quel genre de lettre ? »

Trouchkine a un petit rire nerveux, puis dit :

« C'est juste un message.

– À quel sujet ?

– J'ai écrit à madame Bibikova que son mari est mort de la tuberculose, dit Trouchkine. Pour qu'elle cesse de se ronger les sangs. »

Vlad regarde alentour, pas d'autres uniformes bleus en vue. Vlad voudrait s'en aller, mais Aron reste poser d'autres questions. Il s'avère que Trouchkine a écrit une série de lettres anonymes aux proches de prisonniers exécutés, pour leur annoncer que leur mari ou leur père était mort d'une crise cardiaque ou d'une maladie pulmonaire. De courtes lettres, bien sûr, mais…

« Comme ça ils arrêtent de se ronger les sangs, répète Trouchkine en haussant les épaules. C'est juste pour les apaiser un peu. »

Aron hoche la tête en silence, mais Vlad est furieux. Les lettres sont dangereuses. Elles laissent des traces. Et il sait que ce n'est pas bien, d'écrire et de ressentir de la compassion pour l'ennemi.

« Arrête de les écrire, dit-il à Trouchkine. Immédiatement. »

La compassion est un mauvais état d'esprit – c'est une défaite.

Vlad refuse de s'en mêler, même si les épouses ou les parents de prisonniers se pointent régulièrement à la prison. Ils se présentent avec leurs vêtements chauds et leurs colis de nourriture pour les prisonniers, suppliant qu'on les aide. Gardien, on y est habitué. Vlad les écoute, la mine sombre, et répond comme il l'a appris :

« *Razberemcha*. Ce cas devra être examiné de plus près. »

En silence, il se demande : comment ces gens-là peuvent-ils encore être libres ? Ils sont parents de criminels, il faudrait tous les arrêter. C'est souvent ce qu'on fait, mais il en reste malgré tout beaucoup.

Pourquoi n'avons-nous pas encore arrêté tous les ennemis ?

Vlad n'a pas le droit de perdre son calme, pas en uniforme, ici, à la prison Kresty. Si une épouse aux yeux apeurés l'arrête dans la rue, avec parfois un enfant dans les bras, il se contente de la dévisager avant de passer son chemin.

Et si elle n'abandonne pas, si elle l'appelle et lui court après, il se campe devant elle, droit dans ses bottes, et lui répond juste :

« Désolé. Votre mari a été envoyé ailleurs. »

Ce qui est toujours vrai.

## GERLOF

TANDIS QUE LE SOLEIL cuisait au-dehors, Gerlof tournait en rond dans les couloirs de la maison de retraite.

Il y faisait frais, il y avait de l'air, et on pouvait s'y déplacer sans difficulté : pas un seul seuil aux portes, pas de cailloux ou de touffes d'herbe – mais c'était isolé. Il ne s'y passait pas grand-chose.

Il avait peu de visites. John travaillait à sa boutique, Tilda était en vacances. Ses filles passaient le voir, mais toujours en coup de vent.

Sur le tableau d'affichage, dans l'entrée, un cours était annoncé pour début août : *Apprenez à surfer sur le Net.* Gerlof supposa qu'il ne s'agissait pas de sport nautique.

Il regrettait les conférences estivales. Veronica Kloss était venue l'année précédente parler de l'histoire de la famille Kloss, c'était très intéressant. Maintenant, bien sûr, il en savait davantage.

Il y avait une petite bibliothèque à la maison de retraite, près de l'entrée. Il y descendit et trouva un livre d'un historien britannique, Robert Conquest, sur l'Union soviétique des années trente. Il l'emprunta et remonta avec dans sa chambre.

Il voulait connaître la réalité rencontrée par Aron et Sven Fredh en arrivant dans le Pays neuf, mais le titre de l'ouvrage laissait présager le pire : *La Grande Terreur.*

Un calme vendredi fin juillet, il prit l'ascenseur pour descendre au secteur La Mouette, au rez-de-chaussée. Là aussi il faisait frais et c'était silencieux. Sa canne à la main, il avança lentement dans le couloir. Presque au bout se trouvait la chambre où avait habité Greta Fredh, s'il se rappelait bien. À présent y logeait une certaine Blenda Pettersson, d'après le nom sur la porte.

*Ils ont pris tout ce que j'avais*, lui avait dit Aron au téléphone. Il voulait dire que Kloss lui avait pris la ferme près de la plage. Rien d'autre. Ou alors ?...

Gerlof regarda le nom, sans frapper.

« Bonjour, vous êtes perdu ? »

C'était une jeune femme, cheveux sombres, bronzée, avec la blouse du personnel.

Gerlof secoua la tête et se présenta.

« J'habite ici, à l'étage du haut. Je fais juste un petit tour pour voir mes voisins.

– Ah, d'accord. Oui, ici, les pensionnaires restent beaucoup dans leur chambre, la chaleur les fatigue.. Vous connaissez Blenda ? »

Gerlof allait répondre par la négative, mais la remplaçante avait déjà ouvert la porte.

« Nous pouvons entrer, j'allais la voir de toute façon... Bonjour Blenda ! »

Gerlof se sentait comme un intrus, mais la suivit pourtant.

Il entra dans un petit logement qui était presque la copie conforme du sien : une entrée avec un vieux tapis censé être anti-dérapant, sur la gauche une spacieuse salle de bains avec une douche adaptée pour les handicapés et, de l'autre côté de l'entrée, la chambre à proprement parler. Une femme aux fins cheveux blancs y était tassée dans un fauteuil.

Gerlof n'arrivait pas à savoir si elle était réveillée ou non. La remplaçante bavarda un peu avec Blenda, sans obtenir de réponse. Elle fit alors le lit, remplit un verre d'eau et distribua quelques médicaments. Fin de la visite.

Mais Gerlof resta un moment devant la porte.

« Celle qui habitait ici avant Blenda, la pensionnaire précédente... Elle s'appelait Greta, n'est-ce pas ?

– Greta Fredh, oui, dit la remplaçante. Elle est morte il y a un an, la dernière fois que j'ai travaillé ici. C'était à la mi-août.

– Une chute ? » dit Gerlof, qui se rappelait vaguement ce que lui avait raconté Sonja, la fille du fossoyeur Bengtsson.

– Une chute accidentelle, oui. » La remplaçante baissa la voix, comme si la mort écoutait. « Greta est tombée et s'est cogné la tête dans ses toilettes. Et la serrure était comme grippée, il a fallu aller chercher un serrurier pour entrer… mais il était trop tard. »

Gerlof regarda la porte.

« Greta avait-elle des visites ? Des parents qui passaient la voir ? »

La remplaçante réfléchit.

« Veronica Kloss est venue assez souvent, l'été dernier, lui lire des livres et des journaux… Vous savez, la directrice d'Ölandic. »

Gerlof hocha la tête. Il savait très bien.

« Mais pourtant, ils n'étaient pas parents ?

– Greta le prétendait parfois. Mais elle était assez confuse, vers la fin.

– D'autres visiteurs ?

– Pas que je sache. Pas de son vivant. Un frère est passé un peu plus tôt cet été… mais ça devait juste être pour récupérer quelques affaires de Greta. »

Gerlof sursauta.

« A-t-il dit son nom, ce frère ?

– Oui… Arnold ?

– Aron, dit Gerlof.

– Oui, Aron. Il n'a pas dit grand-chose, il était assez taciturne.

– De quoi avait-il l'air ?

– Vieux, mais en forme, dit la remplaçante. Petit, trapu… mais plein d'énergie, alors qu'il devait avoir autour de quatre-vingts ans. » Elle regarda Gerlof et se dépêcha d'ajouter : « Mais ce n'est pas très âgé.

– L'âge, c'est dans la tête », dit Gerlof.

Il la remercia et rebroussa chemin dans le couloir.

Il vit qu'un Wall habitait la chambre voisine. Ulf Wall. Qui était-ce ? Le père d'Einar Wall, qui avait été assassiné ? Peut-être, car la photo d'Einar Wall, que la police avait montrée, semblait avoir été prise à cet endroit précis.

La porte d'Ulf Wall était bien fermée.

Gerlof ne frappa pas, il passa son chemin. Il avait envie d'un café, et ne pouvait en avoir que dans son secteur.

# JONAS

ONCLE KENT, en T-shirt noir et short de camouflage, allait et venait comme un militaire devant les membres de la famille et les employés de la Villa Kloss – et pour la première fois de la semaine, Jonas lui trouva l'air un peu content.

« L'alarme détecte les mouvements, dit-il. Elle s'éteint au moyen d'une télécommande. Une fois sur le terrain, vous avez une minute pour la désactiver. Elle est en plus garantie anti-bug, elle continuera à fonctionner après le nouvel an. »

Jonas écoutait l'exposé avec Mats et les cousins, Veronica et Papa, la femme de ménage Paulina et le nouveau jardinier, Marc, lui aussi étranger, musclé et très bronzé.

Ils étaient rassemblés sur le devant de la maison, qui ressemblait à un paysage lunaire. L'herbe, les buissons et la vipérine avaient disparu, déterrés et remplacés par un fin gravier. Ces derniers jours, Jonas avait compris ce que marquaient les piquets sortis de terre la semaine précédente.

Ils avaient disparu, remplacés par une douzaine de petits poteaux solidement enterrés, dépassant seulement d'une dizaine de centimètres. Ils étaient en plastique noir, mais Jonas trouvait qu'ils ressemblaient aux pieux où les pêcheurs fixaient leurs nasses.

Les *senseurs*, comme disait Kent. Après avoir insisté sur leur sensibilité, il indiqua un tableau en plastique près du garage.

« C'est d'ici qu'est commandée l'alarme extérieure. On l'active avec un code, on la coupe avec un autre code. »

Il indiqua l'autre direction, vers la maison.

« L'alarme anti-intrusion se commande de l'intérieur. Vous la désactivez sur le mur, dans l'entrée. Ça vaut aussi pour les maisons d'amis. »

Il regarda le groupe.

« Bien, dit-il. Nous avons donc une alarme externe et une alarme interne contre les intrusions. Vous en aurez les codes. Des questions ? »

Aucun des présents ne dit rien. Jonas aurait préféré s'en aller.

« Et les lièvres, alors ? »

Jonas regarda autour de lui – c'était son père qui avait levé la main.

« Quoi ? fit Kent.

– Tu sais bien que ça grouille de lièvres, ici, la nuit, continua Papa. Ils ne risquent pas de déclencher l'alarme en traversant le terrain ?

– Si, dit Kent. C'est pour ça que nous allons installer une clôture la semaine prochaine. Un mètre et demi, tout autour de la Villa Kloss, avec portail automatique. Infranchissable pour les lièvres. »

Tante Veronica était restée silencieuse, un peu à l'écart. Elle n'était pas en tenue de camouflage, juste une robe vert clair. Elle secoua la tête.

« Je ne veux pas d'un mur de Berlin, dit-elle. Pas autour de mon terrain.

– Ce sera une clôture basse, dit Kent. Même les enfants verront par-dessus. »

Veronica le regarda.

« Notre famille ne se cache pas.

– Non, mais nous nous protégeons, dit Kent, jusqu'à ce que le calme revienne. Cette fois, il ne s'agit pas d'une banale querelle de voisinage, Veronica. »

Elle lui décocha un regard dur.

« Ne fais pas de bêtises. »

Elle tourna alors les talons et rentra chez elle.

Sans lui prêter attention, Kent toisa le groupe et sortit des petits papiers de son short militaire.

« Bon, nous avons fini… Voici les codes des alarmes. »

Tout le monde s'avança, et Jonas se mit lui aussi dans la queue. En même temps, il tourna la tête et regarda vers le cairn. C'était calme, là-bas, ces derniers jours. Seuls quelques touristes étaient venus voir les pierres, et il n'y avait pas de vieil homme parmi eux.

« Tu vois quelque chose, J-K ? »

Jonas se retourna et vit Oncle Kent qui lui souriait, campé devant lui. Il lui tendit un bout de papier, que Jonas prit.

« Non, dit-il. Rien. »

Kent regarda vers la route, en contrebas.

« Je sais que nous sommes maintenant surveillés, dit-il tout bas. Il y a un vieux bonhomme qui entre parfois dans le bunker… Mais nous allons nous occuper de ce problème. »

# LISA

« ÇA VA BIEN ? »

Lisa jouait de la guitare au restaurant de Stenvik. C'était samedi soir et presque complet, quelques tables libres à l'intérieur, la terrasse bondée. La plupart étaient sans doute venus pour la bière, la pizza et la vue sur la baie, pas pour la musique, mais peu importait.

Quelques « Oui… » épars lui répondirent.

« C'est cool d'être ici ! » dit-elle dans le micro.

Des clichés, peut-être, mais *c'était* cool d'être ici – même si sa voix commençait à être rauque après plusieurs semaines à crier et à chanter par-dessus le brouhaha. Mais elle préférait être ici, au coucher du soleil en bord de mer, plutôt qu'au sous-sol dans la boîte de nuit. Tout le plaisir qu'elle avait à y jouer Lady Summertime avait disparu.

Ici, au village, il n'y avait que des vacanciers qui voulaient se détendre. L'ambiance au May Lai Bar, en revanche, avait complètement changé cette dernière semaine, c'était comme être DJ dans un caveau. Tous les gosses de riches qui y semaient leur argent début juillet étaient partis ailleurs, sur Gotland ou à Stockholm, et, sans eux, tout était vide et silencieux.

Mais au restaurant, il y avait du public, et elle assurait le spectacle.

« Merci ! dit-elle après de maigres applaudissements Voici maintenant une chanson d'Olle Adolphson, vous allez peut-être la reconnaître… »

C'était une chaude soirée, avec un coucher de soleil doré. Lisa ressortait les vieilles chansons suédoises sur la beauté et la fragilité de l'été, sachant que tout serait bientôt fini. Août arrivait. L'été était court, c'était bien vrai. Se laisser glisser à sa guise au soleil et faire ce qu'on voulait, ce n'était pas la vraie vie, voilà tout.

Il lui restait moins d'une semaine à Stenvik avant de rentrer retrouver les gaz d'échappement de la capitale. Faire face à Silas et ses questions, pourquoi l'argent n'était pas arrivé, comment elle comptait y remédier.

Lisa avait le soleil couchant dans les yeux, mais essayait malgré tout de scruter le public. La plupart des tables étaient bien pleines, mais à l'une d'elles, dans un coin de la terrasse, elle aperçut un vieil homme seul devant un verre d'eau. Il n'était qu'une ombre à contre-jour, mais bougeait la tête au rythme de la musique.

Était-ce l'homme du camping ? La surveillait-il ? Voulait-il récupérer la tabatière ?

*Concentre-toi*, pensa-t-elle.

Elle ferma les yeux et chanta dans le micro, en essayant de faire abstraction du public. De l'homme du camping. Sinon elle allait cafouiller.

Elle dévida deux autres chansons, les yeux fermés. Quand elle leva les yeux, le vieil homme avait disparu.

« Merci beaucoup ! » s'exclama-t-elle, et c'était fini. Elle se laissa glisser de son tabouret et se retira du soleil dans l'ombre du restaurant.

Le chef, Niklas Kloss, tenait la caisse. Cette dernière semaine, il avait paru fatigué et absent, bougeait à un tout autre rythme que les autres serveurs, restait le plus clair du temps sans rien faire près du bar. Elle supposait que l'épidémie de gastro à Ölandic avait empêché la famille Kloss de dormir.

« Bon boulot », se contenta-t-il de dire.

Et voilà. Il n'y avait plus qu'à rentrer.

Mais comme elle quittait le restaurant, quelqu'un sortit de l'obscurité. Une silhouette mince qui avançait prudemment sur le gravier.

« Lisa ? »

C'était Paulina, l'assistante de Kent Kloss. Elle avait un petit sourire hésitant.

« Joli concert, dit-elle.

– Merci », dit Lisa.

Elle se demanda combien de temps Paulina était restée écouter. Pourquoi n'était-elle pas entrée s'installer à une table ? Était-elle si timide, ou n'avait-elle pas d'argent ?

Elle fit un signe de tête en direction du camping, et Lisa comprit la question.

« Ouais, dit-elle en soulevant son étui de guitare. Je descends à la caravane. Me reposer un peu avant mon dernier set. »

Paulina descendit avec elle dans le noir vers le camping. Elles passèrent en silence devant le mât de mai tout séché mais, en traversant la route côtière, Paulina montra de la tête la vaste silhouette de la Villa Kloss et dit à voix basse :

« Il a une proposition.

– Ah oui ? » dit Lisa.

Elle n'avait pas besoin de demander de qui il s'agissait. C'était bien sûr Kent Kloss.

« Il a un boulot pour toi, dit Paulina. Pour nous.

– Un autre concert ? demanda Lisa.

– Non, autre chose… ici, au village. »

Lisa regarda Paulina.

« Qu'est-ce qu'il veut, à la fin ? Il te fait des choses ? Il t'exploite ? »

Paulina la regarda en silence avant de sembler comprendre. Alors elle rit et secoua la tête.

« Non, pas ça, dit-elle. Je ne suis pas comme ça. Je suis une employée. »

Elle semblait si sûre d'elle que Lisa eut honte de sa question et changea vite de sujet :

« Et comment as-tu eu ce travail ?

– Une annonce, dit Paulina. Il avait mis une annonce dans beaucoup de journaux, et j'ai répondu.

– Comme moi », soupira Lisa.

Paulina la regarda.

« Il va bientôt nous parler. Il veut qu'on l'aide.
– Je sais, dit Lisa avec lassitude. Je l'ai déjà aidé au camping. »

Bien sûr, il ne s'agissait pas d'une proposition, Lisa le savait. Kent Kloss ne faisait pas de propositions. Il donnait juste des ordres.

« Il paie, dit Paulina.
– Ah oui ? C'est un boulot légal ? »

Paulina se tut, et Lisa ne put que hausser les épaules. Légal ou non, elle avait un prix.

« Bon, d'accord, dit-elle. Je vais peut-être l'aider une dernière fois, avant de rentrer chez moi. »

# LE REVENANT

IL Y AVAIT UN HÔTEL à Långvik, le village côtier au nord de Stenvik. Un grand colosse blanc qui ressemblait à l'hôtel Ölandic, situé sur le port.

Le Revenant manœuvra sur le parking et se présenta à la réception.

Une jeune fille l'accueillit en chemisier blanc et short, habillée comme si elle allait partir jouer au tennis. Il lui sourit.

« Vous avez une chambre ?

– Nous venons d'avoir une annulation. » La fille regarda son ordinateur. « Une chambre double.

– Je suis seul, dit le Revenant. Mais je la prends.

– Parfait », dit la réceptionniste. Elle tapa quelque chose sur son ordinateur et lui sourit. « Avez-vous une carte d'identité ? Un permis de conduire ? »

Le Revenant la regarda. On ne lui avait pas demandé tout ça à Ölandic Resort.

« Non, dit-il. Pas de papiers suédois... Je viens de l'étranger.

– Mais dans ce cas, un passeport ? Nous devons enregistrer les clients étrangers. »

Le Revenant se tut.

*Enregistrer*. Ils allaient contacter la police. Ou Kloss. Kent Kloss les avait-il prévenus pour qu'ils le surveillent ?

« Mon passeport est dans la voiture, dit-il tout bas. Je vais le chercher. »

Il recula, tourna les talons, et se dépêcha de sortir de l'hôtel. Il regagna sa voiture en sentant que la réceptionniste ne le quittait pas des yeux.

Il s'en alla. Quitta Långvik, rejoignit la grand-route. Beaucoup de voitures, il était facile de se fondre dans la masse.

Puis il se souvint soudain d'une cachette où il pourrait habiter. Il y était déjà allé.

C'était près de chez les Kloss, mais pourtant à l'écart.

Le Revenant sortit de la grand-route, sans lâcher des yeux son rétroviseur. Personne ne le suivait.

# LE PAYS NEUF, FÉVRIER 1938

ARON A EU VINGT ANS, et cette année est pleine de travail et de nouveautés. Du fond de sa cave à Leningrad, il entend annoncer à la radio les procès politiques et les grandes purges dans les rangs du Parti à Moscou. Mais Vlad, lui, est promu : le NKVD le nomme lieutenant.

Son grade lui confère des privilèges. Chaque mois, Vlad reçoit un carnet de coupons qu'il peut utiliser pour s'approvisionner à l'Insab, le nouveau magasin réservé aux fonctionnaires, qui vend des produits et des vêtements étrangers.

Il a des avantages, on le respecte. Vlad porte son uniforme du NKVD dans la rue et ses concitoyens le regardent à la dérobée – les *babouchkas* avec vénération, les petits garçons avec admiration. Il représente la loi et l'ordre, il est une présence rassurante dans un monde rempli d'ennemis.

Mais il a beaucoup de travail. Du travail de nuit. Avec le capitaine Rugaïev, le camarade Trouchkine, Popov et tous les autres.

Les interrogatoires ont souvent lieu à la chaîne, à la cave, dont les murs sont couverts d'affiches avec des slogans comme : *Avec le communisme vers l'avenir !* ou : *Fais ton devoir dans l'honneur soviétique !*

Vlad et les autres interrogateurs se fatiguent, et la fatigue les rend violents, mais eux, au moins, peuvent parfois se reposer. Les prisonniers, jamais, on les travaille sans interruption. Un prisonnier qui doit être brisé est placé sur une chaise dure, dans une lumière crue, et on le bombarde toute la journée de questions :

« Pourquoi espionniez-vous pour le Japon ? »

« Pourquoi n'avez-vous pas trinqué pour le Parti ? »

« Pourquoi cette plaisanterie en particulier vous a-t-elle fait rire ? »

Les questions ne tarissent jamais.

Les prisonniers non plus. Les hautes instances à Moscou ont décidé qu'il y avait des milliers d'ennemis de l'État, peut-être des millions. Chaque commissariat du NKVD a reçu un quota de personnes à déporter et exécuter – il faut donc procéder à des arrestations.

Les camionnettes noires partent chaque nuit chercher toujours plus d'ennemis de l'État, qu'on conduit à la prison. Parfois portant de coûteuses fourrures, parfois en simple pyjama. Parfois avec leurs petits enfants dans les bras, ou pleurant derrière eux.

Tard dans la nuit, il arrive qu'Aron entende des coups dans l'obscurité de la cave. De longues suites de faibles coups. Cela l'inquiète, mais dès qu'il va voir, les coups rythmiques cessent.

« C'est la langue des prisonniers, lui explique son collègue Trouchkine.

– Une langue ?

– Ils se parlent d'une cellule à l'autre. Ils tapent des messages codés à travers les murs.

– Ah oui ?

– Nous essayons de les en empêcher, dit Trouchkine, mais ils continuent. »

Aron se détend. Ce sont des hommes qui tapent.

Les prisonniers sont traités à la chaîne. Tout est fait pour que ce soit aussi rapide et facile que possible.

Tous les prisonniers sont fouillés, déshabillés, voient leurs orifices inspectés et sont descendus à la cave, tremblants de peur. Vlad est campé avec son uniforme et ses bottes sur le sol de ciment. Aron l'entend poser les mêmes questions, encore et encore :

« Pourquoi dites-vous du mal du Parti ? »

« Pourquoi avoir saboté les machines ? »

« Quels agents avez-vous recrutés ? »

Quand la voix de Vlad devient rauque, un collègue prend le relais.

Le camarade Trouchkine ne se fatigue jamais, quelle que soit la durée de l'interrogatoire, et Vlad le considère comme un modèle. Trouchkine se jette sur chaque prisonnier et le mitraille de questions :

« Pourquoi êtes-vous allé avec les trotskistes ? »

« Pourquoi vouliez-vous quitter votre patrie ? »

« Pourquoi ne pensez-vous pas à vos enfants ? »

Parfois, on fait venir d'autres prisonniers, déjà brisés, pour qu'ils aident des saboteurs rétifs à avouer tout ce dont on les accuse.

Parfois, les prisonniers qui semblent souffrir de claustrophobie sont placés dans des pièces spécialement étroites, dont les murs et le plafond les enserrent. Les prisonniers transis sont mis dans des cellules froides, ceux qui ont la fièvre sont aspergés d'eau. La torture a été approuvée comme méthode d'interrogatoire, et on utilise la *doubinka*, une matraque en caoutchouc, sur les dos et les plantes de pieds.

Les méthodes sont nombreuses, mais le but est toujours le même – une signature griffonnée au bas du procès-verbal, dont l'encre se mélange parfois à des gouttes de sang.

L'aveu est la preuve que l'interrogatoire s'est bien passé. La preuve que l'ennemi de classe est coupable.

Vlad note toutes les personnes que les prisonniers dénoncent. Leurs noms, leurs titres, leurs crimes.

Puis viennent la relecture du procès-verbal et la signature du criminel.

Et ensuite : *vyschaïa mera*. La peine capitale.

La balle en plomb.

La salle d'exécution, à la cave, sert aussi de salon de coiffure. Quand les prisonniers y sont conduits, ils ne savent jamais ce qui les attend, car la direction de la prison a décidé que les bourreaux et les coiffeurs porteraient le même uniforme.

La porte est spécialement insonorisée, et on la ferme soigneusement. Dans un coin, un gramophone joue très fort des marches militaires. Le mur blanc du fond semble inoffensif, mais c'est une plaque de plâtre sur des planches, devant une épaisse couche de sable pour arrêter les balles.

Le sort des prisonniers ne leur apparaît clairement que lorsqu'on les force à se placer dans un carré blanc peint sur le sol en ciment, tournés vers le mur en plâtre. Mais alors il est trop tard. Quatre ou cinq secondes d'immobilité en musique, puis le bourreau s'avance et tire.

Le gramophone ne s'arrête jamais.

Vlad est souvent envoyé là par le capitaine Rugaïev, et Aron sait pourquoi : c'est le meilleur tireur. Beaucoup de gardes tirent mal, et ont besoin de deux, voire trois balles. Mais Vlad vise bien.

Et si un prisonnier ne peut être abattu – peut-être parce que son corps devra ensuite être montré à quelque diplomate étranger –, on lui met un masque de chloroforme, puis un médecin lui injecte un poison. Son décès paraît alors causé par une crise cardiaque subite.

Après une longue séance de travail, il faut toujours laver le sol. Comme on ne peut pas faire appel à des femmes de ménage, c'est un détenu qui s'en charge. Mais ce sont souvent les gardiens eux-mêmes qui doivent tout lessiver avant de partir.

Un soir, Trouchkine et Vlad s'occupent ensemble de la cave, avec un jet d'eau et un balai-brosse.

« Tu sais ce que nous sommes, camarade ? dit Trouchkine en rinçant les murs. Je viens juste d'y penser.

– Non, dit Vlad. Quoi ?

– Nous sommes comme une petite pièce d'une moissonneuse-batteuse. Tu en as déjà vu ? »

Vlad secoue la tête.

« Ce sont des machines fantastiques. On commence à les utiliser dans les kolkhozes, à la place des faucilles et des faux. J'en ai vu une en action, près de Moscou, l'an dernier.

– Que font-elles ?

– Tout ! dit Trouchkine. C'est une seule machine qui fait tout dans les champs… le même travail que cent ou deux cents paysans. Et elle ne se fatigue jamais ! »

Aron imagine un monstre qui avance dans un champ, et demande :

– De quoi est-elle faite ?

– De tiges de fer, de tambours en tôle et de roues.

– Avec une faux ?

– Des lames, dit Trouchkine, toute une série de lames. Les blés sont coupés, entrent dans une trémie où le grain est séparé de la paille et de la balle. Après, il n'y a plus qu'à faire le pain… Et en la voyant avancer dans le champ, je me suis dit que notre organisation était comme une grande moissonneuse-batteuse, dirigée par le camarade Staline. » Il brandit son tuyau et rince la dernière trace de sang dans un coin de la cave. « Toi et moi, nous sommes les lames. »

Aron passe la serpillière pour sécher le sol. Une moissonneuse-batteuse ? Mais il ne suffit pas de séparer le bon grain de l'ivraie, il faut aussi l'*écraser*. Alors seulement on obtient de la farine.

Trouchkine moissonne inlassablement à la cave. Mais après un long été de labeur, il est envoyé pour des vacances bien méritées au bord de la mer Noire, fin juillet 1938. Vlad continue sans lui le travail de nuit.

« Pour quel pays espionniez-vous ? » demande-t-il.

« Quel est votre nom de code ? »

« Qui avez-vous recruté ? »

Les interrogatoires semblent sans fin, la paperasse aussi.

La seule consolation d'Aron est que ce travail ne pourra pas durer éternellement. La paix finira par revenir, et il restera alors la ferme de l'autre côté de la Baltique. La ferme et la plage, sa sœur et sa mère. C'est là-bas qu'il retournera, quand le dernier ennemi aura disparu.

Mais il en arrive sans arrêt. La nuit du 5 août 1938, on descend à la cave un prisonnier avec un sac de toile sur la tête et un manteau jeté sur les épaules. Pour Vlad, le sac n'est pas une nouveauté. Il arrive souvent, l'été, quand les nuits sont plus claires, que les transports de détenus soient trop visibles.

Pour le reste, le prisonnier est comme tous les autres. Sous son manteau, il a des sous-vêtements tachés, et les jambes couvertes de bleus et d'écorchures.

« Numéro 34 98 », indique le greffier depuis son bureau, en plaçant une nouvelle feuille dans sa machine à écrire.

Vlad aussi est prêt. Trois seaux d'eau glacée sont alignés contre le mur et la matraque attend sur une table, la *doubinka*. Il ôte rapidement le sac de toile de la tête du détenu – et reste cloué sur place.

C'est Trouchkine.

Le camarade Trouchkine. L'ami d'Aron est assis devant lui.

Trouchkine ne dit rien, il a la lèvre fendue, mais il regarde Vlad. Et devine Aron.

Aron détourne le regard, et s'adresse au greffier.

« Je ne comprends pas, dit-il.

– Qu'est-ce que tu ne comprends pas ? »

Aron regarde à nouveau Trouchkine.

« Je ne comprends pas pourquoi il a été conduit ici. Pourquoi nous devons… »

Le greffier saisit un document et lit :

« Le numéro 34 98 a eu des contacts avec des proches d'ennemis du peuple. Il leur a envoyé des lettres. »

Aron se racle la gorge et regarde au fond des yeux rougis du prisonnier. Le camarade Trouchkine sait où il est : au début du dur chemin qui mène à des aveux complets. Il sait que la chaise sur laquelle il est assis sera bientôt humide, et le sol sous ses pieds souillé.

« Autre chose ? demande Vlad par-dessus son épaule.

– Bien plus, dit le greffier. Il planifiait un coup à l'intérieur de l'organisation quand ils l'ont arrêté à Sotchi. Il était l'agent d'un réseau étranger… Nous allons sûrement recueillir beaucoup de noms cette nuit. »

Aron hoche la tête, raide, et le greffier poursuit

« Vous vous connaissez bien ?

– Quoi ? dit Aron.

– Toi et Trouchkine ? Vous êtes bien allés souvent au café ensemble, pendant votre temps libre ? Vous êtes amis ? »

Vlad secoue la tête.

« C'est faux. »

Silence. Vlad s'attend à ce que Trouchkine dise quelque chose, ouvre la bouche pour protester. Mais non. Trouchkine se contente de le regarder, l'œil vide.

« C'est faux, répète Vlad. Nous ne sommes pas camarades. »

Aron se demande si quelqu'un surveille cette cave. Une oreille appuyée contre la porte ? Un œil qui regarde par une fente ? Un de ses chefs peut à tout moment faire irruption et demander ce qui se passe, pourquoi ils ne font rien – alors il s'avance d'un pas décidé, ôte le manteau du détenu et lui enlève son maillot de corps. Son dos nu est blanc comme la farine, encore sans plaies ni bleus.

« Allez, on y va », dit Vlad.

Il refoule les protestations d'Aron. Ils savent tous les deux que Trouchkine avait tort : ils ne sont pas les pièces d'une moissonneuse-batteuse. Plutôt les pièces d'un moulin. Ils travaillent à la meule, avec Staline comme meunier en chef. Mais le moulin est dirigé par le vent, et le vent souffle à présent si fort sur le Pays neuf que personne ne peut plus l'arrêter. Même pas Staline.

Il faut remplir le quota d'ennemis, il faut de nouveaux noms et Vlad sait que Trouchkine le comprend. Ils doivent à présent tous les deux faire leur devoir.

Le visage de Trouchkine est tourné vers le sol en ciment. Seul son dos est visible.

Aron se terre, mais Vlad s'avance.

Il saisit la *doubinka* et commence l'interrogatoire.

# JONAS

LA TERRASSE d'Oncle Kent était comme neuve. Il pouvait être content. Maintenant, Jonas allait travailler chez Tante Veronica, et tout ce qui restait à régler entre Kent et lui était son salaire.

L'argent.

Il avait repoussé autant que possible ce moment, il était déjà tard. Mais il finit par aller trouver Oncle Kent.

Il y avait une faible lumière aux fenêtres du séjour, et il fit coulisser la porte vitrée.

À l'intérieur, l'air était étouffant. Les ventilateurs étaient éteints.

Jonas entra. Il vit des factures et des vêtements de sport éparpillés par terre, le sac de golf renversé dans l'entrée.

Il tendit l'oreille. Pas un bruit. Il approchait une main de l'interrupteur du plafonnier quand une voix fit :

« Non. N'allume pas. »

Jonas se figea et regarda vers le fond de la pièce. Le téléviseur grand écran n'était pas allumé, mais quelqu'un était assis devant.

*Le fantôme*, pensa-t-il. *C'est le fantôme du cairn qui est entré.*

« Salut, J-K… Ça va ? »

Jonas reconnut la voix de Kent et s'avança de quelques pas sur le sol de pierre.

« Bien…, dit-il. Je venais pour mon salaire. Le ponçage. »

Kent hocha lentement la tête.

« Exact, oui… Viens par ici. »

Jonas s'approcha doucement et vit Oncle Kent se lever et sortir son portefeuille en titubant un peu. Il y avait une bouteille sur la table.

Kent sourit et lui tendit quelques billets.

« Allez, viens, J-K. »

Jonas s'avança, et reçut son argent.

« Merci, dit-il tout bas.

– De rien », dit Kent en lui touchant le front.

Jonas trouva ses doigts glacés.

« Tu te plais, ici, J-K ? »

Jonas acquiesça.

« Bien, dit Kent. C'est bien… La Villa Kloss est faite pour. » Il regarda autour de lui. « Je me suis toujours plu ici. On a fait de ces fêtes incroyables autrefois, Niklas et moi, avec nos potes… On venait de Stockholm avec des filles, on se défonçait au champ'. À l'époque j'avais un waterbed, grand comme la piscine. Des fois, on faisait le tour du cadran. On dormait un peu le matin, et ça repartait à la plage à l'heure du déjeuner. »

Il regarda Jonas et lui posa la main sur la nuque.

« Mais je vais te dire une chose, J-K, et c'est important. Tu écoutes ? »

Jonas se raidit à ce contact, mais hocha la tête en silence.

« Il y a une chose que j'ai apprise, dit Kent, c'est qu'après chaque fête, il faut faire la vaisselle. Plus la fête dure, plus il y a de vaisselle. Tu t'en souviendras ? »

Jonas retint son souffle.

« OK, dit-il.

– Bien, J-K. » Kent le lâcha. « Je comprends que tu aies cogité sur ce qui s'est passé sur la grand-route… Moi aussi. Mais je voulais juste *parler* à Mayer, lui demander ce qu'il fabriquait. L'an dernier, il avait piqué dans la caisse, tu sais, alors c'était normal de le virer d'Ölandic. Et puis, cet été, il nous fait ce coup : monter à bord de notre bateau, séquestrer l'équipage, et larguer les amarres. » Il soupira et continua. « Alors je voulais juste causer un peu avec lui, mais il m'a filé entre les doigts à Marnäs, il a foncé dans la forêt et s'est jeté sur la route. Et cette voiture est arrivée... »

Kent regarda par la fenêtre les *senseurs* dans le jardin et soupira.

« Ça va bien aller, ici. Ça a été un peu agité ces dernières semaines, avec tous ces problèmes au Resort, mais ça va se calmer, maintenant... Il ne va plus venir. On va riposter. »

Jonas ne dit rien. Il songea au pistolet que Kent avait pris. Puis il s'écarta doucement, loin de sa main.

Oncle Kent se rassit devant la table basse. Jonas recula dans la direction opposée, vers la porte, repassant devant les factures et les clubs de golf.

Kent se retourna.

« Tu vas où, J-K ?

– Juste faire un tour.

– Ne sors pas du terrain, dit Kent. Il faut rester ici, derrière l'alarme. C'est plus sûr ici, à la Villa Kloss. »

Jonas poussa la porte vitrée et se dépêcha de sortir sur la terrasse – manquant de se cogner à Tante Veronica, qui entrait.

« Salut Jonas, tu es encore debout ? »

Il hocha la tête.

« N'oublie pas que tu commences à travailler chez moi demain matin. C'est super... J'ai besoin d'un gros coup de main. »

Il trouvait lui aussi que ce serait super.

Veronica glissa un œil dans la pièce, vers Kent, et baissa la voix :

« Comment va-t-il ?

– Bien... je crois, répondit Jonas.

– C'est dur, en ce moment, dit Veronica.

– Oui, fit-il.

– Je passais voir... Bonne nuit, Jonas. »

Elle entra chez Kent et referma la porte vitrée.

Jonas traversa la terrasse, seulement éclairée par des petites lampes. Il regarda par la grande baie vitrée. Sa tante avait rejoint Kent. Elle le secouait dans son fauteuil, lui disait quelque chose que Jonas ne pouvait pas entendre.

Kent bredouillait mais elle continuait à parler, l'air grave.

Lentement, Kent se leva. Il écouta sa sœur en silence et hocha la tête.

Jonas n'épia pas davantage. Il regagna sa petite maison.

Il était épuisé.

# LISA

C'ÉTAIT JEUDI SOIR au May Lai Bar, *the midnight hour*, Lady Summertime avait encore une heure à tirer.

Dieu merci. Sa perruque violette commençait à la gratter de plus en plus.

C'était la dernière soirée de Summertime au club, et ça ne s'était pas bien passé. Le local était à peine à moitié plein, l'ambiance au tapis. La piste de danse était déserte – et Lisa se sentait surveillée dans sa cabine de DJ.

Ce qui était bien sûr le cas. Les vigiles rôdaient, et elle supposait que Kent leur avait dit de la tenir à l'œil.

Lisa se pencha sur sa table de mixage. Elle veillait à ce que Summertime se tienne bien. Pas de tour sur la piste de danse, pas de doigts baladeurs. Mieux valait se tenir à carreau, mais le cœur n'y était plus.

À minuit et demi, Kent Kloss en personne se pointa, fait assez inhabituel, et s'installa au bar. Il commanda, tapa dans le dos de quelques habitués et parla avec des vigiles qui s'étaient approchés. Lisa vit qu'il n'avait demandé que de l'eau minérale. Puis il but, discuta et rit près du bar, sans regarder vers la cabine du DJ. Pas une seule fois.

Lisa s'inquiéta. Lady Summertime commençait à patauger derrière sa table de mixage, ratait ses transitions.

Elle finit par arriver au bout de ses peines.

« Merci et bonne nuit », se contenta-t-elle de dire après la dernière chanson, *The End*, des Doors.

Et voilà.

Personne n'applaudit, les clients qui restaient vidèrent juste leur verre et commencèrent à partir. Un sentiment de lassitude engluait le local.

*C'est la chaleur*, pensa Lisa, sans conviction. Elle savait qu'il ne pouvait pas y avoir d'ambiance dans un local à moitié vide.

Elle rassembla ses disques et avait fini de ranger quand les derniers clients quittèrent le club.

Mais avant qu'elle ait le temps de s'éclipser, Kent Kloss arriva du bar.

« Salut, Summertime, besoin d'un coup de main ?

– Non, ça va. »

Elle avait secoué fermement la tête, mais il la suivit pourtant dans l'escalier. Ils ressortirent dans l'air tiède et se dirigèrent vers sa Passat. Une ombre noire passa dans le ciel nocturne – une chauve-souris poursuivant des insectes.

« Tu te tiens bien ? dit Kent, arrivé au parking.

– Absolument, dit Lisa. Comme un ange.

– Continue, dit-il. Pas de bêtises. »

Kent, qui semblait parfaitement à jeun, avait cessé de sourire une fois dans le noir.

« Au moins, on a eu de la chance avec le temps, cet été, dit-il. Tout le reste a foiré, mais le soleil brille. » Puis il regarda vers les lumières de l'hôtel et ajouta : « Huit palettes de vodka et de champagne russe… Tu connais quelqu'un que ça intéresse ?

– Comment ça ? »

Kent sourit, las.

« Tout ça nous reste sur les bras. Huit palettes invendues. Nous avons reçu une grosse livraison par bateau vers la Saint-Jean, mais n'en avons écoulé que la moitié. C'est la gastro… J'aurais gagné deux millions cet été, sans impôts, s'il n'avait pas injecté du purin dans nos tuyaux. »

Lisa ne dit rien, regarda juste sa montre. Deux heures passées.

« Il faut que j'y aille », dit-elle.

Il s'approcha d'un pas.

« Elle t'a causé ? »

Lisa ouvrit sa voiture.

« Paulina, vous voulez dire ? Oui.

– Alors, tu en es ?

– Ça dépend.

– De quoi ? » dit Kent d'une voix plus dure.

Lisa savait qu'elle n'avait pas grand-chose dans son jeu, mais se lança pourtant :

« Je pourrai rentrer chez moi, après ?

– Tu pourras rentrer chez toi si tu fais ça, dit Kloss. Ou aller où ça te chante… Je ne te dénoncerai pas à la police. Tu ne seras pas inquiétée. »

Lisa hocha la tête.

« Et qu'est-ce que je devrai faire ?

– Monter la garde, dit Kent. Monter la garde et surveiller la Villa Kloss, avec Paulina. Il va revenir, Aron Fredh, c'est sûr… et toi, tu sais de quoi il a l'air.

– Et vous, qu'est-ce que vous ferez pendant ce temps ? »

Kent lui tint la portière et se pencha :

« Je vais lui tendre un piège. »

# GERLOF

LE TÉLÉPHONE SONNA dans la chambre de Gerlof après le café du vendredi après-midi. Il décrocha avec une certaine prudence.

« Davidsson.

– Gerlof ? »

Il reconnut la voix et l'accent. C'était un émigrant, mais pas celui qu'il espérait

« Salut, Bill, dit-il. Tout va bien à Långvik ?

– *Very well*, mais c'est le moment de se dire au revoir. L'été est fini… Je rentre dans le Michigan demain.

– Dommage, dit Gerlof. Mon bateau n'est pas tout à fait terminé.

– On fera un tour avec l'été prochain.

– Peut-être, dit Gerlof. Si je suis encore là. »

Bill s'esclaffa.

« On sera tous centenaires, Gerlof ! »

Gerlof se tut.

« Prenez soin de vous, Bill, dit-il.

– Toujours, dit l'Américain. Au fait, vous avez retrouvé l'emigrant que vous recherchiez ?

– Oui, je l'ai trouvé, dit Gerlof. Sauf qu'il ne revenait pas d'Amérique, mais d'Union soviétique.

– *Oh yeah ?* dit Bill. Qu'est-ce qu'il faisait là-bas ?

– Ça…, dit Gerlof. Il devait sans doute croire à un avenir meilleur dans le Pays neuf des travailleurs.

– Ah bon. Comme Oswald, alors ?

– Quel Oswald ?

– Lee Harvey Oswald, dit Bill. Il est parti chez les Soviets à la fin des années cinquante, avant de changer d'avis et de rentrer, avec une femme russe et une petite fille. »

Il fallut quelques secondes à Gerlof pour se rappeler les coups de feu de Dallas.

« Vous voulez parler de l'assassin ?

– Oui, l'assassin du Président, dit Bill. Mais le vôtre n'a pas des projets affreux de ce genre, n'est-ce pas ?

– Oh non », se dépêcha de dire Gerlof, sans en être vraiment sûr.

# LE REVENANT

ARON ÉTAIT TOUT EN HAUT de sa nouvelle cachette. Installé de son mieux, avec des couvertures et un fin matelas, il y avait bien dormi ces dernières nuits.

Il se sentait étrangement en sécurité dans cette cachette, comme un serpent à la cime d'un arbre. Il pouvait voir la baie et le détroit, mais aussi l'intérieur des terres.

Il voyait des nuages blancs boursouflés arriver sur l'île vers le soir. Certains ressemblaient à des têtes humaines, d'autres à des monstres difformes.

Il voyait les enfants du cours de natation se rassembler sur la plage et les baigneurs s'avancer sur le ponton, du matin au soir.

Il voyait des voitures aller et venir.

Il voyait que des vacanciers avaient déjà commencé à fermer leurs maisons et se préparaient à rentrer sur le continent.

Le soleil brillerait encore longtemps, mais l'été ici serait bientôt fini.

Il regarda vers la mer. Striée de blanc, ce soir, léchée par le vent. Grande, puissante, toujours en mouvement.

Le rêve d'Aron était de mourir ici, près du détroit, de pouvoir regarder une dernière fois l'eau puis de fermer les yeux, le cœur en paix. Et peut-être en serait-il ainsi, s'il demeurait près de l'eau le temps qui lui restait, et se cachait de ses ennemis jusqu'à ce que vienne le moment de les affronter.

Il les attendait de pied ferme. Tout était prêt.

Aron commença à descendre lentement de la tour, passa devant l'endroit où il dormait, au rez-de-chaussée, puis sortit. Sa voiture était camouflée un peu plus loin sous les arbres.

Il allait maintenant à Marnäs, pour une dernière conversation avec Gerlof Davidsson.

## LE PAYS NEUF, 1940-1945

LA GUERRE contre les ennemis du peuple a été longue et dure, Vlad est très fatigué.

Tant ont disparu. Dénoncés et condamnés. On exige toujours que chaque ennemi démasqué donne le nom d'autres ennemis qui, à leur tour, donneront d'autres noms, comme une meule qui grossirait sans cesse.

Elle en a tant écrasé.

Trouchkine, abattu.

Des professeurs et des chercheurs, abattus.

Des homosexuels et des militaires, abattus.

Des poètes, des concierges et des prêtres, abattus.

Tant.

Le premier chef de Vlad à la prison Kresty, Rugaïev, a été purgé par Zakovsky, le plus haut dirigeant de Leningrad. Zakovsky a été à son tour abattu par le chef de la police Iagoda, exécuté l'année suivante par son successeur, le buveur de vodka Icjov. Icjov est assoiffé de sang, mais il a vite échoué à son tour à la prison de la Loubianka, condamné à mort par le nouveau dirigeant du NKVD, Lavrenti Beria.

Le nouveau chef de Vlad à la prison a survécu plusieurs mois à son poste. Il se nomme Karrek, c'est un vétéran taciturne de la Première Guerre mondiale. Le major Karrek ne dit pas grand-chose, mais il a toujours sur lui son petit carnet. On dit qu'il note dedans les rumeurs qui circulent sur ses hommes. Karrek continue de distribuer la peine capitale dans la cave de la prison, souvent personnellement.

Des camions vrombissants emportent chaque jour les corps vers une zone militaire en périphérie. Vlad a entendu dirc qu'il faut d'énormes pelleteuses pour creuser des fosses assez grandes pour tous ces cadavres.

Il y a tant d'ennemis, tant de traîtres.

Vlad est convaincu que personne ne le soupçonne d'être trotskiste, impérialiste ou autre. Il est loyal envers Staline, le Parti, ses chefs, il n'est pas un ennemi de classe.

Il est pur.

Et pourtant. La peur et le doute sont là au moment de s'endormir, les murs se resserrent autour de son lit. Que peut bien écrire Karrek dans son carnet ? Et cette peur de retourner au travail le lendemain et de n'y trouver que des regards fuyants, que personne ne l'appelle plus « camarade ». Car il était jadis un étranger et, parfois, il se demande s'il n'est pas lui-même un espion.

Il se rappelle la question posée autrefois par Vladimir, là-bas, dans le Nord : *Comment sais-tu que tu n'en es pas un ?*

L'est-il ? Aron voit ce qui se passe à la cave, il note et se souvient de tout – n'est-il pas ainsi une sorte d'espion ? Peut-être espionne-t-il pour le compte d'une puissance étrangère qui n'a pas encore pris contact avec lui. Si Sven était un espion, son plan secret était peut-être de placer Aron au cœur du Parti. D'autres agents le contacteraient beaucoup plus tard.

Les idées noires viennent toujours le soir. Quand, dans son lit, il voit des visages ensanglantés flotter dans l'air et qu'il tend l'oreille, au cas où on frapperait à la porte. Il s'attend à entendre une voiture s'arrêter devant son porche, des pas rapides dans l'escalier. Des coups violents sur la porte, comme des poings contre le couvercle d'un cercueil.

On entend parfois des pas dans l'escalier. Mais devant sa porte, rien.

Que peut faire Aron, en attendant qu'on vienne frapper ?

Laisser Vlad faire son travail, rien d'autre. Jour et nuit, rien que le travail.

Le 4 mai 1940, Vlad est convoqué dans le bureau de Karrek. Le major est assis, son carnet devant lui. Il le salue d'un petit signe de tête.

« Entrez, Ieguerov. »

Vlad s'approche du bureau. Il y a un bol de cornichons, mais Karrek ne lui en propose pas. Il se contente de se caler au fond de son fauteuil pour étudier Vlad.

« Comment allez-vous ? dit-il.

– Très bien, camarade major. »

Karrek rajuste ses boutons de manchettes et regarde Vlad.

« J'ai été appelé à Moscou, à la prison de la Loubianka. J'y serai commandant. C'est un grand honneur. J'ai besoin d'emmener quelques hommes avec moi, et j'ai choisi les meilleurs. »

Vlad ne comprend pas tout de suite. Puis il se met au garde-à-vous.

Trois mois plus tard, le major Karrek est transféré à Moscou. Il emmène Vlad et deux autres hommes avec lui à la capitale.

Ils arrivent dans une ville où règne un calme relatif, après toutes les exécutions et les purges. La méfiance s'est un peu dissipée, et tout le monde semble soulagé que la menace de guerre se soit éloignée, maintenant que l'Union soviétique et l'Allemagne nazie sont alliées.

L'avenir radieux est peut-être pour maintenant, pense Vlad. Enfin.

L'été 1941 est torride. Étouffant, se dit Aron, comme avant un orage. Et il éclate dès la Saint-Jean.

Hitler attaque l'Union soviétique le 22 juin, par une offensive éclair qui balaie toute résistance. Les Polikarpov sont écrasés par les essaims de Messerschmitt. Les divisions de panzers roulent à travers les champs de blé d'Ukraine.

La voie ferrée entre Leningrad et Moscou est coupée le 21 août. Kiev tombe le 26 septembre.

Désormais, Aron ne peut plus regagner la Suède, même si Staline lui-même le laissait partir.

Il est prisonnier d'un pays où tous, pour la première fois, sont frappés par la guerre. Il n'y a plus de pain. Le sucre est rationné, le savon divisé par deux.

Un quart de la population soviétique s'engage dans l'Armée rouge, sans pourtant parvenir à refouler les fascistes. Durant la seule année 1941, l'Union soviétique perd presque trois millions de soldats.

Fin octobre, les Allemands sont aux portes de Moscou. Kaliningrad au nord et Kaluga au sud sont déjà tombées. Les boutiques et les appartements abandonnés sont pillés. Les seize ponts de Moscou et les datchas de Staline sont minés, Staline lui-même s'apprête à quitter Moscou mais, le 18 octobre, il décide finalement de rester et de dormir dans une rame du métro.

Le général Joukov lui garantit que la capitale tiendra.

Le NKVD a les mains libres pour exécuter les déserteurs et les travailleurs qui tentent de fuir. Vlad fait partie de ceux qui travaillent dans les rues, juste derrière les premières lignes.

L'armée allemande marque une pause pour préparer l'assaut final sur Moscou, ce qui est une erreur. Fin octobre, quatre cent mille soldats reposés ainsi que mille chars et mille avions arrivent de l'est par trains spéciaux. Ils se déploient autour de Moscou.

Début novembre, Staline organise une parade militaire dans Moscou assiégée, pour raffermir le moral des troupes. Vlad aide à démonter des sièges du théâtre du Bolchoï pour y installer les membres du Politburo. Puis il écoute le discours enflammé du chef, accompagné par la fanfare du NKVD.

Le soir même, comme sur commande, la température chute jusqu'à un froid arctique, et, à la mi-novembre, la contre-offensive est lancée par Joukov. Le 5 décembre, l'Armée rouge parvient à stopper l'avancée allemande.

Lentement, le balancier s'inverse en faveur de l'Union soviétique, mais le prix à payer est effroyable. Huit millions de soldats soviétiques meurent au combat. Dix autres millions de civils meurent de faim ou sont massacrés par les nazis.

Après la guerre, le NKVD est divisé. Le système carcéral échoit au ministère de l'Intérieur, le MVD, tandis que le contre-espionnage et la chasse aux ennemis de classe sont confiés au ministère de la Sécurité de l'État, le KGB. Vlad intègre le KGB.

À Moscou, après les hivers de guerre, c'est le dégel, on mange à sa faim, les gens ont plus de temps pour s'amuser. Vlad habite depuis cinq ans le même petit appartement, un immeuble pour fonctionnaires, avec salle de bains commune mais cuisine individuelle. Son salaire n'est pas très élevé, mais il a pu s'acheter une voiture à la fin de la guerre, un Podeba marron. Il part en excursion avec, mais jamais vers le nord. Jamais vers les anciens camps de prisonniers.

Quand il est libre, le soir, il va parfois au Bolchoï. Il s'installe dans les places bon marché, tout au fond de la salle, pour voir du théâtre ou des ballets.

La nuit, Vlad doit souvent travailler.

Dans la prison de la place Loubianka, les périodes de travail sont encore très longues, douze heures ou plus. Ces dernières années, toute une lie charriée par le fleuve de la guerre s'est déversée dans les prisons de Moscou : officiers vaincus, scientifiques allemands, Russes passés chez Hitler, Baltes dissidents, diplomates arrêtés et toujours plus de prisonniers de guerre. Il faut tous les interroger. Tous les trier, les peser, les mesurer.

« Où serviez-vous sur le front de l'Est ? »

« Quelle sorte de moteurs de fusée testiez-vous ? »

« Êtes-vous prêts à travailler pour nous désormais ? »

Les cellules s'emplissent. L'inquiétude croît. Parfois, le matin, à l'ouverture des portes, les prisonniers jettent dehors un corps sans vie. Peut-être un suicidé, peut être un délateur battu à mort. Parfois, les prisonniers rejettent aussi la nourriture, quand ils font la grève de la faim. Il y a des méthodes pour les nourrir de force : Aron et un autre garde enfoncent deux tubes dans les narines du prisonnier, puis y injectent du lait. Le prisonnier doit choisir entre étouffer ou avaler. Tous choisissent d'avaler.

Vlad règne sur les prisonniers, mais Aron est las. Las des arrestations, las des interrogatoires, las d'être gardien. Il a trente ans, mais parfois l'impression d'en avoir soixante.

Les interrogatoires continuent, les transports continuent, les exécutions continuent. Les traîtres sont abattus, les déserteurs abattus, les ennemis abattus. Russes ou étrangers, tous ont droit à leur balle dans la nuque.

« Savez-vous pourquoi c'est dans la nuque que nous leur logeons leurs neuf grammes de plomb ? » demande un soir Karrek, après plusieurs verres de vodka.

Aron et les autres gardes secouent la tête. Ils n'y ont pas réfléchi, ils se sont contentés de le faire, année après année. Balle après balle, même si la première n'était pas toujours mortelle. Parfois il fallait un deuxième coup, le prisonnier à terre. Parfois un troisième. On raconte que le sable jeté sur les corps continuait parfois à bouger.

« Vous ne savez pas ?

– Non.

– C'est pourtant évident, dit Karrek. Parce que leurs nuques ne peuvent pas nous regarder. »

## GERLOF

« JE N'ARRIVE PAS à comprendre où tu trouves la patience, dit John.

– Ça fait travailler les mains », dit Gerlof.

Assis à son bureau devant John, il se concentrait pour achever le gréement d'un clipper, le classique *Cutty Sark*. C'était un travail de fourmi, avec des crochets en fil de fer, du fil à coudre et de fines vergues en cure-dents.

Une fois le dernier nœud serré, il se détendit.

« Moi non plus, je ne comprends pas, John, avoua-t-il. Et je n'ai pas de client pour cette bouteille-là… »

Gerlof fut interrompu par une sonnerie. Le téléphone. Il le fixa, puis se leva résolument et décrocha

« Davidsson. »

Une voix lui répondit tout bas :

« Bonsoir. »

Gerlof la reconnut. Il était davantage prêt cette fois.

« Bonsoir, Aron », dit-il. John était à quelques mètres seulement, et Gerlof lui fit un signe de tête, avant de demander :

« Ça va ?

– Oui.

– Pas moi, dit Gerlof. J'ai lu un livre horrible, sur l'histoire de l'Union soviétique. Sur les années trente, la Grande Terreur.

– Je ne lis pas de livres, dit la voix.

– Mais tu as entendu parler de la Terreur. »

Comme il ne répondait pas, Gerlof continua :

« Un million de personnes exécutées, rien qu'entre 1936 et 38. La plupart fusillées. D'autres torturées à mort. Un million, en moins de deux ans. »

La voix se taisait toujours.

« Qu'as-tu fait, ces années-là, Aron ? Tu as dit que tu étais soldat, mais qu'as-tu fait ?

– J'ai obéi aux ordres. J'ai lutté contre le fascisme.

– Mais tu n'es plus soldat, Aron. Tu peux abandonner, maintenant. Tu peux commencer à dialoguer avec la famille Kloss.

– Non, dit la voix. Il y a trop de morts.

– Pas ici, sur l'île.

– Si. Ici aussi.

– Mais où ? » dit Gerlof.

La voix sembla hésiter, avant de répondre :

« Sur les terres de Kloss.

– Qui ?

– Un vigile. Il est enterré dans le pierrier entre la plage et Rödtorp. Il a été abattu. »

Gerlof écoutait. Il se souvint que Tilda avait parlé d'un vigile disparu vers la Saint-Jean.

« Pourquoi me racontes-tu ça à moi, Aron ?

– À qui, sinon ? »

Gerlof réfléchit.

« J'ai entendu parler de Greta, dit-il. Je sais que ta petite sœur est morte à la maison de retraite de Marnäs l'an dernier, Aron. Tu n'as pas d'autre famille ?

– Juste une fille. Mais pas ici.

– Alors tu as aussi une femme.

– Plus maintenant.

– Où sont-elles ? »

La voix se tut.

« Adieu », finit-elle par dire.

Puis un clic dans l'écouteur.

Gerlof inspira et raccrocha à son tour.

Et voilà. Il se tourna vers John.

« Il est ailleurs, à présent… Ce n'était pas le même bruit de fond. Plus de hennissements cette fois.

– La question est de savoir pourquoi il téléphone, dit John.

– Il cherche un contact, comme tout le monde, soupira Gerlof. C'est humain. Même les meurtriers en ont besoin. »

Il regarda le téléphone.

« Aron avait une famille, dit-il. Il a parlé d'une fille, et d'une femme qui, je pense, a disparu. Je crois qu'il est tout seul à présent. Ce n'est pas bon… Et j'avais l'impression que c'était notre dernière conversation. Comme s'il n'appelait que pour faire ses adieux. »

John rentré chez lui, Gerlof décrocha son téléphone et composa le numéro de Tilda. Elle était rentrée en Suède, mais ne voulait pas lui parler.

« Je suis en vacances.

– Il s'agit d'une affaire de police.

– Je suis quand même en vacances. Encore.

– Malheureusement, ça ne peut pas attendre, dit Gerlof, en continuant vite : Ce vigile disparu vers la Saint-Jean, il n'a pas été retrouvé ?

– Pas que je sache, dit Tilda.

– J'ai eu un tuyau. »

Et il lui répéta ce qu'Aron Fredh lui avait dit du corps enterré près de Rödtorp

Tilda écouta.

« Je vais demander qu'on aille vérifier, dit-elle. Rödtorp, c'est où, exactement ?

– À l'emplacement actuel d'Ölandic Resort, dit Gerlof. Aron Fredh a grandi là.

– À l'intérieur du complexe ?

– Oui, juste au bord de l'eau, dit Gerlof. Donc ça signifie davantage d'ennuis pour la famille Kloss, si ses aveux sont exacts… Et il le sait très bien. »

Gerlof entendit Tilda écrire, puis elle dit :

« Il faut trouver cet homme. »

Gerlof soupira.

« Va parler à Kent Kloss. »

# JONAS

IL S'ÉTAIT PASSÉ quelque chose de grave. Jonas le sentait dans l'air autour de la Villa Kloss.

Il ne parlait à personne, ne faisait que travailler. Il avait déjà fini la moitié de la terrasse de Veronica. Après plusieurs semaines à genoux à poncer et à huiler, il avait pris le coup de main et tout allait plus vite. Tant mieux, car il ne lui restait plus que trois jours de vacances à Stenvik. Et tout le monde semblait pressé de terminer ses affaires avant la fin de l'été.

Papa ne se montrait plus beaucoup, il travaillait tard au restaurant et dormait longtemps le matin. Il se levait chaque jour plus tard, mais souriait à Jonas derrière ses lunettes de soleil, puis partait travailler.

Mats devait rentrer à la maison samedi après-midi, Jonas et Papa dimanche. Veronica les conduirait à la gare, ou Oncle Kloss.

Il espérait que ce serait Veronica.

Depuis sa terrasse, il avait une vue sur toute la Villa Kloss, et il observait les multiples réunions de famille : Oncle Kent et Papa déjeunèrent ensemble près du garage, Veronica et Papa discutèrent ensuite au bord de la piscine, puis, plus tard dans la soirée, Kent et Veronica se retrouvèrent sur la terrasse de Kent. Rien que conciliabules et chuchotements.

Quelque chose avait dû se passer – mais il lui restait des planches à huiler et un soleil blanc sous lequel suer, et Jonas continuait son travail.

Au début de l'été, il redoutait d'être seul toute la journée, mais à présent il l'appréciait. Ne pas avoir Kent et les cousins sur le dos, ni même Mats et Papa.

Urban et Mats rentrèrent particulièrement tard de leur travail à Ölandic ce soir-là. Urban fila dans sa chambre, mais Mats s'arrêta devant son petit frère. Il s'accroupit sur la terrasse et demanda, à voix basse :

« Tu as entendu, frérot ?

– Non, quoi ?

– La police a trouvé un corps. Sous un tas de pierres. »

Jonas jeta un coup d'œil vers la falaise, mais son frère secoua la tête.

« Pas le cairn. Un autre, dans l'enceinte d'Ölandic. C'est plein de policiers.

– Qui c'est ?

– Un type qui travaillait pour nous, un vigile... Je ne l'ai jamais rencontré, mais il était employé par Ölandic. »

Jonas le regarda, sur le point de lui parler du fantôme du cairn. Mais Mats s'était déjà relevé.

« Moi, en tout cas, j'ai fini de bosser là-bas. »

Il avait l'air soulagé.

L'un après l'autre, tous les membres de la famille regagnèrent la Villa Kloss. Debout sur la terrasse, au coucher du soleil, Jonas avait l'impression qu'ils portaient un masque devant lui : ils avaient beau tous parler de la sécheresse et du manque d'eau ou de l'école de natation qui avait fermé pour la saison ce matin-là, il savait que les adultes avaient la tête ailleurs.

Le soleil fut englouti par la mer, et il ne resta plus qu'un trait rouge à l'horizon. Jonas se retourna et vit Veronica assise près de la maison, un verre de vin à la main.

« Salut, Jonas », fit-elle.

Il s'approcha, s'attendant à ce qu'elle lui parle du corps qu'on avait retrouvé, mais elle lui passa juste la main dans les cheveux.

« Fatigué ?

– Un peu. »

Veronica but un peu de vin, l'air de réfléchir, avant de demander .

« Ton père t'a parlé de notre famille, Jonas ?

– Pas beaucoup. »

Sa tante se cala au fond dc sa chaise longue et regarda la côte.

« C'est une histoire passionnante, dit-elle. Tout a commencé avec le fermier Gillis, qui a acheté bon marché plein de terres sur la côte, au dix-neuvième siècle. Tout le monde considérait que la terre en bord de mer ne valait rien, on ne pouvait pas la cultiver... mais il a continué à en acheter, toute sa vie. Puis il les a transmises à ses trois fils, Edvard, Gilbert et mon grand-père Sigfrid. Après la mort de ses frères, Sigfrid a enclos une grande partie de ces terres pour former ce qui est aujourd'hui devenu Ölandic Resort... Nous possédons donc cette terre depuis plusieurs générations. La famille Kloss vit ici depuis aussi longtemps qu'on s'en souvienne, je pense. On a cherché à nous en déposséder, mais ça n'a pas marché. »

Elle fit tourner son verre à vin. Jonas écoutait.

« Il faut être fier de sa famille. Je le dis toujours à Casper et Urban. Toi aussi du dois l'être, Jonas. »

Il hocha la tête – mais pour lui, cette famille n'était qu'une suite de noms. Il n'avait pas la moindre idée de qui étaient Gillis, Edvard, Gilbert ou Sigfrid.

Il souhaita bonne nuit à sa tante et alla se coucher.

Dans la fraîcheur des draps, il entendit dehors un oiseau solitaire, un gazouillis calme qui disparut lentement avec le crépuscule.

Et juste avant de s'endormir, des pas étouffés sur les planches de la terrasse. On aurait dit Oncle Kent qui enclenchait l'alarme, ou descendait en cachette vers la route côtière. Mais Jonas ferma les yeux et se boucha les oreilles sous la couette. Tout ce qu'il voulait, c'était dormir.

# LE REVENANT

ARON SAVAIT qu'ils approchaient.

Ils avaient certainement trouvé le corps, si toutefois Gerlof Davidsson l'avait cru, ce qui signifiait que la police se concentrait à présent sur Ölandic Resort.

Après sa conversation téléphonique avec Gerlof, il avait attendu le coucher du soleil pour quitter Marnäs et retourner sur la côte ouest de l'île.

Il pouvait à présent se déplacer dans le noir. Il était minuit largement passé, et la tranchée en contrebas de la route côtière était pleine d'ombres.

Était-elle déserte ?

Au moment de s'y engager, il eut un doute. Il aperçut la porte en tôle du bunker, à cinquante mètres de là, et tendit l'oreille.

Silence complet.

À pas de loup, il descendit dans la tranchée, comme il le faisait depuis plusieurs semaines.

Le cadenas était toujours là. Il sortit une clé et ouvrit la porte. Elle grinça un peu en s'entrebâillant.

La cavité conduisant sous le cairn était à présent achevée, aussi prenait-il davantage de précautions. Il ne venait jamais de jour. Il s'était transformé en animal de nuit.

La lune surgit de derrière un nuage, au-dessus du détroit, et éclaira opportunément l'entrée du bunker.

Tout semblait bien, comme il l'avait laissé, avec les outils et les caisses.

Un rouleau de câble était posé devant l'entrée. Aron le prit et le sortit dans la tranchée. Il ferma la porte du bunker et commença à dérouler derrière lui le câble fin, en le cachant sous le gravier et les blocs de calcaire.

À la fin, il était parfaitement camouflé. *Bien.* Il se redressa.

Il entendit alors un raclement dans le noir.

Quelqu'un était descendu à l'autre bout de la tranchée et se dirigeait vers lui.

Aron ne prenait plus de risques, à présent. Il se dépêcha de tourner les talons et partit dans la direction opposée.

Dix mètres plus loin, il était sorti de la tranchée et vit le camping et le ponton de baignade. Sous ses yeux, le détroit scintillait à la lueur d'une lune presque pleine, mais il s'écarta de la plage pour se mettre à couvert.

Il traversa la route côtière, passa le mât de la Saint-Jean et se réfugia dans le bois.

Alors seulement il s'arrêta et tendit l'oreille. Aucun pas derrière lui.

Aron sentait pourtant son sang pulser dans ses bras et sa poitrine. Son cœur tambourinait, usé après plus de quatre-vingts ans, mais il allait bien battre encore un peu.

Il en avait besoin jusqu'à la fin de la semaine.

## LE PAYS NEUF, OCTOBRE 1957

C'EST LA FIN DE L'AUTOMNE à Moscou, Aron vient de quitter un lit de mort dans une chambre étroite, poussiéreuse et oppressante. Dans la rue, comme tant d'autres ce soir-là, il cherche à voir le satellite Spoutnik, censé tourner là-haut. Un triomphe technique. Mais le ciel reste gris au-dessus de lui.

Son vieux chef, le major Karrek, avait la peau aussi grise quand Aron l'a quitté. Karrek a longtemps agonisé, bouffi par l'alcoolisme et recroquevillé comme une momie dans son petit appartement. Une jeune infirmière est passée tous les jours cette dernière année mais, le soir, Aron était seul avec lui. Personne d'autre ne venait le voir.

Les soldats meurent seuls.

Il s'est passé tant de choses en seulement quelques années. Staline lui aussi a fini par mourir, malade et seul dans son lit, car personne n'osait venir le déranger. Le nouveau dirigeant s'appelle Nikita Khrouchtchev et, comme tous les autres, il a fait le ménage autour de lui en prenant le pouvoir. L'espion en chef de Staline, Beria, a vite été condamné et exécuté, et le camarade Karrek a dû quitter son poste. Karrek avait fait son devoir à la tête de la Loubianka, et aucune condamnation ne l'attendait, juste une petite retraite et l'oubli total.

Karrek avait été expulsé de son bureau de la prison, et l'avait très mal pris.

Il avait fallu seulement trois ans, après la mort de Beria, pour que son foie imbibé d'alcool ne le lâche. Le major était déjà porté sur la bouteille mais, aussitôt privé de la protection du grand chef, Karrek s'était abîmé dans un océan de vodka, comme tant d'autres membres des services de sécurité ayant consacré leur vie à chasser les ennemis du peuple.

Vers la fin, ses yeux étaient apeurés. Il semblait attendre quelque chose.

« Je les ai comptés, tous ceux à qui j'ai administré la peine capitale, chuchota Karrek en regardant Vlad. Tu n'y crois pas, hein ? Mais j'avais les chiffres en tête, et je comptais chaque balle. »

Vlad ne voulait pas savoir le chiffre, mais Karrek toussa et continua :

« Douze mille trois cent cinq. » Il leva sa main droite, celle avec laquelle il avait tenu le pistolet, qui tremblait le plus à force d'encaisser tous les reculs. « Avec cette... cette main. Qu'est-ce que tu en dis ?

– Inimaginable », dit Vlad.

Karrek leva vers lui des yeux brillants, mais Vlad baissa les siens. Il regarda sa main droite. Pour la première fois, Aron réfléchissait à ce qu'il avait fait, et combien de fois.

Des milliers de pressions de l'index sur la détente ? Parfaitement.

Et combien de coups de *doubinka* sur des dos, des pieds et des têtes ? Impossible de les compter.

Sur des hommes, parfois aussi des femmes. Mais jamais des enfants. Au sein de l'organisation, il y avait des sadiques qui frappaient les enfants, et même les battaient à mort – mais pas lui. Vlad plaçait la frontière à quinze ans. Dans ces eaux-là.

Ennemis du peuple et traîtres : ils n'ont eu que ce qu'ils méritaient.

Karrek mourut dans un soupir. Il s'éteignit tranquillement dans son lit, à la différence des douze mille trois cent cinq.

C'est le mois d'octobre, Spoutnik flotte dans l'espace, toupie clignotante.

Aron erre dans Moscou, aussi seul que le satellite. Mais il a l'impression de voir des visages familiers partout dans les rues, et cela l'effraie.

La semaine précédente, il a été reconnu devant la gare de Koursk. Il en est certain. Une femme d'une quarantaine d'années s'est arrêtée à quelques mètres de lui, la terreur dans le regard. Que Vlad lui avait-il fait ? Lui avait-il frappé le dos à la *doubinka* ? L'avait-il empêchée de dormir trois jours durant ? Ou avait-il juste cassé les bras de son fils, abattu son mari ?

Aron ne se souvient pas.

*Quoi qu'ait fait Vlad, c'était pour la bonne cause.*

Un but supérieur, un avenir meilleur. Vlad et ses collègues avaient travaillé dur à la cave, liquidé un ennemi après l'autre, le regard sans cesse tourné vers l'avenir.

Et l'avenir, c'est maintenant ?

Aron en doute. Il erre dans les rues et songe à fuir. Se rendre à l'ambassade de Suède, un bâtiment dont il ne s'est jamais approché, ou alors aller à l'OVIR, le bureau des passeports, et tout raconter.

Le soir tombe, un froid soir d'automne, et Vlad va s'abriter des vents glacés de Moscou dans un restaurant azerbaïdjanais, à quelques rues de son appartement. Il s'attable dans un coin et commande de la vodka.

Il va aussi manger un peu de kebab, mais c'est pour la vodka qu'il est venu.

Un verre embué arrive, Vlad le lève en silence à la santé de Staline. À bas Khrouchtchev, cet hypocrite, qui trempe dans le sang jusqu'au cou.

Voilà qu'il se saoule pour la première fois de sa vie. Aron ne supporte pas l'alcool, mais Vlad commande un verre après l'autre. Après avoir vidé le cinquième et senti la vodka lui descendre dans le ventre, il lève la tête et voit ses collègues du NKVD morts assis à sa table. Ils l'encouragent, bois encore ! Près de son épaule gauche est assis son beau-père Sven, Aron et lui ont le même âge, à présent. Vladimir l'Ukrainien est à sa droite avec ses os brisés.

Le vieux Gricha aussi et son collègue distingué Grigori Trouchkine, que Vlad a interrogé plusieurs nuits de suite avant qu'il soit brisé. Mais Trouchkine sourit et lui fait un signe de tête. *Bois, camarade ! Tant d'étés, tant d'hivers...*

Vlad trinque avec les morts, verre après verre. Il les vide méthodiquement, puis ferme les yeux, après le onzième ou le douzième, lorsqu'il sent la pièce tourner autour de lui. Il est un satellite qui tourbillonne avant de s'élancer dans l'espace.

Et voilà. Voilà ce que c'est que d'être à la fois libre et condamné. Terriblement seul, et de plus en plus saoul.

Aron ne se souvient plus.

Est-il expulsé du restaurant, bredouillant en suédois, ou bien s'affale-t-il dehors volontairement ? Il se retrouve soudain à genoux sur le trottoir, bouche baveuse et tête pendante.

Il faut qu'il rentre, il va mourir de froid dehors. Il se relève alors.

Puis tout devient noir, et quand il se réveille, il ne voit que des pavés. Il s'est étalé.

Où est-il ? Il ne sait pas, se rendort.

Ténèbres.

Une main secoue son épaule. Une main fine et une voix de femme :

« Ça va, soldat ? »

Elle s'appelle Ludmila, avec comme deuxième nom Stalina, qu'elle n'emploie jamais. Elle utilise elle-même le diminutif Mila. Elle l'aide à rentrer chez lui.

Quand elle a réussi à le coucher dans son lit, il la regarde et lui dit, ou essaie de lui dire que c'est la première fois de sa vie qu'il s'enivre. Il ne boit jamais, jamais.

Bien sûr, Mila ne le croit pas.

« En tout cas, vous n'êtes pas agressif, dit-elle tout bas. Beaucoup d'hommes ivres deviennent agressifs. »

Aron n'est pas agressif, il le promet. Il n'est pas dangereux. Et il ne boira plus jamais.

Mila reste un moment assise au bord du lit. Il la voit de plus en plus clairement. Elle est brune et belle.

« Quel est votre métier ? » demande-t-elle.

Aron et Vlad hésitent.

« Fonctionnaire, finit-il par dire. Et vous ?

– Infirmière. »

Ils se taisent à nouveau.

« Je pourrai vous revoir ? demande Aron. Vous habitez par ici ?

– Ma mère vit à Moscou, dit Mila. Je viens la voir pour une semaine. Je travaille… ailleurs. »

Aron comprend alors qu'elle a une activité confidentielle, comme lui.

Mila se lève.

« Il faut que j'y aille.

– J'aimerais vous revoir », dit Aron.

Mila regarde autour d'elle, dans la pièce.

« Vous avez le téléphone ?

– Oui, dit Aron. Mon bureau a parfois besoin de me joindre. »

Mila sourit.

« Je vais vous donner le numéro de ma mère. Téléphonez-lui, on verra bien si elle vous laisse parler avec moi. »

# LISA

KENT KLOSS avait l'air fatigué, peut-être avait-il bu la veille. Mais maintenant il était à jeun et ne tenait pas en place. Ses allées et venues faisaient trembler la caravane de Lisa.

« Il était tout près cette nuit. Je l'ai entendu fouiner près du bunker, mais il a filé... Ce soir, vous serez avec moi. Nous l'aurons.

*Nous ?* pensa Lisa. Était-elle comptée dans le groupe ?

Mais elle ne posa pas la question, et resta sans rien dire dans le canapé de sa caravane à écouter Kent. Paulina était assise près de la porte, silencieuse elle aussi.

Kent était comme toujours debout, la tête touchant presque le plafond : son visage avait beau être las, son corps était plein d'énergie. Il ouvrait et fermait les poings, tournait la tête, tendait l'oreille et changeait de pied d'appui.

Sur le plan de travail, il avait posé un sac en toile noire.

« Il lui reste un jour, continua Kent. Peut-être deux... Et fini de rire. »

Bien sûr, Lisa était au courant qu'un vigile avait été retrouvé abattu et enterré dans Ölandic Resort. Elle était presque certaine qu'il s'agissait de l'homme rencontré en forêt lors de son premier jour ici, mais elle ne voulait rien demander à Kent à ce sujet. Ce n'était pas le moment de révéler qu'elle avait été la dernière à l'avoir vu vivant.

Elle demanda plutôt :

« Qu'est-ce qu'il fait là-bas ? Dans le bunker ?

– Il guette, dit Kent. Il m'espionne en permanence, moi et ma famille. Et le bunker est sa base opérationnelle. »

Kent s'était mis à employer un jargon militaire, constata Lisa. Mais elle continua de se taire, comme Paulina.

Il se tourna vers le sac et ouvrit la fermeture éclair. Il en sortit deux petits objets en plastique noir.

« Vous prendrez ça cette nuit. »

Lisa comprit que c'était des talkies-walkies. Pas surprenant – Kent Kloss aimait les gadgets.

Il regarda sa montre et continua :

« Il fera nuit dans une heure. Rassemblement sur la route côtière, devant chez moi, à vingt-deux heures, pour recevoir vos instructions. Je prends les lampes de poche et les talkies-walkies… Des questions ? »

Lisa et Paulina se turent.

Pour la première fois depuis des années, Lisa aurait voulu voir un policier, que la police soit là et prenne tout en main. Mais elle savait que Kent Kloss n'en voulait pas dans les parages, quel que soit le sort qu'il réservait à l'homme de la tranchée.

Kent prit le sac de toile et ouvrit la porte de la caravane.

« Bien, dit-il. Alors à tout à l'heure… Couvrez-vous bien, il va faire froid cette nuit. »

Il sortit, et la porte se referma.

Dans le canapé, Lisa sentit l'odeur de l'after-shave de Kent se dissiper lentement.

« Conneries, dit-elle en direction de la porte close. La nuit va être chaude. »

Elle regarda son talkie-walkie, qui ressemblait à un gros téléphone jouet. Mais Kent Kloss avait l'air sérieux : il marchait certainement.

Elle se tourna alors vers Paulina. La Lituanienne était assise, mains jointes, mais soutint fermement son regard. Lisa ouvrit la bouche, histoire de dire quelque chose :

« Alors on va faire ça ? »

Paulina hocha la tête.

« Oui on fait.

– Pourquoi ? » dit Lisa.
Paulina resta silencieuse.
« Pour mère malade, finit-elle par dire.
– Ta mère malade ? »
Paulina hocha la tête et Lisa demanda :
« Alors Kent Kloss te paie bien ?
– Oui.
– Combien ?
– Mille.
– Mille couronnes ?
– Dollars, dit Paulina en sortant une vieille boîte à thé de son sac. Lui donné déjà cent. »
Elle ouvrit la boîte, et Lisa vit les billets au fond.
« OK, dit-elle. Bien. »
Paulina la regarda.
« Et toi ? Pourquoi toi ? »
Lisa se tut, puis répondit.
« J'ai un proche qui a besoin d'argent.
– Un proche ?
– Mon père… Mon papa. Il habite à Stockholm et fait ses courses de pharmacie dans la rue. »
Paulina la regarda, sans comprendre.
« Il est toxicomane », dit Lisa.
Et elle se leva très vite.
« Bon, il faut nous préparer. »
Elle regrettait déjà d'avoir parlé de Silas. Elle aurait voulu s'en aller sur-le-champ, se foutre de ce boulot et quitter l'île dès ce soir.
Mais il fallait qu'elle reste, elle le savait.

Le talkie-walkie était silencieux, mais le téléphone de Lisa sonna une fois Paulina partie, alors qu'elle s'était étendue sur le lit. Elle le regarda longtemps, sans répondre.
Elle savait qui c'était.
Le téléphone sonna huit fois, puis neuf, dix.

Mais Lisa ne répondit pas. Elle se contenta de regarder par la fenêtre où un soleil jaune feu descendait vers le détroit.

Le téléphone finit par se taire. Lisa resta couchée.

Au bout d'une demi-heure, elle se leva, enfila des vêtements sombres et mit une casquette noire sur ses cheveux blonds.

Le soleil avait disparu, il était temps d'y aller.

# GERLOF

UNE SEMAINE DURANT, Gerlof avait fait le tour de la maison de retraite et entendu chanter les louanges de Veronica Kloss. Combien elle était fantastique, comme elle s'était bien occupée des vieux.

*Une énergie incroyable*, disait le personnel. *Ne renonçait jamais. Parlait et écoutait. Occupait les petites vieilles, leur lisait des livres.*

Mais si Veronica était si attentionnée, pourquoi n'était-elle pas revenue cet été ? Bien sûr, Gerlof était au courant des ennuis de la famille Kloss à Ölandic, mais quand même… Il ne l'avait pas vue une seule fois.

L'été précédent, Veronica Kloss était venue presque chaque semaine. D'après la remplaçante, elle avait sympathisé avec Greta Fredh, car elle était descendue plusieurs fois au secteur La Mouette faire la lecture à haute voix à Greta et aux autres.

Puis Greta était morte en tombant dans sa salle de bains, et Veronica avait cessé ses visites. Gerlof avait parlé à plusieurs petits vieux qui la regrettaient et auraient aimé qu'elle revienne.

Mais pourquoi avait-elle arrêté ? N'y avait-il que Greta qui comptait ?

La porte de la chambre d'Ulf Wall était souvent entrebâillée, mais il faisait sombre à l'intérieur, même les jours de grand soleil, et Gerlof ne s'était pas encore décidé à y entrer. Il ne savait pas grand-chose d'Ulf Wall, à part qu'il avait au moins cinq ans de plus que lui et était peut-être le père d'Einar, le chasseur et vendeur d'armes. Et qu'il était le voisin de chambre de Greta Fredh.

Finalement, le dernier jour de juillet, Gerlof ouvrit malgré tout la porte et y glissa la tête.

« Il y a quelqu'un ? » dit-il à voix basse.

Silence. Puis une réponse laconique :

« Quoi ? »

Difficile de répondre à cette question. Sans rien dire, Gerlof avança d'un pas. Il n'était pas dépaysé, la chambre était peinte et meublée presque exactement comme la sienne, mais sentait moins bon. L'air stagnait.

Ulf Wall lui aussi était immobile. Il portait un gilet gris, assis dans le fauteuil, près du store tiré.

Gerlof continua d'avancer.

« Gerlof Davidsson », se présenta-t-il.

L'homme dans le fauteuil avait le regard fixe. Puis finit par hocher la tête.

« Oui, je sais qui tu es, Davidsson.

– Bien.

– Tu t'es fait mousser dans le journal, il y a quelque temps.

– Et j'ai su pour ton fils… il y a quelque temps aussi. Mes condoléances. Einar était bien ton fils ? »

Wall le regarda sans changer d'expression. Puis acquiesça.

« Mais j'en ai encore deux, dit-il. Ils se tiennent mieux qu'Einar… Pas d'alcool ni de braconnage. »

Il n'y avait nulle part où s'asseoir pour un visiteur, Gerlof resta donc debout, sur ses jambes un peu flageolantes.

« J'ai aussi entendu parler de ta voisine, dit-il. Greta Fredh. »

Wall hocha la tête.

« La sœur d'Aron, oui. Elle est morte l'été dernier. »

Gerlof vacilla un peu plus sur ses jambes. La sœur d'*Aron*.

« Alors tu connais donc aussi Aron Fredh ?

– On a bavardé, dit Wall. Il est venu ici quelques fois.

– Quand ?

– Au début de l'été… Il est venu voir la chambre de sa sœur. Emporter des affaires.

– Et de quoi avez-vous bavardé ?
– Eh bien, de Greta… Il voulait savoir ce qui s'était passé.
– Elle est tombée, à ce qu'on m'a dit. »
Ulf Wall confirma.
« Il voulait savoir si un Kloss avait été dans les parages.
– Un Kloss ? De la famille Kloss ?
– J'ai dit que je savais.
– Savais quoi ?
– Qu'elle était venue, dit Wall. Veronica Kloss était toujours fourrée ici, l'année dernière.
– Oui, je sais, dit Gerlof. Elle donnait des conférences et faisait la lecture aux vieux. Mais cette année, elle n'est pas revenue.
– Eh non, dit Wall, elle a arrêté de venir. Après l'accident.
– Quand Greta est tombée ?
– C'est ça. Quand elle est morte dans sa salle de bains.
– Et la porte était fermée ? dit Gerlof.
– Oui, Greta veillait toujours à bien s'enfermer dans sa salle de bains. Pour que personne ne puisse glisser un œil. » Wall toussa. « Mais Veronica Kloss y était elle aussi. Elle est ressortie. Je l'ai vue filer devant ma porte.
– Vraiment ?
– Oui, dit Wall. Et je l'ai dit à Aron Fredh. »
Gerlof réfléchit.
« Ton fils Einar était-il là lui aussi, lors des visites d'Aron ?
– C'est arrivé. Ils se sont causé.
– De la famille Kloss ?
– De tout… Einar était en rogne contre Kent Kloss. Kloss essayait toujours de marchander la viande et le poisson d'Einar. »
Gerlof réalisa que quelque chose avait commencé là, dans la chambre de Wall, par la rencontre d'un revenant et d'un marchand d'armes. Deux hommes en colère, avec le même adversaire.
« Ils ont aussi fait des affaires ensemble, peut-être ?
– Très possible, dit Wall. Mais Einar n'en a pas dit un mot. »
Gerlof n'en pouvait plus de rester debout et, trop poli pour s'asseoir sur le lit, il remercia et s'en alla.

Il s'arrêta dans le couloir et regarda la porte voisine, où avait vécu Greta Fredh.

Il leva la main, frappa. Pas de réponse, mais c'était désormais devenu une habitude pour lui d'entrer chez les gens sans se gêner, et il répéta l'opération.

Il y avait quelqu'un à l'intérieur, la vieille femme qui avait repris la chambre. Elle le fixa, effrayée.

« Bonjour. »

Gerlof avait honte de s'imposer ainsi, mais il sourit et leva la main pour montrer qu'il n'était pas dangereux.

Puis il regarda autour de lui. Greta, la sœur d'Aron, avait vécu ici, était morte ici. Dans la salle de bains, d'une chute.

Et la porte de la salle de bains était fermée, Wall et la remplaçante le disaient. Impossible que quelqu'un ait pu la bousculer.

Gerlof allait partir quand il regarda le tapis de l'entrée. Comme chez lui, en plastique antidérapant.

Et il comprit alors ce qui avait pu se passer.

Veronica Kloss. La sympathique Veronica, qui donnait des conférences à la maison de retraite. Qui s'engageait auprès des vieux, faisait la tournée des chambres et lisait à voix haute. Au début de l'été précédent, jusqu'à la mort de Greta Fredh.

Gerlof tourna les talons et ressortit dans le couloir.

« Il y a quelqu'un ? » appela-t-il. Pas de réponse. Il prit alors sa voix de vieux commandant qu'il était : « Hé ho ! Il y a quelqu'un ? »

Une jeune femme se pointa. Ce n'était pas la même remplaçante que la dernière fois, mais elles se ressemblaient.

« Qu'est-ce qui se passe ?

– Cette chambre, dit Gerlof en la montrant derrière lui, du bout de sa canne. Il faut la bloquer, et appeler la police. »

La remplaçante sembla interloquée.

« Mais pourquoi ? »

Gerlof s'efforça de prendre sa voix la plus assurée :

« C'est une scène de crime. Greta Fredh y a été assassinée. »

# JONAS

SAMEDI, le ciel était gris au-dessus de la Villa Kloss. Il n'y avait pas de vent sur la côte, mais de gros nuages sombres s'amoncelaient sur le continent. Ça semblait annoncer une tempête.

Jonas travailla toute la journée le pinceau à la main pour finir d'enduire la terrasse de Veronica, et il y arriva. À dix-neuf heures quinze, il vint à bout de la dernière planche.

Sa tante lui avait déjà remis son salaire, une enveloppe qu'il avait cachée sous son oreiller, avec l'argent d'Oncle Kent.

Jonas plissa les yeux vers le soleil en rangeant les pinceaux et les pots. Il ne voulait plus entendre parler de papier de verre, d'huile à bois ou de planches. Maintenant, il pensait à son argent et au retour à la maison avec Papa. Veronica avait promis de les conduire à la gare le lendemain, après déjeuner.

Son frère Mats était déjà rentré, il avait pris le bus pour Kalmar sur la grand-route le matin même.

Dans la soirée, Jonas prit son vélo pour aller dire au revoir aux Davidsson, comme on faisait toujours avant de rentrer. Kristoffer était là, avec son père et sa mère – mais pas Gerlof, qui avait déménagé à la maison de retraite.

Sur le chemin du retour, au soleil couchant, Jonas était un peu déçu : c'était triste de ne pas voir Gerlof une dernière fois.

L'été s'achevait bientôt. Mais il faisait encore doux, et Jonas laissa la porte de sa petite maison ouverte pour laisser entrer l'air nocturne. Il était bien sûr presque aussi chaud que celui de sa chambre.

Il regarda une dernière fois sa montre : bientôt vingt-deux heures.

Il faisait plus sombre que d'habitude dans le jardin, car on avait éteint les lumières autour de la piscine et près de l'entrée. Mais l'alarme était enclenchée, Jonas vit clignoter les diodes vertes des détecteurs.

Il se glissa dans son lit et le chant des sauterelles lui emplit les oreilles. Leur grincement envahissant ne lui manquerait pas, une fois rentré en ville – mais au fond ce bruit répétitif avait chaque soir quelque chose d'apaisant, mâchonnement rythmique d'une machine invisible cachée dans l'herbe.

Il cessa soudain. Pas longtemps. Un bref instant de silence, comme quand le bras d'un tourne-disque se lève plusieurs secondes. Puis le bruit recommença doucement.

Y avait-il quelqu'un dans l'herbe ? Un gros animal ? Un homme ? Jonas tendit l'oreille, mais les sauterelles avaient retrouvé leur rythme habituel.

Il se tourna un peu, se mit sur le dos. À travers les rideaux blancs, il voyait une lune presque ronde suspendue au-dessus des rochers et du détroit. C'était peut-être la pleine lune qui faisait chanter bizarrement les sauterelles.

Le lit était chaud, mais les draps assez frais. Des voix faibles arrivaient du dehors, comme si Papa était revenu de son dernier soir au restaurant, et disait bonne nuit à Urban et Casper, qui devaient dormir dans les deux autres petites maisons d'amis.

Oncle Kent ne s'était pas montré de la journée. Tant mieux.

Jonas ferma les yeux.

Au bout d'un moment, les voix se turent. Puis on entendit à côté des pas et des bruits sourds, quand Casper et Urban allèrent se coucher, et tout redevint silencieux.

La chambre sembla s'assombrir. Jonas glissa lentement dans les ombres de la nuit d'été, comme si un brouillard cendré s'était glissé sous sa porte pour s'épaissir autour de lui. Mais il était fatigué, si fatigué, et il n'y avait aucun danger. Pas de fantôme du cairn.

Rien qu'un ange gardien.

Oui, c'était ça : un ange se tenait près de son lit, grand et immobile. L'ange passa sa main au-dessus de son visage et lui dit d'une voix claire que tout était calme.

Dors, dors…

Les grandes mains blanches de l'ange restèrent là. Et tout était silencieux, calme. Jonas coula peu à peu vers le fond de la mer.

Une petite partie de lui savait que quelque chose clochait, que c'était dangereux de descendre aussi profond, mais désormais il ne pouvait plus rien y faire.

# LE REVENANT

LES TROIS MAISONS D'AMIS s'alignaient dans le noir, au fond du grand terrain des Kloss. Le soleil couché, la lumière éteinte, on n'y voyait plus rien.

Il y avait une alarme, mais Aron connaissait bien sûr le code.

Il ouvrit doucement la porte de la maison de gauche. À l'intérieur flottait une odeur de chloroforme. Il en avait trouvé une bouteille dans le cabanon de pêche d'Einar Wall.

À l'intérieur, un lit, et dedans, un jeune garçon. Il avait un mouchoir blanc sur le visage, imbibé de somnifère, qui le plongeait dans un sommeil profond.

Bien.

Aron le souleva. La respiration du garçon était calme et régulière tandis qu'il le transportait hors de la maison, à travers l'herbe, jusqu'au fond du jardin, où un muret courait le long d'un petit chemin de gravier.

Aron enjamba le mur et suivit le chemin. Il avait garé sa voiture plus loin, dans le noir. Une main sous le dos du garçon, il ouvrit le coffre et y plaça doucement le corps frêle.

Puis il referma le coffre et tourna les talons pour aller chercher le garçon de la maison d'à côté.

Deux devraient loger dans le coffre, le troisième serait allongé sur la banquette arrière. Aucun risque qu'ils s'étouffent – ils n'allaient pas loin.

Il était à présent vingt-trois heures trente.

Dans une heure, Aron serait revenu ici, sur la côte, pour sa dernière rencontre avec la famille Kloss.

# LE PAYS NEUF, 1960-1980

ARON CONTINUE de fréquenter Ludmila, quand elle n'est pas en déplacement pour diverses missions médicales. Elle lui manque, bien sûr, mais il se sent désormais plus équilibré, un homme dans la force de l'âge qui travaille tranquillement comme gardien au KGB. Il a une nouvelle voiture, une Volga blanche.

Il est un peu plus facile de voyager. L'Union soviétique s'est ouverte après la mort de Staline, lentement et prudemment, et on n'entend plus frapper à la porte la nuit. Les dissidents politiques sont interrogés et emprisonnés, mais il n'y a plus de quotas d'ennemis de classe par milliers. L'arme de service d'Aron reste dans son étui.

Les souvenirs de la chasse sont toujours là, chez les chasseurs comme chez leurs proies, mais personne n'en parle. *Que celui qui nomme le passé perde un œil*, dit un vieux proverbe russe. Les gens ne croient peut-être plus aux lendemains qui chantent, mais ils aspirent au calme et à la paix.

Mila continue à travailler comme infirmière, mais une mission l'a rendue malade. À l'automne 1960, elle est partie vers le sud, plusieurs mois, avant de revenir avec l'œil apeuré et une toux sévère. Depuis, elle tousse toujours, une toux rauque qui empire la nuit. Et quand elle parvient à s'endormir, elle se réveille parfois en sursaut, en criant.

Aron ne pose pas de questions. Mila ne veut pas ou n'a pas le droit de raconter ce qui s'est passé, et c'est très bien ainsi. Lui aussi a ses secrets.

Ils se fiancent au printemps suivant, en mai 1961, et se marient un an après. Non pas devant Dieu, mais devant l'État. Une cérémonie calme et digne au Palais central des Mariages.

Aron et Mila peuvent désormais s'installer ensemble, mais pas dans le petit appartement de Vlad. Un deux-pièces rénové les attend sur la rue Petrovka.

Aron ne pensait jamais se marier mais, à quarante-trois ans, c'est chose faite. Il aurait juste aimé que sa mère et sa sœur Greta aient pu le voir.

Alors que Mila a trente-huit ans, ils finissent par avoir un enfant, une fille, née en 1972. Elle a été longtemps désirée, car Mila a fait deux fausses couches. Aron se demande si c'est lié à sa maladie.

Le soir avant la naissance de sa fille, Mila lui raconte ce qui s'est vraiment passé douze ans plus tôt – la fosse commune dans le désert de pierres, dont personne n'avait le droit de parler.

Elle a elle-même aidé à creuser.

« Tout le monde creusait, dit-elle à Aron.

– Une fosse commune ? demande-t-il. Pour qui ?

– Les ingénieurs », dit Mila.

Puis elle raconte le tir de fusée dans la grande plaine, à l'est de la mer d'Aral, en octobre 1960. La nuit où ses poumons ont été détruits.

« J'étais à l'hôpital, à plusieurs kilomètres de là, dit-elle, mais nous avons quand même senti l'onde de choc. Nous avons d'abord cru que la fusée s'envolait comme prévu, mais non… Nous ne savions pas à quel point le tir était mal préparé. Que le commandement avait négligé la sécurité pour tenir les délais. »

Et tout s'était précipité à l'approche du décollage, les généraux avaient pressé les ingénieurs. C'était tard le soir, tout le monde était fatigué. Et ça a mal fini, très mal. Quelqu'un s'est trompé d'interrupteur et le tir a été lancé trop tôt, alors que l'aire de lancement était encore pleine de monde.

« La fusée a décollé sans prévenir, raconte Mila. Elle a commencé à cracher du feu, puis les réservoirs ont surchauffé et ont explosé. Une boule de feu s'est élevée dans le ciel. Toute l'aire de lancement s'est embrasée… Ceux qui étaient tout près ont été anéantis, et la vague de feu a déferlé sur ceux qui se trouvaient un peu plus loin. Ils n'ont pas pu fuir. »

Mila avait échappé au spectacle de la tempête de feu, quand les fuyards pris dans les barbelés qui entouraient l'aire de lancement avaient été transformés en torches vivantes.

Mais elle avait tout vu après. Tout.

« Je suis arrivée sur le lieu de l'accident avec un des premiers camions de pompiers, dit-elle, pour m'occuper sur place des blessés, avant leur transfert à l'hôpital. Nous avons travaillé plusieurs jours durant, parmi des morceaux de fusée fumants et des corps calcinés. Mais on nous a interdit de parler de cet accident. Tous les morts ont été cachés dans une fosse commune. »

Mila se tait, elle tousse. Longtemps.

Aron est assis au bord de son lit et la console. Elle secoue la tête.

« C'est impossible à décrire… Tu ne comprendrais pas, toi qui as passé toute ta vie derrière un bureau… As-tu jamais vu un homme mort, Vlad ? »

Aron se tait.

« Je ne suis pas juste resté derrière un bureau, dit-il. Et j'ai vu des hommes mourir.

– Vraiment ? »

Aron hoche la tête. Il pourrait plusieurs jours durant parler à Mila du travail de l'ombre, mais il choisit de lui raconter ce qui s'était passé un froid printemps, quand Vlad avait suivi le major Karrek à Moscou. En avril 1940, après la défaite de la Pologne, l'année avant qu'Hitler attaque l'Union soviétique.

*J'étais soldat, on m'a appelé pour une mission spéciale*, dit Aron. *Ça a commencé par un voyage en train, loin des vents glacés de la ville, vers l'intérieur des terres, avec un commando du NKVD composé d'hommes de confiance triés sur le volet par le major Karrek dans les prisons de Moscou et Leningrad. C'était mon chef, il avait un grand pouvoir. Son unité était sous les ordres directs de Staline.*

*« Nous allons travailler dans le noir, nous a expliqué Karrek. Le travail de l'ombre. »*

*Personne ne nous a indiqué le but du voyage. Nous savions qu'il ne fallait pas poser de questions.*

*La voie ferrée était neuve. Elle s'arrêtait quelque part entre Leningrad et Moscou, dans une grande forêt sombre.*

*Avec les autres hommes, j'ai été conduit en camion au plus profond de la forêt, jusqu'à une baraque de garde rudimentaire, près d'un grand camp de prisonniers. J'avais déjà vu des hautes clôtures de ce genre mais, derrière, j'entendais parler ce que je pensais être de l'allemand ou du polonais – alors que j'étais sûr d'être encore en territoire soviétique.*

*Le premier soir, le major Karrek s'est changé. Il a enfilé des gants de cuir et s'est habillé en tenue de boucher, avec un épais tablier en cuir tendu sur son gros ventre, qui protégeait son uniforme vert, du col aux bottes.*

*Ce soir-là, Karrek nous a fait un bref discours.*

*« On nous a confié ici une mission importante. Nous allons abattre des chiens qu'on a attrapés. Plein de chiens... Pour qu'ils ne s'enfuient pas et n'aillent pas déchiqueter nos enfants. »*

*Notre travail de l'ombre a eu lieu à l'intérieur, de nuit, près du camp, dans une cave fraîchement creusée et isolée avec des sacs de sable et des rondins.*

*Pas de bureau. Pas de procès-verbaux.*

*Le camarade Karrek avait apporté des pistolets spéciaux pour ce travail : allemands, de marque Walther. Ma mission était d'entretenir les armes et d'avoir toujours un chargeur prêt.*

*Le camarade Karrek s'est avancé avec son tablier de boucher.*

*« Allez, on y va. »*

*Mes collègues ont fait descendre des prisonniers dans la cave, puis les ont conduits dans la partie éclairée de la pièce, un par un. C'était des soldats, je l'ai vu, des officiers – mais ils n'avaient pas de casquettes ni parfois même de vestes. Leurs mains étaient attachées dans le dos. Ils n'avaient pas le droit de parler, mais j'ai bien vu qu'ils étaient étrangers.*

*Alors j'ai dû cesser de penser et me mettre à compter.*

*Dès qu'un prisonnier entrait dans la pièce, on le faisait tomber à genoux et on le traînait jusqu'au mur renforcé par les rondins. Le camarade Karrek s'avançait déjà en levant son pistolet et, d'un seul mouvement, il visait la nuque du prisonnier et tirait.*

*Cinq secondes plus tard, mes collègues soulevaient le corps et le jetaient par une trappe sur le plateau d'un camion.*

*On rinçait le sol, Karrek reculait dans l'ombre. C'était prêt pour le suivant.*

Aron se tait, prisonnier du passé.

« Nous avons travaillé des nuits durant, dans cette cave, dit-il à Mila. C'était comme… comme un travail à la chaîne. Ou une meule en action. »

*Le camarade Karrek s'accordait un petit verre de vodka toutes les dix balles dans la nuque. Certaines nuits, mon papier était couvert de petits traits, et Karrek avait bu plus de vingt-cinq verres. Tout ce que je faisais, c'était charger les pistolets et compter les corps, mais après une séance de dix heures, j'étais malgré tout épuisé.*

*Et les paupières de Karrek étaient lourdes, à l'aube, quand le travail de l'ombre s'achevait. Il logeait pourtant les dernières balles où il fallait. Ce n'est qu'une fois tous les prisonniers éliminés qu'il ôtait son tablier taché et comptait les traits sur le papier. Les politiciens qui avaient planifié tout ça voulaient qu'on leur télégraphie chaque matin le total.*

*Je me souviens de l'odeur de la forêt, quand nous sortions de sous terre : froide et fraîche. Mais les odeurs de la cave s'incrustaient dans nos uniformes, tandis que nous regagnions les baraques pour nous laver puis dormir au lever du soleil.*

*L'odeur de la poudre, l'odeur du sang.*

*Un matin, à l'aube, Karrek, très ivre, nous a tenu un discours sur la nécessaire* tchistka, *la purge.*

*« Toute* tchistka *est difficile, a-t-il marmonné en levant son verre. Mais la purge a une fin. Bientôt, tous les ennemis auront disparu, et alors nous pourrons rentrer chez nous. »*

*Et c'est ce que nous avons fait.*

Aron a fini ses aveux à Mila. Bien sûr, il ne lui a pas tout dit.

Rien sur Sven.

Rien sur le camarade Trouchkine.

Sa femme a écouté, la main posée sur son ventre. Ensuite elle le regarde longtemps, mais sans répugnance. Juste avec tristesse.

« C'était la guerre, dit-elle. Tu voulais gagner. Tu as fait ce que tu devais. »

Aron baisse les yeux.

« J'étais alors un autre, dit-il. Je n'étais pas moi-même. »

Et il reprend alors son souffle et finit par lui raconter qui il est vraiment : pas un Russe d'Ukraine, pas Vladimir Ieguerov.

« Je m'appelle Aron, dit-il. Aron Fredh, je suis venu de Suède dans les années trente. »

Mila l'écoute là aussi, elle ne recule pas.

« J'étais forcé de changer de nom et de devenir un autre, finit-il par dire. Pour survivre. Mais le bourreau a disparu désormais. »

Oui, Vlad a disparu. Il est mort. Aron en est presque certain.

Mais Mila et lui sont vivants et, un jour plus tard, ils deviennent parents.

Leur fille grandit, devient une joyeuse écolière, grande et mince comme une allumette, mais très énergique. Aron aime son enfant, il peut jouer des heures avec elle. Quand elle est assez grande, il commence doucement à lui parler suédois.

Mila fréquente quelques vieilles amies de l'armée, mais Aron reste surtout à la maison avec sa fille.

Il est mis à la retraite le jour où sa fille commence l'école. Il sent qu'une grande partie de l'âme de Vlad le quitte ce jour de printemps, pour ne jamais revenir.

Aron se rend quelquefois à des réunions de vétérans du KGB, pour revoir d'anciens collègues, mais il se lasse vite de leur nostalgie larmoyante, et y va de moins en moins souvent. Ces messes basses ne lui disent rien, et il évite d'être emprisonné par des liens d'amitié, vieille méfiance de l'époque du NKVD.

Aron prend la vie du bon côté : il aime la belle lumière de Moscou, le soleil qui glisse sur le fleuve et les parcs – et sa femme, et sa fille.

Et pourtant : il aimerait bien un jour leur montrer la ferme et la plage.

# GERLOF

« Les Kloss ont installé une nouvelle alarme, dit John derrière le volant.

– Je comprends pourquoi, dit Gerlof à côté de lui. Ils ont peur d'Aron Fredh. »

John était allé le chercher à la maison de retraite samedi soir, ils étaient descendus à Stenvik, chez John, puis jusqu'au camping du village, où John avait récolté la recette du jour.

Ils étaient à présent dans la voiture de John au sud du camping, et regardaient les grandes maisons de la Villa Kloss. C'était allumé, mais Gerlof ne voyait personne aux fenêtres. Le soleil s'était couché et l'alarme devait être mise : il hésitait à aller sonner.

« Je le comprends un peu mieux, maintenant, dit-il. Aron, je veux dire.

– Qu'est-ce que tu comprends ? dit John.

– Ce qui le pousse, dit Gerlof. La famille Kloss lui a tout pris sur cette île. Tout ce qu'il a fait, c'était par vengeance.

– Ils auraient dû se parler, dit John.

– Oui, dit Gerlof. Mais je suppose qu'Aron l'a fait, avant de revenir de Russie. Il a dû les contacter pour dire qu'il voulait sa part, en tant que fils d'Edvard Kloss.

– Un héritier inconnu, dit John.

– Deux héritiers, dit Gerlof. Greta Fredh était la fille d'Edvard Kloss, et Aron Fredh son fils. Des enfants illégitimes, comme on disait à l'époque, mais possédant pourtant un droit légal sur les terres d'Edvard… des terrains côtiers autour de Stenvik, valant des millions. Mauvaise nouvelle pour la famille Kloss. Et peut-être pire, Greta et Aron pouvaient exiger leur part d'Ölandic Resort.

– Si je connais bien les Kloss, jamais ils ne l'auraient accepté.

– Non, dit Gerlof, et ils l'ont clairement montré, en rasant la maison d'enfance d'Aron. Et sa sœur Greta n'est plus en vie. Veronica Kloss est apparemment la dernière à être entrée chez elle, le jour de sa mort.

– Ça donne à réfléchir.

– C'est ce que j'ai fait, dit Gerlof. Je me suis mis à réfléchir en découvrant quelle confiance le personnel accordait à Veronica Kloss. Elle pouvait aller et venir à sa guise. C'est ce qui lui a permis de tuer Greta.

– Tu en es sûr, Gerlof ? dit John.

– En tout cas, ce n'est personne d'autre. Greta Fredh était dans sa salle de bains quand elle est tombée et s'est cassé le cou. Et elle s'enfermait toujours à clé, à ce qu'on m'a dit… Personne n'a donc pu la bousculer.

– Mais tu penses que Veronica a pu malgré tout le faire, dit John.

– Oui, dit Gerlof. Car il y a un moyen de faire tomber quelqu'un de l'autre côté d'une porte… Si cette personne est assez légère et qu'on a de la force dans les bras. Et s'il y a un espace sous la porte. »

John écoutait, et Gerlof continua :

« Dans chaque chambre de la maison de retraite, il y a un long tapis dans l'entrée. Je crois que Veronica en a placé un bout dans la salle de bains, en faisant dépasser l'autre sous la porte. Une fois Greta enfermée dans la salle de bains, Veronica, de dehors, lui a tiré le tapis sous les pieds. La gravité a fait le reste… Greta est tombée et s'est brisé le cou. Veronica a pu replacer le tapis dans l'entrée et quitter les lieux.

– Un tapis comme arme du crime…, dit John.

– Il était encore dans l'ancienne chambre de Greta, dit Gerlof. Alors je leur ai dit de le mettre de côté pour que la police puisse l'analyser. Il peut y avoir dessus des empreintes digitales ou d'autres traces. Les tapis ne sont pas souvent lavés, là-bas.

– Tu as appelé ta policière, alors ? »

Gerlof soupira.

« Tilda, oui, dit-il. Malheureusement, ça ne l'intéressait pas… Elle a dit que des empreintes digitales sur un tapis ne constituaient pas une preuve suffisante. Ce qu'il faudrait, ce sont des aveux de Veronica Kloss.

– Et ça, tu ne les obtiendras jamais, dit John.

– Non, dit Gerlof. Et voilà pourquoi nous nous retrouvons là, comme deux vieilles chouettes. »

Il regarda vers la Villa Kloss et soupira. Il était presque vingt-deux heures, et il se sentait impuissant.

« Que pouvons-nous faire ? dit-il. C'est une de ces querelles pour la terre qui ne font que s'envenimer… Aron Fredh d'un côté, la famille Kloss de l'autre. Ça peut mal finir.

– On rentre, alors ? dit John.

– Allez. »

Sans rien ajouter, John passa la première, et la voiture s'éloigna de la Villa Kloss sur la route côtière.

« Je pourrais peut-être dormir chez toi ce soir, dit Gerlof.

– Si tu veux, dit John.

– Comme ça on ira essayer de parler à Kloss demain. Quand il fera jour.

– Très bien », dit John.

Mais tout n'allait pas si bien que ça, se dit Gerlof.

## LISA

QU'EST-CE QUE JE FAIS LÀ ? pensa Lisa, dans le noir près de la plage. Comment ai-je échoué ici ?

Elle s'en souvenait à peine, elle connaissait juste sa mission. Kent Kloss avait tendu un piège à Aron Fredh, et elle en était un élément.

Elle était plaquée contre la roche au-dessus de l'entrée de la tranchée, elle entendait le ressac de la mer, derrière elle, et devinait vaguement sa nouvelle amie Paulina accroupie au bord du rocher, de l'autre côté. Il était minuit passé. C'était la nuit du samedi au dimanche : le mois d'août venait juste de commencer. Lisa et Paulina montaient la garde depuis déjà plus d'une heure.

La lune s'était levée, mais elle n'était encore qu'à mi-chemin et n'atteignait pas les crevasses rocheuses surplombant la plage.

Kent était équipé d'une puissante lampe torche. Il n'avait rien donné d'autre à Lisa et Paulina que leurs talkies-walkies. Elles devaient l'avertir avec – si quelqu'un approchait des rochers en appuyant deux fois sur le bouton d'appel. Et si quelqu'un entrait dans la tranchée, trois fois.

Kent s'était caché plus loin parmi les rochers, du côté du bunker, en treillis, avec sa lampe. Lisa avait l'impression qu'il était aussi armé, peut-être d'un couteau. Il y avait quelque chose dans sa façon de bouger quand il s'était glissé au bas de la falaise.

Elle ne voyait plus grand-chose, tout était plongé dans le noir. C'était l'œuvre de Kent – une fois le reste de la famille Kloss couché, Kent avait lui-même éteint toutes les lampes autour de la maison et l'éclairage du jardin.

Lisa ne comprenait pas pourquoi Kent était seul avec elles, sans autre membre de la famille Kloss. Ni son frère, ni sa sœur, ni les garçons. Invisibles.

Mais en le voyant se déplacer sur la pointe des pieds, elle s'était doutée qu'il s'agissait d'un sale boulot qu'il voulait cacher à sa famille.

Personne ne devait voir ce qui se passerait ici ce soir.

Seulement ceux qui faisaient partie du piège.

Lisa et Paulina tenaient chacune le bout d'une corde, reliée à un vieux filet en nylon caché sous une fine couche de gravier à l'entrée des rochers.

Si Aron se pointait, elles devaient tendre le filet en tirant fort des deux côtés, de façon à barrer le sentier étroit.

« S'il essaie de s'enfuir, il se prendra dedans, leur avait expliqué Kent. Comme un poisson.

– Et après ? avait demandé Lisa.

– Après, on pourra se calmer et discuter », avait dit Kent, sans dire précisément qui ferait quoi.

Un vent frais commençait à souffler du détroit, et Lisa frissonna. Le plein été était fini, chaque nuit était un peu plus sombre et plus froide. Elle allait bientôt rentrer chez elle.

Mais pour le moment elle était là. Pour un boulot rapide.

Mais il ne s'était absolument rien passé depuis qu'elles montaient la garde, à part quelques chauves-souris qui avaient filé comme des chiffons sombres dans le noir. Les vagues chuintaient doucement en contrebas, des bateaux isolés ronronnaient en franchissant le détroit – rien d'autre. Pas de vieil homme s'approchant parmi les rochers.

Lisa s'étira le haut du corps, pour ne pas s'engourdir sur le gravier.

Elle cligna des yeux. Attendit. Se demanda dans quelle rue Silas pouvait bien traîner ce soir. Puis soudain elle entendit un bruit.

Non de pas dans la nuit, juste un bruit sourd. Un moteur sur le détroit, beaucoup plus proche que les autres, et qui ne s'éloignait pas. C'était un bateau à l'approche qui ralentit juste devant la plage des Kloss, et resta là.

Lisa se démancha le cou pour le voir, mais en vain. Sans clair de lune, la mer était d'un noir d'encre.

Elle entendit alors d'autres bruits, plus proches. Des mouvements sur le gravier. Un raclement.

Quelqu'un se trouvait tout près, dans la tranchée. Mais ce n'était pas un homme. Une silhouette longue et mince. Une femme.

« Lisa ? »

C'était la voix basse de Paulina. Lisa ne voyait que son ombre dans le noir, avec de grands yeux blancs. Elle devait avoir quitté sa cachette et être passée par le fond de la tranchée, car elle n'était qu'à quelques mètres.

Lisa se pencha et chuchota, plus doucement encore :

« Paulina… qu'est-ce que tu fais ? »

La Lituanienne leva la main.

« Écoute », dit-elle. Elle regarda Lisa en désignant le détroit. « Écoute-moi… c'est Veronica Kloss, là-bas. Elle a pris le bateau à moteur.

– Quel bateau ? »

Paulina soutint son regard. À présent, son suédois était presque sans accent.

« Le bateau de Kloss, dit-elle. Veronica et Kent vont abattre l'homme. Le charger sur le bateau. Le lester et le couler. »

Lisa écouta, perplexe.

« Tu veux dire… le tuer ? »

Paulina hocha la tête et lui attrapa le bras.

« Il faut y aller, dit-elle. Maintenant. »

Lisa cligna les yeux.

« Comment ça ? »

Sans lui répondre, Paulina se contenta de lui secouer le bras, insistante. Et finit par réussir à la faire lever.

« Il est là ? » chuchota-t-elle.

Paulina secoua la tête.

« Viens !

– Mais pourquoi ? » dit Lisa.

Elle ne comprenait pas ce qui pressait tant, mais Paulina ne renonçait pas. Elle la tira encore plus fort et Lisa finit par lâcher son côté du filet. Elle laissa pendre ses jambes au bord du rocher et descendit prudemment.

Paulina se détourna un instant et cria vers la tranchée, d'une voix perçante :

« Il a un pistolet ! Il est près du bunker ! »

Un cri lui répondit. Un homme. Lisa tourna la tête et vit une lumière blanche s'allumer au fond de la tranchée. Kent Kloss avait sorti sa lampe torche.

Lisa atterrit sur le gravier, sans perdre l'équilibre. Paulina l'attrapa et la poussa en avant.

« Vas-y, cours ! cria-t-elle. Tout de suite ! »

Lisa sursauta en l'entendant, et se laissa chasser. Hors de la tranchée, vers la plage.

Derrière elles, la lampe torche balayait les parois de la tranchée – et, soudain, le faisceau accrocha une puissante silhouette dans le noir.

Ça ressemblait au vieil homme, se dit-elle. Aron Fredh.

Mais Lisa vit qu'il n'était pas au fond de la tranchée. Il était au bord de la falaise, presque au niveau du cairn. Et à la main il tenait quelque chose de luisant.

# LE REVENANT

C'ÉTAIT L'HEURE. Aron avait laissé sa voiture au parking de la plage, tout au fond de la baie. Puis il avait marché vers le sud en suivant la route côtière, avant d'obliquer vers le cairn. Courbé, en silence, il s'était approché, parmi les herbes du bord de la falaise, au-dessus de l'entrée du bunker. Le cairn s'élevait à présent sur sa gauche, telle une grande coupole noire dans la nuit.

Il tendit l'oreille, entendit le ronronnement de moteur d'un petit bateau dans le détroit. Rien d'autre.

Il continua à se faufiler, le regard à terre. Il s'agenouilla dans le gravier, au bord de la falaise.

C'était difficile dans l'obscurité, mais il finit par trouver ce qu'il cherchait : le bout du câble blanc qu'il avait tiré du bunker et enterré quelques jours plus tôt. L'extrémité dépassait de sous une pierre, protégée de l'humidité et de la poussière par un petit morceau d'adhésif.

Aron l'ôta et déterra doucement le câble.

Ça ne ressemblait pas à une mèche, et pourtant c'en était une. Cette variante moderne était comme un petit tuyau rempli de poudre très inflammable. Ça ne s'allumait pas avec une allumette, mais avec un détonateur à étincelle.

Aron tenait déjà ce petit objet métallique semblable à une crosse de pistolet. Il brancha précautionneusement la mèche sur le détonateur et se releva doucement sous le ciel nocturne.

Il tendit la tête pour regarder au bas de la falaise, mais ne vit que les ténèbres.

Un cri retentit alors dans la tranchée :

« Il a un pistolet ! Il est près du bunker ! »

Une voix de femme. Il la reconnut.

Paulina.

Aron comprit son avertissement – mais n'eut pas le temps de réagir ou de bouger avant que la nuit soudain s'illumine.

Une lumière blanche s'alluma dans la tranchée, elle glissa vers le haut le long de la falaise et s'arrêta en plein sur son visage.

« Aron ! » cria une voix d'homme.

C'était Kent Kloss. Il tenait une lampe torche et, dans l'autre main, une arme. Un vieux pistolet qu'Aron reconnut aussitôt. Son propre Walther.

Aron resta dans le faisceau lumineux. Il se savait visible. Mais peu importait.

Il fit un signe de tête à Kloss, leva la main, le pouce sur le bouton du détonateur.

« Lâche ton arme, dit-il d'une voix forte. Ou j'appuie. »

Mais il était encore trop près du bunker pour le faire, et il hésita trop longtemps.

« *Fuck you* », dit Kloss en anglais.

Il leva le pistolet.

Et tira.

La balle fila dans la nuit, Aron sursauta. Il recula et s'accroupit. Comme Kloss tenait toujours le pistolet, il se plaqua sur le gravier et entendit le deuxième coup. La balle siffla au-dessus de sa tête.

Aron regarda autour de lui. Il avait lâché le détonateur. Il avait disparu dans le noir, avec le câble.

Aron se pencha pour chercher. Il entendit alors un raclement.

Kent Kloss remontait de la tranchée.

Où était le détonateur ?

Il le vit briller dans l'herbe, mais n'eut pas le temps de le ramasser.

« Aron ! cria une voix. C'est fini ! »

Kloss avait pris pied en haut de la falaise, à quelques mètres, balayant l'obscurité avec sa lampe torche.

Son pistolet n'était pas levé, mais il le tenait toujours. Il allait bientôt le redresser, viser et appuyer sur la détente…

Aron tendit la main, mais pas vers le détonateur. Le sol était jonché de pierres, il en ramassa une.

Puis se tourna vers Kent Kloss et la brandit.

Il visa la lampe.

# LISA

« VIENS ! Lisa ! Ne t'arrête pas ! »

Paulina lui tenait le bras et semblait déterminée, sa voix était si dure que Lisa se laissa entraîner. Fuite aveugle dans la nuit, tournant le dos aux rochers escarpés, vers la partie plus plate, à l'intérieur de la baie.

Lisa ne ralentit pas, mais se cogna les orteils aux pierres qui dépassaient, manquant plusieurs fois de trébucher.

« Attends », finit-elle par haleter.

Le sol redevenu plus régulier, elle s'arrêta pour reprendre son souffle et aperçut les lumières du camping, à peut-être trois cents mètres.

Elle tourna alors une dernière fois la tête et vit qu'Aron Fredh avait été rejoint par une autre silhouette, au sommet de la falaise. Kent Kloss, brandissant sa lampe torche. Ils se hurlèrent dessus, puis s'empoignèrent.

Deux ombres qui semblaient n'en faire qu'une, luttant au-dessus du bunker.

Paulina s'était elle aussi arrêtée et retournée. Elle était aussi essoufflée que Lisa, et respirait lourdement dans le noir en regardant fixement le bord de la falaise, où la lumière de la lampe tournoyait encore.

« Il faut que j'y retourne, dit Paulina en faisant un pas vers les rochers.

– Non.

– Si, dit Paulina. Il a besoin d'aide.

– Qui ? »

Paulina ne répondit pas, mais Lisa la retint.

« Il est dangereux ! » dit-elle, sans savoir elle-même duquel des deux hommes elle parlait.

Dix ou quinze secondes, elles luttèrent toutes deux dans l'obscurité, immobiles. Lisa pensa qu'elle avait le dessus, qu'elle avait réussi à fléchir Paulina, à la faire rester.

Mais il était déjà trop tard. Lisa vit que la lumière avait disparu sur la falaise – la lampe torche tombée ou jetée en bas, sur la plage.

Il ne semblait rester qu'une silhouette.

Au clair de lune, elle longea le bord de la falaise d'un pas mal assuré, s'éloignant du cairn.

Paulina la fixa et siffla un juron dans une langue étrangère. Puis attrapa à nouveau Lisa.

« À l'abri ! » cria-t-elle.

Lisa fut plaquée dans le gravier. Paulina était forte et se coucha presque sur elle.

Les secondes passèrent. Toute la côte semblait attendre.

Puis le silence fut déchiré. Et tout fut chaos. L'obscurité disparut dans un éclair jaune, et la nuit se brisa dans une énorme explosion.

# LE REVENANT

ARON VIT qu'il avait raté la lampe, mais que la pierre avait touché Kloss. Elle l'avait heurté à l'épaule droite, lui faisant lâcher le pistolet Walther. Aron l'entendit tomber au fond de la tranchée.

Sans attendre, il tourna les talons et détala à quatre pattes, s'éloignant du cairn en traînant le câble derrière lui.

Le pistolet n'était plus un problème, mais Kent Kloss si. Il était à présent fou de rage, plus jeune et plus en colère qu'Aron.

« Hé ! cria-t-il. Reste là ! »

Kloss se jeta sur lui. L'agrippa par le pull, par les bras.

« Arrête-toi, bordel ! »

Kloss jurait et grognait comme un animal féroce, mais Aron se dégagea et continua à ramper le long de la falaise.

Kloss lui donna un coup de pied dans la cuisse pour le faire tomber, mais Aron serra les dents. C'était un soldat, à présent, il supportait la douleur. Il avançait toujours.

Plus que quelques mètres. Le détonateur était là, par terre. Un petit tube métallique terminé par un bouton rouge. Il tendit la main, il y était presque…

Il reçut un coup violent dans le dos, Kloss était à nouveau sur lui. Il dominait Aron, la lampe torche pointée vers le bas.

« Rends-toi ! » cria-t-il.

Il s'apprêta à lui asséner un grand coup de pied.

Aron attrapa la chaussure de Kloss, fermement, et fit pivoter sa jambe comme un levier.

Kloss bascula en faisant des moulinets. La lampe lui échappa et ses chaussures raclèrent le gravier tandis qu'il essayait de retrouver son équilibre, mais Aron ne lui laissa aucun répit. Il bondit aussitôt et heurta Kloss en pleine poitrine.

« Putain ! »

Kloss cria pendant une seconde en agitant les bras au bord de la falaise, puis tomba à la renverse.

Ce n'était pas une grande chute, quelques mètres en pente raide. Mais l'atterrissage fut rude.

Aron perçut un choc sourd au fond, suivi d'un éboulis de gravier.

À présent, Aron était libre et il put parcourir les derniers mètres le long de la falaise. Il saisit le détonateur, toujours connecté au câble plastique.

Kloss allait remonter, quand il aurait trouvé le pistolet.

Le temps manquait à Aron.

Il tira avec lui le détonateur et le câble, trouva un petit creux dans le sol et s'y coucha. Il prit alors le dispositif au creux de ses mains. Il se savait encore près du cairn – dangereusement près – et s'aplatit par terre.

La tête baissée, il appuya sur le détonateur.

Une étincelle brûlante s'échappa de l'appareil et embrasa la fine couche de poudre à l'intérieur du câble.

La mèche se consuma à une vitesse inouïe, plus vite que l'œil ne pouvait suivre. À deux kilomètres-seconde, un éclair fila le long du câble, entra dans le bunker, dans le tunnel qu'Aron avait mis plusieurs semaines à creuser.

Tout au fond, l'étincelle atteignit la charge principale, qui explosa.

*Le mois d'août commença par un fracas qui retentit au-dessus du détroit de Kalmar.*

*L'explosion eut lieu à une heure moins le quart : une longue détonation qui se répercuta dans la baie comme le tonnerre sur la mer, jusqu'à la côte du Småland.*

*Aron était effroyablement près. Il s'aplatit dans un trou en haut de la falaise, à moins de cinquante mètres du cairn, sans savoir s'il survivrait.*

*L'explosif était placé à un mètre de profondeur sous le centre du tas de pierres : on eut l'impression qu'un monstre endormi se réveillait et surgissait de terre.*

*Tout fut détruit dans le bunker.*

*Les murs de béton se brisèrent, le sol en ciment fut réduit en gravats et la porte métallique fermée vola dans la tranchée en éclats acérés.*

*L'explosion fit s'effondrer sur la plage la partie de la falaise surplombant le bunker. Un énorme bloc dévala la pente comme un rouleau compresseur et rasa le cabanon de pêche de la famille Kloss et tout ce qu'il contenait : filets, chaises pliantes, gilets de sauvetage et glacières.*

*Mais l'explosion se propagea surtout vers le haut, là où il n'y avait pas de béton. Rien que de la terre meuble et du gravier – et toutes les pierres rondes que Sven Fredh avait jadis empilées en tumulus au bord de la falaise.*

*Les pierres furent projetées en l'air comme des bombes volcaniques.*

*Les plus petites retombèrent dans le détroit avec des gerbes d'eau autour du bateau où Veronica Kloss attendait que son frère Kent la rejoigne avec le corps d'Aron. Veronica ferma les yeux en s'accrochant au volant. Elle entendit le gravier et les pierres crépiter sur la coque, qui par miracle ne reçut aucun gros bloc.*

*Aron était toujours plaqué contre le sol. Protégeant sa tête de ses bras, il sentit l'acier et la pierre pleuvoir autour de lui.*

*Mais la plupart des pierres du cairn volèrent dans la direction opposée : vers l'intérieur des terres, en nuage épais.*

*Quelque part en amont de la route côtière, la gravitation reprit le dessus : un par un, les blocs entamèrent leur chute.*

*Le gravier retomba, la terre retomba. Et les blocs à leur tour, menace invisible dans le noir. Beaucoup se dirigèrent vers la Villa Kloss, vers la maison la plus proche, celle de Kent.*

*Ils s'abattirent dans son jardin, sur la terrasse fraîchement rénovée, dans la piscine, sur les tuiles du toit.*

*Niklas Kloss était seul dans la maison. Dans une des chambres d'amis du fond, il fut réveillé en sursaut par l'explosion. Les fenêtres avaient été soufflées mais, après le fracas du verre brisé, il entendit autre chose : un violent martèlement sur le toit. Les tuiles volaient en éclats, les poutres craquaient.*

*Terrorisé, Niklas s'attendait à ce que le toit s'effondre, mais il résista.*

*Puis la pluie de pierres cessa brusquement. L'écho de l'explosion retentit encore plusieurs fois dans la baie avant de s'estomper à son tour.*

*Et ce fut le silence.*

*Dans son trou, en haut de la falaise, Aron se remit à bouger. Il était couvert de poussière mais, en relevant la tête du gravier, il constata qu'il était toujours vivant.*

*Lentement, il se redressa, en songeant au joyeux ingénieur d'Esbo qui lui avait naguère appris comment enterrer et disposer la dynamite. Et la faire sauter.*

*Il regarda vers la route côtière et la Villa Kloss, et vit des trous noirs par terre et sur les toits.*

*Les pierres avaient plu comme des boulets de canon.*

# GERLOF

JOHN L'AVAIT HÉBERGÉ pour la nuit, et Gerlof avait téléphoné à la maison de retraite pour signaler son absence. Ils s'étaient couchés dans la maison silencieuse vers vingt-trois heures, mais Gerlof avait tardé à trouver le sommeil. Il avait continué à réfléchir à Veronica Kloss.

Ses pensées tournant en rond, il s'était endormi d'un sommeil profond et sans rêves quand le sol trembla soudain.

Toutes les fondations de la petite maison de John tremblèrent, comme si une grosse vague avait déferlé sous terre, faisant vibrer les vitres et bouger les meubles. Une pile de journaux s'effondra quelque part.

Il entendit John pousser un cri et bondir hors de son lit dans la chambre voisine.

Il se contenta pour sa part de lever la tête – et entendit alors un fracas sourd. Comme un coup de tonnerre, mais le bruit ne venait pas du ciel, plutôt du sud-ouest. De la plage. Il fut suivi d'une série de chocs plus petits. Comme une grêle s'abattant sur le sol.

Une explosion ?

Gerlof songea à une de ces mines qu'il avait tant redoutées en mer, mais savait que ce n'en était pas une.

Il entendit un pas lourd.

« Gerlof ? » La porte s'ouvrit, John glissa la tête dans la chambre. Tu es réveillé ?

– Oui.
– Tu as entendu ça ?
– Oh oui. »

Ils se turent un instant pour tendre l'oreille, mais tout était à nouveau silencieux. Très silencieux.

John appuya sur l'interrupteur, mais rien ne se passa : le courant avait sauté.

« Qu'est-ce qu'on va faire ? dit-il en se tournant vers la fenêtre.
– On ne peut pas faire grand-chose, dit Gerlof. C'est peut-être une canalisation de gaz... Est-ce que ça brûle du côté de la baie ? »

John secoua la tête.

« Non, il fait nuit noire.
– Alors on ne peut pas faire grand-chose.
– Non, répéta John.
– Tu pourrais peut-être allumer quelques bougies, dit Gerlof, et ta vieille cheminée.
– D'accord, dit John. Je fais du café. »

Gerlof l'entendit se diriger vers la cuisine. Quand John était stressé, en mer, Gerlof lui donnait toujours du travail. Ça le calmait.

Il resta quant à lui dans son lit, attendant qu'autre chose se produise, que quelqu'un téléphone ou frappe à la porte, mais le silence était revenu.

Il s'était passé quelque chose dans son village. Quelque chose d'horrible.

*Aron Fredh*, pensa-t-il. Aron est entré en guerre, et Gerlof n'a pas su l'arrêter.

Comme il n'y avait plus aucun bruit, Gerlof replongea dans le noir. Au fond, il ne voulait pas de café. Il était trop tard.

Bien après, au bout d'une heure environ, on entendit des sirènes approcher sur la grand-route, mais Gerlof s'était rendormi.

# LISA

LISA AVAIT ÉTÉ PLAQUÉE À TERRE par Paulina, mais elle vit pourtant l'explosion dans la nuit. Et la sentit.

Son éclat fut comme un intense soleil orange qui s'alluma derrière elle sur la falaise pour s'éteindre aussitôt.

L'instant d'après, elle entendit la déflagration, et ce qui ressemblait à un tremblement de terre.

La terre vibrait sous elle, toute la côte était secouée.

*Ragnarök*, songea-t-elle en tentant de ramper pour échapper au chaos. Mais c'était impossible, Paulina lui bloquait le passage. Elle se protégea alors la tête avec les bras.

L'onde de choc déferla. Puis les débris. Elles ne furent pas atteintes, mais Lisa entendit une pluie de cailloux s'abattre dans l'eau.

Quelques secondes après, tout se tut.

Un silence presque complet.

Puis des bruits d'impacts en rafale, en haut de la falaise, le long de la route côtière et du côté de chez les Kloss. Quelque chose de lourd s'abattait à terre. Comme un roulement de tambour irrégulier.

Suivit un lourd fracas de planches brisées pêle-mêle du côté de la Villa Kloss. L'air s'emplit d'un gros nuage de poussière.

Lisa imagina un bateau romain catapultant des blocs de pierre depuis le détroit. Un nuage d'obus noirs.

« Viens ! » lui cria une voix à l'oreille.

Un ordre. Paulina n'était plus couchée sur elle, elle s'était levée. Elle attrapa les bras de Lisa.

Le fracas était fini, mais Lisa voulait rester couchée.

« Viens ! » répéta Paulina.

Elle finit par obéir, se leva et tituba vers le nord de la baie, redoutant de recevoir d'autres projectiles.

Mais elle vit au clair de lune que les rochers n'étaient pas arrivés aussi loin. La plupart s'étaient abattus sur le jardin des Kloss et la villa de Kent.

Lisa retint son souffle et continua dans le noir.

L'ombre de Paulina se déplaçait près d'elle d'un pas décidé, sans s'arrêter.

« Qu'est-ce qui s'est passé ? » dit Lisa.

Paulina ne répondit pas, elle continuait d'avancer.

Une odeur de brûlé flottait à présent dans l'air. Et, au loin, Lisa entendit le toit de Kent Kloss commencer à s'effondrer, plusieurs poutres porteuses ayant été brisées par les rochers.

Elle n'y voyait pas grand-chose. Le courant semblait avoir été coupé dans toute la baie. Le village était plongé dans le noir. Soudain, elle trébucha sur une pierre ou une racine et faillit tomber : elle ne voyait même pas ses chaussures.

Elle percevait encore l'écho de l'explosion, mais ce n'était peut-être que dans sa tête.

« Paulina, répéta-t-elle, qu'est-ce qui s'est passé ? »

L'ombre à côté d'elle tourna calmement la tête tout en marchant, comme si elle contrôlait tout ce chaos, et ne dit qu'un seul mot :

« Ammonal. »

## LE PAYS NEUF, AVRIL 1998

L'UNION SOVIÉTIQUE s'est effondrée, remplacée par la Russie, mais Aron Fredh ne reconnaît plus le pays. Tout le monde semble de plus en plus obsédé par l'argent. Des boîtes de nuit ouvrent autour de la Loubianka, des Mercedes noires y déposent des messieurs blonds avec des adolescentes qui pouffent à leur bras. Des gangsters capitalistes qui n'auraient jamais osé se montrer à l'époque soviétique font à présent tout pour être vus.

La fille d'Aron et Mila a vingt-cinq ans, c'est une beauté brune qui vit toujours chez ses parents. Elle sort parfois le soir à Moscou, dans des boîtes tenues par des Occidentaux, mais en rentre déçue. Les nouveaux riches et leur cour l'ennuient. Aron s'en réjouit, car la Russie nouvelle est un monde dangereux, ravagé par le capitalisme, où aucune ancienne règle n'a plus cours. Aucune nouvelle non plus. Des jeunes gens sont abattus, des filles violées.

Il sort rarement. Trop de stress, trop de grosses voitures. Moscou n'est plus sa ville, et ça l'attriste. Il regrette Öland, le monde ancien. Le monde simple.

Mila ne sort pas non plus, mais pour d'autres raisons. Elle ne peut presque plus respirer. C'est l'air, ce sont ses poumons. Ils vont plus mal que jamais. Certains jours, elle ne quitte pas son lit. Ses quintes de toux emplissent l'appartement. Aron finit par l'emmener chez un médecin, qui l'adresse au service de pneumologie de l'hôpital Pirogov.

On fait des analyses, des radios. On chuchote, on réfléchit. Un pneumologue finit par leur expliquer la gravité de son état.

« Votre femme a beaucoup fumé, bien sûr ? dit-il, une fois seul avec Aron.

– Pas du tout. Mais elle a été exposée à un grave incendie quand elle était jeune. Une grosse explosion, avec des gaz toxiques. »

Le docteur hoche la tête, il comprend.

« Le diagnostic est un emphysème incurable.

– Incurable ?..., dit Aron.

– À présent, il lui faut de l'oxygène, dit le médecin. Il lui faut de l'oxygène et de bons soins. Des soins privés... Vous savez comment sont les choses, aujourd'hui. »

Aron sait que se soigner coûte de l'argent, comme tout le reste. Beaucoup d'argent. Il a entendu parler de chauffeurs d'ambulance extorquant de l'argent à des malades ou des blessés.

« Et à l'étranger ? dit-il à voix basse. Par exemple... en Suède ?

– Ils ont un bon système de soins, dit le docteur. Et ça peut être moins cher. Mais évidemment que pour les citoyens du pays. »

Aron rentre chez lui. Mila a reçu son verdict. Il songe à la Suède, aux hôpitaux suédois. Gratuits pour les Suédois, sûrement aussi pour leur famille. Peut-être le moment est-il venu de rentrer ?

Une autre raison pousse Aron à souhaiter quitter le Pays neuf : les archives de l'époque stalinienne commencent à s'ouvrir, des citoyens de l'ex-URSS descendent comme des spéléologues fouiller parmi les travées de documents, à la recherche des noms des victimes de la Grande Terreur. Et de leurs rares bourreaux encore en vie.

Aron songe à changer à nouveau d'identité. À quitter la vie de Vladimir Ieguerov.

À rentrer au pays, avec Mila.

Mais il a besoin d'aide. De quelqu'un qui puisse confirmer son identité.

Désormais, il est beaucoup plus facile de téléphoner à l'étranger en Russie, plus besoin de remplir un formulaire – mais Aron n'a pas de numéro à appeler. Il ne sait pas quels membres de sa famille sont encore en vie.

Pourtant, il tente un soir d'en savoir plus, au téléphone. Une opératrice russe serviable lui trouve le nom de Greta Fredh sur Öland. Elle habite dans une maison de retraite, mais a sa propre ligne téléphonique.

L'opératrice le connecte. Le téléphone sonne, on décroche, et une voix de femme répond :

« Greta Fredh. »

La voix est vieille et faible, mais Aron reconnaît sa sœur. Il commence à lui expliquer qui il est, dans un suédois mal assuré.

Greta ne se souvient pas de lui. Elle ne sait pas qui il est. Dans un silence plein de grésillements, il continue à expliquer. Qu'il a émigré à l'étranger, qu'il songe rentrer. À Rödtorp. C'est là qu'ils ont grandi, au bord de l'eau, entre l'île et le continent.

Ne se rappelle-t-elle pas ?

Silence à l'autre bout du fil.

« Aron ? finit par dire sa sœur. C'est vraiment toi ?

– Oui, Greta. Je vais revenir… à notre ferme.

– Nous avons une ferme ? dit Greta.

– Oui, répond Aron. La famille Kloss possède des terres… énormément de terres, et nous sommes parents.

– Kloss, ah oui, dit Greta. Elle va venir faire une conférence ici cet été. Veronica Kloss. Ça va être bien.

– Dis-lui que vous êtes de la même famille, dit Aron.

– D'accord. »

Sa sœur commence à comprendre, mais Aron voit bien que ses pensées sont lentes et ses souvenirs flous.

« C'est l'heure du café, finit par dire Greta. Au revoir, Aron, au revoir. »

Il prend congé et raccroche, la main tremblante.

Mila le regarde, couchée sur le lit.

« Et tes autres parents en Suède ? chuchote-t-elle. La famille Kloss ? »

La famille Kloss, bien sûr. Aron en fait partie, il est le fils d'Edvard Kloss, même si la paternité n'a jamais été reconnue – le secret était tel que Sven n'en a jamais parlé et que sa mère Astrid ne l'a jamais mentionné que par allusions. Et Edvard serait mort plutôt que de l'avouer.

Mais ses descendants pourraient-ils l'aider ? Oui, peut-être.

Il hoche la tête et décroche à nouveau son téléphone.

Une nouvelle conversation avec l'opératrice des renseignements internationaux montre qu'il y a encore plusieurs Kloss domiciliés sur Öland. L'une d'entre eux, Veronica, a également une adresse à Stockholm. C'est d'elle que Greta lui a parlé.

Aron obtient l'adresse et le numéro de Veronica Kloss, et regarde Mila. Il se décide à appeler. Il compose le numéro avec son index, le doigt qui appuie sur la détente, puis il attend, tendu.

Plusieurs sonneries avant qu'on lui réponde. C'est un homme. Un jeune homme, Urban Kloss, qui s'avère être le fils de Veronica.

Il comprend le suédois d'Aron et confirme que c'est la bonne famille. Ils viennent d'Öland et y habitent l'été.

Mais il ne semble pas avoir la moindre idée de qui est Aron Fredh.

Aron lui demande d'aller chercher sa mère.

La ligne grésille. Aron attend. Il finit par entendre une voix de femme, froide.

« Veronica Kloss. »

Aron se racle la gorge et commence à parler suédois. Il se présente, un peu hésitant, dit qui il est, d'où il appelle.

« Nous sommes parents, dit-il.

– Parents ? » dit Veronica Kloss.

Aron continue son récit, son suédois prend lentement de l'assurance. Il lui parle de Rödtorp, de la plage. D'Edvard Kloss et de sa mère. De son voyage avec Sven à Stockholm, puis Leningrad. De leur transfert au nord, du travail. Il s'arrête là, il ne veut pas en dire davantage.

« Mais nous sommes parents, répète-t-il. Je suis le fils d'Edvard. »

Sa parente suédoise l'a écouté en silence, elle reprend son souffle.

« Je raccroche. »

Rien d'autre. Et la ligne est coupée.

Aron reste abasourdi, le combiné à la main. Il regarde Mila, puis le téléphone.

« Ça a coupé, dit-il. C'est fou… »

Mila hoche la tête.

« Alors on va aller à Stockholm à Pâques. Quand il fera meilleur. Et on ira saluer ta parente, cette jeune Weronikaïa. Vous vous parlerez directement.

– Veronica, Veronica tout court », la corrige Aron.

Il est dubitatif, mais Mila a l'air sûre d'elle.

« Veronica, oui. Tu prendras tes papiers et ta vieille tabatière, pour lui prouver qui tu es. Le frère de son père.

– Le cousin de son père, dit tout bas Aron.

– Vous êtes parents, dit Mila. Alors ils nous aideront, et te rendront la ferme et la plage. »

# LISA

DANS LE NOIR, Paulina conduisit Lisa sur la plage, loin de la falaise éventrée, sans s'arrêter. Vers le nord, parmi les genévriers et les cabanons de pêche. Elles étaient à présent presque parvenues au muret du camping.

Lisa pensait que Paulina y entrerait, pour regagner sa caravane, mais elle obliqua vers la route. Elle s'arrêta à quelques mètres de la chaussée et attendit.

Lisa la regarda.

« Ammonal, qu'est-ce que c'est ?

– De la dynamite sous terre, dit Paulina. Il a creusé un tunnel, où il a placé de la dynamite. »

Lisa cligna des yeux. Elle avait trop de questions, elle ne savait pas laquelle choisir.

Paulina observa le détroit sombre, vers le sud. Un bateau à moteur y ronronnait toujours, invisible.

Puis on entendit un autre moteur, plus près, et Lisa vit deux lumières approcher. Une paire de phares.

C'était une voiture.

Elle arrivait doucement du sud.

Lisa devait se tromper dans le noir – mais il lui sembla voir Paulina sourire à la voiture.

« Du calme, dit-elle. C'est fini, maintenant, Lisa. »

Paulina était toujours calme. Après ce qui venait de se passer, elle semblait différente. Lisa la regarda.

« Qui es-tu ?

– Pas lituanienne, dit Paulina en regardant la voiture arriver. Je viens de Russie. »

La voiture était une Ford bleu marine. Elle s'était arrêtée devant elles sur la route, sans couper le moteur.

Paulina se tourna à nouveau vers Lisa. Elle prit sa main tremblante.

« Pars d'ici, dit-elle. Rentre chez toi. »

Puis elle s'en alla.

Lisa la vit gagner la route côtière et s'approcher de la Ford. Le chauffeur s'était penché pour lui ouvrir la portière passager.

Paulina monta.

À la lueur de la lampe intérieure, Lisa aperçut le vieil homme au volant. Aron Fredh. Il adressa un sourire las à Paulina quand elle s'assit à côté de lui, et elle lui caressa la joue.

La voiture manœuvra alors et se dirigea vers la grand-route. Elle passa devant le restaurant et disparut dans le noir.

Lisa se retrouva seule au camping. Les gens commençaient à sortir de leurs tentes et leurs caravanes pour regarder la falaise effondrée au sud. Un brouhaha de questions emplissait la nuit.

Elle ouvrit sa main droite. Paulina y avait déposé quelque chose en lui disant au revoir. Un rouleau de billets. Des couronnes suédoises. Un rouleau gros comme le pouce.

Elle referma la main en songeant à Silas, son père. Silas voulait cet argent. Silas en avait besoin. Ce besoin ne finirait jamais.

Mais elle était fatiguée de donner de l'argent à son père pour qu'il se drogue.

Elle fourra les billets dans sa poche et se remit en marche. Lentement d'abord, puis plus vite. Elle regagna sa caravane, rassembla ses affaires, sa guitare et ses disques, avant de faire comme Paulina lui avait dit – partir d'ici. Elle voulait rentrer chez elle avant que la police ne se pointe.

## LE REVENANT

ARON ET PAULINA arrêtèrent la Ford avant la grand-route et échangèrent leurs places. Aron tourna la tête vers l'arrière, vers la baie en contrebas.

Tout était sombre. L'explosion tintait encore dans sa tête, mais il n'avait pas perdu l'ouïe.

« Le tumulus des Kloss a disparu, dit-il en russe. Et leur maison, et leur cabanon de plage. Tout a disparu… On a fait ce qu'on devait faire. »

Paulina le regarda.

« Je te croyais mort, *papa*. Tu étais si près du bunker, et je…

– Je m'en sors toujours », dit Aron.

Elle hocha la tête.

« Et lui ? »

*Lui*, elle ne dit rien d'autre. Aron avait pu à plusieurs reprises rencontrer sa fille en cachette au cours de l'été, et pas une seule fois Paulina n'avait nommé Kent ou Veronica Kloss par leur nom.

« Il a son compte, dit Aron.

– Mais elle, elle a survécu, dit Paulina. Elle était sur le bateau, elle attendait qu'il descende ton corps. Il devait t'abattre… c'était ce qu'ils avaient prévu.

– Elle s'en est tirée ? dit Aron. Veronica Kloss ?

– Oui, dit Paulina. J'ai entendu son bateau, après… Il est reparti. »

Elle démarra alors et reprit la route. Pas vers le sud et le continent, mais vers le nord, où il n'y avait pas de pont. Vers le bout de l'île.

Ils ne croisèrent aucune voiture. Quand la route rétrécit et que la forêt commença, Paulina s'engagea sur un petit chemin de gravier entre les arbres, phares éteints. Il était presque deux heures. Aron était très fatigué, son corps endolori.

Paulina avait vidé sa caravane et placé ses valises sur le siège arrière plus tôt dans la soirée. Elle en sortit des couvertures et rabattit les sièges.

Ils s'installèrent dans le noir et le silence se fit.

« Nous ne pouvions pas blesser les enfants, dit Paulina au bout d'un moment. Tu comprends ça, *papa* ? »

Aron resta couché sans rien dire. C'était l'idée de sa fille d'enlever les garçons Kloss avant de faire sauter le cairn. Elle s'était glissée auprès d'eux pendant leur sommeil pour leur poser sur le visage un mouchoir imbibé de chloroforme, puis avait donné le code de l'alarme à Aron.

« Je sais », finit-il par dire.

*Les enfants*, songea Aron. Vlad avait blessé de nombreux jeunes dans les années trente. Des gamins de dix-huit, dix-sept ans, peut-être plus jeunes. Il les avait interrogés, battus, envoyés en camp sans sourciller. Ou rendus orphelins.

« Qu'est-ce que tu en as fait ? dit Paulina.

– De qui ? dit Aron.

– Des enfants Kloss ? »

Il ferma les yeux et se cala au fond du siège.

« Je les ai transportés de l'autre côté de l'île. Et enfermés dans un cabanon de pêche. »

Paulina hocha la tête.

« On appellera demain pour prévenir », dit-elle. Elle ajouta : « Mon amie aussi s'en est tirée.

– Quelle amie ?

– Elle s'appelle Lisa. »

Silence dans la voiture. Nuit paisible en forêt. Au bout d'un moment, Aron entendit la respiration régulière de sa fille, sans pouvoir lui-même s'endormir : son corps continuait à palpiter de douleur.

Il avait malgré tout dû finir par s'endormir, car le soleil inondait son visage quand il rouvrit les yeux. La lumière brûlante découpait déjà de grands pans d'ombre entre les troncs des sapins. Encore une journée d'été éblouissante. Paulina bougea à ses côtés, toujours endormie.

Aron cligna des yeux dans le soleil, étonné de s'être réveillé. Lentement, il déboutonna sa chemise…

Un peu plus tard, sa fille émergea du sommeil. Ils échangèrent quelques mots à voix basse, dans le silence de la voiture, et elle démarra. Le voyage vers le nord de l'île continua. À Byxelkrok, ils revirent la mer et s'arrêtèrent à l'hôtel du port pour prendre un café. La serveuse les regarda à peine.

Ils étaient peut-être recherchés, mais dans ce cas vers le sud. Il y avait peut-être des voitures de police à Borgholm, le pont était peut-être coupé. Ici, au nord, personne ne semblait se soucier d'eux.

Sur le port de Byxelkrok, il y avait une cabine téléphonique. Paulina s'arrêta devant et regarda son père.

« Tu l'appelles, *papa*, pour lui dire où sont les enfants ? »

Aron hocha la tête et descendit de voiture. Il se dirigea lentement vers la cabine. Il décrocha et plaça le combiné à son oreille, mais n'appela pas.

Au lieu de quoi il tourna le dos à Paulina et ouvrit sa veste de sa main libre. Il portait dessous sa chemise en flanelle. Elle avait une petite déchirure rouge sombre au ventre, qui ne saignait plus. Plus trop.

Il lui avait fallu plusieurs heures après l'explosion pour s'en rendre compte mais, à l'aube, en se réveillant, Aron avait compris que la palpitation qu'il sentait à la taille n'était pas normale. En silence, pour ne pas réveiller sa fille, il avait déboutonné sa chemise et trouvé une petite plaie à son flanc droit.

Le premier coup de feu de Kent Kloss ne l'avait donc finalement pas raté.

Il avait une trousse de secours dans la voiture. Il avait pansé la plaie avec du sparadrap et une compresse propre pour stopper le saignement, mais il avait mal à l'intérieur de l'abdomen, et sentait sous ses doigts qu'un morceau de plomb était resté à l'intérieur.

Aron était blessé par balle, pour la première fois de sa vie. C'était presque comique, mais il fallait qu'il le garde pour lui.

Paulina ne devait rien savoir.

Il raccrocha le téléphone et revint lentement à la voiture.

« C'est fait », dit-il.

Paulina redémarra et continua vers le nord, vers le dernier avant-poste : l'embarcadère de Nabbelund et le bateau pour Gotland.

« Qu'est-ce que tu as fait de l'arme ? » demanda-t-elle.

Aron désigna de la tête le sac en toile sur la banquette arrière. Il avait contenu les bâtons d'explosif, il était à présent presque vide.

« Là, dit-il. Je jetterai tout par-dessus bord, quand ce sera assez profond. »

La baie de Grankullavik, encadrée de caps et d'îlots couverts de bois épais, était comme une lagune. Erik, le grand phare blanc, se dressait à l'extrémité nord de l'île. Il signalait les hauts-fonds du secteur.

Mais le ferry pour Gotland, blanc lui aussi, s'était frayé un chemin sans encombre jusqu'à l'embarcadère, où il était prêt au départ.

Aron et Paulina abandonnèrent la vieille Ford sur le parking et s'avancèrent sur la jetée. Aron sentait sur son visage le vent qui avait commencé à souffler sur la Baltique.

Ils montèrent sur la passerelle et embarquèrent. Paulina avait réservé tout le voyage du retour. Le ferry jusqu'à Visby. De là un vol régional jusqu'à Stockholm, puis un long-courrier pour Moscou.

Rentrer à la maison.

Mais ce n'était pas la fin qu'avait imaginée Aron – il pensait mourir sur Öland. Mourir à la ferme, près de la plage sur la Baltique.

Dans le ferry, il y avait une cafétéria, une boutique et une grande salle avec des tables vides. Ils choisirent deux sièges, dans un coin à l'écart, ou personne ne pouvait les entendre.

Aron s'assit doucement, car son ventre lui faisait mal. Il regarda par la fenêtre, vers le sud, comme s'il pouvait voir Stenvik et tous les dégâts qu'il y avait provoqués.

Puis il soupira et regarda sa fille :

« Je suis un nettoyeur. »

Paulina se tut.

« Plus maintenant, finit-elle par dire, à voix basse mais décidée. Tu en as fini, *papa.* »

Aron regarda ses mains.

« Liquider, nettoyer, je n'étais bon qu'à ça, dit-il. On ne me félicitait que pour ça quand j'étais jeune, alors je n'ai fait que ça de ma vie... À part rencontrer ta *maman* et m'occuper de toi.

– C'est assez, *papa.* » Paulina se pencha au-dessus de la table pour lui caresser la joue. « Maintenant, on va rentrer se reposer et manger correctement. On en a fini avec ce pays. »

Elle était efficace, comme d'habitude, concentrée, précise comme quand elle avait demandé et obtenu ce poste chez Kent Kloss. Aron sentait chez elle le calme revenu après cet été tendu, et aussi une sorte de pardon.

Il essaya de se détendre. De l'autre côté du bastingage, le petit embarcadère s'était vidé. Tout le monde était soit monté à bord, soit parti. Sa Ford restait seule sur le parking, abandonnée. Il l'avait laissée ouverte, les clés sur le contact, pour que n'importe qui puisse la prendre.

Aron se leva, doucement.

« J'ai un peu faim, mentit-il. Tu veux quelque chose ? »

Paulina secoua la tête. Il lui donna une petite tape sur la joue, y attarda sa main une seconde de plus. Puis sortit de la cafétéria et se dirigea vers la sortie.

Une minute avant le départ.

Il était grand temps de se décider. Aron alla récupérer son sac et gagna la sortie.

Il sauta à terre quelques secondes seulement avant qu'on enlève la passerelle.

Sur le quai, un jeune matelot larguait la dernière amarre. Il regarda Aron avec étonnement.

« Vous avez changé d'avis ? »

Aron acquiesça en silence. Là, sur le quai, il n'était plus forcé de dissimuler sa douleur au ventre et elle diminua un peu. Le soleil commençait à réchauffer l'air, il n'avait presque plus froid.

Le matelot jeta l'amarre à bord, le ferry appareilla. Un fossé se forma entre lui et le quai, de plus en plus grand. Bientôt, il fut trop tard pour sauter à bord, même si Aron avait été jeune et en bonne santé.

Il aperçut une dernière fois les cheveux sombres de Paulina par la fenêtre. Sa tête était penchée, elle ne l'avait pas vu.

La douleur qu'il ressentait à présent était celle de ne plus jamais revoir sa fille. Mais elle avait dans son sac l'argent qu'Aron avait pris dans la caisse du bateau de contrebande des Kloss : plus d'un demi-million de couronnes. De quoi bien repartir dans la vie, sans lui.

Au-dessus de l'horizon, à l'ouest, des cumulus se tassaient, gris et en forme d'enclume, signe annonciateur des tempêtes d'automne. L'orage arrivait.

Il tourna le dos à l'eau. À présent, il avait tout son temps. Sa fille serait coincée plusieurs heures dans le ferry entre Öland et Gotland.

Il regagna sa Ford à petits pas. Ouvrit la portière, s'assit au volant et souffla.

Il posa son sac à l'arrière. Les armes s'entrechoquèrent. Il vit devant lui le visage froid de Veronica Kloss. Il l'imagina, se promenant sur les pelouses ensoleillées d'Ölandic, aussi calme et triomphante que la veuve de Lénine.

Aron était mourant. Il ne savait pas combien d'heures il lui restait – mais Veronica Kloss, elle, allait continuer à vivre.

Vraiment ?

*Non*, se dit Vlad. *Pas question.*

Il démarra la Ford, et jeta un dernier coup d'œil aux armes. Puis il fit demi-tour sur le port et repartit vers le sud.

# JONAS

POUR LA DEUXIÈME FOIS CET ÉTÉ, Jonas se réveillait dans un cabanon de pêche, étourdi, clignant des yeux. Mais celui-ci avait d'épais murs en pierre, et Jonas n'était pas bordé dans un lit. Il était couché sur un tas de vieux filets qui puaient le goudron. Le vent sifflait au coin du cabanon, et des cris étouffés de mouettes parvenaient du dehors.

Il vit qu'il n'était pas seul. Casper et Urban, ses cousins, étaient étendus le long de l'autre mur. Ils étaient en pyjama. Comme lui.

Les cousins semblaient aussi vaseux que lui, entre deux eaux.

Jonas s'était endormi dans sa chambre, et ne gardait que de vagues souvenirs de sa nuit : d'abord un ange blanc près de son lit. Puis une odeur sucrée répandue sur lui. Enfin de grosses mains dans le noir.

Il ferma les yeux, somnola, attendit. Quelqu'un avait déposé deux bouteilles d'eau sur un tabouret près du mur, ses cousins et lui en burent.

Une faible lumière filtrait sous la porte, et Urban se leva. Il alla pousser la porte en bois. De plus en plus fort, mais elle était massive et ne bougeait pas d'un pouce. Elle était bloquée du dehors par une sorte de barre de fer.

Après quelques coups de poing de dépit, Urban abandonna et retourna sur le lit de filets.

Ils restèrent tous les trois silencieux. Jonas avait quantité de questions, aucune n'avait de réponse.

Quand la lumière extérieure augmenta, Urban et Casper se mirent à lui parler.

Ils avaient mal à la tête. Lui aussi.

« C'était une sorte de somnifère, dit tout bas Urban. Ils nous ont drogués pendant notre sommeil.

– Je me souviens que quelqu'un m'a porté, dit Casper. C'était un homme… un vieux. Mais fort. »

*Le fantôme du cairn*, pensa Jonas.

Ils restèrent longtemps entre les murs de pierre, silencieux dans la pénombre. Aucun n'avait de montre.

Ils ne pouvaient qu'attendre.

Jonas resta un long moment penché en avant contre le mur, les yeux fermés, à écouter le vent et les mouettes.

Soudain il entendit autre chose : une voiture qui ronronnait à proximité. Il leva la tête.

« Vous entendez ? »

Les cousins écoutèrent à leur tour, le regard inquiet.

« C'est lui ?…, chuchota Casper.

– Je ne sais pas. »

La voiture roula jusqu'au cabanon, puis le moteur s'arrêta. Des pas lourds dans l'herbe.

Le cadenas cliqueta, la barre en fer fut ôtée. La porte s'ouvrit.

Un vieil homme les regarda depuis le seuil, silencieux et sombre. Jonas le reconnut : c'était l'homme du cairn.

Deux mètres derrière lui, il aperçut une voiture bleue, une Ford.

L'homme tenait un revolver noir, dirigé vers le bas, mais avec tellement d'aisance et de calme que Jonas comprit qu'il en avait l'habitude. Le revolver était un outil. Au besoin, il le lèverait sans hésiter.

« Allez, on sort », dit-il simplement.

Jonas et Casper se levèrent et franchirent la porte basse. Il faisait clair dehors, une impression d'après-midi. Urban sortit en dernier, mais le fantôme l'arrêta de sa main libre Il le regarda.

« Tu es un Kloss ? Ta mère s'appelle Veronica ? »

Urban hocha la tête.

« Bien. » L'homme lui indiqua le long de la plage. « Pars dans cette direction, Kloss... Il y a des gens à quelques kilomètres. Cours-y et téléphone chez toi. Téléphone à ta mère pour lui dire où vous avez été. Dis-lui de venir ici, aussi vite que possible. Au cabanon de pêche d'Einar Wall. Seule. »

Urban regarda Jonas et Casper, et ouvrit la bouche.

« Je...

– Chut, dit l'homme. » Il braqua le revolver sur Urban, faisant légèrement trembler le canon. « Tu en veux une dans la nuque ?

– Non, mais...

– Alors, file ! »

Urban regarda une dernière fois Jonas et Casper, l'air inquiet – puis il partit en courant. À travers le pré salé, à grandes enjambées.

Le fantôme le regarda s'éloigner.

« Bien. » Il hocha la tête vers Jonas et Casper. « Il n'y a plus que nous trois. »

Jonas n'osa rien dire, mais il comprit soudain que l'homme était malade. Il vacillait un peu et appuyait parfois une main contre son ventre, comme s'il avait mal. Et son visage était couvert de sueur, alors que la vague de chaleur s'était estompée.

L'homme était malade, mais il se déplaçait cependant comme un militaire, d'un pas décidé.

Il laissa un papier avec un texte en majuscules sur le sol du cabanon. Jonas aperçut quatre mots au crayon :

VIEUX MOULIN

STENVIK

SEULE

Puis l'homme referma la porte.

« Allez, on y va. »

Jonas reçut un coup qui le bouscula vers la voiture. Il avança docilement, en silence, devant l'homme armé, comme il convient aux prisonniers.

# GERLOF

GERLOF ET JOHN sortirent en voiture au matin ; il allait être huit heures et demie, mais il y avait peu de lumière à cause des nuages lourds amoncelés au-dessus de l'île.

John avait réveillé Gerlof dès sept heures, sans même un bonjour :

« C'est le cairn. Ils l'ont fait sauter.

– Le cairn ?

– Pas le tien, dit John. Le cairn construit par les Kloss. »

Gerlof l'entendit, sans vraiment le croire. Il avait bien entendu une explosion – mais le cairn ?

Il réfléchit alors et dit :

« Aron Fredh. »

John ne dit rien, ce n'était pas une question. C'était forcément Aron.

« Il faut y aller », dit-il.

John l'aida à monter dans la voiture et ils rejoignirent la route côtière en tournant devant les boîtes aux lettres. Ils dépassèrent le camping et se dirigèrent vers la pointe sud de la baie, là où s'élevait la falaise.

John roulait lentement, ce qui laissait à Gerlof tout loisir d'observer ce qui se passait. Il vit d'abord un petit attroupement de campeurs et de vacanciers, puis des voitures de police et une ambulance devant une rubalise bleu et blanc, et enfin le lieu de l'explosion proprement dit.

Elle avait été énorme, il le comprit en voyant le cairn.

Ou du moins ses débris. Ce n'était plus qu'un cratère de terre et de gravier. Seules quelques pierres restaient en haut de la falaise – les autres avaient été projetées en pluie vers l'intérieur des terres, par-dessus la route côtière. Beaucoup avaient touché la Villa Kloss, la seule propriété à portée.

Aron était peut-être un fou de guerre, se dit Gerlof – mais il avait bien visé. L'explosion n'avait fait de dégâts que dans la famille Kloss. La maison de Kent semblait avoir subi un bombardement, avec sa terrasse en bois défoncée et sa toiture effondrée. Toutes les baies vitrées avaient explosé.

Devant cette dévastation, Gerlof songea à Jonas Kloss.

Il le chercha parmi la foule. La plupart des gens étaient pour lui des étrangers, il ne voyait aucun membre de la famille Kloss. Puis il reconnut un homme dans la force de l'âge, cheveux ébouriffés et robe de chambre bleue. Il avait oublié son nom, mais c'était un Stockholmois voisin des Kloss.

John arrêta la voiture et Gerlof baissa la vitre. Pas besoin de demander ce qui s'était passé.

« Des blessés ? » demanda-t-il juste.

L'homme secoua la tête.

« Je ne sais pas. Notre jardin est assez éloigné, on n'a pas pris de pierres, mais là-bas… Je ne sais pas quoi dire. »

Il désigna de la tête la villa de Kent Kloss.

« Il y avait quelqu'un à l'intérieur, cette nuit ? demanda Gerlof.

– Un des frères dormait dans une chambre sur l'arrière… Niklas Kloss. Apparemment, il est indemne.

– Et l'autre, Kent ? Et leurs garçons ?

– Je ne sais pas. »

John et Gerlof restèrent un moment dans la voiture, à regarder, puis John en eut assez et manœuvra à reculons.

« Arrête-toi, John », dit soudain Gerlof.

La voiture stoppée, il en descendit, s'appuya sur sa canne et fit quelques pas vers le terrain détruit des Kloss.

Il avait vu un homme arriver sur la pelouse, évitant les rochers d'un pas incertain. Gerlof le reconnut : Niklas Kloss.

Il portait un short d'été marron et un manteau gris ouvert. Une combinaison bizarre, mais en tout cas il semblait sain et sauf.

Gerlof leva la main et Niklas Kloss s'avança vers John et lui, le visage vide et les mouvements raides. Il sembla les reconnaître, mais ne les salua pas.

« Kent et les garçons ont disparu, dit-il juste. Et Paulina.

– Disparu ?

– Veronica les a cherchés la moitié de la nuit... Moi aussi. »

Gerlof regarda la maison.

« Ils n'étaient donc pas à la maison cette nuit ? Kent non plus ?

– Je ne sais pas, dit tout bas Niklas. Ils ne me disent jamais rien... Kent et Veronica ne me disent jamais rien.

– Qu'est-ce qu'ils auraient dû te dire ? » demanda Gerlof.

Niklas ne répondit pas, il détourna la tête.

Gerlof vit une porte s'ouvrir dans l'autre villa : Veronica Kloss sortit sur sa terrasse. Elle était mieux habillée que son frère, jean et pull, et sa terrasse était intacte. Elle regarda du côté des trois hommes puis se dirigea vers eux.

Avant qu'elle arrive, Gerlof se pencha vers son frère et posa une question brève à laquelle il réfléchissait depuis des semaines :

« Tu as fait de la contrebande, Niklas ? »

Niklas le regarda, l'œil vide.

« De la contrebande ?

– Alcool et tabac », dit Gerlof.

Veronica les avait presque rejoints.

« Je n'ai pas fait de contrebande, répondit Niklas. C'est mon frère. »

Le regard de Veronica n'était en rien vide, il était dur et concentré.

« Niklas ! » siffla-t-elle.

Mais son frère continua, comme s'il ne l'avait pas entendue.

« Tous les étés, Kent importait de l'alcool et des cigarettes, par bateau ou par la route. Il était le patron d'Ölandic Resort, il ne pouvait pas aller en prison. Alors c'est moi qui ai porté le chapeau. » Il regarda sa sœur et ajouta : « C'est ma sœur qui l'a proposé.

– Elle pensait au bien de l'entreprise », dit Gerlof.

Veronica l'ignora, et s'adressa à son frère.

« Niklas, rentre appeler mon mari à Stockholm. Il devrait être à son cabinet. Dis-lui de me joindre sur mon portable, et d'appeler jusqu'à ce que je réponde. »

Puis elle se retourna vers la Villa Kloss.

« Il faut que j'y aille, murmura-t-elle.

– Qu'est-ce qui s'est passé ? » dit Gerlof.

Veronica ne le regarda pas, mais répondit pourtant :

« Il a enlevé les garçons.

– Qui ? »

Veronica Kloss ne dit rien d'autre, elle se dépêcha de rejoindre sa voiture.

Mais Gerlof n'avait pas besoin de réponse – elle ne pouvait parler que d'Aron Fredh.

Niklas Kloss resta là, le regard toujours vide. Gerlof vit qu'il était en état de choc et se pencha vers lui.

« Niklas, est-ce qu'un médecin t'a examiné ?

– Pas cette année. »

Gerlof lui posa la main sur l'épaule et lui indiqua l'ambulance.

« Va les voir, demande-leur de t'examiner… On s'occupe du reste. »

Niklas hocha docilement la tête.

« Vous retrouverez les enfants, alors ? »

Que répondre à ça ? John et lui n'étaient que deux vieux marins.

« Promis », finit-il par dire.

Il regarda Niklas se diriger vers l'ambulance et, une fois dans la voiture, il se tourna vers John en soupirant :

« Bon, on n'a plus qu'à rouler. Je ne sais pas où chercher, mais…

– Rouler, d'accord, dit John. J'ai de l'essence. Mais on pourrait d'abord passer à la boutique ?

– Tu dois travailler ?

– Non, Anders est là, s'il y a des clients… Mais il faut que je vérifie qu'il y a assez de lait pour le week-end.

– Bien sûr », dit Gerlof.

John quitta donc la route, s'arrêta sur le parking de la petite boutique de Stenvik et descendit. Gerlof resta à sa place. John se retourna.

« Un café, avant d'y aller ? »

Ils burent leur café au milieu des cartons de la réserve, en silence.

« Alors, comme ça, Aron a fait sauter le cairn, dit John. Et il a enlevé les enfants Kloss.

– Oui, ça m'en a tout l'air. Et Veronica Kloss est partie à sa poursuite.

– Oui », dit John.

Ils se turent. On n'entendait que le tic-tac de l'horloge. Gerlof but son café.

Où pouvait se trouver Aron ? Où se cachait-il ? Dans une maison ?

Il revit soudain l'apparence d'Aron Fredh, ce jour d'été, au cimetière, avant qu'on entende les coups sortis du cercueil. Aron, douze ans, avait surgi tel un petit fantôme près du cabanon d'attente des morts. Il ressemblait à un fantôme parce que…

« Il était blanc ! dit tout haut Gerlof.

– Blanc ? » dit John.

Gerlof leva les yeux.

« Poudré de blanc… Aron avait les vêtements saupoudrés de blanc, la première fois que je l'ai vu, au cimetière. Ils étaient couverts de poussière de farine. »

John hocha la tête.

« Sven Fredh était aide-meunier. Aron avait dû l'accompagner avant de venir au cimetière.

– Oui, il travaillait pour plusieurs fermiers, dit Gerlof. Dans les moulins à vent.

– Les moulins…, dit John.

– Oui, dit Gerlof. Je crois que c'est là qu'il se cache. Dans un des moulins encore debout. »

John prit une mine sombre.

« Mais lequel ? Il y en a au moins trente-cinq ou quarante, rien que sur cette commune.

– Il ne peut se cacher que dans ceux qui sont abandonnés, dit Gerlof. Ceux qui menacent ruine, perdus dans les broussailles et les ronces… Ceux que les gens ont presque oubliés.

– Alors, ça en fait moins, dit John. La plupart se sont effondrés.

– Quelques-uns sont encore debout, dit Gerlof. Il doit y avoir un moulin quelque part sur les terres des Kloss… C'est ce coin que fréquentait Aron quand il était jeune.

– Alors ça en fait moins encore », répéta John.

Soudain, Gerlof se souvint avoir une fois entendu des voix depuis son jardin. Un vieil homme et une jeune femme qui parlaient dans les ronces, une conversation à peine audible. Comme dans une cachette, un peu au-dessus du sol. Dans un arbre, ou…

« Je peux me tromper, dit-il à John, mais je crois que c'est à Stenvik. Le vieux moulin dans la forêt, derrière mon jardin. »

# LE REVENANT

C'ÉTAIT UN APRÈS-MIDI GRIS sur la côte de l'île, presque la tempête. Le moulin centenaire, au milieu de la forêt, secoué par les vents comme la tour d'un phare, se balançait au même rythme que les arbres environnants, mais il tenait bon.

L'intérieur du moulin consistait en une pièce rectangulaire unique, étroite mais haute, avec un petit grenier sous le toit et, au milieu, la machinerie. Il n'y avait pas de fenêtre, juste quelques petits hublots, et il y faisait sombre même en plein jour.

Quand Aron eut attaché les deux garçons à de vieilles chaises contre le mur, il alluma les lampes à pétrole et les lanternes qu'il avait trouvées dans un coin poussiéreux du moulin.

Leur vive clarté éclairait les murs et les visages blêmes des garçons. Ils ne disaient rien, mais il savait qu'ils attendaient que Veronica Kloss vienne à leur secours.

Aron lui aussi l'attendait, le front brûlant et le ventre doulou reux. Il écoutait la bourrasque, dos au mur.

Cela prit du temps.

Mais Veronica finit par arriver. Un moteur de voiture approcha et s'arrêta.

Le vent sifflait, sinistre. Aron entendit des pas au-dehors.

Des talons qui claquaient sur les marches de bois menant à la porte du moulin. Une seule paire de chaussures.

Elle était seule. Bien.

Elle monta d'un pas lent mais décidé jusqu'à la plate-forme, en faisant trembler tout le vieux moulin.

Puis le silence.

La porte s'ouvrit alors et Aron vit Veronica Kloss sur le seuil. Elle portait un jean et un coupe-vent noir. Ses cheveux étaient tirés en queue-de-cheval.

Il la voyait de près pour la première fois. À la lueur des lampes, il vit qu'elle avait de gros cernes sombres sous les yeux, mais le regard qu'elle lui jeta était intense. Plein de haine.

Elle était laide, se dit-il. Peut-être belle, mais laide malgré tout.

« Tu es seule ? »

Veronica hocha la tête.

« Je vais d'abord te dire une chose, commença-t-elle. Tu es complètement dérangé. Tu as tout détruit.

– Je sais, dit Aron. Avec la dynamite des Wall, de la côte est… Pecka et Einar. Tous les deux tués par ton frère. »

Veronica ne protesta pas. Elle avança d'un pas.

« Enlève ton manteau, dit-il depuis l'autre côté de la pièce, et jette-le derrière toi. »

Elle obéit. Ouvrit la fermeture éclair et jeta son coupe-vent hors du moulin. Elle ne portait en dessous qu'un fin chemisier blanc. À présent, il était certain qu'elle n'était pas armée.

Aron, lui, tenait sa carabine automatique – la plus grosse des armes achetées à Wall. Il était à moins de cinq mètres, en partie caché par l'axe central. Il lui fit un signe avec le canon.

« Avance. »

Veronica se plaça entre les deux garçons attachés. La lumière des lampes faisait briller ses yeux.

« Relâche-les », dit-elle.

Aron secoua la tête.

« Non. Ils seront relâchés quand on aura parlé. »

Veronica désigna le plus âgé des deux.

« Laisse partir mon fils, alors.

– Et pourquoi ?

– Parce qu'il compte le plus.

– Vraiment ? »

Aron réfléchit quelques secondes, puis tendit la main pour défaire le nœud qui entravait les mains du plus jeune. Puis le nœud qui tenait ses pieds.

Les nœuds se défirent, le garçon était libre.

« Tu peux partir », lui dit-il.

Le garçon le regarda fixement, en frottant ses mains engourdies. Il resta planté là, jusqu'à ce qu'Aron lui bouscule légèrement l'épaule.

« Rentre chez toi. »

Le garçon se dirigea vers la porte en passant devant Veronica. Elle ne le regarda pas.

La porte se referma.

Aron fixa Veronica Kloss. Il lui indiqua la chaise laissée vide par son neveu.

« Assieds-toi. »

Elle ne bougea pas.

« Et pourquoi ?

– Tu vas écouter ton acte d'accusation.

– Accusation de quoi ?

– D'avoir rasé Rödtorp, toi et ton frère, et d'avoir tué ma sœur. »

Comme Veronica ne s'asseyait pas, il ajouta :

« Et ma femme. »

## LE PAYS NEUF, AVRIL 1998

PÂQUES ARRIVE. Aron et Mila partent vers l'ouest. Le vendredi saint 1998, ils laissent leur fille à la maison, prennent le train pour Leningrad, redevenue Saint-Pétersbourg, et y passent la nuit.

Mila voudrait visiter la ville, peut-être le palais d'Hiver, et voir la Neva – elle y est venue, étudiante – mais elle est trop faible. Et Aron n'a pas envie de se laisser aller à la nostalgie entre les immeubles de pierre. Il ne veut pas revoir la prison Kresty, près du fleuve, pour ne pas réveiller les vieux souvenirs des bruits et des odeurs. Et de son ami Trouchkine.

Il ne peut penser qu'à la Suède. Et à l'île, sur l'autre rive de la Baltique.

Dans le port, le samedi de Pâques, ils embarquent à bord du *M/S Baltika*, qui assure la liaison Stockholm-Saint-Pétersbourg. Il est aussi blanc que l'était le *Kastelholm*, mais plus grand, et, cette fois, Aron n'a pas à partager une cabine avec un beau-père sujet au mal de mer. Ils glissent sur la Neva vers l'ouest, puis s'élancent sur la Baltique, pleins d'espoir.

La mer est calme et l'air marin semble faire du bien à Mila. Elle lui sourit, accoudée au bastingage.

*Tant d'étés, tant d'hivers*, songe Aron.

La traversée est beaucoup plus rapide que dans les années trente : Pâques n'est pas passé qu'ils sont déjà arrivés à Stockholm.

Bien sûr, cette ville elle aussi a changé, constate Aron. Les grues du port ont disparu, les immeubles ont poussé.

Le douanier suédois n'accorde qu'un coup d'œil aux passeports russes d'Aron et Mila, avant de dire « *Welcome* » en leur faisant signe de passer.

Ils s'installent dans un petit hôtel près de Nytorget. Aron trouve une carte dans l'annuaire. Il situe l'adresse de Veronica Kloss et sa famille, Norr Mälarstrand, un quartier chic, au bord de l'eau.

« Alors on y va demain, tôt, avant le départ de notre bateau », dit Mila.

Aron opine du chef, mais tremble intérieurement. Il se sent illégitime face à la famille Kloss. Et il *est* d'ailleurs illégitime, et débarque avec ses gros sabots dans la haute société, sans savoir se tenir.

Ils passent cependant une agréable dernière soirée dans Stockholm baignée de lumière. Ils flânent un peu dans les ruelles étroites de la Vieille Ville, comme il l'avait fait avec Sven, prennent un ferry pour passer d'une île à l'autre et dépensent le reste de leur argent pour un bon dîner au restaurant. Mila tousse beaucoup, elle est très fatiguée, mais elle sourit aussi.

« Ça va s'arranger. »

*Peut-être*, pense Aron. *Si je m'agenouille devant Veronica Kloss.*

Le lendemain vient le moment de la rencontrer.

Le quartier de Kungsholmen est à quelques pâtés de maisons et quelques ponts de leur hôtel. Aron hésite encore, mais il finit par y aller.

Le porche est en bois sombre, large et massif. Fermé. Mais il y a une sonnette à côté d'une plaque gravée au nom de KLOSS.

Aron presse le bouton et attend près de l'interphone, Mila à ses côtés.

« Oui ? » finit par faire une voix.

C'est une voix de femme, le pouls d'Aron s'emballe.

« Veronica ? dit-il tout bas. Veronica Kloss ?

– Oui ? »

Aron se présente à nouveau. Il explique, Mila à ses côtés, qu'ils sont venus chercher de l'aide en Suède. Qu'il a une *preuve* qu'ils sont parents, la tabatière de son père Edvard Kloss.

Silence dans le haut-parleur.

Puis un bruit métallique au-dessus de leurs têtes. Une fenêtre qui s'ouvre trois étages plus haut.

Une enveloppe blanche tombe en virevoltant. C'est absurde, mais Aron songe au camarade Trouchkine, qui déposait des lettres dans les rues de Leningrad.

Une écriture soignée sur le devant de l'enveloppe : *Aron Fredh.*

Il l'ouvre. Pas de lettre, juste une photo. Elle représente un bosquet, avec une pelleteuse au milieu des restes d'une petite maison. Une ferme. La machine a roulé dessus, écrasé les murs.

Aron reconnaît évidemment la ferme.

Il lâche la photo et regarde la porte.

Elle reste close. Veronica a raccroché l'interphone et n'ouvrira jamais.

Aron se retourne vers sa femme. Elle ne comprend pas le suédois, mais elle sait. Quelque chose s'est éteint dans ses yeux, son espoir a disparu.

Elle lui prend le bras.

« Il faut y aller, chuchote-t-elle, sinon nous raterons notre bateau. »

Et ils s'en vont. Ils marchent en silence, sous le soleil qui brille.

Mila respire difficilement quand ils passent récupérer leurs bagages à l'hôtel et prendre un taxi pour le port. Elle est déprimée et tousse plus que jamais. Aron voudrait lui remonter le moral, mais il ne sait pas quoi dire. Sa ferme a disparu. Kloss a détruit le rêve de toute sa vie.

Ils embarquent à temps. Mila est très essoufflée, le visage blême malgré le soleil qui brille sur Stockholm.

Le navire s'éloigne du rivage, traverse l'archipel, la Suède disparaît au loin.

« Nous reviendrons », dit Aron.

Mila opine du chef, éteinte. C'est bientôt l'heure de dîner, mais elle secoue la tête et va se coucher dans leur cabine. Elle est malade à présent, cela ressemble au mal de mer, malgré la mer d'huile.

Aron dîne rapidement dans un des restaurants du bateau avant de redescendre dans leur cabine.

Mila dort, la respiration rauque. Aron a une vertigineuse impression de déjà-vu en songeant à son voyage avec Sven malade. Mais cette fois, c'est plus sérieux.

Deux jours plus tard, ils sont rentrés à Moscou. Ils ont suivi le même itinéraire qu'à l'aller, en train depuis Saint-Pétersbourg.

Leur fille Paulina les attend à la gare de Biélorussie. Aron voit qu'elle a remisé son manteau : le printemps est arrivé en Russie.

Il descend du wagon d'un pas lourd, puis aide Mila, très fatiguée. Ils embrassent tous les deux leur fille, longtemps.

Et ils rentrent chez eux. Les visites à l'hôpital recommencent. Avec ce manque chronique d'oxygène.

Fin juin, il téléphone à nouveau à sa sœur, la ligne grésille sous la Baltique, mais elle ne répond pas. Une infirmière décroche.

« Non, Greta n'est plus avec nous. Elle est partie. »

D'abord, Aron ne saisit pas.

« Une chute. Dans sa salle de bains. »

Il finit par comprendre et raccroche lentement.

Sa sœur est morte et, pour sa femme, il n'y a plus d'espoir.

Après dix mois de soins et de veilles, les poumons de Mila lâchent. À la fin, comme une personne qui se noie, elle lutte, lutte, sans parvenir à respirer.

Le 20 février 1999, elle finit par mourir. Aron et Paulina sont auprès d'elle, mais Aron doit sortir plusieurs fois pendant son agonie. Son impuissance est terrible.

Début mai, deux mois après l'enterrement, il se rend en Suède. Il achète une vieille Ford à Stockholm et descend jusqu'à Öland.

La chambre de Greta a été nettoyée, mais on le laisse voir ses effets personnels dans un carton. Elle n'avait rien, rien de valeur, mais il prend quelques photos de famille. De lui enfant, et de sa mère Astrid.

La chambre voisine de celle de Greta est ouverte. Sur la porte, WALL. Aron glisse un œil. Deux hommes sont là, l'un plus vieux que lui, l'autre plus jeune. Ils se ressemblent, ils sont parents.

« Vous connaissiez votre voisine ? demande-t-il.

– Qui pose la question ?

– Fredh. Aron Fredh.

– De la famille de Greta, alors ? dit le plus vieux. De celle qui est *tombée* ? »

Il appuie un peu trop sur le dernier mot, ce qui met la puce à l'oreille d'Aron.

« Oui, dit-il. Je suis son frère.

– Je m'appelle Wall, dit le vieil homme. Ulf Wall… Et voici mon fils Einar. »

Aron hoche la tête.

« Je suis aussi parent avec les Kloss. »

Il voit le plus jeune, Einar Wall, froncer les sourcils à ce nom, et avance alors d'un grand pas dans la pièce. Décidé, comme un soldat.

# LE REVENANT

« KENT EST MORT », dit Veronica Kloss.

Aron hocha la tête.

« Greta aussi. Et Mila. »

Veronica le dévisagea à la lueur des lampes à pétrole. Il soutint son regard.

« Assieds-toi, maintenant », dit-il.

Elle hésita un peu, puis prit place sur la chaise vide, à côté de son fils cadet. Il la regarda et elle ouvrit la bouche pour dire quelque chose, mais Aron ne voulait pas entendre ça.

« Bien, dit-il d'une voix forte. Commençons. »

C'était là le dernier interrogatoire pour Vlad et il le savait. Il était important de le réussir.

Il n'y avait pas de bureau dans le moulin, mais il avait apporté un stylo-bille et des feuilles de papier, et trouvé une caisse en bois qui pouvait servir de sous-main. Il poussa la caisse vers Veronica.

« Prends le stylo. »

Elle le regarda longtemps, mais le prit.

« Et du papier. »

Elle prit une feuille.

Aron leva sa carabine automatique.

« Maintenant, écris. Tu vas reconnaître avoir tué ma sœur à la maison de retraite, l'été dernier, après que je t'ai dit que vous étiez parentes. Et dire comment. »

Veronica approcha le stylo de la feuille.

« Et après ?

– Quand tu auras fini, je relâcherai le garçon.

– Et moi aussi ? »

Il baissa sa carabine vers la table de fortune.

« Allez, écris. »

Veronica fixa la feuille blanche. Puis elle se pencha sur la table branlante et commença à écrire.

Aron avait une bonne vue, et, en tendant le cou, il put lire ses aveux :

« Le tapis sous la porte de la salle de bains, dit-il. Tu l'as tiré… et après ? »

Veronica regarda ses mains.

« On n'entendait plus rien à l'intérieur, alors je suis sortie. Personne ne m'a vue. »

Le silence se fit dans le moulin.

Veronica tenait toujours le stylo, et Vlad la fixait à travers les yeux d'Aron.

« Continue d'écrire, ordonna-t-il. Tu vas reconnaître avoir refusé d'aider ma femme Ludmila Ieguerov, gravement malade, alors que nous t'avions plusieurs fois demandé ton aide… Tout doit être mis par écrit et signé. »

# JONAS

DEHORS, il faisait gris et le vent soufflait. Jonas s'enfuyait à toutes jambes du moulin. Il courait sur un sentier étroit entre les arbres et les broussailles. C'était presque le soir. Il dérapa à plusieurs reprises dans l'herbe humide. Chaque fois, il se releva pour repartir aussitôt. Les liens qui avaient écorché ses poignets et ses chevilles avaient disparu.

Sur son visage, il sentait le vent du détroit qui le tirait en arrière. Les genévriers lui fouettaient les bras, les buissons de noisetiers lui griffaient le visage, mais il serra les lèvres et se fraya un passage. Il était libre et voulait juste échapper au grand monstre noir derrière lui. Le moulin à vent.

Il n'abandonnerait pas Casper et Tante Veronica – mais il lui fallait trouver de l'aide. La police, ou n'importe qui.

Le bois s'éclaircit. Il baissa la tête et courut.

Quelque chose lui barra alors le passage, lui attrapa le bras si fermement qu'il s'arrêta net. Ce n'était pas une branche de genévrier, mais une main. Celle d'un homme à la casquette rabattue sur un regard dur.

« Où tu vas, comme ça ? »

Les efforts de Jonas pour se dégager étaient vains. Aussi finit-il par abandonner et répondit :

« À la police. »

La poigne se desserra un peu. L'homme rajusta sa casquette et le regarda. Il n'avait pas l'air méchant.

On entendit bouger derrière lui dans les buissons, puis une autre voix :

« Jonas ? »

Jonas reconnut cette voix grave. C'était Gerlof Davidsson. Il sortit lentement des broussailles, appuyé sur sa canne, et salua Jonas de la tête, tandis que l'autre homme le lâchait.

« Qu'est-ce que tu fais ici ? » dit Gerlof.

Jonas fit un signe de tête vers le bois et la grande tour noire derrière lui.

« Il m'a laissé partir.

– Tu étais dans le moulin ? »

Jonas hocha la tête, ses jambes se dérobèrent. Tout à coup, il se sentit mal.

« Casper y est encore, parvint-il à dire. Avec le fantôme du cairn. Et Tante Veronica… Elle voulait que Casper soit libéré, mais il m'a relâché, moi. »

L'autre homme l'aida à se relever.

« Ce fantôme s'appelle Aron Fredh, dit Gerlof. Il est dans le moulin avec les deux autres ?

– Oui.

– Qu'est-ce qu'il veut ? Tu sais ce qu'il va en faire ?

– Non. Il a un grand fusil… et il voulait parler avec Tante Veronica. Seule. »

Gerlof sembla las.

« Une confrontation. »

Il regarda en direction du moulin et demanda, toujours aussi bas :

« Où sont-ils exactement, là-dedans, Jonas ? Tu t'en souviens ? En bas, ou au grenier ?

– En bas.

– Bien, dit Gerlof. Au milieu, ou contre les murs ? »

Jonas essaya de réfléchir.

« Casper et moi nous étions près de la porte. À l'entrée. Attachés à des chaises.

– Attachés aussi au mur ? »

Jonas secoua la tête.

« Il nous avait juste attaché les mains. Et les chevilles.

– Bien », dit Gerlof. Il regarda l'autre vieil homme. « On peut faire quelque chose, John, mais c'est un peu risqué… Il y a une trappe dans le plancher du moulin, on l'utilisait pour descendre les sacs de farine très lourds. Si le garçon est assis dessus, on peut peut-être le libérer. Peut-être aussi Veronica Kloss. »

L'autre homme rajusta sa casquette dans le noir. Il fronçait les sourcils. Ce plan n'avait pas l'air de le ravir.

« Comment fait-on ? »

Gerlof réfléchit.

« Si je me rappelle bien, la trappe est fermée par en dessous au moyen d'une tringle en fer. Il faut la faire sauter… et le faire vite. »

L'homme hocha la tête.

« Je cherche une pierre. »

Gerlof regarda à nouveau Jonas.

« Tu peux venir avec nous, pour nous montrer ? »

Jonas hésita, mais finit par acquiescer.

« Il ne faut pas faire de bruit. »

## GERLOF

GERLOF TENTA de suivre John et Jonas, mais il allait trop lentement. Il était fatigué et traînait les pieds. Il faisait du *bruit* dans l'herbe sèche. Mauvais.

Il fut forcé de s'arrêter.

Il vit John se pencher pour ramasser une pierre sur le sentier – longue et plate comme un marteau – puis continuer d'avancer aux côtés de Jonas Kloss.

Gerlof suivit, plus lentement. Il connaissait les lieux, c'était à moins de cent mètres derrière son propre jardin de l'autre côté du bois. Sur sa gauche, il aperçut le cairn. Le vrai, celui de l'âge du bronze, qui était toujours là.

La végétation était de plus en plus dense, mais, par une étroite clairière, il distingua une grande silhouette aux ailes écartées – le moulin. Son père y allait parfois moudre, il était déjà vieux à l'époque. Le moulin datait d'au moins cent cinquante ans, quand la forêt n'avait pas encore poussé et qu'il pouvait prendre le vent de tous les côtés. Dans le nord de la Suède, c'était l'eau qui faisait tourner les moulins, mais ici, sur la terre plate d'Öland, il n'y avait pas de rivières, que le vent, en permanence.

Il avait d'ailleurs forci, on voyait le moulin vaciller.

Le haut bâtiment ne reposait que sur un socle de bois arrondi, le *chandelier*, comme on disait, conçu pour pivoter et permettre aux ailes de tourner, quelle que soit la direction du vent. Mais ces ailes n'avaient plus tourné depuis des décennies. Elles étaient à présent brisées, et le moulin restait comme une tour de guet abandonnée parmi les arbres.

Non, pas abandonnée – une Ford sombre était garée sous les frondaisons à ses pieds et, quelques mètres plus loin, il aperçut la voiture de Veronica Kloss.

Gerlof en était réduit à faire des signes de la main, mais il indiqua à John de continuer tout droit.

En approchant du moulin, il vit une lumière vacillante filtrer entre les planches, et entendit des voix basses.

Il y avait tout juste un mètre sous le plancher du moulin. Il y faisait sombre mais, en se penchant, Gerlof s'assura que la trappe était toujours là, près du chandelier, verrouillée par une grosse tringle de fer.

Bien. Mais si le bois avait gonflé ou s'était déformé avec le temps, bloquant la trappe ?

Il fallait prendre le risque.

Il fit signe à John d'avancer, et son vieil ami se plia en deux et se glissa en dessous, avec Jonas.

L'homme et le garçon s'enfoncèrent sous le moulin, jusqu'au chandelier. On ne voyait plus que leurs deux ombres.

Gerlof retint son souffle. Il ne pouvait rien faire d'autre qu'attendre.

Il entendit alors des coups contre le plancher du moulin. C'était John qui cognait violemment de bas en haut, d'un geste décidé · un, deux, trois, quatre coups.

Un bruit métallique. Et la trappe s'ouvrit.

# LE REVENANT

« NOUS Y VOILÀ », dit Aron à Veronica Kloss, sa parente, son ennemie.

Elle ne répondit pas.

« Nous y voilà, dans le moulin, reprit-il. Quand le vent se lève et que les ailes se mettent à tourner, plus personne ne peut stopper la meule. »

Veronica se taisait toujours. Elle avait fini d'écrire. Ses aveux couvraient la feuille de papier.

Elle garda le stylo, mais poussa le papier vers Aron. Il la fixait en s'essuyant le front. Il faisait chaud dans le moulin, à cause des lampes à pétrole, mais ce n'était pas que ça. Il avait aussi de la fièvre.

« Ma femme avait besoin de soins… et moi, tout ce que je demandais, c'était un petit bout de terrain, dit-il lentement. Je voulais juste la ferme. Rien d'autre, pour mes vieux jours… Rödtorp, au bord de l'eau.

– Tu ne l'aurais jamais eu, dit Veronica.

– Non, dit Aron. Vous avez préféré tout raser. »

Veronica tourna la tête et regarda son fils, muet sur sa chaise, qui se contentait d'écouter.

« C'est une question de sécurité, dit-elle. Et de vision à long terme. Personne ne doit venir nous arracher Ölandic. Surtout pas des bâtards qui se pointent au bout de soixante ans et veulent notre terre… Alors je t'ai chassé de Stockholm et j'ai éliminé ta sœur dans sa maison de retraite, avant qu'elle devienne trop bavarde. Kent et moi étions absolument d'accord pour ne rien vous laisser.

– Une erreur », dit Vlad.

Veronica ne répondit pas, et pointa son stylo vers la chemise ensanglantée d'Aron.

« Ce n'est pas joli à voir, dit-elle d'une voix objective. Tu saignes, Aron. »

Vlad sentit des gouttes de sueur couler sur son front.

« Plus maintenant. »

Veronica sourit.

« Je crois que tu vas mourir, Aron. »

Vlad cligna lentement des yeux.

« Toi aussi. »

Elle secoua la tête.

« Je vais bien, Aron. Je vais vivre encore longtemps… Je dois m'occuper de nos terres. »

Vlad leva son arme et dit tout bas :

« Ce sera à tes enfants de s'en occuper. »

Il allait ajouter quelque chose quand, soudain, des coups retentirent. Ça venait de sous le plancher.

Il y avait là la vieille trappe – qu'il n'avait pas remarquée auparavant. Elle tremblait à présent. La poussière volait dans la lumière des lampes.

Vlad se leva, mais n'eut le temps de rien faire. La trappe céda d'un coup et s'ouvrit, entraînant le garçon Kloss qui était assis dessus, toujours pieds et poings liés.

Son otage avait disparu.

Vlad fixa la trappe deux secondes de trop. Il ne vit pas Veronica Kloss se lever.

Il entendit juste le bruit de verre, quand elle renversa du pied la lampe la plus proche.

Le pétrole s'embrasa et Veronica se précipita.

Elle était rapide : Vlad ne la vit qu'une fois arrivée sur lui, stylo-bille brandi.

D'un seul geste, elle le planta droit dans sa plaie au ventre.

« De la part de Kent ! » cracha-t-elle, en frappant encore.

Fort.

Douleur glacée dans la plaie.

Vlad lâcha sa carabine, qui rebondit par terre. Il chercha à tâtons le bout du stylo à sa taille, essaya de l'extraire, mais Veronica tint bon et le plaqua contre le mur.

« C'est la fin ! » siffla-t-elle.

Mais il secoua la tête.

Vlad ne mourrait pas. De tout son poids, il se jeta sur Veronica et la poussa en arrière, droit dans l'autre mur.

« Lâche-moi ! »

Elle criait et griffait.

Ils dansèrent dans la pièce exiguë, luttant les yeux dans les yeux.

Le pétrole en feu se répandait autour d'eux. Les planches sèches du parquet s'embrasèrent – mais Vlad vit le papier contenant les aveux de Veronica s'envoler loin du feu, porté par l'air chaud.

Le vent s'arc-boutait contre le moulin, qui vacillait de plus en plus, et commençait à gîter comme un navire en perdition.

Les murs craquèrent et le sol se brisa. Deux autres lampes se renversèrent et se brisèrent.

Vlad ferma les yeux, comme pris de mal de mer.

Il lâcha Veronica.

*Fin*, pensa-t-il, en sentant le monde basculer.

# GERLOF

« ATTRAPE-LE ! » cria Gerlof.

Courbé sous le moulin, John avait fait sauter la tringle métallique. Un mince corps ligoté dégringola à travers le plancher par la trappe ouverte. Un garçon.

Gerlof se précipita en trébuchant, mais trop lentement.

John non plus n'alla pas assez vite, mais Jonas se jeta en avant. Il tendit les bras et parvint à réceptionner son cousin.

Il l'attrapa sous les bras et le traîna vite loin du moulin.

À travers la fine cloison, on percevait des chocs dans le noir. Et les cris d'une femme.

« Ils se battent ! » dit John.

Tout le moulin tremblait. Gerlof le vit ployer au-dessus de lui, comme un chêne sans âge, sous les coups de boutoir de la tempête et de la lutte à l'intérieur. Le moulin avait fait son temps – il était trop vieux pour rester debout.

Tandis que l'édifice penchait, on entendit des craquements dans le chandelier, sous le moulin. Puis un claquement sec, quand le pied se brisa.

Gerlof ouvrit la bouche.

« À l'abri, John ! » hurla-t-il.

John était toujours plié sous le moulin, presque figé, il fixait Gerlof. Mais il finit par bouger de côté.

Gerlof aussi. Il recula avec sa canne, mais pas assez vite. Ses jambes raides se mouvaient comme dans de la mélasse.

« John ? » cria-t-il à nouveau.

Il ne voyait plus son ami, et le moulin continuait de s'effondrer. Des cris retentirent à l'intérieur, et des bruits de verre cassé.

Gerlof était encore trop près. L'ombre noire grandissait au-dessus de lui. Il songea à Don Quichotte et essaya de faire demi-tour, de fuir à l'abri.

Quelque chose s'embrasa à l'intérieur sombre du moulin.

Les lampes, se souvint Gerlof. Les lampes à pétrole.

Des planches et des poutres s'abattirent à terre devant lui. De vieux clous s'arrachaient en grinçant, des éclats volaient.

Le moulin s'affaissa, les ailes brisées.

Gerlof tomba lui aussi à la renverse, dans l'herbe, et vit les planches prendre feu. Les flammes se mirent à crépiter.

Soudain, une mince silhouette sortit en rampant de sous le plancher du bâtiment effondré : Veronica Kloss. Elle ne se releva pas, elle s'était peut-être cassé quelque chose, mais en tout cas elle était vivante, et se traîna lentement dans l'herbe vers son fils.

Gerlof leva la tête.

*John ?* pensa-t-il. Et Aron Fredh ? Où était-il passé ?

# LE REVENANT

LE MOULIN était tombé.

Aron Fredh était écrasé dans l'herbe, une poutre en travers de la poitrine, une autre sur la cuisse. Ses jambes étaient cassées, son ventre saignait et son corps était glacé.

Il savait que c'était la fin. Sa blessure par balle ne lui faisait plus mal et sa tête fonctionnait encore.

Les souvenirs affluaient. Il entendait des voix, voyait des visages.

Les yeux de sa mère. Le sourire de sa sœur. Le dernier gémissement poussé par son père Edvard Kloss qui, lui aussi, soixante-dix ans plus tôt, s'était retrouvé sous un tas de planches – écrasé et mourant, mais refusant de prendre la main de son fils.

Aron cligna des yeux pour chasser ces souvenirs. Il vit un objet fin et luisant dépasser des planches, à quelques mètres seulement. Le canon de sa carabine. Mais il ne pouvait pas l'atteindre, et ça n'avait plus d'importance. Il ne tirerait plus jamais.

Il songea à l'époque où il était soldat, dans les camps de prisonniers, et avait enfin été débarrassé de sa Winchester vermoulue.

Au jour où il avait rendu la carabine au poste de garde, et reçu son premier pistolet russe, un vieux Nagant. Il allait pouvoir tirer à bout portant.

C'était plus de six décennies plus tôt, en septembre 1936.

Il se rappelait ce jour. Les exécutions n'en finissaient pas cet automne-là, dans la carrière, à l'extérieur du camp. Les détonations retentissaient du matin au soir, mais l'endroit était si isolé qu'on aurait aussi bien pu être sur la lune. Personne ne pouvait voir ou entendre comment se passait la lutte pour un avenir radieux.

Quand Vlad arriva ce matin-là, avec son équipe de deux hommes, les gardes avaient déjà aligné les condamnés. Ils étaient une trentaine, visage tourné vers un mur de sable, dos à leurs bourreaux. Ils étaient attachés ensemble à une corde, assez longue pour qu'ils ne s'entraînent pas en tombant.

Une longue file de nuques attendait.

Il n'y avait qu'à se mettre au travail.

Les camarades de Vlad s'appelaient ce jour-là Daniltchouk et Petrov, ils étaient prêts à prendre le relais, si le pistolet de Vlad s'enrayait. Tous attendaient impatiemment le dîner arrosé de vodka, et voulaient expédier le travail de la journée.

Les prisonniers courbaient l'échine devant le mur de sable. Certains chuchotaient entre eux, demandaient pitié une dernière fois, ou marmonnaient tout seuls dans une langue étrangère.

« Encore des étrangers, dit Petrov. Ça ne finira donc jamais. »

Vlad ne dit rien. Il ôta la sécurité de sa nouvelle arme de service, s'approcha de la première nuque, posa la main gauche sur l'épaule du prisonnier, leva le pistolet.

Et appuya sur la détente.

Le pistolet tressaillit et le prisonnier tomba en avant.

Vlad se déplaçait déjà de côté, vers la nuque suivante.

Son pistolet se levait, faisait feu, se levait, faisait feu.

Une journée au travail.

Mais le septième prisonnier fit quelque chose d'interdit – il tourna la tête vers son bourreau. Et Vlad vit son profil.

Il avait déjà levé son pistolet, quand sa main se figea.

Le prisonnier devant lui avait une fine barbe qui n'arrivait pas à cacher les plaies et les bleus de son visage. Quelques-uns anciens, beaucoup de nouveaux.

Comme il faisait un petit pas de côté, Vlad constata qu'il boitait.

« Tu me reconnais ? » dit tout bas le prisonnier.

Il parlait suédois. Aron n'aurait pas dû reconnaître cette petite voix rauque, mais pourtant si. C'était la même qui, une nuit noire, lui avait ordonné de ramper sous un mur de grange effondré pour prendre le portefeuille de son père, afin de pouvoir faire ce voyage qui les avait conduits jusqu'ici. Dans le Pays neuf.

Aron était incapable de bouger. Impossible de lever le bras.

« Tu as l'air en forme », dit Sven.

Aron ne répondit pas. Il n'osait pas.

« Tu es heureux, ici ? »

Aron regarda son beau-père et essaya de réfléchir. Heureux ?

Il secoua brièvement la tête.

« Tu retourneras en Suède, alors, continua Sven, et tu feras tout sauter ? Qu'ils aient ce qu'ils méritent ? »

Aron bougea lentement la tête, dans un hochement las.

Il ne pouvait pas parler davantage, il n'était pas là pour ça.

Il était temps de faire quelque chose avec le pistolet. Il *fallait* qu'il fasse quelque chose, maintenant.

*Ne pas faire feu.*

*Ou retourner l'arme contre lui.*

*Ou…*

Vlad hésita une seconde encore, puis il posa vite la main sur l'épaule du prisonnier et leva le pistolet vers sa nuque.

Le coup partit.

Sven s'effondra, et de la poche de son pantalon tomba une petite boîte en bois.

Aron sursauta, il était de retour sous le moulin. Mais il se rappelait ce jour dans la carrière. Il avait continué son travail, toute la rangée de prisonniers, étonné que son pistolet fonctionne encore. Et d'être toujours vivant.

À présent, sa vie était finie.

Le feu approchait, et le moulin l'écrasait contre le sol.

Il ferma les yeux pour la dernière fois.

# FIN D'ÉTÉ

*Un jour dans ma jeunesse j'ai aimé*
*Et joué et souri au jour ensoleillé,*
*Mais très vite le gel et la neige sont entrés dans mon cœur,*
*Et l'automne m'a pris de court.*

Dan Andersson

# GERLOF

LE VIEUX MOULIN était couché sur le flanc et Gerlof lui trouva l'air d'une épave de zeppelin – un zeppelin crashé, en flammes.

La partie inférieure brûlait déjà bien, et le vent arrachait aux planches des gerbes d'étincelles qui montaient dans le ciel gris. Le feu se propageait le long des murs éventrés comme une tornade rougeoyante, de plus en plus haut. Le peu qui restait des ailes du moulin était également en feu.

Quelque chose tomba en virevoltant dans l'herbe à côté de Gerlof. Ce n'était pas un flocon de cendre, mais une feuille de papier blanc envolée du moulin, intacte. Couverte de texte.

Il entendit alors une plainte. Une voix sortie du brasier.

Il rangea la feuille sur lui et plissa les yeux vers le moulin. Il vit des mouvements au-delà des flammes. Veronica Kloss s'était éloignée de l'incendie, elle était en train de détacher son fils.

Et John ?

Il ne voyait pas John. C'était là le pire, ne pas voir si John s'en était tiré. John était en face de lui quand le moulin était tombé, et il était parti sur le côté… mais à présent, il avait disparu.

Gerlof, lui, était étendu dans l'herbe, incapable de fuir le feu. La chaleur le léchait. Il se sentait comme une victime, une victime offerte en sacrifice au moulin, qui allait bientôt s'emparer de lui avec ses mains incandescentes…

« Gerlof ! » cria une voix claire.

Il sentit deux mains se glisser sous ses bras et doucement l'écarter du moulin. Juste à temps – dans un crépitement, une des poutres des ailes s'abattit dans l'herbe, là où il se trouvait un instant plus tôt.

C'était le petit Jonas qui avait crié et l'avait traîné sur l'herbe, à reculons, vacillant et essoufflé. Jonas n'était qu'un petit garçon aux membres frêles, mais il fit de son mieux. Gerlof ne résistait pas, mais ne pouvait pas l'aider. Il était trop fatigué.

Il se laissa tirer de la chaleur vers la fraîcheur du soir.

« John », dit-il.

Il regarda les murs éventrés du moulin, où John et Aron Fredh se trouvaient encore. Un voisin avait peut-être vu l'incendie et appelé les pompiers et la police, mais il n'y avait rien à faire.

« Gerlof ? »

Il leva les yeux. C'était Jonas Kloss.

« Va chercher de l'aide, dit Gerlof. Cours jusque chez moi.. Vite, Jonas ! »

Le garçon s'élança.

Gerlof se retrouva seul, à attendre. Il tenta d'appeler John sous le moulin, sans obtenir de réponse. Juste des gémissements étouffés.

Un long moment plus tard, on entendit les sirènes.

L'ambulance s'avança jusqu'au moulin. Puis arrivèrent les pompiers avec leurs tuyaux, pour empêcher la propagation du feu sur le terrain sec.

Une ombre se pencha sur lui. Quelqu'un lui éclaira la pupille.

« Il y a des gens sous le moulin », chuchota Gerlof.

Personne ne semblait l'entendre. On se contenta de lui mettre une couverture sur les épaules. La silhouette sombre était toujours sur lui.

Un pompier. Gerlof le regarda, ouvrit ses lèvres sèches

« Il y a des gens là-dedans, dit-il un peu plus fort.

– Combien ? dit le pompier.

– Deux hommes. Aidez-les à… »

Le pompier se retourna sans écouter. Il cria des ordres à un collègue.

Quelques minutes plus tard, ils revinrent avec des sortes de boudins en baudruche qu'ils placèrent sous les débris du moulin. Puis ils les gonflèrent et se glissèrent sous les poutres.

Cris, ordres.

Enfin, Gerlof vit deux corps qu'on sortait et posait sur des couvertures dans l'herbe. Ce n'étaient que deux silhouettes sur fond d'incendie, mais il les reconnut.

Le corps d'Aron Fredh était sans vie.

Celui de John bougeait faiblement.

L'équipe médicale se pencha sur lui et les pompiers commencèrent la réanimation. Ils le cachaient avec leurs épaules.

Gerlof se mit en mouvement, il se traîna sur l'herbe et glissa une main entre les chaussures des secouristes. Il chercha à tâtons, et tomba sur quelque chose d'osseux. C'était une main, la main froide de John.

Il la serra fort, sans obtenir de réponse.

Les gestes des secouristes se firent plus rapides autour du corps, ils s'activaient plus fébrilement – puis soudain ils cessèrent. Ils se redressèrent. Un des hommes soupira et recula d'un pas.

Gerlof continua à tenir la main. Il ne la lâcha pas jusqu'à ce qu'un ambulancier la retire doucement et les recouvre, son ami et lui, chacun d'une couverture jaune. Mais celle de John fut remontée sur son visage, comme un linceul. Gerlof sut alors qu'il n'y avait plus rien à faire.

# JONAS

JONAS DUT RESTER quatre jours à l'hôpital de Kalmar après l'incendie du moulin. Il ne savait pas bien pourquoi, mais les médecins parlaient de « soins post-traumatiques ». De son côté, il se sentait bien – il n'avait pas été aussi calme depuis longtemps.

Il était seul la plupart du temps. Mats était déjà rentré à Huskvarna. Papa avait quitté l'hôpital deux jours plus tôt, mais il était revenu voir Jonas.

Il semblait triste et las en parlant avec lui d'Öland.

« On a besoin d'une pause, maintenant », avait-il dit, avant de partir.

Mais Jonas avait bien envie d'y retourner et, quand Maman vint le chercher, il la persuada d'aller faire un tour sur l'île avant de rentrer à la maison.

Ils franchirent donc le pont d'Öland, une heure après sa sortie de l'hôpital.

« Je n'étais pas vraiment malade, dit-il en quittant le pont. Ils voulaient juste me garder en observation, voir comment j'allais.

– Et comment vas-tu ? demanda sa mère.

– Bien… Je ne sens pas grand-chose. Mais ce n'est pas marrant.

– Qu'est-ce qui n'est pas marrant ?

– Tout…, dit Jonas. Tout ce qui s'est passé.

– Non, dit Maman. Mais c'est fini, à présent. »

Ils se turent ensuite durant presque tout le trajet jusqu'à Stenvik.

Ils passèrent devant la boutique. Fermée.

Le camping aussi.

C'était triste. Jonas trouva le village vide, à présent, en tout cas comparé au mois de juillet.

Mais il n'était pas tout à fait abandonné. Il y avait encore quelques voitures devant des maisons le long de la route côtière, et plusieurs fanions jaune et bleu flottaient dans les jardins. Mais on ne voyait pas grand monde.

Maman voulait jeter un œil à la Villa Kloss, mais Jonas n'en avait pas envie. Elle fit juste un saut, et il eut le temps de voir que les scellés policiers étaient toujours là. Le toit effondré et les baies avaient été obturés avec des bâches blanches.

Le haut de la falaise était désert, le cairn n'était plus qu'un grand cratère dans le sol.

Jonas savait qu'ils avaient déblayé la tranchée pendant qu'il était à l'hôpital. Papa lui avait raconté qu'ils avaient retrouvé le corps d'Oncle Kent en contrebas du bunker. Jonas ignorait qui allait désormais s'occuper de sa maison.

Et Tante Veronica ? La police l'avait interrogée, lui avait dit Papa.

Peu importait ce que deviendrait la Villa Kloss, Jonas ne voulait plus y mettre les pieds.

Il regarda sa mère.

« On peut partir de l'autre côté ? »

Elle hocha la tête et manœuvra vers le nord.

Un homme en bleu de travail peignait la barque, près du cabanon de Gerlof, là où Jonas avait trouvé refuge.

*Gerlof*, songea Jonas. Il avait beaucoup pensé à lui, pendant son séjour à l'hôpital.

« Tourne là », dit-il à sa mère, et ils obliquèrent à nouveau vers l'intérieur des terres, en suivant la route qui passait au nord du village – mais au bout d'une centaine de mètres, Jonas lui demanda de s'arrêter devant un portail métallique.

« Je reviens tout de suite », dit-il en descendant.

Il franchit le portail et entra dans le jardin. Rien n'avait changé, ici, à part le drapeau en berne à mi-mât.

Les oiseaux gazouillaient et, au-delà du mât, Gerlof était dans son fauteuil habituel, la tête baissée.

Jonas s'y attendait. Gerlof était assis, chapeau de paille rabattu et canne à la main, comme il l'avait fait tout cet été. Quand Jonas approcha, il leva les yeux et le salua.

« Bonjour dit-il à voix basse. Te revoilà ? »

Jonas s'arrêta devant lui.

« Oui. Mais je vais rentrer chez moi, maintenant.

– Ça va ? dit Gerlof.

– Oui… »

Le silence se fit.

« Tu m'as sauvé, Jonas, dit Gerlof. Quand j'étais par terre, près du moulin. Tu m'as tiré des flammes. »

Jonas haussa les épaules, un peu gêné.

« Peut-être bien. »

Gerlof tourna la tête vers la mer.

« Ils ont trouvé l'*Ophélie.* »

Jonas le regarda, interloqué, puis se souvint.

« Le bateau fantôme ?

– Le bateau fantôme était bien réel, continua Gerlof. On l'a localisé avant-hier, grâce à un sonar… Il était au nord du détroit, par trente mètres de fond. Quelqu'un avait éventré la coque à l'explosif. »

Jonas se contenta de hocher la tête, il ne voulait plus penser à ce bateau. Il entendit les oiseaux gazouiller dans les buissons et se souvint qu'il y avait autre chose qu'il voulait raconter, pour s'excuser. Une promesse rompue. Il dit alors tout bas :

« Il y a une chose que je n'ai pas gardée pour moi.

– Quoi ? dit Gerlof.

– Peter Mayer… J'ai parlé de lui à Papa et à Kent. »

Gerlof leva la main.

« Je sais, dit-il juste. C'est vite arrivé, Jonas… Mais alors ce n'était peut-être pas un accident, ce qui est arrivé à Peter Mayer sur la grand-route, à Marnäs ?

– Je ne sais pas, dit tout bas Jonas. Je n'ai pas vu. Oncle Kent le poursuivait, ils ont disparu dans le noir… »

Il se tut.

« Tu n'y pouvais rien, dit Gerlof. Ce sont les adultes qui ont créé tous ces problèmes. Comme d'habitude. »

Jonas réfléchit.

« C'est pas marrant, dit-il. Ce qui s'est passé. »

Gerlof comprenait ce qu'il voulait dire.

« Non, pas marrant… John va être enterré la semaine prochaine. » Il soupira et poursuivit : « Mais ce siècle n'a pas été marrant… Guerres, mort, malheur, pas fâché qu'il se termine bientôt. Le vingt et unième sera certainement mieux. »

Il adressa un sourire las à Jonas et ajouta :

« L'avenir est à toi. »

Jonas ne savait pas quoi ajouter. Il entendit que Maman avait laissé tourner le moteur, et il recula d'un pas.

« On doit y aller. »

Gerlof hocha la tête.

« L'été est fini. »

Il tendit la main. Jonas la serra.

Puis il regagna le portail, avant de se retourner.

Gerlof était tout seul dans son jardin. Il leva une dernière fois la main et Jonas le salua à son tour.

# ÉPILOGUE

C'EST PAR UNE BELLE JOURNÉE ENSOLEILLÉE de la mi-août que Gerlof dit adieu à John au cimetière de Marnäs.

John reposait dans un beau cercueil blanc, bien scellé. Gerlof tendit l'oreille pendant toute la cérémonie, mais il demeura évidemment silencieux.

Sa tombe était à l'ouest de l'église, très loin de celles de la famille Kloss. Gerlof ne voulait pas y aller. Il repartit lentement sur les dalles de l'allée vers la sortie du cimetière. Au-dessus de sa tête il aperçut deux grands oiseaux, qui ressemblaient à des buses. Elles volaient vers le sud, en ligne droite, comme si elles avaient commencé leur longue migration vers l'Afrique.

Déjà ? L'été était-il déjà fini, même pour les oiseaux migrateurs ?

« Gerlof ? dit une voix de l'autre côté de la porte du cimetière. Je te dépose ? »

C'était Anders, le fils de John, qui lui montrait sa voiture sur le parking.

Gerlof avait déjà décliné l'offre de ses filles, Lena et Julia, qui devaient rentrer directement à Göteborg. Mais venant d'Anders, il l'accepta d'un signe de tête et le laissa l'aider à s'installer sur le siège passager.

Anders prit le volant.

« Tu veux rentrer à la maison de retraite ? »

Gerlof réfléchit, et dit :

« Descends-moi plutôt à la maison. Que j'y jette un œil. »

Anders embraya et démarra. Ils se turent jusqu'à ce que Gerlof demande :

« Est-ce que John m'aimait bien, Anders ? Est-ce que j'étais gentil avec lui ? »

Anders s'engagea sur la grand-route, et répondit :

« Il ne pensait jamais à ça… Il m'a juste dit une fois que tu ne lui avais jamais donné un seul ordre de toute ta vie.

– Ah non ? J'avais l'impression de lui en donner sans cesse, en mer.

– Non, dit Anders. Il disait que tu lui posais des questions quand tu voulais qu'il fasse quelque chose. Tu demandais s'il voulait bien hisser la voile, et il le faisait.

– Ah oui, peut-être bien. »

Aucun des deux ne parla plus pendant un moment. Anders déboucha sur la route du village et, tandis qu'il roulait parmi les maisons de vacances, il dit tout bas :

« Je l'ai mis à la mer hier soir.

– Quoi ? dit Gerlof, qui était en train de penser à John.

– J'ai mis à l'eau ton bateau… La barque.

– L'*Hirondelle*, tu veux dire ?

– Oui, c'est ça. Je n'avais rien d'autre à faire, alors je suis allé la traîner jusqu'à l'eau.

– Et elle a flotté ?

– Il y a pas mal de fuites. Mais il faut la laisser là quelques jours, le temps que les planches gonflent.

– Bien », dit Gerlof, avant de resonger à John et à ce qu'il aurait pu faire autrement.

Une chose était claire : ils auraient dû éviter les Kloss.

Quelques minutes plus tard, ils étaient arrivés. Anders s'arrêta devant le portail de Gerlof, qui descendit doucement. Puis se tourna vers la voiture.

« Merci Anders. Prends soin de toi… Pars en vacances.

– Peut-être, dit Anders.

– Ou trouve-toi une femme. »

Anders eut un sourire las.

« Difficile, par ici, dit-il. Mais la vie continue. »

Gerlof ne répondit pas, il se contenta de le saluer et ouvrit son portail.

Anders parti, il avança dans son jardin.

Il ouvrit la maison vide et, sans ôter ses chaussures, alla se placer au milieu du séjour.

Tout était à présent silencieux. La maison était fraîche et calme. La vieille horloge, près de la télévision, s'était arrêtée, mais Gerlof ne la remonta pas.

À côté de l'horloge, une photo noir et blanc. Elle avait cinquante ans et les montrait tous les deux, John et lui, sur le quai sud, à Stockholm, avec les clochers de la Vieille Ville à l'arrière-plan. Tous les deux jeunes et forts, soignés, en costume et chapeau noirs. Souriant dans le soleil.

Gerlof se retourna lentement. Il regarda par la fenêtre la girouette et son bonhomme aiguisant sa faux. Elle avait pivoté au cours de la matinée, et pointait à présent vers la plage. Le bulletin de la météo marine avait lui aussi annoncé un vent d'ouest soufflant de trois à quatre mètres par seconde ce jour-là. Une brise faible mais constante – une brise de terre. Tout ce qui flottait dans la baie serait vite entraîné vers le large.

Intéressant.

Il se retrouvait dans sa maison, dernier survivant de tous ses amis, à la fin du vingtième siècle. Si la fin du monde n'avait pas lieu lors du passage à l'an 2000, il fêterait son quatre-vingt-cinquième anniversaire dans exactement dix mois. Il était né le 12 juin, le même jour qu'Anne Frank, mais neuf ans avant elle. Quand elle était morte à Bergen-Belsen, Gerlof était capitaine de cotre et naviguait entre les mines sur la Baltique.

Il avait vécu cinquante-cinq ans de plus qu'Anne Frank. Il avait survécu à tout le vingtième siècle – avec sa cohorte d'enfants morts dans les camps, de fugitifs morts de faim, de prisonniers exécutés, de soldats morts au combat. Il avait vécu plus longtemps que des millions de personnes plus jeunes que lui, il aurait dû être content. Mais son corps était insatiable, il voulait toujours vivre un jour de plus.

Mais pas sur un lit de malade. Gerlof l'avait décidé, il ne finirait pas ses jours intubé de partout.

Il sortit son carnet et écrivit un dernier message. Quelques salutations à ses filles, et ses dernières volontés :

*Jouez beaucoup de musique. Volontiers des psaumes, mais mêlés de chansons d'Evert Taube et de Dan Andersson.*

Il s'arrêta alors, le stylo à la main. Allait-il ajouter quelque chose ? Un concentré de sagesse ?

Non, ça suffirait. Il posa le stylo. Il laissa le carnet ouvert et se leva. Il sortit, toujours vêtu de son costume d'enterrement.

Appuyé sur sa canne, il sortit sur la route du village, déserte à cette heure. Mais il y avait des gens dans le voisinage : un chien aboya, une portière claqua – le temps était venu de rentrer chez soi travailler. L'été continuait, mais les vacances étaient finies.

La route côtière était elle aussi déserte quand il la traversa. Il aperçut juste quelques silhouettes qui se baignaient autour du ponton.

Il put passer devant les boîtes aux lettres et descendre vers la plage sans être vu. La surface de l'eau était obscurcie par de petites rides.

Oui, c'était bien la brise de terre.

Quelques mouettes se reposaient au bord de l'eau. Une d'entre elles aperçut Gerlof et tendit le cou. Elle commença à pousser vers le ciel son cri d'alarme, le bec grand ouvert, et les autres renchérirent en chœur.

À côté d'elles, la barque, la coque à demi trempée dans l'eau, comme avait dit Anders.

L'*Hirondelle.*

Elle était impeccable, comme neuve. Prête au départ.

Gerlof descendit doucement jusqu'à elle. Il posa sa canne à l'avant, détacha l'amarre qui la retenait au treuil et attrapa le bastingage pour la pousser à l'eau.

Mais l'*Hirondelle* ne bougea pas. Gerlof avait beau tirer et pousser, c'était en vain. Le bateau était trop lourd, il était trop faible.

C'était rageant, avec l'eau si proche, à peine à cinquante centimètres de l'avant de la barque. Il fit une dernière tentative, s'arcbouta, poussa de toutes ses forces.

Non, impossible. Son voyage s'arrêtait là, il n'y arrivait pas.

« Besoin d'aide, là-bas ? »

Gerlof tourna la tête. En haut de la falaise, deux personnes – un homme d'une quarantaine d'années et un ado, tous deux en short avec des lunettes de soleil. L'homme lui sourit. Gerlof n'avait pas la moindre idée de qui c'était, mais il se redressa et les salua de la tête.

Ils descendirent sur la plage, à grandes enjambées parmi les rochers, et s'arrêtèrent près de Gerlof.

« Joli bateau, dit l'homme. Un peu comme une variante miniature d'un bateau viking, non ? »

Gerlof acquiesça doucement.

« Il doit être assez vieux, non ?

– Oui, dit Gerlof. Soixante-quinze ans. Nous l'avons rénové, mon ami John et moi. »

C'était bon de prononcer le nom de John, même si le vent l'emporta aussitôt.

« Vraiment ? dit l'homme. Ah, c'est sympa de voir que les vieux bateaux sont toujours utilisés sur l'île… Et vous allez faire un petit tour ?

– Oui, un dernier tour, dit Gerlof, avant d'ajouter : Pour cet été.

– On va vous aider, alors… Hein, Michael ? »

Le garçon hocha la tête, ennuyé d'avance. Il devait avoir envie de rentrer chez lui, sur le continent.

L'homme et le garçon – père et fils, supposa Gerlof – ne semblaient pas souffrir de crampes. Ils se collèrent sans hésiter à la barque, attrapèrent fermement la coque et poussèrent sur leurs jambes.

« À trois, dit l'homme. Un, deux… trois ! »

L'*Hirondelle* plongea droit dans l'eau, comme sur des roulettes. Un instant, Gerlof crut qu'elle allait s'élancer dans le détroit sans son capitaine, mais l'homme la retenait par le bord et il laissa un bout de la quille en contact avec le fond.

« Voilà… Elle est prête. » Il regarda Gerlof, puis le bateau. « Mais comment allez-vous faire pour la sortir ?

– On verra bien. »

L'homme hocha la tête et commença à remonter vers le haut de la falaise.

« Merci, dit Gerlof. Vous habitez au village ? »

L'homme se retourna.

« Non, on s'est juste arrêtés avec la voiture… On fait un tour sur l'île aujourd'hui, pour voir s'il n'y aurait pas moyen d'acheter un cabanon. Celui-ci ne serait pas en vente ? »

Il montra de la tête le cabanon de Gerlof.

« Je ne crois pas, dit-il. D'où êtes-vous ?

– De Stockholm. Nous vivons à Bromma, mais nous passons quelques semaines dans le coin.

– Je vois », dit Gerlof.

Pas seulement des continentaux. Des *Stockholmois*. Gerlof aurait pu leur servir tout un couplet, mais il se retint. Il se contenta de leur dire :

« Bienvenue… J'espère que vous vous plaisez sur l'île.

– Oui, absolument. »

Il regarda en silence le père et le fils disparaître en direction de la route côtière.

Ils se retrouvaient seuls sur la plage, lui et son bateau.

À présent, Gerlof n'avait plus droit à l'erreur. Avec l'aide de sa canne, il parvint à grimper sur un rocher près de l'*Hirondelle* et, péniblement, il se hissa à bord. D'abord la jambe droite, puis la gauche.

Il aurait pu prendre une des rames pour se donner de l'élan, mais autant continuer avec la canne. Il prit appui sur le rocher où il venait de grimper et poussa.

La barque quitta le rivage et glissa sur l'eau, sans racler le fond.

Bien

Gerlof n'était pas un nageur, il avait toujours évité de tomber à l'eau, quand il était en mer. Il ne s'était jamais échoué non plus. Pas une seule fois en trente ans. Il avait bien sûr perdu un cotre dans un incendie et son dernier bateau, le *Nore*, avait dû être vendu au rabais à cause de la concurrence des camions. Mais s'échouer ? Jamais.

Maintenant, au vent de jouer. Avec ses dernières forces, il souleva les rames et les jeta sur la plage. L'une, puis l'autre. Quelqu'un en aurait sûrement l'usage.

Il s'en remettait entièrement au vent. Il l'entraînerait au milieu du détroit – où aussi longtemps que la barque flotterait.

Il leva les yeux vers le ciel bleu sombre. À l'ouest, au-dessus de la ligne du continent, il aperçut une ligne blanche qui s'allongeait. Un avion. Gerlof suivit la ligne des yeux en songeant qu'il avait navigué sur la Baltique durant des décennies, mais n'avait jamais pris l'avion.

Tant d'habitants d'Öland avaient quitté l'île pour partir vers l'ouest, aux États-Unis, vers le sud et les ports allemands, l'Afrique ou l'Australie – ou vers l'est, comme Aron Fredh. Mais Gerlof s'en était toujours tenu à sa mer familière, la Baltique. Il était trop fidèle à sa femme et ses enfants pour se lancer vers l'équateur. Naviguer ici était une façon de rester toujours en contact avec Öland, car tous les ports de la Baltique étaient directement reliés entre eux.

Et voilà qu'il prenait une dernière fois la mer.

Il baissa les yeux et vit des filets d'eau commencer à s'infiltrer au fond de la barque. Il y avait des fentes dans la coque, elles ne s'étaient pas encore colmatées. Si l'*Hirondelle* était restée plus longtemps dans l'eau, les planches auraient gonflé et les fentes disparu, mais le temps manquait.

Et si John avait été avec lui, il aurait écopé à l'arrière, mais il n'y avait personne.

La barque glissait doucement en s'éloignant du rivage, poussée par le vent.

Gerlof se détendit. Il songea à la mort – à cet été, presque soixante-dix ans plus tôt, quand il avait creusé la tombe d'Edvard Kloss au cimetière de Marnäs, aux coups sortis du cercueil. D'abord une série rapide de trois, puis encore trois. Des bruits distincts surgis de sous la terre.

Depuis, il ressassait, sans trouver d'explication naturelle. Si ce n'était personne d'autre, cela signifiait que l'esprit du gros propriétaire avait frappé ces coups d'outre-tombe.

Dans ce cas, il y avait une vie après la mort, et les aventures de Gerlof n'étaient pas finies. Il reverrait peut-être ses amis et ses parents. Sa femme Ella et son ami John, et son petit-fils Jens. Tous partis avant lui.

L'eau avait monté au fond de la barque. Gerlof quitta la banquette et s'assit sur les planches de la coque. Son beau pantalon se mouilla, mais tant pis. Il se coucha doucement sur le dos, et soupira. *Ça ira comme ça pourra*, comme on disait sur Öland.

En sentant l'eau froide sur son pantalon, un autre souvenir lui revint de ce terrible enterrement de ses quinze ans.

Les bouteilles de bière fraîches.

Il se souvint de la bière que le fossoyeur Bengtsson lui avait offerte. Ça devait être une des premières que Gerlof ait jamais bues. Les bouteilles étaient embuées, la bière au moins aussi froide que l'eau qui s'infiltrait à présent dans la barque.

Mais comment cette bière avait-elle pu être si fraîche, par une journée d'été si chaude et ensoleillée ? C'était avant l'époque des réfrigérateurs. Sur Öland, on conservait, après l'hiver, des blocs de glace dans des caves, car il n'y avait ni réfrigérateurs ni glacières. Si on voulait quelque chose de froid en été, il fallait l'enterrer avec de la glace.

Le fossoyeur avait-il sa propre cave pour rafraîchir ses bouteilles ? Une caisse en bois enterrée, ou un tonneau vide ? Peut-être une vieille canalisation de drainage enfouie dans la terre du cimetière, la bouche cachée sous une touffe d'herbe ?

Bengtsson se tenait un peu en retrait quand les coups avaient retenti, se souvint Gerlof. Le fossoyeur avait donc très bien pu, pendant que les autres regardaient le cercueil, frapper de sa pelle ou de sa botte des coups secs à l'extrémité de la canalisation. Trois coups rapides avec la lame de sa pelle ou le talon de sa botte.

Ça aurait ressemblé à des coups sortis d'un cercueil. Comme le bruit d'un esprit tourmenté.

Gerlof se rappelait les regards noirs que Bengtsson jetait aux frères Kloss, au cimetière. Détestait-il à ce point les deux gros propriétaires ? Avait-il voulu leur jouer un tour, leur faire croire à la présence du fantôme de leur frère ? Une mauvaise plaisanterie, dans ce cas, qui avait complètement dérapé.

Était-ce cela ? Gerlof n'avait personne avec qui en discuter, car toutes les autres personnes présentes ce jour-là étaient mortes.

Mais ce trou dans le sol était peut-être toujours là, se dit-il, à quelques mètres de la tombe des Kloss.

Peut-être – mais désormais Gerlof ne pouvait plus aller y mener l'enquête – trop tard. Il était couché au fond d'une barque qui prenait l'eau, en route vers le détroit de Kalmar.

Rien à faire.

Se noyer était une mort agréable. Il l'avait toujours entendu dire par de vieux marins, même si personne ne pouvait réellement en témoigner. Mais Gerlof y croyait. On fermait les yeux et on se laissait lentement glisser vers la grande nuit, pas comme marin, mais comme passager traversant le Styx…

Il ouvrit les yeux. Un truc clochait. Son instinct de marin lui disait que quelque chose avait changé. Il se redressa lentement, le dos trempé, et regarda par-dessus le bastingage.

C'était le vent – sans prévenir, il avait tourné. Et les rides s'étaient transformées en petites vagues qui, doucement mais sûrement, poussaient l'*Hirondelle* devant elles. Le bateau de Gerlof revenait vers le rivage.

*Changement de destination*, songea-t-il. *Stenvik, pas le Styx.*

Il soupira, et se laissa porter en regardant le vaste ciel lumineux au-dessus de lui. Des mouettes tournoyaient là-haut, ailes étendues, flottant dans le vent. Elles paraient la moindre turbulence avec des cris aigus.

Il était facile d'imaginer que c'était les mêmes mouettes qui l'avaient accueilli avec leurs clameurs voilà plus de quatre-vingts ans, quand il était descendu sur cette plage pour la première fois.

Gerlof leur sourit.

Les oiseaux étaient des survivants, comme lui.

# POSTFACE

Des parties de ce roman évoquent ce qu'on a l'habitude de nommer la Grande Terreur, la guerre secrète menée à partir des années trente par Joseph Staline contre sa propre population, qui entraîna des arrestations de masse, des exécutions arbitraires et un énorme conglomérat de camps de travail dans toute l'Union soviétique, le goulag. La Terreur frappa autant les citoyens du pays que les étrangers venus de l'Ouest croyant trouver en Union soviétique le paradis des travailleurs. Au moins l'un d'entre eux venait d'Öland, d'après *Contraints au silence*, le livre de Kaa Eneberg sur l'immigration suédoise en Union soviétique. Cet émigrant inconnu a inspiré le personnage d'Aron Fredh.

La catastrophe de l'explosion d'une fusée lors d'un essai sur une base à l'est de la mer d'Aral et le massacre par le NKVD de prisonniers de guerre polonais en avril 1940 sont des événements réels. Le destin d'Aron, ainsi que certains faits et anecdotes sont également inspirés de livres commes les mémoires d'Alfred Badlund, *Travailleur chez les Soviets* ; *J'étais enfant au goulag*, de Julian Better ; *La Grande Terreur,* de Robert Conquest ; *Staline : la cour du tsar rouge*, de Simon Sebag Montefiore ; *Staline et ses bourreaux*, de Donald Rayfield ; *Les Enfants de Staline*, d'Owen Matthews ; *La Fin de l'homme rouge,* de Svetlana Alexievitch ; *Les Exécuteurs*, de Harald Welzer ; *Goulag : une histoire*, d'Anne Applebaum. J'ai trouvé une documentation sur les émigrants ölandais en Amérique du Nord dans *Amérique, aller et retour*, d'Ulf Wickbom et Walter Frylestam, et *Amérique, rêve ou cauchemar*, d'Anders Johansson. Ainsi que dans l'histoire de ma propre famille sur Öland.

Merci à Ulrica Fransson, Hans Gerlofsson, Cherstin Juhlin, Caroline Karlsson, Ing-Mari et Jim Samuelsson ainsi qu'à Ture Sjöberg. Et à Åsa Selling et Katarina Ehnmark Lundquist.

Enfin, je veux remercier quelques écrivains qui ont écrit avant moi sur Öland, et m'ont indiqué des chemins passionnants à travers le paysage de l'île : Thomas Arvidsson, Thekla Engström, Margit Friberg, Carl von Linné (qui hélas était un peu pressé en traversant le nord d'Öland), Thorsten Jansson, Anders Johansson, Barbro Lindgren, Åke Lundqvist, Anders Nilson, Rolf Nilsson, Per Planhammar, Ragnhild Oxhagen, Anna Rystedt, Niklas Törnlund et Magnus Utvik. Et les deux étoiles poétiques de l'île : Lennart Sjögren et Erik Johan Stagnelius.

DU MÊME AUTEUR

*Aux Éditions Albin Michel*

L'HEURE TROUBLE, 2009.
L'ÉCHO DES MORTS, 2010.
LE SANG DES PIERRES, 2011.
FROID MORTEL, 2013.

*Composition Nord compo*
*Impression CPI Firmin-Didot en mars 2015*
*Éditions Albin Michel*
*22, rue Huyghens, 75014 Paris*
*www.albin-michel.fr*

*ISBN : 978-2-226-31485-7*
*N° d'édition : 21162/01 – N° d'impression : 126131*
*Dépôt légal : avril 2015*
*Imprimé en France*